Yaşar Kemal

Das Lied der Tausend Stiere

Aus dem Türkischen übersetzt von
Helga Dagyeli-Bohne und Yildirim Dagyeli

Unionsverlag

Die Originalausgabe erschien unter dem Titel
»Bin Bogalar Efsanesi« bei Cem Yayinevi, Istanbul.
Umschlaggestaltung: Alex Wick.
Umschlagmotiv: Ausschnitt aus einem Bild des Meisters Siyah Qalem
(15. Jhd.), entnommen der Faksimile-Ausgabe sämtlicher Blätter
des Siyah Qalem aus dem Topkapi Sarayi, Istanbul,
(hg. von M. S. Ipsiroğlu) mit freundlicher Genehmigung
der Akademischen Druck- und Verlagsanstalt, Graz.

Gesamtherstellung: Clausen & Bosse, Leck
ISBN 3 293 00012 6

Jede Nacht weinen sie, die Nomaden auf diesem Friedhof.
Sie sind es leid, die riesigen Sterne als Herden zu sehen.
Sie klammern sich an die alten Tage... an die Zeit
vor der Seßhaftigkeit.
Wie tief muß die Trauer sein, so an Vergangenem zu hängen,
wie abgrundtief.

Melih Cevdet Anday

I

Hinter dem Berg Aladağ liegt ein langgezogenes, dichtbewaldetes Tal. Darin sprudeln Hunderte von kalten, klaren Quellen. Auf ihrem Grund liegen Kieselsteine, und sie sind ringsherum umwachsen von Poleiminze und Heide. Statt Wasser fließt Helligkeit aus den Quellen, aus den Rinnen dringt Licht. Schon seit alter Zeit liegt hier, hinter dem Berg Aladağ, die Sommerweide der Türkmenen, der Nomaden vom Stamm der Aydinli. Seit ihnen die Çukurova als Winterquartier dient ist das Tal des Berges Aladağ ihre Sommerweide. Würde man die Nomaden aus ihrem Winterquartier oder ihrer Sommerweide vertreiben, so würden sie sterben. Der Nomade vom Aladağ-Berg ist zäh wie das Gras, das auf einer Felsspitze wächst, seine Wurzeln in den harten Granit treibt und sich an ihm festklammert.

Meister Haydar der Eisenschmied hielt im Laufen inne. Er führte die rechte Hand an seinen langen, kupferroten Bart und packte ihn dicht unter dem Kinn. Die linke Hand folgte unwillkürlich. Meister Haydar machte noch einige Schritte, zögerte, dann stand er ganz still. Er blieb eine Weile unbeweglich. Er hob den Kopf und reckte den Hals, als sei ihm ein Geruch in die Nase gestiegen, schaute umher und versank wieder in Gedanken. Erst als seine Hände wie zwei riesige Schmiedehämmer herabfielen, bewegte er sich weiter. Er ging wieder schneller. Er trug eine nußbraune, weitgeschnittene Pluderhose aus grobem Wollstoff. Seine silberbestickte Weste war aus einem alten Filzüberwurf oder einer bordenbesetzten Jacke mit Schlitzärmeln umgeschneidert. Auf dem Kopf trug er eine goldene Kappe, die er eigenhändig aus Ziegenhaar gewoben hatte. Sie ließ ihn noch mächtiger erscheinen. Die buschigen Augenbrauen standen in Büscheln hervor, sie paßten zu der breiten Stirn, der hohen goldenen Kappe und dem wallenden Kupferbart.
Eine Weile lief er sehr schnell, schwer atmend. Dann wurden seine Schritte wieder langsamer und kamen allmählich zum Stillstand. Er faßte sich wieder an den Bart. Ein quälender Gedanke drückte ihn nieder. Auf die purpurne Erde fiel sein Schatten. Auch er schien von

einem quälenden Gedanken gebeugt. Aus einer hölzernen Rinne in der Nähe rauschte das Wasser auf die Felsen hinab und zerstäubte, noch bevor es den Boden erreichte. Seine Gedanken folgten dem fließenden, rauschenden Wasser, und vor seinen Augen zogen Welten vorüber.

»O großer Allah, o mächtiger Allah . . . Gewähre mir ein Winterquartier in der Çukurova! Gewähre mir eine Sommerweide auf dem Aladağ-Berg! Früher hast du es immer getan. Was ist geschehen? Warum verweigerst du uns jetzt, was du uns immer gewährt hast? Höre, Hizir, auf deinem grauen Pferd, in deiner grünen Hose, ich flehe dich an, hilf uns. Heute Nacht werfe ich mich vor dir auf die Knie und flehe um deine Hilfe. Könnte ich nur in deine schillernden Augen sehen!«

Er war müde geworden. Er kletterte auf einen Felsen und lehnte sich an eine Föhre, die aus einer Felsspalte emporwuchs. Sie war so alt wie Haydar der Schmied. Der Stamm war geborsten und zerklüftet, die Zweige bogen sich und hingen nach unten.

»Ich werde ihn heute Nacht sehen! Es muß sein, es muß unbedingt sein! Ich werde zu ihm gehen und mich vor ihm zu Boden werfen. Es muß sein! Ich werde ihm das Schwert überreichen, das ich für die Sultane geschmiedet habe. Es muß sein!«

Er umklammerte wieder seinen Bart. In der Mittagssonne glänzten der Kupferbart und die buschigen Augenbrauen unter der goldenen Kappe. Seine moosgrünen Augen sprühten und erloschen und sprühten dann wieder.

»Höre«, sagte er, »o allmächtiger Allah, mein schöner, mein tapferer Allah, mein Freund, mein Löwe. Hast nicht du die Erde und den Himmel, die Geister und Kobolde, dich und mich erschaffen? So ist es, Bruder . . . Ich habe ihm schon gesagt, diesem verfluchten Stamm, daß ich in dieser Hidirellez-Nacht zu dir sprechen werde; es muß sein. Nein, ich habe ihnen nicht genau das gesagt, aber ich gab ihnen etwas Hoffnung. Als ob ich nichts Besseres zu tun hätte, als dich um ein Winterquartier in der Çukurova und eine Sommerweide am Aladağ-Berg anzuflehen für diese Feiglinge, diese Verfluchten, Elenden. Als ob ich nichts Besseres zu tun hätte, als dein Herzchen, feiner als die Rose, zärtlicher als das Licht des Tages, zu kränken . . .«

Er richtete sein Gesicht zum Himmel empor und ließ seinen Blick in die Ferne schweifen, in die Tiefe, dorthin, wo eine weiße Wolke vorüberzog.

»Nun, sprich!« sagte er in energischem Ton. »Wirst du mir geben, was ich mir wünsche?« Dann, fast in einem Atemzug: »Nein, nein, natürlich wirst du es nicht tun, mein Löwe. Ich kenne dich. Du hast uns verlassen. Du hast den Himmel und die Sterne, die Wälder und die Ströme verlassen. Du kommst heutzutage nie mehr aus deinen Moscheen heraus. Du hast dir riesige, prächtige Städte erbaut. Du hast aus Eisen Vögel geformt, die durch den Himmel fliegen. Du hast Ungeheuer geschaffen, die brüllend die Erde verschlingen. Du hast Häuser übereinandergetürmt und sieben Meere erschaffen. Wenn ich dich bitten würde, gib uns ein Winterquartier in der Çukurova und eine Sommerweide auf dem Aladağ, dann würdest du nicht auf mich hören . . . Deshalb werde ich dich heute Nacht nicht mehr um ein Winterquartier anflehen. So wahr ich hier stehe – nichts kann mich dazu bringen, dich darum zu bitten. Laß den Stamm vor die Hunde gehen, es ist deine Schuld. Laß sie zugrunde gehen und umkommen. Es ist deine Schuld . . .«
Die Çukurova erschien vor seinen Augen. Eine Herbstnacht . . . Über der ganzen Ebene funkeln in der Dunkelheit die Sterne . . . Große Sterne aus Eisen, die donnernd über die Felder wirbeln, riesige Leuchtkäfer aus Eisen . . . Gezähmte Flüsse . . . Die Straßen mit ihren eisernen Pferden schnell wie der Blitz, einem Menschen wird schwindlig davon . . . Der Staub, die Hitze, der Schweiß, das Fieber, das Elend . . . Die seltsam ausgedörrten Männer. Die halbnackten, sonnenverbrannten Frauen . . . Diese Frauen vor allem . . . halb nackt . . .
Das Weiß seiner moosgrünen Augen schien zu wachsen.
Aus der Tiefe kam das Geräusch von Schritten. Ein Stein rollte in den Abgrund. Weitere Steine im Fallen mit sich reißend, stürzte er mit lautem Poltern in die Tiefe. Der frische, dampfende Duft von zerdrückten Blumen zog ihm in die Nase. Er war verstimmt: beinahe wäre er, auf seinem Felsen sitzend in wohlige Träume versunken, zurückgekehrt in längst vergangene Tage, wäre in die Çukurova gegangen, nach Adana, nach Mersin, und wieder den Mädchen mit ihren langen, sonnengebräunten Beinen begegnet. Beinahe wäre er noch weiter in die vergangenen Tage versunken, als die Gazellen frei durch die Çukurova streiften, so zahlreich wie die Schafe, in ganzen Herden.

Er sah in die Richtung, aus der die Schritte kamen und ließ seinen Bart los. Es war sein Freund Müslüm, der mit schweren Schritten den Berg heraufstieg. Sein Haar, sein Bart, seine Hände, seine Augenbrauen, sein Schnurrbart, alles an ihm war ganz weiß. Er schwebte herauf wie ein Knäuel von Baumwollflocken.

»Bruder, Bruder! He, Neffe Haydar, ich suche dich schon den ganzen Morgen!«

Er drehte andauernd die Spindel in seiner Hand, während er heraufstieg.

Atemlos ließ er sich neben Meister Haydar nieder. Er zog seine Bauernschuhe aus, die aus einem Stück ungegerbter Ochsenhaut geschnitten, mit Riemen vernäht und um die Schenkel geschnürt waren . . . Kleine Schnecken saßen darin. Er schüttelte sie heraus und schnürte die Schuhe wieder fest. Er war ein winziger, kugelrunder Mann, dieser Müslüm.

Er sah Meister Haydar fest in die Augen und ließ seinen Blick nicht von ihm. Beider Augen blitzten, ihre Blicke durchbohrten sich.

»Du wirst es dieses Jahr für den Stamm tun, Haydar. Du hast dir schon genug für deinen Enkel gewünscht. Dieses Jahr wirst du, wenn Hizir und Elias sich treffen, uns, den Stamm, nicht vergessen. Wir sind am Ende, Haydar, erschöpft. Wir können nicht mehr . . . Wenn der große Allah uns jetzt nicht zu Hilfe kommt, sind wir verloren, Haydar!«

Meister Haydar griff an seinen Bart, stützte den Ellbogen auf die Knie und versank in Gedanken. Dann weiteten sich plötzlich seine moosgrünen Augen und blinzelten:

»Was hat das für einen Sinn, Müslüm?« fragte er. »Hat uns Allah nicht verlassen? Ist er nicht aus unseren Bergen geflohen und hinunter in die großen Städte gezogen? Auch wir müssen gehen, Müslüm. Wir müssen hinuntergehen, dahin, wo Allah jetzt ist.«

»O mein guter Neffe«, rief Müslüm, »dein Atem ist mächtig. Wenn du den großen Allah in der Hidirellez-Nacht um etwas bittest, wird er es dir gewähren. Er wird unseren Wunsch erfüllen. Nur mußt du dir dieses Jahr für uns etwas wünschen, und nicht für deinen Enkel.«

Sie standen auf und gingen auf den Pfad zu. Meister Haydar schritt voran und Müslüm folgte. Der Frühling hatte eben erst seine Augen geöffnet. Die Blumen waren noch kaum in Blüte, noch fast Knospen. Vögel und Bienen flogen in der milden Sonne schläfrig hin und her. Die Erde dehnte sich. Felsen, Bäume, Ströme, Insekten, das Rotwild, Füchse, Schakale, Schafe und Lämmer, alles streckte sich schlaftrunken im Morgennebel.

Es war jetzt drei Tage her, seit sich der Stamm in diesem Tal niedergelassen hatte. Ein Stamm von sechzig Zelten. Man nannte ihn den Karaçullu-Stamm. Der Stammesälteste war Meister Haydar der Eisenschmied. Schmied – aber was hatte ihm das bis heute genützt und was würde es ihm künftig nützen? Eines Tages wird ihm das ganz bestimmt von Nutzen sein . . .

Diesen Winter hatten sie die Hölle durchgemacht in der Çukurova. Niemals, seit Anbeginn aller Zeiten, seit der Stamm das erste Mal in die Çukurova gezogen war, hatten sie einen so schrecklichen Winter erlebt, waren ihnen die Menschen in der Ebene so feindselig begegnet. Sie waren immer noch ganz benommen vom Schrecken.

Der Stamm war gealtert, heruntergekommen, verarmt, aber einige seiner Traditionen hatte er bewahrt. Sobald sie dieses Tal erreicht und ihre Zelte aufgeschlagen hatten, wurde auch das Versammlungszelt aufgebaut. Es war nicht langgezogen wie die anderen Zelte. Versammlungszelte sind immer rund, und ihr kuppelähnlicher First ist mit Kelims und Filzläufern bedeckt. Über dem Eingang hängt ein Kelim mit ungewöhnlichen Mustern, und die inneren Wände sind ebenfalls umsäumt mit uralten, bestickten Kelims. Über den Fußboden laufen orangefarbene Filzläufer von einem Ende zum anderen. Rechts vom Eingang steht ein Steinherd voll glühender Asche. Die letzten dreißig Jahre wurde das Versammlungszelt immer auf dem gleichen Fleck errichtet.

In der Mitte des Lagerplatzes, am Fuß des Tales, war eine flache, weiße, marmorähnliche Platte, so groß wie drei Dreschtennen. Den ganzen Morgen hatten sie Filzläufer, Kelims, Betten und Kissen zusammengetragen und sie über dem weißen Stein ausgebreitet, der jetzt unter der lauen Sonne in einer Flut von Farben glänzte. Man hatte duftende Speisen in riesigen Kesseln zum Kochen aufgesetzt. Die älteren Frauen waren emsig damit beschäftigt, das Essen in große Kupferschüsseln zu schütten und die Kessel wieder nachzufüllen; im Rauch und Wasserdampf verschwanden und tauchten sie wieder auf. Alle waren guter Dinge und bereiteten sich auf das große Festmahl vor. Wenn nur Meister Haydar sich überreden ließe . . . ihre Freude wäre ungetrübt. Dann wäre das Fest ein doppeltes Fest.

»Bitte, Meister Haydar . . . Nur dieses eine Mal . . . Bitte, wünsche jetzt für uns, dieses Mal! Bist du nicht der Älteste des Stammes, der Vater von uns allen? Tu das für uns, dieses Jahr, nur dieses eine Jahr, und danach kannst du tun, was du willst. All die Jahre Allahs, wozu sind sie denn gut, Meister Haydar? Komm, Meister Haydar . . . Lieber Haydar . . . Schau, ein ganzer Stamm, jung und alt, jeder hängt an deinen Lippen. Komm, was sagst du, Meister?«

»Seid ihr verrückt? Woher wißt ihr denn, daß Allah alles erfüllt, was ich von ihm wünsche?«
»Er erfüllt dir jeden Wunsch.«
»Woher wißt ihr das, um Himmels willen?«
»Wir wissen es. Allah überhört nie deine Gebete.«
Der ganze Stamm hatte sich um ihn versammelt. Meister Haydar stand in ihrer Mitte und hatte mit beiden Händen seinen Bart gepackt, er quoll durch seine Finger und wallte ihm mit kupfernem Schimmer über die Brust.
»Hört auf, sage ich, ihr Hunde!« schrie er. »Hört auf damit! Ihr macht mich allen Menschen und auch Allah zum Gespött! Ihr Dummköpfe, ist Allah denn der Sohn meines Vaters?«
Die Zelte waren ausgebleicht und zerrissen, die Vordächer zerfetzt. Die Gesichter der Kinder waren blaß, ihre Augen ohne Glanz. Niemals in seinem langen Leben hatte Meister Haydar solch einen Jammer, soviel Unglück gesehen wie im eben überstandenen Winter.
»Ach«, stöhnte er, »wenn es etwas gäbe, das ich tun könnte . . . Ach, wenn ich wirklich etwas . . .«
»Du kannst!« kam die Antwort von allen Seiten.
»Niemand darf heute Nacht schlafen. Niemand. Wenn nur ein einziger von euch einschläft, ist der Zauber gebrochen . . . Und sobald ich es sehe . . . falls ich es wirklich sehe . . .«
»Du wirst es sehen!« riefen sie alle mit einer Stimme, daß es aus dem tiefen Tal, von den Wäldern und Felsen des Aladağ-Berges widerhallte.
»Also gut, falls ich es sehe, werde ich für euch wünschen. Jeder, der es dieses Jahr sieht, muß für den Stamm wünschen. Sind alle einverstanden?«
»Einverstanden!« riefen sie im Chor.
»Aber wenn jemand betrügen will und sich etwas anderes wünscht, ist alles verloren. Seid nicht selbstsüchtig! Wir sind in Not. Wenn wir dieses Jahr kein Stück Erde zum Überwintern finden, sind wir am Ende, endgültig.«
»Am Ende. Endgültig!« wiederholten sie im Chor.
Das Festmahl begann. Die Flötenspieler kamen. Sie saßen mit untergeschlagenen Beinen auf den orangefarbenen Filzläufern, mit aufgerichtetem Oberkörper, steif und stumm. Es waren hochgewachsene Männer mit kupferner Haut und moosgrünen Augen. Aus einem unbekannten Land waren sie gekommen, von dort, wo die Sonne und der Mond wohnen. Jeder sah sie bewundernd, respektvoll und auch

mit ein wenig Furcht an. Sie warteten, unbeweglich in den Boden verwurzelt, wie die Felsen neben ihnen. Sie warteten darauf, daß der Zauber wahr würde.
Das Festmahl begann. Man streute Blumen über die orangefarbenen Decken, zwischen die Fladenbrote. Duftendes Joghurt und Ayran . . . Auf großen Kupferplatten ganze Schafe und Ziegen, kleine Zicklein; Berge von leuchtend weißem Reis . . .
Man hatte das Gelöbnis vorgetragen, Hymnen und Loblieder zu Ehren des Propheten Abraham gesungen. Erst dann begann man mit dem Essen. Männer und Frauen, Alte und Junge, der ganze Stamm ließ sich zur Mahlzeit nieder. Fröhlichkeit rauschte durch das Tal, über die marmorweiße Platte, über die orangefarbenen Decken mit den aufgestickten Sonnenscheiben und Gänsefüßen.
Und dann stand ein Trommler, ein einziger Trommler auf. Er begann sich im Schlagen der Trommel zu drehen, hob sie hoch über den Kopf, um sich dann wieder niederzubeugen. Er wirbelte in rasender Geschwindigkeit im Kreis herum; sein Arm ging so schnell, daß er unsichtbar wurde und entlockte der Trommel eine unglaubliche Vielfalt von Tönen: Beschwörung, Weinen, Lachen, Wut, Spott, Trotz, Aufruhr . . .
Plötzlich schwieg die Trommel. Der Trommler kniete sich hin zum Gebet. Er beugte sich zur Erde und küßte sie dreimal. Ein Nomade nach dem anderen stand vom Mahl auf und kniete neben dem Trommler nieder, um wie er dreimal die Erde zu küssen und zu beten; jeder einzelne, sogar die Kranken, die Krüppel und die Kinder.
Kurz vor Sonnenuntergang zündete man unterhalb des Festplatzes ein großes Feuer an. Der rötliche Schein überflutete den Grund und die Hänge des Tals. Der schwarze Wald wurde hell.
Dann setzten die Flötenspieler gleichzeitig ein. Sie spielten wie mit einer einzigen Stimme ferne, tausend Jahre alte Weisen. Allmählich entrückten sie die Menschen in eine andere Welt. Nach den Flötenspielern traten die Saz-Spieler in die Mitte. Sie spielten den Semah, ein altes, lang vergessenes religiöses Tanzlied. Niemand hätte mehr danach tanzen können, denn der führende Saz-Spieler war Koyun Dede, und der war über hundert Jahre alt. Sobald Meister Haydar die ersten Töne hörte, leuchteten seine Augen auf. Er erhob sich und drehte sich zur Musik. Eine lange Zeit tanzte er alleine, immer im Kreis, immer näher an die hoch aufgehäufte Asche heran, ein Berg von einem Mann. Der breite Bart bedeckte seine Brust und

glitzerte im Feuerschein. Dann stand ein junges Mädchen auf, gertenschlank, mit brauner Haut, großen Augen und langem Haar, und gesellte sich zu ihm. Zusammen drehten sich Meister Haydar und das junge Mädchen immer weiter, wie in Trance. Die Trommel setzte wieder ein, und die Flötenspieler nahmen den Ton auf. Wer noch beim Mahl saß, erhob sich nun, allein oder zu zweit, und schloß sich dem Tanz an. Bald war der ganze Stamm von sieben bis siebzig auf den Beinen. Nun begann ein Reigen. Die Sonne ging unter. Der Trommler schlug pausenlos seine Trommel und umkreiste das Feuer wie ein reißender Strom. Farben, Lichter, der Wald, Ströme, Klänge, das Tal, Sterne und Menschen drehten sich, ergriffen von einem leidenschaftlichen Taumel.

Von Zeit zu Zeit hielt alles inne. Stille trat ein und die Menge warf sich nieder vor dem Feuer und vor dem alten Koyun Dede, der dicht neben dem glühenden Aschenhaufen saß. Am späten Abend endete der Tanz. Koyun Dede kletterte auf einen Felsen. Er stimmte das Gelöbnis an: »Allah, Allah, Allah . . . O Selman der Reine! O Salomon der Mächtige! Verdammt seist du, Mervan! Kommt uns zu Hilfe, ihr Zwölf Imams! Erhört unsere Gebete, reinigt unsere Herzen!«

Die Menge wiederholte aus einem Munde: »Erhört unsere Gebete, reinigt unsere Herzen!«

»Möge unserem Gebet Gunst gewährt werden!«

Das Tal widerhallte: »Gunst gewährt werden . . .«

»Möge der Segen der Zwölf Imams und Selmans des Reinen immer über uns sein!«

»Über uns sein . . .«

»O Allah, o Mohammed, o Ali!«

»O Ali . . .«

»Die Zwölf Imams wurden zu Licht!«

»Zu Licht . . .«

Die Menge wurde von Leidenschaft ergriffen. Das Echo ihrer Rufe hallte zum Himmel empor.

»O Sultan Hatai, der durch die Lüfte entschwand!«

»Durch die Lüfte entschwand . . .«

»Um des göttlichen Mysteriums willen, vergib uns!«

»Möge deine Kraft uns schützen! Mögen sich unsere Lästerungen in Glaube verwandeln! Mögen uns die Zwölf Imams zu Hilfe kommen! Mögen wir immer auf ihrem Weg wandeln und ihnen ewiglich ins

leuchtende Angesicht blicken! O rettendes Licht der Wahrheit! O rettendes Licht der Wahrheit! Amen! . . .«
Die Felsen warfen es zurück: »Licht der Wahrheit! Amen . . .«
Koyun Dede kletterte vom Felsen und ging auf die Menge zu. Er sprach zu ihr mit heiserer Stimme: »Diese Welt ist reich an Schätzen . . . Bäume und Vögel und Erde und all die Wohlgerüche und der Segen des Herrn . . . Die Erde schenkt mit vollen Händen . . . Sie gibt tausendfach, millionenfach . . . Ein Wunder, der Mensch kann es nicht verstehen . . . Die Ströme, die Sterne . . . Und alles nur für den Menschen erschaffen. Heute Nacht werdet ihr euer Herz rein machen . . . Wenn ihr für einen unter uns Verachtung in eurem Innern hegt, so wisset, daß kein Mensch geringgeschätzt werden darf. Wenn ihr von jemandem Böses denkt, so wisset, daß der Mensch noch nicht geboren ist, von dem ihr Böses denken dürft. Das Böse lebt nicht auf dieser Welt. Wir sind es, die es erfunden haben. Es gibt nur Güte auf dieser Welt, zweierlei Güte. Nehmt einen Stab aus Licht in die Hand, einen sehr langen Stab. Das eine Ende wird sehr hell leuchten und das andere etwas weniger hell. Das ist der einzige Unterschied zwischen Gut und Böse, merkt euch das so. Mervan war ursprünglich nicht böse, wir haben ihn dazu gemacht. Seine Schuld ist unsere. Heute Nacht müßt ihr euer Herz reinhalten bis zum Morgengrauen. O rettendes Licht der Wahrheit, Bruder! . . . O Licht der Freundschaft . . .«
Meister Haydar ging auf ihn zu, umarmte ihn und küßte ihn auf die Schulter. Koyun Dede lachte:
»Auch du mußt dein Herz reinigen, Heiliger«, sagte er. »Diese Nacht ist deine Nacht. Du wirst heute Nacht diesen Stamm retten.«
»Du sagst das auch, Dede? Ich . . . den Stamm retten?« Meister Haydar war überrascht.
Koyun Dede ergriff seine Hand. »An welchem Wasser wirst du warten, mein Sultan?«
»Ich werde oben im Alagöz warten.«
»Mein Segen ist mit dir!« sagte Koyun Dede und sie trennten sich. Die Nomaden zerstreuten sich, sie gingen mit leisen Schritten in die Wälder, zu den Quellen, den Bächen und Felsen.

Es ist die Nacht, die den fünften und sechsten Mai verbindet. In dieser Nacht werden sich Elias, der Schutzheilige der Meere, und Hizir, der Schutzheilige des Festlandes, treffen. Seit Anbeginn aller Zeiten ist es immer so gewesen in dieser Nacht, einmal im Jahr. Sollte es ihnen in einem Jahr einmal mißlingen, wären die Meere nicht mehr Meere und das Land nicht mehr Land. Die Meere wären ohne Wellen, ohne Licht, ohne Fische, ohne Farben und würden austrocknen. Auf dem Land würden keine Blumen blühen, keine Vögel und Bienen würden mehr fliegen, der Weizen würde nicht sprießen, die Bäche nicht mehr fließen, Regen nicht fallen, und Frauen, Stuten, Wölfinnen, Insekten, alles was da fleucht und kreucht, Vögel, alle Geschöpfe würden unfruchtbar. Wenn sie sich nicht treffen, die beiden . . . dann werden Hizir und Elias zu Vorboten des Jüngsten Gerichts.

Jedes Jahr treffen sich Hizir und Elias in einem anderen Teil der Welt. Wo sie sich finden, bricht der Frühling in jenem Jahr mit nie gekanntem Glanz hervor. Die Blüten sind noch üppiger, noch reicher, um vieles größer als in anderen Jahren. Die Bienen sind fetter, leuchtender. Die Milch der Kühe und Schafe fließt reichlicher und nahrhafter. Der Himmel ist klarer, von einem ganz anderen Blau. Die Sterne funkeln heller. Die Halme können kaum das Korn tragen, die Bäume beugen sich unter der Last der Blüten und Früchte. Die Menschen sind in diesem Jahr gesünder, sie werden nicht krank. Niemand stirbt in diesem Jahr, niemand, nicht einmal ein Vogel, eine Ameise, eine Biene, ein Schmetterling.

In dem Augenblick, wo Hizir und Elias aufeinander zugehen, tauchen zwei Sterne auf, einer im Morgenland, der andere im Abendland, und gleiten auf den Treffpunkt zu. Und wenn Hizir und Elias sich die Hand reichen, vereinigen sie sich und werden zu einem einzigen Stern. Er gießt sein Licht über die zwei Heiligen. Genau in dem Augenblick, wo Hizir und Elias sich die Hand reichen und die zwei Sterne verschmelzen, steht die Welt still. Die fließenden Ströme erstarren, als ob sie eingefroren wären. Die Winde hören zu wehen auf, die Meere sind spiegelglatt, kein Blatt rührt sich. Das Blut in den Adern stockt. Es fliegen keine Vögel, und die Flügel der Bienen beben nicht mehr. Alles steht still. Nichts regt sich, gar nichts. Es fallen keine Sternschnuppen, und das Licht fließt nicht mehr. Die Welt stirbt für einen Augenblick. Dann erwacht alles aufs Neue, herrlicher als zuvor.

Aus diesem Grunde bleiben die Menschen in dieser Nacht bis zum Morgen wach. Sie versammeln sich an hochgelegenen Orten, auf Dächern, Minaretten, Hügelkuppen oder Berggipfeln, um auf diese Weise einen Blick auf die zwei sich vereinigenden Sterne zu werfen. Andere ziehen es vor, neben einer Quelle, einem Brunnen, einem

Bach zu warten. Die ganze Nacht hindurch halten sie ihren Blick auf das Wasser gerichtet.
Denn wer die Vereinigung der Sterne sieht, dem wird erfüllt, was er sich in diesem Augenblick wünscht, was auch immer es ist. Man erzählt, daß einst ein Bauer namens Hüseyin der Knecht auf die Sterne wartete und plötzlich sah, wie sie durch den Himmel aufeinander zutrieben und in einer einzigen großen Flamme ineinander aufgingen. Hüseyin der Knecht war fürchterlich aufgeregt und konnte sich nicht mehr an seinen Wunsch erinnern. Er zitterte an allen Gliedern. »O Allah . . .« Er konnte nur noch stammeln. »O Allah, o Hizir, o Elias! . . .« Die Zeit lief ab. Er mußte sich schnell etwas wünschen. Ihm fiel nichts ein. »O Allah, o Hizir, o Elias! . . . Tragt diesen Hügel, auf dem ich stehe, auf die andere Seite des Flusses! . . .« Dann erinnerte er sich an seinen richtigen Wunsch, doch es war zu spät. So schlief Hüseyin der Knecht auf dem Hügel ein. Und wißt ihr, was er sehen mußte, als er die Augen öffnete? Er befand sich auf dem anderen Ufer des Flusses, zusammen mit dem Hügel.

Meister Haydar ging das Tal hinauf zur Alagöz-Quelle, die am Fuß eines roten Feuerstein-Felsens sprudelte. Er breitete seinen Überwurf aus und setzte sich. Sein zwölfjähriger Enkel Kerem war bei ihm. Er griff nach Kerems Hand und zog ihn zu sich herunter.
Die Quelle hatte einen kleinen Teich gebildet, der die Höhlungen des Felsens ausfüllte. Unter dem Licht der Sterne, in der matten Klarheit der Nacht, leuchteten die Kiesel auf dem Grund des Teiches. Winzige Kräuselwellen zogen Kreise über die Oberfläche und liefen am Rande des Teiches aus. Die grob gehauene Röhre aus Fichtenholz, am Ausfluß der Quelle befestigt, war von Moos überwuchert. Darunter hatte sich ein dickes Bett aus Poleiminze gebildet. Der hochaufragende rote Fels, das Wasser, die Nacht, die Sterne, die Erde – alles war durchtränkt vom Duft der Poleiminze. Aus der Tiefe, als ob es aus dem roten Felsen selbst emporkäme, tönte ein Murmeln. Auch der Wald flüsterte von ferne mit dunkler Stimme.
Der Duft der Fichten, der vielerlei Blumen, des eben erst sich aufrichtenden Grases vermischte sich und der laue Wind trug einen würzigen, feinen, kühlen Lufthauch heran.
»Großvater, schau!« rief Kerem begeistert vor Freude. »Schau, schau ins Wasser! Wie die Fische schillern, wie schnell sie schwimmen. Eins, zwei, drei . . . Drei Fische! Wie drei Lichter!«
Die Forellen leuchteten am einen Ende des Teiches auf, schnellten

flink zum anderen hinüber und verschwanden in der Höhle unter dem roten Felsen.

Der alte Mann hatte lange geschwiegen, in Gedanken versunken. Schließlich hob er den Kopf.

»Kerem«, sagte er mit seiner sanftesten Stimme, »Großvaters Liebling. Dich habe ich heute Nacht absichtlich mitgenommen. Hör zu, mein Liebling, diese Nacht ist die wichtigste des ganzen Jahres. Heute Nacht kann viel geschehen. Heute Nacht treffen sich Hizir und Elias. Du weißt, mein Kleiner, beide sind Heilige, die bei den Unsterblichen wohnen. Wenn sie sich nicht einmal im Jahr treffen, in der heutigen Nacht, würde aller Reichtum und alles Leben aus dieser Welt verschwinden. Verstehst du, mein Kind?«

»Ich verstehe«, antwortete Kerem. »Außerdem weiß ich, was die Hidirellez-Nacht ist. Vom letzten Jahr und auch aus den Jahren vorher . . .«

»Dann hör mir zu, Großvaters Liebling. Siehst du das Wasser aus dieser Quelle fließen? Es wird plötzlich stillstehen, im Fallen erstarren. Und oben in der Höhe werden zwei Sterne wie strahlende Sonnen sich treffen. Wenn sie verschmelzen, wird ein Lichtstrahl wie ein Blitz auf uns niederfallen. Hör zu, Großvaters Liebling, du mußt das Wasser beobachten, ohne dabei einzuschlafen, ja ohne dabei auch nur mit dem Auge zu blinzeln. Und ich, ich werde die Sterne beobachten.«

»Jawohl, Großvater. Ich werde die ganze Nacht kein Auge zutun.«

»Und dann, mein kleiner Kerem, mein Kind, wenn du siehst, daß diese gurgelnde Quelle wie zu Eis erstarrt, dann wünschst du dir etwas. Dann macht Hizir deinen Wunsch wahr. Was immer du willst, was immer du dir in diesem Augenblick wünschst, wenn das Wasser aufhört zu fließen, es wird dein sein. Nun sage mir, Großvaters Liebling, was wirst du dir wünschen?«

Kerem stützte sein Kinn genau wie sein Großvater und dachte nach.

»Ich weiß nicht, Großvater«, sagte er schließlich. »Ich weiß es wirklich nicht. Was soll ich mir wünschen, sag es mir, Großvater?«

»Mein lieber Kerem«, sagte Meister Haydar, »du wirst in deinem Leben noch viele Quellen und Sterne sehen können. Du wirst noch viele Wünsche äußern. So bete dieses Jahr zu Hizir, sobald du siehst, daß das Wasser erstarrt, sobald du es wirklich siehst. O Hizir, wirst du sagen, gib uns ein Winterquartier in der Çukurova und eine Sommerweide auf dem Aladağ. Wirst du das tun?«

»Sicher, Großvater. Aber werde ich sehen, wie das Wasser erstarrt und die Sterne sich treffen?«
»Es ist nicht jedem gegeben, mein Kind. Nur Menschen ohne Sünde, nur Tugendhafte können es sehen. Den Bösen, die grausam sind zu Menschen, Vögeln und Bienen, erscheinen Hizir und Elias niemals. Dir werden sie sich zeigen, mein Kind. Und mir vielleicht auch . . . Darum vertraut mir der Stamm. Sie glauben, ich sei ohne Sünde, ein Heiliger. Ich bin kein Heiliger, aber ich habe in meinem Leben wenig gesündigt und nie einem Geschöpf etwas zuleide getan. Dreimal habe ich gesehen, wie sich die Sterne gefunden haben und dreimal hat Bruder Hizir meinen Wunsch erfüllt.«
Kerem sagte kein Wort mehr. Er starrte auf die schäumende Röhre und auf das Wasser, das sich mit weißer Gischt auf die Kiesel ergoß. O du meine Güte, o du meine Güte, dachte er ständig bei sich. Was soll ich tun?
Es verging eine Weile.
»Warum sprichst du nicht, mein kleiner Falke?« sagte Meister Haydar schließlich. »Nun, mein Falke?«
Nachdenklich ruhten Kerems Augen auf dem Teich und auf den Fischen. Wenn diese Fische aus dem Rohr auf die Kiesel fallen, werden sie sterben? So fragte er sich. Wer weiß, vielleicht macht es ihnen gar nichts. Sonst gäbe es ja drunten im Strom keine Fische, oder etwa nicht? Kerem glaubte, diese Quelle sei der Ursprung der Fische, so wie sie der Ursprung des Baches war.
Ich will keine Sommerweide und kein Winterquartier, dachte er. Was soll ich mich um Land kümmern? Ich brauche es nicht. Falls ich sehe, wie das Wasser erstarrt, wünsche ich mir einen jungen Falken. Hizir wird ihn mir schenken, und ich werde ihn aufziehen. Ich werde ihn lehren, wie ein Pfeil in den Himmel zu schießen, wie ein Pfeil! Er wird Vögel fangen, Rebhühner, Tauben, Wiedehopfe, Stare und Wildenten, und sie mir bringen. Auch Hasen, wenn ich es will. Aber nein, es ist eine Sünde, einem Hasen ein Leid anzutun. Und auch dem Uhu, dem blinden Uhu . . .! Der Falke ist ein kleiner Vogel mit grünlichen Federn, aber hart und schwer wie ein Stein, und sein Schnabel ist lang und stählern.
»Woran denkst du, Kerem?«
Kerem schrak auf. Er murmelte etwas Unverständliches vor sich hin.
»Was ist, mein Kerem?« fragte Meister Haydar. »Ist etwas nicht in Ordnung?«

»Lieber Großvater«, stieß Kerem unvermittelt hervor, »ich werde niemals, niemals das Erstarren des Wassers und das Verschmelzen der Sterne sehen können. Nein, niemals, niemals!«
»Warum, Kerem, mein Junge, mein Falke?«
»Weil . . .« stotterte Kerem. »Weil, Großvater, weil ich . . .«
Er begann fast zu weinen bei dem Gedanken, diese goldene Gelegenheit zu verlieren, den jungen Falken zu erhalten, nach dem er sich schon jahrelang gesehnt hatte. Hätte er nur nie getan, was er getan hatte . . . Er hatte sich zuerst vom Großvater einen jungen Falken gewünscht. Sein Großvater versprach, einen zu fangen, aber er tat es nie. Dann bat Kerem den Vater, den älteren Bruder und auch den Jägermeister des Stammes, Kamil den Kahlen, und den Flötenspieler, Musa den Kleinen. Sie alle versprachen, ihm seinen Falken zu besorgen, aber sie hatten ihr Versprechen nicht gehalten. Da war Kemal, ein Junge von einem andern Stamm, dessen Nase sich immer schälte und dem die blonden Haare wie Igelstacheln nach oben standen. Und dieser Kemal hatte einen Falken. Sein Großvater hatte, obwohl er hundertfünfzehn Jahre alt war, ihm einen gefangen und war dabei die steilen Felsklippen emporgeklettert. Am Fuß von Kemals Falken hing eine winzige Glocke, nicht größer als eine Kichererbse. Und Kemal trug am rechten Handgelenk ein Lederarmband. Darauf setzte sich der Falke. Er schwang sich in die Luft, in den weiten Himmel und kam immer wieder zurück, kreiste über Kemal und ließ sich auf seinem Arm nieder. Kemal rief nach ihm wie nach einem Menschen. Wo immer der Falke sein mochte, weit oben im Himmel, beim Klang von Kemals Stimme stieß er herab. Dann hatte Kemal noch einen Trick. Er brachte es fertig, beim Gehen den Falken über seinem Kopf fliegen zu lassen. Wohin er auch ging, der Falke begleitete ihn überall und kreiste in Mannshöhe über ihm. Das war wunderbar, ganz wunderbar . . . Ach! Ich hätte es nicht tun sollen . . . Ach!
»Warum seufzt du, mein Junge, mein kleiner Löwe?« sagte Meister Haydar. »Ich würde mein Leben geben, um dich glücklich zu machen.«
»Es ist nichts«, sagte Kerem.
»Aber sag es mir doch, mein Kind.«
Plötzlich sagte Kerem sehr laut, er schrie fast: »Ich werde nie sehen, wie sich die Sterne treffen und das Wasser erstarrt, Großvater! Nie! Mit dir hier oben zu warten ist vergeblich! Vergeblich!«
»Aber warum, mein Herzenskind?«
»Es wird nicht gehen.«

»Warum nicht, mein Kind?«
Kerem brachte es nicht über sich, es zu gestehen. »Sag mir den Grund. Vielleicht irrst du dich.«
Kerem schwieg immer noch. Plötzlich sprang ein großer Fisch aus dem Wasser, mitten im Teich, und fiel mit einem Aufklatschen zurück. Während er zum Grund sank, glänzte sein silbriger Bauch im Licht der Sterne. Der Anblick fesselte das Kind.
»Großvater!« sagte er geistesabwesend. »Ich habe einmal ein Schwalbennest zerstört. Ich tötete die drei jungen Schwalben, band eine Schnur um den Fuß der Schwalbenmutter und ließ sie drei Tage lang so fliegen. Dann starb sie auch. Wie soll ich also die Sterne sehen können? Wie soll ich sehen können, ob das Wasser erstarrt?«
»Natürlich kannst du das«, rief Meister Haydar bestürzt.
»Aber du hast doch gesagt, daß diejenigen, die eine Sünde begangen haben, es niemals sehen können. Eine Schwalbe töten, ist das keine Sünde?«
»Doch!« gab Meister Haydar zu. »Es ist eine Sünde, eine sehr große sogar. Aber . . . Vielleicht hat Allah es in seinem großen Buch nicht als Sünde vermerkt. Hast du hinterher gesagt, Allah, o Allah, vergib mir meine Sünde?«
»Nein.«
»Oh, das ist etwas anderes. Ja, etwas ganz anderes.«
Die beiden dachten nach. Ein Vogelschwarm ließ sich in einer riesigen Platane vor ihnen nieder. Dann noch einer . . . Eine Schar Vögel nach der anderen glitt durch die Dunkelheit auf den Baum zu, bis seine Äste sich unter ihrem Gewicht neigten.
Nach einiger Zeit sprach Meister Haydar:
»Hör zu, Großvaters Liebling, wenn man es sich genau überlegt, so gibt es auf dieser Welt kein einziges menschliches Wesen ohne Sünde. Sogar Hizir, auf den wir jetzt alle warten, hat gesündigt, der Heilige, ohne den die Erde nicht wäre, wie sie ist. Ohne Hizir gäbe es keinen Frühling, die Mütter würden nicht gebären. Alles auf der Welt, die Steine, die Erde, Wölfe und Insekten, Schlangen und Tausendfüßler, die Fische im Wasser, die Menschen und Ameisen auf der Erde, die Sterne am Himmel – alles würde schlafen. Die ganze Welt wäre versunken in tiefen Schlaf. Denn Hizir ist das Blut dieser Welt. Er ist das Blatt am Baum, die Blume, der Duft. Er ist das Licht, er ist die Wärme der Welt. Und doch muß auch er gesündigt haben, selbst wenn er nur eine Ameise beim Gehen zertreten oder ein Insekt ohne sein Wissen getötet hätte. Deshalb zählt eine Kindersünde vielleicht nicht

wirklich als Sünde, mein Kleiner, Großvaters Liebling. Jetzt gibst du acht und hältst dich wach. Und nimm deine Augen nicht vom Wasser, das aus dieser Röhre kommt. Laß dich nicht ablenken. Falls deine Gedanken eine Minute, ja nur eine Sekunde lang wandern, und du träumst in dem Augenblick, den sie sich für ihr Zusammentreffen ausgesucht haben, dann ist alles vorbei. Höre auf die Quelle und sobald das Gurgeln aufhört . . . Schau, die Vögel in diesem Baum, wie sie aufgeregt sind und zwitschern, dieser Lärm, den sie machen. Sie werden auf einen Schlag schweigen. Und dann . . . Aber nein, halte dich nicht an die Vögel, sie könnten einschlafen . . . Laß deine Augen nicht von der Quelle und höre auf ihr Gurgeln.«
»Jawohl«, sagte Kerem.
Da das Töten einer Schwalbe nicht als Sünde zählte, würde er vielleicht sehen, wie sich die Sterne vereinten, das Wasser stillstand, erstarrte. Er war sehr glücklich. Morgen in aller Frühe würde er in die Felsen klettern und den jungen Falken mit seinen eigenen Händen fangen. Aber waren die jungen Falken schon ausgeschlüpft? Aber das war ja unwichtig. Hizir würde schon dafür sorgen, daß sie ausgeschlüpft waren. War er denn schließlich nicht verpflichtet, dafür zu sorgen, daß die Wünsche in Erfüllung gingen? Hat mir das nicht der Großvater gesagt?
Es lag ihm auf der Zungenspitze. Großvater, hätte er beinahe gefragt, kann Hizir mir einen Falken geben, der noch nicht ausgeschlüpft ist? Oder wird er warten, bis die Jungen aus dem Ei schlüpfen? Aber er hielt rechtzeitig inne. Sein Großvater hätte erraten, daß er sich statt einem Winterquartier in der Çukurova und Sommerweiden auf dem Aladağ einen Falken wünschte – die Hölle würde ausbrechen. Nein, geschimpft hätte er nicht, aber er hätte kein Wort mehr mit ihm gesprochen. Er war ein Mann, der grollte, oft grollte . . .
»Ich werde kein Auge zutun, Großvater. Ich werde die Quelle beobachten, ohne ein einziges Mal zu blinzeln. Ich werde auf das gurgelnde Wasser hören. Und du, Großvater, du darfst die Sterne nicht aus den Augen lassen.«
»Nein, ich werde sie nicht aus den Augen lassen«, versicherte Meister Haydar.
»Du rufst mich, wenn du siehst, wie sich die Sterne vereinen, nicht wahr?«
»Natürlich, Großvaters Liebling. So etwas kann man gar nicht verheimlichen. Der Anblick dieser beiden Sterne, wenn sie aufeinandertreffen, ist etwas Wunderbares. Man fühlt sich in diesem Augenblick

wie ein anderer Mensch, als ob man das Paradies betreten hätte. Licht strahlt durch deinen ganzen Körper, und du zitterst vor Freude. Diesen Augenblick kann man nie vergessen, sein ganzes Leben lang nicht. Das ganze Leben lang bist du wie berauscht, wenn du dich an diesen Augenblick erinnerst. Ja, wie könnte ich dir das nicht zeigen, mein Kerem.«

»Großvater!«

»Was ist Kerem?« fragte Meister Haydar.

Ich werde ihn um einen Falken bitten und nicht um Land – fast hätte Kerem es ausgesprochen. Aber dann ließ er es doch.

»Nichts«, sagte er. »Meine Augen folgen dem Lauf des fließenden Wassers und meine Ohren hören auf sein Geräusch.«

Drunten im Lager war alles ruhig. Nur die Geräusche der Natur erfüllten die Nacht. Ceren war das einzige Mädchen unter drei Brüdern. Sie war hochgewachsen, braungebrannt und hatte große haselnußfarbene Augen; immer trug sie die alte traditionelle Tracht der Türkmenen. Sie saß an der Taşbuyduran-Quelle, die mitten in einer steilen Wand blauer Felsen entsprang und zwischen den Felsen einen Teich bildete, so tief wie ein Brunnen. Von dort ergoß sich das Wasser auf ein flaches Stück Land, das mit Poleiminze bewachsen war. Ceren hatte sich in eine Mulde zwischen zwei Felsen gesetzt. Sie träumte vor sich hin und ließ ihre Gedanken schweifen. Ihre Augen ruhten auf der Röhre. Das Wasser, das aus der Röhre fiel, hatte den großen, mächtigen Felsen ausgehöhlt und schäumte nach allen Seiten. Letztes Jahr und das Jahr davor hatte sie in der Hidirellez-Nacht auch hier gewartet, hier am gleichen Ort neben der Taşbuyduran-Quelle, zusammen mit Pembe, die auch jetzt an ihrer Seite saß. Aber sie hatte nie das Glück gehabt, das Treffen der Sterne und das Erstarren des Wassers zu sehen. Weil ich zuviel gesündigt habe, hatte sie sich immer gesagt. Dennoch hatte sie die ganze Nacht kein Auge zugetan. Denn falls sie doch das Treffen der Sterne, das plötzliche Erstarren des Wassers sehen könnte, würde sie sich wünschen, Halil wiederzusehen, und sei es auch nur ein einziges Mal.

»Laß mich das Wunder heute Nacht sehen, Allah!« betete sie. »Nur dieses eine Mal! Du vergibst dir doch nichts dabei!« Die Augen auf einen großen, funkelnden Stern im Süden gerichtet, flehte sie: »Du prächtiger Stern, laß mich Zeuge sein, wenn du dich mit deinem Gefährten triffst. Nur dieses eine Mal. Dann kann ich Hizir bitten, mir meinen Halil zurückzugeben.«

Der Stamm hatte beschlossen, daß jeder, der die Sterne sich vereinigen oder das Wasser erstarren sah, um Land in der Çukurova und Weiden auf dem Aladağ bitten solle. Auf dem ganzen Weg bis zur Quelle hatte Ceren einen Kampf in ihrem Herzen ausgefochten. »Was soll ich mich um Land kümmern. Ich will meinen Halil. Und wenn ich dieses Glück habe, ein einziges Mal in meinem Leben, kann ich es nicht für eine Handvoll Erde vergeben. Es hat keinen Sinn, mich selbst zu belügen!«

Ein langer, schlanker Windhund mit goldfarbenem Fell lag zu ihren Füßen. Dieser Windhund gehörte Halil. Als Halil fortging, kam der Windhund zu Cerens Zelt, blieb dort stehen und ließ sich nicht vertreiben. Er hatte sorgenvolle, traurige Augen wie ein Mensch, der viel durchlitten hat. Er konnte lachen wie ein menschliches Wesen, er empfand Sehnsucht und schöpfte wieder Hoffnung, langweilte sich, und in der Nacht weinte er still vor sich hin, ganz wie ein Mensch.

»Bitte, Allah, laß mich diesen Augenblick erleben. Laß mich Halil wiedersehen, nur einmal, sei es auch nur von weitem. Nur einmal! Selbst wenn es zum letzten Mal in meinem Leben sein sollte.«

Das Wasser plätscherte über die blauen Felsen. Im Sternenlicht war die Nacht so klar wie der Tag. War die Sonne noch nicht untergegangen? Das ganze Jahr hindurch, an jedem einzelnen Tag, hatte Ceren mit der Hoffnung gelebt, daß Halil wiederkommen würde. Und mit welch brennender Ungeduld hatte sie auf die Hidirellez-Nacht gewartet! Soviel Wunder waren schon geschehen in dieser Nacht, wo Hizir Elias trifft, soviel Hoffnungen waren wahr geworden. Man mußte nur die Sterne sehen, man mußte nur, während man nach ihnen Ausschau hielt, frei von jedem schlechten Gedanken sein.

Umgeben von den Wassern und den Lichtern, am Fuße des hochragenden Berges, der bald sich verdunkelte, dann wieder leuchtete und noch mächtiger schien, als er war und einen starken Duft ausströmte, überkam sie in ihrer Einsamkeit ein brennendes Verlangen. Ein Fieber ergriff sie vom Scheitel bis zur Sohle, sie war wie von Sinnen. Diese rasende Sehnsucht nach Halil erschreckte sie, und sie zitterte. Ihr Herz schlug wie wild. Ihr ganzer Körper fieberte, brannte wie Feuer, spannte und streckte sich. Sie dachte an Halil. Ihr Fleisch glühte.

»Pembe«, rief sie plötzlich, »das Fieber verbrennt mich!«

Sie stand auf und ging zwischen den Felsen hin und her.

»Ich brenne, ich brenne . . .«

Hastig warf sie ihre Kleider ab. Ihr Körper glänzte im Sternenlicht, voller Frische, wohlgestaltet, fruchtbar. Sie sprang in den Teich. Das Wasser war kalt. Pembe zog sich auch aus und stieg nach ihr in den Teich. Ceren blieb lang im Wasser. Hier mußte sie nicht befürchten, den Augenblick zu verpassen. So würde sie es jedenfalls spüren, wenn die Quelle um sie herum erstarrte.

Als sie herauskam, fühlte sie sich befreit und rein. Frisch wie ein neugeborenes Kind. Sie würde das Treffen der Sterne sehen. Sie würde sich wünschen, Halil wiederzusehen.

Halil wußte nichts von all dem. All die Jahre hatte sie es nicht gewagt, ihm ins Gesicht zu sehen oder ihm Auge in Auge gegenüberzutreten. Bei seinem Anblick bebte ihr ganzer Körper vor Erregung, und sie fürchtete, ihre Selbstbeherrschung zu verlieren. Sie hatte Angst, vor Entzücken zu sterben, wenn einmal ihre Blicke sich treffen würden.

Halil wußte von nichts. Und selbst wenn er es gewußt hätte, würde es ihn kümmern? Halil war so schön. Man hätte sein Gesicht hundert Jahre lang anstarren können und hätte sich immer noch nicht daran satt gesehen. »Nur einmal, Allah, laß mich ihn wenigstens einmal aus der Ferne sehen, und dann bin ich bereit zu sterben.«

»Auch ich bin bereit zu sterben«, sagte Pembe. »Das ist auch mein Wunsch. Halil ist so schön wie Joseph, Jakobs Sohn. Stimmt es etwa nicht, Ceren?«

Ceren seufzte tief.

Sterne glitten in endloser Bahn über den Himmel. Einige fielen herab, streiften den Aladağ und tauchten seinen Gipfel in Licht. Jedesmal, wenn eine Sternschnuppe vorbeizog, zitterte ihr Herz, und sie folgte ihr mit den Augen. Und wenn der Stern verschwand, überkam sie eine Welle der Verzweiflung.

Plötzlich tauchte von weit her ein riesiger Stern auf und versprühte Funken. Cerens Herz schlug bis zum Hals. Jetzt blau, dann orangefarben, immer heller zog der Stern wirbelnd und funkelnd von einem Himmelspol zum anderen. Dann drängte sich von Osten her ein ganzer Sternenhaufen nach vorne, und dann noch einer . . . Jeder Stern eine Lichtquelle . . . Der Horizont leuchtete . . . Ceren stockte der Puls. Sie folgte einmal diesem, einmal jenem Stern. Im Licht erglänzte das Wasser. Die Taşbuyduran-Quelle inmitten der Felsen kochte über, schäumte, war übersät mit Funken. Auch der Himmel war jetzt übersät mit Massen von Sternfeuern, Tausenden, die in alle Richtungen schossen und davonjagten. Sie überschwemmten den Teich, überfluteten den Wald, den Berg.

»Ich will Halil!«
Über den ganzen Himmel glitten und tanzten die Sterne. Alles drehte sich um Ceren. Vor ihren Augen explodierten Lichter, toste das Wasser und barsten die Felsen.
»Ich will Halil!«
Die Ameisen, die Vögel, die Insekten, die Bäume, der Sand, das ganze Universum war jetzt eine vorwärtsschießende, schleudernde Masse von Sternen. Alle Blumen, alle Augen der Menschen . . .
»Ich will Halil!«

Müslüms Rücken war vom Alter gebeugt. Seine Hände zitterten. Er hatte alle Zähne verloren. Aber in seinem zahnlosen Mund waren vereinzelt wieder Zahnstümpfe nachgewachsen, die dritten Zähne. Er saß allein an der Sazlik-Quelle und betrachtete das funkelnde Wasser. Er hatte großen Hunger. Seit dem frühen Abend hatte er schon fünfmal seine rituellen Waschungen vollzogen.
»Meine Stunde hat geschlagen, ihr Heiligen, ihr Schönen, sie geht zu Ende«, murmelte er unablässig vor sich hin. »Ich weiß es nur zu gut. All meine Freunde sind in den letzten zwanzig Jahren gestorben. So wie wir gekommen, müssen wir wieder gehen, sagt das Sprichwort. Diese Quelle, die Sterne dort, jene Platane sogar sind besser dran als wir. O großer Hizir, o allmächtiger Allah, euch habt ihr unsterblich gemacht, warum nicht mich, uns, uns alle? Was haben wir getan? Heute noch auf den Beinen, morgen unter dem Boden. Hundert Jahre habe ich gelebt, aber so schnell ist alles vorübergegangen, wie ein Blinzeln des Auges. So schnell ist's gegangen, wie ein Augenzwinkern, wie Rauch im Wind. Jetzt lebe ich, in diesem Augenblick . . . Mach mich wieder jung wie Selman den Reinen. O Allah, mach mich unsterblich wie Hizir. Heute ist der Tag, heute oder nie. Ein Leben, es ist nur der Atem einer Sekunde, es ist wie das Wasser, das aus dieser Quelle fließt. Es wird erstarren, einen Augenblick lang. Ich werde zum Himmel sehen und zwei Sterne werden sich treffen. Oh, ein ganzes Leben wiegt nicht mehr als dieser Augenblick . . .«
Es war einmal ein Arzt namens Lokman. Er wurde ein Heiliger, Unsterblicher aus eigener Kraft. Sechzig Jahre lang durchstreifte er die Welt, drehte jeden Stein, durchforschte jeden Berg und jedes Tal. Er sprach mit den Blumen, den Pflanzen, den Gräsern, und sie offenbarten ihm ihre Kräfte. Und er schrieb alles, was die Blumen ihm in ihrer Sprache sagten, in sein Buch. Jede Blume enthält ein Heilmittel gegen Krankheit und Lokman fand für jede Krankheit das Mittel. Nur das

Kraut der Unsterblichkeit konnte er nicht finden, aber unablässig suchte er weiter. Und eines Tages . . . Eines Tages erfuhr er, daß die Blume des ewigen Lebens, der Trank gegen den Tod, das Kraut der Unsterblichkeit in einem der Täler des Aladağ zu finden war. So kam er hierher und machte den Aladağ zu seiner Wohnung. Er sprach mit jedem Grashalm und jeder Blume, mit jeder Quelle und jedem Bach, mit jedem Insekt, mit den Wölfen, den Vögeln, den Ameisen. Er fragte den wehenden Wind, den heraufdämmernden Tag, das fließende Licht, den fallenden Regen. Am Ende fand er das Mittel gegen den Tod . . .

»Heute Nacht werde ich sehen, wie die Sterne sich treffen, das Wasser im Fließen erstarrt, der Vogel im Flug stockt, der Regen im Fallen einhält, das Licht in seiner Bahn stillsteht. Und ich werde sagen, o Hizir, gib mir das Mittel, das Lokman entdeckt hat! Und dann soll er versuchen, es mir nicht zu geben! Wehe, wenn er versucht, sich aus der Schlinge zu ziehen! Dann werde ich . . . Ja, dann werde ich ihn behandeln, wie er es verdient. Es wird ihm leid tun, daß er einst aus dem Schoß seiner Mutter kroch. Er wird den Tag beklagen, an dem er zum Heiligen wurde. Und er wird die nächsten zweiundsiebzigtausend Jahre lang bereuen, nicht sterben zu können.«

Bruder Müslüm, dreißig Jahre schon wartest du in der Hidirellez-Nacht und spähst nach den Sternen und Quellen . . . Ich kann, ich will nicht davon sprechen. Ich will mich nicht beklagen. Ich bereue sie nicht, all meine Mühen.

Auf den Bergen, unter den Sternen und am Ufer der Gewässer warte ich . . .

Die Blumen sprechen nicht zu jedem. Die Blume des Lebens spricht zu niemandem, nicht einmal zu Hizir. Auch nicht zu Taşbaşoğlu, dem Heiligen der Heiligen. Nur einmal sprach sie, zu Lokman, diese Blume, die den Saft des ewigen Lebens in sich trägt. Lokman ging zu ihr hin und atmete ihren Duft. Plötzlich sprühten Lichter vor seinen Augen, der Frühling erblühte in tausendfältiger Fülle, die Welt wurde eine andere. Er taumelte vor Freude, verlor das Bewußtsein. Er tauchte in einen Traum der Glückseligkeit und wurde unsterblich. Im Augenblick, bevor er das Bewußtsein verlor, schien ihm die Welt so süß, oh, so süß, daß er auf die Knie fiel und zu Allah betete. O Allah, sagte er, laß mich den Duft dieser Blume noch einmal atmen, und ich will auf die Unsterblichkeit verzichten. Denn es ist so: atme einmal den Duft dieser Blume ein, und du wirst unsterblich, aber atme ihn ein zweites Mal, und du wirst wieder sterblich. Lokman wußte das

sehr wohl, aber er konnte die Empfindung der Glückseligkeit nicht vergessen, die die Blume ihm geschenkt hatte.
Diese Blume ist eine Riesenblume mit leuchtenden Blättern, golden wie die Sonne, jedes Blatt so lang wie drei Pappeln. Wer in ihrem Schatten steht, wird hundert Jahre alt, und wer ihren Duft atmet, wird nie sterben. Am Fuß der Blume, sagt man, plätschert eine Quelle, und wer von ihrem Wasser trinkt, wird auf der Stelle von allen Krankheiten geheilt.
Hier ist sie, diese Blume, sagte sich Müslum, hier irgendwo in diesem Tal hinter dem Berg Aladağ. Aber unsere Augen können sie nicht sehen . . .
Wenn sie hoffen könnten, sie einmal zu sehen, würden alle Menschen des Erdkreises hierherkommen und ihr Quartier bis zu ihrem Tod aufschlagen. Gott behüte uns davor!
»O mächtiger Hizir, du hast den Schatten der Blume über mich gebreitet, du hast mir die Gunst geschenkt, hundert Jahre zu leben. Laß mich auch den Duft dieser Blume atmen. Der Tod ist Allahs Wille, ich weiß es wohl, aber ich fürchte mich. Ich fürchte den Tod, ich fürchte mich, ich will nicht sterben . . . Ich will nicht sterben!«
Ich will nicht sterben! Das Tal widerhallte von Müslüms Stimme. Das Echo seiner Worte sprang von einem Felsen zum anderen, verlor allmählich seine Kraft und verstummte.
»Hörst du mich nicht? Ich will nicht sterben. Ich will nicht verschwinden, nichts mehr sein. Nichts! Wie ein Unkraut, ein Insekt. Niemand wird wissen, daß ich auf dieser Welt gelebt habe. Und selbst wenn man es wüßte, was würde es mir nützen? Ich werde ausgelöscht sein, als ob ich nie gelebt hätte. Ich will nicht sterben!«
Der Wasserlauf, neben dem Müslüm seinen Standort ausgesucht hatte, kam aus dem Innern eines riesigen Baumes hervor. Die Platane hatte einen Stamm, der so dick war, daß nicht einmal fünf Männer ihn hätten umfassen können. Das Bett einer Quelle dahinter hatte man verlegt, so daß das Wasser jetzt durch ein in den Stamm gebohrtes Loch in die Röhre floß.
»Sieh mich an, großer Hizir, hier warte ich neben dieser seltsamen Quelle, und ich habe dir mein Herz geöffnet, ich habe dir gesagt, daß ich nicht sterben will.«
Er stand auf, die Kniegelenke krachten. Sein Rücken schmerzte und die Hände und Füße waren steif.
»Ich will die Unsterblichkeit, ja, aber auch die Jugend. Was nützt es mir, so weiterzuleben?«

Er fühlte sich, als ob dies sein letzter Tag auf Erden sei. Er legte sich auf den Rücken, die Augen auf die Sterne gerichtet und legte eine Hand unter die Röhre. Aber sogleich spürte er, wie sie im Wasser eisig kalt wurde. Er zog sie zurück und legte seine ganze Kraft in seine Augen und Ohren.

»Ihr verdammten Sterne, ich werde euch vereint sehen! Ich werde zuschauen, wenn ihr euch paart, wie Bienen. Ich werde euch sehen . . .«

Einmal hatte er einen ganzen Sommer drunten in der Çukurova verbracht und war an der Hitze und den Moskitos fast zugrunde gegangen. Dort hatte er diese harten, goldgepanzerten Käfer gesehen, wie sie aufeinanderkletterten, sich paarten, eine schillernde Masse, deren Panzer mit tausend winzigen Funken übersät waren und grünlich, rot, schwarz, purpurn, gelb, silbern und golden glänzten . . . Insekten sterben nicht wirklich, auch Blumen und Gräser nicht. Insekten, Blumen, Gräser fügen sich aneinander in einer langen Kette, ohne Unterbrechung gehen sie eins aus dem andern hervor, bleiben unsterblich bis zum Jüngsten Tag. Die Blumen bilden eine Kette ohne Ende . . .

»Das ist wahr, eine lange, unendliche Kette . . . Sie schlafen ein und wachen jedes Frühjahr wieder auf. Sie sterben nie.«

Aber die Menschen sterben. Sie sterben, weil jeder einzelne Mensch einzigartig ist. Er wird allein geboren und stirbt allein. Nicht wie die Insekten, die gemeinsam geboren werden, massenhaft, bis an den Jüngsten Tag, und niemals sterben.

»Nur eine Kreatur auf der ganzen Welt stirbt. Nur ein Lebewesen ist sterblich, und das ist der Mensch. Der Mensch! Der Mensch!«

»Der Mensch!« widerhallte sein Schrei im ganzen Tal.

Welch eine Art Blume kann das wohl sein, diese Blume, die den Menschen unsterblich macht? Die jeden unsterblich macht, der ihren Duft atmet? Und doch ganz unsichtbar ist, sogar für Heilige? Oder gibt es sie gar nicht . . .? Aber nein, das kann nicht sein! Wie könnte sonst Lokman die Jahrhunderte hindurch weiterleben? Wenn es eine solche Blume nicht gibt, wie könnten Hizir und Elias leben, auf die jetzt die ganze Welt wartet? Nein, nein, es muß sie geben . . .

Seine Augen bemerkten einen Stern. Er glitt in einer gewundenen Bahn über den Himmel und traf hie und da einen anderen Stern.

»Vielleicht ist es dieser?«

Die Äste über ihm verdeckten einen Teil des Himmels. Er wechselte seinen Platz und legte sich wieder auf den Rücken.

»Dies ist meine letzte Gelegenheit, heute Nacht muß ich alles sehen, die Sterne, die Blume der Unsterblichkeit. Wie lange kann ein

Mensch, wenn er hundert ist, noch leben . . . Ich spüre schon den grausigen Atem des Todes in meinem Nacken, kalt wie eine Schlange. Diesen grausigen Atem! Ich will nicht sterben.«
Er seufzte, ohne die Sterne aus den Augen zu lassen. Du bist meine letzte Hoffnung, allmächtiger Hizir, wiederholte er. Grenzenlose Verzweiflung ergriff ihn. Die Welt um ihn wurde schwarz wie Pech, die wimmelnden, funkelnden Sterne erloschen. Müslüm glaubte zu ersticken. Aber plötzlich schöpfte er wieder Hoffnung. Die Sterne wirbelten wieder über den Himmel, in wildem Aufruhr, und Müslüm fiel in eine grenzenlose Entzückung, als habe er schon den Duft der Unsterblichkeitsblume geatmet.

Yeter die Jungfrau wartete auf Yunus, der jetzt seit sechzehn Jahren fort war. Sie hatten sich verlobt und dann war Yunus in die Fremde gegangen, um das Geld für den Brautpreis zu verdienen. Er war niemals zurückgekehrt, und nie hatte man wieder von ihm gehört.
»Ich fühle mich wie lebendig begraben, Yunus. Komm zurück! Komm schnell! Ich will keine Winterquartiere in der Çukurova, keine Weiden oben auf dem Aladağ. Ich will dich. Ich werde alt und war doch gar nie jung. Komm schnell! Wenn du noch länger wegbleibst, wird es zu spät sein, der Tod holt uns ein. Komm zurück! Schnell, ach, schnell . . .«
Sie wartete neben einem Teich, der so groß war wie eine Dreschtenne. Die eine Hälfte der Wasserfläche war blau, die andere schillerte rot und gelb, so durchsichtig, daß man die Steine auf dem Grund sah. Er war tief, zwei Männer hätten hineingepaßt. Von allen Seiten ergossen sich Quellen in den Teich.
»Sechzehn Jahre . . . Das ist so leicht gesagt . . . Wenn du heute nicht kommst, dann morgen früh . . . Wenn ich heute Nacht nicht sehe, wie die Sterne sich treffen und die Quellen erstarren, wenn ich meinen Wunsch nicht vorbringen kann, dann weiß ich wohl, was ich zu tun habe.«
Die Sterne fallen in den Teich, einer nach dem anderen, und an seinem Rand schießen riesige Blumen hoch und blühen auf. Die Fläche des Wassers wird jetzt heller und heller, sein Glanz spiegelt sich auf den Hängen des Tales. Die Nacht wird klarer und klarer.
»Dann weiß ich wohl, was ich zu tun habe!«

Von den drei Knaben war Hüseyin sieben, Veli neun und Dursun elf Jahre alt.

»Nein, ich will kein Land«, verkündete Hüseyin. »Ich möchte in dieser Lichterstadt arbeiten, wo Schwager Fahrettin wohnt. Ich . . . ich will eines dieser Autos kaufen. Ich werde ihn also darum bitten, mich direkt in diese Stadt zu tragen – wenn überhaupt etwas geschieht.«
»Es wird etwas geschehen«, sagte Veli. »Er wird dich in die Stadt tragen. Und ich . . . ich wünsche mir, eine Nacht lang in diesem großen Haus zu schlafen, das ich an der Straße sah. Eine Nacht im Hotel. Sonst will ich nichts.«
»Ich will, daß mein Vater aus dem Gefängnis kommt«, sagte Dursun, und er erzählte den anderen, wie sein Vater Bekir getötet hatte, obwohl der schrie und flehte. »Wenn mein Vater herauskommt, gibt er mir alles, was ich will. Ich werde mir also wünschen, daß er freigelassen wird, wenn ich den Stern sehe . . .«
»Sicher wird er freigelassen«, sagte Hüseyin.
Dann besprachen sie ihren Plan, am Morgen ins nächste Dorf zu gehen. Danach spielten sie. Und als das Spiel zu Ende war, begannen sie zu träumen und sich auszumalen, wie wohl die Städte in der Çukurova seien, Städte, in die sie nie ihren Fuß gesetzt hatten, die sie nur von weitem gesehen hatten, als sie auf ihren Kamelen und Eseln, mit ihren Schafen und Ziegen vorbeigezogen waren . . . Städte, in denen es von Menschen wimmelte wie von Ameisen . . . Hell erleuchtete Städte, in denen es so viele Dinge gab, von denen man nicht einmal träumte . . . Städte . . . Städte, die einen in Unruhe versetzen, so voller Zauber wie die schwarzen Wälder tief hinten im Tal . . . Schwarzer Wald, Städte, Feen, Kristallpaläste, Häuser und die Dämonen . . . die Geister . . .
Sie schliefen im Reden ein.

Osman der Kahle fischte im Strom nach Forellen. Jedesmal wenn er die Hand ins Wasser streckte, packte er eine Forelle unter einem Stein oder in einer Höhle. Als er zum Himmel emporsah, merkte er, daß schon der Morgen graute. Die Sterne waren verblaßt, sie verschwanden.
Er hatte die Forellen auf dünne Stecken gespießt. Die rotgesprenkelten Fische waren starr, als die Sonne aufging.
»Was soll's«, sagte sich Osman der Kahle. »Hizir hat mir all diese Fische geschickt. Nächstes Jahr werde ich ihn um ein Winterquartier bitten. Jetzt nehme ich diese Fische und verkaufe die Hälfte davon den Bauern drunten. Die andere Hälfte brate ich über einem Feuer und esse sie selbst. Hizir sei Dank!«

Meryem wartete. Ihre siebzehnjährige Tochter war verkrüppelt. Falls sie die Sterne sehen sollte, würde sie um Heilung für sie bitten. Der junge Aliş wartete. Jeden Nachmittag hatte er einen Malariaanfall. Er würde darum bitten, gesund zu werden. Großvater Süleyman wartete. Er hatte genug vom Leben in Zelten und vom ständigen Herumziehen von einem Ort zum anderen. Gib mir das Recht, wie ein anständiger Mensch unter einem festen Dach zu sterben, würde er sagen. Die alte Sultan wünschte sich einen Enkel. Ihre ganze Familie war gestorben außer einer Tochter, und wenn diese keinen Sohn zur Welt brachte, würde ihre Sippe aussterben. Mehr als alles auf der Welt sehnte sie sich nach einem Stammhalter.
In der Stadt unten in der Steppe war jedermann auf die Dächer geklettert, um die Sterne zu sehen. Aus den Dörfern, aus den Stämmen, aus den Sippen – alle versammelten sich an den Gewässern. Diese Nacht warteten die Menschen überall, angespannt, voller Hoffnung, den Blick auf die Sterne und Gewässer gerichtet.
Mustan wartete. Im letzten Herbst, als sie in die Çukurova hinabgezogen waren, hatten die Menschen aus dem Dorf Yeryurt sie von ihrem Winterquartier verjagt. Ein heftiger Kampf war ausgebrochen. Der Karaçullu-Stamm ließ vier Tote zurück und die Bauern aus dem Dorf Yeryurt sechs.
In blinder Wut hatte Mustan Osman Agas Sohn Fahri auf der Schwelle dessen Hauses getötet. Sein rotes Blut bildete auf dem Staub des Hofes eine Lache. Nach dem Gefecht wurde jeder, auf den ein Verdacht fiel, verhaftet, Mustan aber floh in die Berge. Hätte man ihn festgenommen, hätte ihn Osman Aga im Gefängnis durch seine Leute umbringen lassen. Das wußte er nur zu gut, und deshalb riß er sich von den Gendarmen los.
Er saß jetzt allein an der Kozpinar-Quelle. Sechs bewaffnete Männer waren ihm auf den Fersen. Wo immer er ging, über Berge und Täler, sie verloren nicht einen Augenblick seine Spur . . . Niemand konnte wie Mustan sich verstecken und entwischen, dennoch war er in ständiger Furcht. Osman Aga würde nicht ruhen, bis er ihn getötet hatte. Mustan wußte das nur zu gut und suchte nach einem Weg, sich zu retten. Selbst wenn er sich unter dem Flügel eines Vogels verborgen hielte, in der Grube einer Schlange, oder wo auch immer, so würde er am Ende doch getötet werden. Bei all den Gendarmen der Çukurova, die nach ihm spähten, seit er flüchtig war. Und was alles in den Zeitungen stand . . . Sein Freund Murat der Blinde aus der Kreisstadt hob all diese Zeitungen auf und las sie ihm vor, jedesmal wenn sie eine

Möglichkeit hatten, sich zu treffen. Mustan konnte es kaum glauben. Wie konnte man soviel zusammenlügen . . . Eine der Geschichten, die ihn am meisten entrüstete, erzählte, er habe am Gülek-Paß einen Bus aufgehalten, alle Passagiere ausgeraubt, dann vier Frauen in die Berge entführt und eine ganze Woche lang vergewaltigt. Er, der immer auf der Flucht war und nicht einmal stillstand, um Atem zu holen! Als ob er die Zeit hätte, Mädchen zu entführen, oder Autos und Reisende auf den Straßen zu überfallen, oder jemanden auszurauben und zu töten . . . Als ob er auf der Flucht Zeit gehabt hätte, jemandem nachzustellen. Diese Anschuldigungen machten ihn rasend. Er war außer sich. Die Last all der Verbrechen, die man ihm aufbürdete, erdrückte ihn fast.

Wußte Ceren, was man alles über ihn schrieb? Hatte sie davon gehört, glaubte sie es? Sie hatte ihm ihre Zuneigung nie gezeigt. Jetzt würde sie es nie mehr tun. Und doch hatte er für sie, in einem heftigen Aufwallen seiner innersten Gefühle, den Sohn Osman Agas umgebracht. Denn Osman Agas Sohn hatte ihn mit seinem Pferd niedergeritten, ihn vom Sattel aus mit der Reitpeitsche geschlagen, unter einem Hagel von Hieben quer durch das Lager getrieben und ihn noch verhöhnt. Mustan hatte all dies über sich ergehen lassen, blutüberströmt, und keinen Finger gerührt, bis er plötzlich Auge in Auge Ceren gegenüberstand und ihren Blick las. Ich oder Halil, ich oder Halil? Halil, natürlich Halil, würde Halil je davonrennen, du Rotznase? Da verlor Mustan die Beherrschung. Er packte seine Pistole, sprang auf ein Pferd und verfolgte den Sohn Osman Agas bis zu dessen Türschwelle. Dort erschoß er ihn, schnitt ihm den Kopf ab, kam zurück und warf ihn Ceren vor die Füße.

Die Kozpinar-Quelle strömte aus einem Loch in der Mitte eines mauerähnlichen Felsens, an einem Ort in der Nähe des Berggipfels, wo keine Fichten mehr wuchsen.

»Ich werde nichts sagen«, murmelte Mustan. »Du kannst ja selbst sehen, wie ich im Dreck stecke. Wenn ich heute Nacht deinen Stern nicht sehe . . . Wenn das Wasser hier über diesem Felsen nicht erstarrt, dann ist es aus mit mir, und das weißt du. Ich brauche dir nichts mehr zu erzählen, gar nichts.«

Über dem Kamm des Aladağ leuchteten die Sterne. Um den Gipfel kreisten in majestätischem Gleiten Tausende von Adlern.

»Das ist keine gewöhnliche Nacht«, sagte Mustan. »Wie könnten sonst so viele Adler hier zusammenkommen?«

Plötzlich sah er unter sich Gestalten aus der Dunkelheit hervorleuch-

ten, sieben oder acht Männer. Ein Stein kam ins Rollen. Von oben hörte er ein Rascheln, und auch dort konnte er eine Gruppe bewaffneter Männer ausmachen. Rechts und links spürte er, wie sich jemand bewegte, hörte Geflüster und unterdrücktes Husten. Da und dort leuchtete ein Feuerzeug auf, und Zigaretten glimmten in der Nacht. Mustan wußte, er war umzingelt.
Er lächelte.
»Ja, das ist keine gewöhnliche Nacht, die Hidirellez-Nacht. So viele Adler . . .«
»Wären sie sonst gekommen?«
»Das ist keine gewöhnliche Nacht.«
Er umklammerte sein Gewehr. Seit fast einem Jahr war er auf der Flucht und hatte noch keinen einzigen Schuß abgefeuert.
»Heute Nacht gibt es Kampf«, lachte er. »Heute Nacht . . . Hidirellez-Nacht . . .«
Bis zum heutigen Tag waren ihm bereits beim Anblick eines Gendarmen die Knie weich geworden. Jetzt spürte er nicht die geringste Furcht, und keinen Augenblick dachte er an den Tod.
Er schaute zu den Sternen empor. So unermeßlich viele waren es, so unbeweglich standen sie, als ob sie festgenagelt wären.
Eine Schar von Adlern brach aus dem wirbelnden Schwarm hervor und zog rauschend zur Kozpinar-Quelle. Mustan wartete auf den ersten Schuß.
»Das ist keine gewöhnliche Nacht, Bruder Mustan. Wer weiß, vielleicht hilft mir der große Hizir.« Er sah nach seiner Patronentasche. Sie war bis zum Rand gefüllt.
Plötzlich überkam ihn Selbstmitleid.
»Wie oft bin ich schon entkommen und gerade hier auf diesem Bergkamm müssen sie mich finden.«
Den Finger am Abzug wartete er auf die erste Bewegung seiner Verfolger.
Er sah ihre Zigaretten glühen.

»Schlaf nicht ein, Kerem.«
»Ich schlafe nicht, Großvater.«
»Schau, Kerem.«
Ein Hirsch mit weit ausladendem Geweih stand an der Quelle. Er hob den Kopf und witterte vorsichtig, beugte sich dann zum Wasser hinunter, sprang im gleichen Augenblick wieder auf und stob davon.

»Er ist erschrocken«, sagte Meister Haydar. »Er hat uns gesehen.«
»Wie schade«, klagte Kerem. »Wie schade, daß es so dunkel ist. Wer weiß, wie schön der Hirsch war.«
Ich werde mir auch einen Hirsch wünschen, dachte er.
Nach einer Weile näherte sich ein Fuchs der Quelle, schwang seinen riesigen Schwanz und schnupperte an jeder Baumwurzel, an jeder Spur, jedem Stein.
»Ein Fuchs«, sagte Meister Haydar. »Auch er ist gekommen, um am Wasser zu warten.«
Aber er schlich wieder davon, und dann tauchte eine Bergziege auf, danach ein Rudel Schakale und viele andere Tiere, die sie nicht genau erkennen konnten.
»Schlaf nicht, Kerem. Laß die Augen nicht vom Wasser.«
»Ist schon recht, Großvater.«
Auch einen Fuchs, dachte er. Und . . . Und . . . So einen eisernen Riesenkäfer mit Lichteraugen, der die Felder pflügt und so seltsam riecht. Ich wünsche mir auch das, und außerdem . . .
Es gab so viele Dinge, die er haben wollte, daß er sich schämte. Er spielte schon mit dem Gedanken, einige seiner Wünsche aufzugeben, blieb aber dann doch dabei.
Mitternacht war sicher schon vorüber. Meister Haydar meinte, die Hähne in der Steppe unten krähen zu hören.
»Schau, großer Allah, auf diesem Weg kommt man nicht zu dir, ich weiß, und wenn es nur um mich ginge, hätte ich nie die ganze Hidirellez-Nacht durchgewacht. Aber schau, mein Freund, wir wollen das zwischen uns, von Mann zu Mann, ausmachen. Der Stamm ist wirklich in großer Not. Ist dieses Tal am Aladağ nicht seit der Erschaffung der Welt unser Sommerlager gewesen? Warum hast du dann also die Behörden, den Förster, hierhergebracht? Sie lassen uns keine Luft mehr. Sie machen uns das Leben sauer. Schau, Freund, ist die Çukurova nicht unser Winterquartier seit die Welt besteht? Jetzt können wir nicht einmal ein Stückchen Land finden, um ein Zelt aufzubauen. Was sagst du dazu? Wo sollen wir denn leben? Es gibt im ganzen Taurus keine Sommerweide und in der Çukurova kein Winterquartier. Sollen wir im Himmel wohnen, mein Augapfel, mein Löwe, oder wo? Schau, mein Bruder! Die Stammesleute vertrauen auf mich, sie haben mich als ihren Abgesandten zu dir geschickt in dieser Nacht. Sie sind nicht alle vollkommen, das wissen wir, sie haben in ihren Reihen ihren Teil an Bösewichtern und Dieben, Schurken und Schwindlern. Aber sie haben keinen Boden. Morgen früh werden sie

von mir eine Antwort verlangen. Blamiere mich nicht vor diesen Kerlen. Es tut ja auch niemandem weh, wenn du mir diese Sterne zeigst. Wir wollen ja nur unser Land zurück, das Land, das uns seit langer, langer Zeit gehört. Nun, was sagst du? Laß einen alten Mann nicht im Stich.«
So brummelte er vor sich hin, ununterbrochen, die Augen zum Himmel gerichtet.
Er konnte sich nicht mehr zurechtfinden unter all den Sternen. So viele Sternschnuppen kamen geschossen, von rechts und links . . . von Nord und Süd, von Ost und West, kreuz und quer.
»Wie soll ich deinen Stern finden, Hizir?« klagte er, »in diesem Durcheinander?«
Eine aufgeregte Stimme rief: »Oh, Großvater, Großvater, schau!«
Ein Fisch schnellte aus dem Wasser. Sein silbriger Bauch schimmerte fahl, als er wieder eintauchte.

Die Dämmerung zog herauf und versilberte langsam den Saum der Wolken. Ein Lichtstreifen dehnte sich am Himmel zwischen den heller werdenden Wolken und Berggipfeln.
Abdal Bayram nahm seine Trommel, kletterte auf die weiße Steinplatte und begann den Rhythmus der Dämmerung zu schlagen, der mit tiefem, langsamem Ton einsetzt und schneller wird, je näher der Tag kommt.
Dann kamen die Stammesleute aus den Bergen herab, müde, blaß, übernächtigt, mit langen Gesichtern. In ihren Mienen war das Licht erloschen. Die verlorene Hoffnung trieb sie zueinander.
Einer nach dem andern kam und setzte sich mit untergeschlagenen Beinen neben die weiße Platte. Schließlich war der ganze Stamm versammelt, jung und alt, Kind und Kegel. Es fehlten nur das Mädchen Yeter, Mustan, der auf der Flucht war, Meister Haydar und sein Enkel. Nach einer Weile erschien der alte Mann, den Enkel an der Hand. Er lächelte. Abdal Bayram schlug verzagt seine Trommel. Die Menge rührte sich nicht und schwieg, als ob sie versteinert wäre. Jeder ließ den Kopf hängen. Als würde niemand atmen, so still war es. Meister Haydar lächelte noch immer.
»Kein Grund, sich noch länger Sorgen zu machen«, sagte er. »Überhaupt kein Grund.«
Müslüm stand auf und sagte: »Wer soll sich schon Sorgen machen, wenn nicht wir? Haben wir einen Fußbreit Land, auf dem wir uns in diesem Herbst niederlassen können? Werden wir nicht den ganzen

Sommer hier im Aladağ-Tal von den Behörden, den Förstern und Waldhütern gejagt? . . . Wer soll sich Sorgen machen, wer soll vor Sorgen umkommen, wenn nicht wir?«

»Nicht wir!« sagte Meister Haydar streng, und in seiner Stimme klang Zuversicht. »Ich habe Neuigkeiten für euch. Gute Neuigkeiten!«

Es kam wieder Leben in sie. Ihre Gesichter strahlten auf, und die Last betrogener Hoffnungen wich von ihnen.

»Sag es, schnell!« schrie Müslüm in plötzlichem Fieber. »Sag, du hast die Sterne gesehen, nicht wahr? Hat die Zeit gereicht für unseren Wunsch?«

»Nicht ich habe sie gesehen«, antwortete Meister Haydar. »Ich muß eingeschlummert sein, als Kerem mich schüttelte. Er schrie so laut er konnte: Schau, Großvater, schau! Aber es war zu spät. Der Augenblick war vorüber. Sofort habe ich Kerem gefragt: Hast du deinen Wunsch ausgesprochen? Kerem sagte: Ja, Großvater, ja . . . Erzähl es ihnen, Kerem.«

Kerem senkte den Kopf und schloß die Augen.

»Ich habe keine Sekunde geschlafen«, begann er, »keine Sekunde. Ich habe die Sterne keinen Moment aus den Augen gelassen. Es war gegen Morgen. Die Dämmerung zog herauf . . . Ja, wirklich, es wurde schon hell. Plötzlich sah ich einen riesigen Feuerstern hervorschießen, so groß wie mein Kopf, er versprühte blaue Funken . . . Danach sah ich auf der anderen Seite des Himmels noch einen Stern hervorschießen, genau wie der erste. Sie flogen aufeinander zu, bis sie genau über uns zusammenkamen. Dann hörte das Wasser plötzlich zu fließen auf. Es erstarrte. Dann kam ein Licht zum Vorschein, ein Licht . . . die Welt war von Licht überflutet. Ich war geblendet. Und ich sagte meinen Wunsch, so schnell ich konnte.«

»Was hast du dir gewünscht?« fragte Müslüm. »Genau so erscheinen sie einem. Das Kind spricht die Wahrheit.«

Alle waren aufgeregt, hatten sich erhoben und hingen atemlos an Kerems Lippen.

Der Knabe war verwirrt. Seine Hände zitterten. In seinem Gesicht arbeitete es, als ob er sich an etwas zu erinnern versuchte.

»Ich habe mir genau das gewünscht, was mir der Großvater aufgetragen hat«, sagte er.

»Aber wie?« drängte Müslüm ungeduldig. »Was hast du gesagt?«

Kerem biß sich auf die Lippen und wiederholte nur: »Genau das habe ich mir gewünscht.« Er würgte es hervor.

Alle drangen auf ihn ein. »Was? Wie?« fragten sie alle durcheinander.
Kerem war jetzt tief beunruhigt.
»Also, ich habe mir gewünscht . . .« sagte er und schwieg wieder.
»Was soll er sich denn wünschen?« sagte Meister Haydar an seiner Stelle. »Was soll sich Kerem denn schon anderes wünschen als das, was wir uns alle wünschen? Land in der Çukurova und Weiden auf dem Aladağ! Nicht wahr, Kerem?«
»Ja«, sagte Kerem leise, »ja . . . ich habe mir das gewünscht.«
Sie waren nicht überzeugt. Entmutigt ließen sie sich wieder zu Boden fallen. Drohend überkam sie der Gedanke an den kommenden Herbst. Wieder würden sie keinen Platz finden, um in der Çukurova zu überwintern. Wieder würden die Bewohner der Ebene sie mit ihren Hunden und Pferden überfallen, sobald sie ihre Zelte aufrichteten. Wieder würde man sie töten, ihre Töchter entführen. Auf schlammigen Wegen würden sie durch den Regen ziehen, im Elend . . . Keine Hoffnung blieb ihnen mehr. Diese Hidirellez-Nacht, auf die sie so ungeduldig gewartet hatten, das Treffen der Sterne, das Erstarren des Wassers – alles war fehlgeschlagen. Niemand außer Kerem hatte das geringste gesehen . . .
Kerem war davongeschlüpft und erzählte, umringt von allen Kindern, seine Geschichte.
»Mein Großvater sagte . . . Schlaf nicht, sagte er. Ich wollte es auch nicht, um die Sterne dieses Mal nicht zu verpassen. Mein Großvater sagte . . . Dieses Mal . . . Dieses Mal . . . Und ich sah, wie die Sterne schwebten, sich drehten, sich bewegten . . .«
Meister Haydar konnte es nicht ertragen, die Menge so bedrückt zu sehen.
»Hört«, sagte er barsch, »wenn Kerems Wunsch nicht erfüllt wird, besorge ich selbst euch Winterquartiere. Jawohl, das werde ich, ihr werdet es sehen. Mein Schwert ist fast fertig. Ich bringe es zu Ismet Pascha, zu Adnan Menderes, zu Temir Aga und tausche dafür Land für euch ein.«
Aus der niedergeschlagenen Menge kam keine Antwort. Aber Meister Haydar gab nicht so schnell auf. Er spürte, er mußte etwas tun, um sie aufzumuntern.
»Schaut, Freunde, hört zu, meine tapferen Leute, ihr dürft nicht verzweifeln. Verzweiflung ist schlecht. Das gehört sich nicht für einen, der noch auf beiden Beinen steht. Verzweiflung ist recht für die Toten . . . Das Schwert, an dem ich arbeite, ist fast fertig . . .«

Sie hörten Meister Haydar schweigend zu. Die Geschichte von Haydars Schwert hörten sie nun schon seit dreißig Jahren. Zuerst war es gedacht für Mustafa Kemal Pascha, dann für Ismet Pascha, dann für Menderes, zuletzt hatte sich Meister Haydar für Temir Aga entschieden. Er würde das Schwert Temir Aga bringen, und Temir Aga würde ihnen dafür Land schenken. Aber das Gravieren der goldenen Schrift auf dem Schwert war eine langwierige Arbeit, und sie wollte kein Ende nehmen. Mit größter Genauigkeit kopierte Meister Haydar die Kalligrafie eines alten, zerbrochenen Schwertes.

In den Jahren, als die Sultane herrschten war der Çebi-Stamm des Nomadenlebens müde geworden. Der Schmied des Stammes, Meister Rüstem, war ein vorzüglicher Handwerker, dem es keiner in seiner Kunst gleichtat. Niemand übertraf ihn im Schmieden von Schwertern und im Gravieren mit Gold. Meister Rüstem hatte fünfzehn Jahre an einem auserlesenen Schwert gearbeitet. Sein Griff war ganz in Gold graviert. Ach, wo sollte Meister Haydar je soviel Gold finden! Nun, wie dem auch sei, Meister Rüstem ging zum Sultan und überreichte ihm sein Schwert. Wie freute sich da der Sultan! »Ich will dir einen Wunsch erfüllen, Meister!« sagte er. »Ich wünsche euch Gesundheit«, antwortete Rüstem. »Was nützt dir meine Gesundheit!« sagte der Sultan. »Wünsche dir etwas für dich!« Verschämt und verwirrt brachte der Schmied schließlich seinen geheimen Wunsch über die Zunge: »Unser Stamm hat dieses elende Nomadenleben satt, aber wir haben kein Stück Land, auf das wir unseren Fuß setzen könnten.« So ließ der Sultan einen Erlaß ergehen, und Meister Rüstems Stamm erhielt eine riesige Ebene ganz für sich allein. Nun konnten sie sich niederlassen oder auch wieder in die Berge ziehen, ganz wie sie wollten . . .

»Kerem hat die Sterne gesehen, ganz bestimmt, und seinen Wunsch ausgesprochen. Ja, aber nehmen wir sogar einmal an, er habe es nicht getan . . . Dann ist da immer noch mein Schwert. Ich gehe jetzt und schmelze noch etwas Gold . . . Ismet Pascha wird uns eine ganze Ebene schenken . . .«

Meister Haydar redete weiter, aber einer nach dem andern brach auf und schlich davon. Meister Haydar sah sich um. Niemand war mehr da, rund um die weiße Felsplatte. Nur Abdal Bayram schlief, den Kopf auf seiner Trommel.

Meister Haydar sah sich traurig um. Dann verzog auch er sich in sein Zelt.

Am nächsten Morgen kamen vom Berg schlechte Nachrichten. Die Gendarmen und Osman Agas Männer hatten den fliehenden Mustan umzingelt, als er gerade an der Kozpinar-Quelle nach den Sternen Ausschau hielt. Nachdem er elf Gendarmen verwundet hatte, war ihm die Flucht geglückt, doch auch er war verletzt.
Yeter die Jungfrau fand man im Teich bei der Quelle, ertrunken.

2

1876 fand eine Schlacht statt zwischen den türkmenischen Nomaden und der Armee des Osmanischen Reiches. Die Osmanen wollten die Nomaden seßhaft machen, sie ans Land fesseln, ihnen Steuern auferlegen und sie in die Armee einziehen. Die Türkmenen weigerten sich. Sie leisteten stolz Widerstand, wurden aber schließlich geschlagen und gezwungen sich anzusiedeln. Diese bittere Niederlage, diese schmachvoll aufgezwungene Seßhaftigkeit ist immer eine wunde Stelle im Herzen jedes Türkmenen geblieben. Gar viele wollten sich diesem Geschick nicht beugen, machten sich aus den Siedlungen davon, flohen aus der Verbannung und beharrten auf ihrem alten Nomadenleben. Aber mit jedem neuen Tag wurde das Nomadenleben schwieriger. Und seither ist es beinahe unmöglich geworden.

Kanonendonner kam von Süden her, von Iskenderun und Payas und aus den Gavur-Bergen. Es war schon fast Frühling. Die Februarwinde hatten bereits die kalte Winterluft vertrieben. Diesen Winter hatten sich die Bewohner der schwarzen Zelte vereinigt. Aus Yozgat und Sivas, aus Kazova, Tokat und Gündeşliova, aus Harran und Kamişli und Aleppo, aus dem ganzen Land Anatolien und auch aus anderen Gebieten waren sie zusammengeströmt und hatten gegen die Osmanen das Banner der Revolte erhoben. An ihrer Spitze stand der vielbesungene Kozanoğlu aus dem Taurus. Drunten auf der Ebene, bei der Burg Payas, schnitten die Stämme der Küçükalioğlus und Payaslioğlus, der Stamm der Baraks von weit hinter den Gavurbergen und die Elbeylioğlus den Osmanen den Weg ab. Den Glülekpaß hielten die Menemencioğlus. Auch die Beys der Cadioğlus, Çapanoğlus und Sunguroğlus zogen mit in den Krieg.
In den Kämpfen, die auf den Gavur-Bergen ausbrachen, wurden die Türkmenen geschlagen. Sie wurden zurückgeworfen und ließen viele Tote zurück. Die Osmanen hatten Kanonen und Gewehre, während die Türkmenen außer einigen Feuersteinflinten keine Feurwaffen besaßen. Zwei Monate lang erlitten sie eine Niederlage nach der anderen. Die Osmanen hatten eine Armee über das Hochland geschickt,

durch Haçin, Feke und Göksün, und hatten alle Fluchtwege in die Berge abgeschnitten. Sie trieben die Türkmenen hinunter in die Ebene und kesselten sie zwischen dem Mittelmeer und den Bergen ein. Schließlich stellten die Türkmenen den Kampf ein. Sie zogen sich zurück und warteten . . . Warteten auf die Nacht vom fünften zum sechsten Mai. In dieser Nacht werden sie alle in die Ebene zu den Quellen ausschwärmen und von Bäumen und Hügeln Ausschau halten nach den Sternen, die sich vereinen, nach den Wassern, die erstarren, und sie werden ihren Wunsch aussprechen.
»O Allah, schärfe das Schwert der Türkmenen. Blende das Auge der Osmanen. Blicke auf uns nieder, sieh, was aus uns geworden ist. Doch schenke uns wenigstens dieses Leben, diesen Tag, o Schöpfer . . . Soll das Land der Çukurova ihnen gehören, o Schöpfer, aber erlaube uns, unsere eigenen Nomadenwege zu gehen. Raube uns nicht unsere kühlen, malvenumsäumten Quellen, o Schöpfer . . .«
Das Volk der Nomaden, das sich in der Çukurova drängte, schlief nicht in jener Nacht. Verzweifelt beobachtete es die Sterne und sandte Gebete zu Hizir. Und als die Dämmerung heraufzog, begann die letzte große Schlacht gegen die Osmanen. Groß war die Zahl der Toten unter den Türkmenen . . . Wer überlebte, ergab sich. Nomadenstämme aus ganz Anatolien wurden zusammengetrieben und in die Çukurova gejagt. Sie waren nicht an die Hitze und die Moskitos der Ebene gewöhnt und starben wie die Fliegen, oder die Malaria warf sie nieder. Die Toten lagen auf offenem Feld, denn es gab niemanden, der sie begrub. Auch die Schafe und Kamele, die Rassepferde konnten in der Çukurova nicht überleben und gingen ein. In jenen Tagen war die Çukurova ein einziger, unbewohnter, endlos sich hinziehender Sumpf, da und dort mit Schilf bestanden.
Und doch erhob sich eines Tages der Türkmene noch einmal, krank und verwundet wie er war. Die osmanische Armee fiel erneut über ihn her, und er erlitt die letzte, die endgültige Niederlage.
Und doch konnte es nicht so weitergehen. Denn wenn die Nomaden auch nur einen Sommer in der Çukurova verbrächten, würden sie ganz ausgelöscht. Sie mußten einen Ausweg suchen.
Damals war Meister Haydars Vater der Schmied des Karaçullu-Stamms, wie schon dessen Vater zuvor. In ihrer Familie waren immer Schmiede, bis zurück in die Zeiten, als sie in Khorassan lebten; und immer hatten sie Schwerter für die Nomaden geschmiedet. Sie waren wunderbar verziert, heilig und stark. Haydars Vater hatte eben ein Schwert nach ägyptischer Art fertiggestellt. Es lag da wie ein Wassertropfen, funkelnd, hauchdünn

und langgezogen. Er nahm es und ging geradewegs zu Ali Bey, dem Major der Osmanen. Als der dieses Schwert sah, verschlug es ihm die Sprache, und seine Augen wurden so groß wie Kaffeetassen. »Major, nehmen Sie es«, sagte der Schmied, »nehmen Sie dieses Schwert, und lassen Sie uns in die Berge hinauf. Noch bevor dieser Monat zu Ende geht, sterben wir alle in dieser Çukurova. Retten Sie uns . . .« Der Major dachte eine Weile nach, dann kniete er ehrfürchtig nieder und sprach: »Ein Volk, das solche Schwerter schmiedet, verdient nicht, so behandelt zu werden. Geh zu deinem Stamm, und sage ihm, er soll morgen früh auf diesem Weg in die Berge ziehen.«

Auf diese Geschichte war Haydar der Eisenschmied stolz. »Dieses Schwert rettete jene, die dem Schwert entkamen«, sagte er immer wieder. »Das Schwert meines Vaters!«
Aber viele im Stamm waren anderer Meinung. »Verflucht sei dieses Schwert!« sagten sie. »Wenn es dieses Schwert nur niemals gegeben hätte! Inzwischen hätten wir uns längst angesiedelt und würden wie anständige Menschen auf dem reichen, fruchtbaren Boden der Anavarza leben. Wir hätten unser eigenes Land und eigene Häuser. Sicher, viele wären umgekommen, aber die Überlebenden hätten sich an die Hitze gewöhnt. Die anderen Nomaden sind ja auch nicht alle gestorben . . .«
Obwohl niemand wagte, dies Meister Haydar ins Gesicht zu sagen, wußte er wohl, was sie dachten und miteinander besprachen. Und darum sagte er oft unvermittelt: »Es ist wieder so weit. Wir müssen den Osmanen wieder ein Schwert bringen. Aber dieses Mal werden wir um Land bitten, damit der Fehler unserer Väter wiedergutgemacht wird.«

Die Geschichte von Ali Bey machte die Runde, und die Türkmenen öffneten ihre Geldsäcke. Schimmernde, goldglänzende Münzen kamen ans Tageslicht und flossen in die Taschen osmanischer Offiziere, im Tausch für die Befreiung aus dem Gefängnis der Çukurova.
Auch wurden den osmanischen Soldaten schöne Nomadenmädchen angeboten. Ein Mädchen konnte für einen ganzen Stamm den Weg in die Berge öffnen. Viele Balladen und Klagelieder erzählen von den Mädchen, die gegen ihren Willen mit osmanischen Soldaten verheiratet wurden. Die Nomaden singen sie heute noch, wie auch das traurige Epos ihrer Niederlage. Aber ohne das Gold und ohne die Mädchen gäbe es heute keinen einzigen Nomaden mehr, der in die Berge zieht und dort sein Zelt aufschlägt.
Oft denken die Türkmenen zurück an die Zeit vor ihrer Ansiedlung. Es war ihr goldenes Zeitalter.

3

Diesen Frühling hatte der Karaçullu-Stamm auf dem Aladağ tausend Sorgen. Die Waldhüter ließen ihnen keine ruhige Minute. Sie mußten nur eine herumstreunende Ziege sehen, und schon war die Hölle los. Ein Ast, der vom Baum gebrochen war – und die Gendarmerie war hinter ihnen her wie schwarzer Donner. Die vielen Bestechungsgeschenke, die geschlachteten Lämmer, all die festlichen Mahlzeiten, die man den Wächtern anbot, nützten nichts mehr. Das konnte so nicht weitergehen. Süleyman der Vorsteher schickte Telegramme nach Ankara: »Entweder ihr bringt uns einfach um, oder ihr gebt uns einen Fleck Land zum Siedeln ...« Eine Seuche brach aus unter den Schafen und dezimierte die Herden. Wegen Mustans Flucht überfielen die Gendarmen den Stamm fünfmal und alle Männer, sogar Müslüm, wurden verprügelt. Der kleine Veli wurde erschossen, als er die Lämmer droben auf dem Ortabel weidete. Man fand nie heraus, wer auf ihn geschossen hatte. Er hustete ganze Klumpen von Blut heraus, bevor er starb.

Meister Haydar war aufgebracht. »Es darf nicht sein, daß dieses Schwert nicht vor dem Winter fertig wird«, murmelte er. »Die Unsern wissen nicht wohin, wenn das Schwert nicht dieses Jahr fertig wird. Sie werden entweder hier in Schnee und Eis erfrieren oder über die ganze Çukurova gejagt werden.«
Also machte er sich auf nach Adana. Er trieb fünf fette Schafe vor sich her. Als er dafür gutes Geld bekommen hatte, steckte er es in den Hosenbund und ging in Altinbükens Juweliergeschäft. Dort verlangte er ein Blatt Gold. Nach langwierigem Feilschen kaufte er es und kehrte zurück zum Aladağ. Sofort rief er die Jungen des Stammes zu sich:
»Kommt, Burschen«, sagte er. »Kommt, helft mir eine Schmiede aufzubauen.«
Einige Tage später stand sie fertig am Fuß der malvenfarbenen Felsen. Sie trugen den Ofen und den Blasebalg herbei. Es war ein hartes Stück Arbeit, den Amboß auf dem felsigen Untergrund festzunageln.

Meister Haydar griff mit beiden Händen an seinen Bart und sah sich um, ob etwas fehlte.
»Gut gemacht«, sagte er schließlich. »Geht jetzt, ich will anfangen. Kerem, du bleibst bei mir.«
Er machte sich sofort mit Eifer an die Arbeit. Das Schwert mußte unbedingt bis zum Herbst fertig sein.
Wer Meister Haydar und Kerem einige Tage später sah, konnte sie kaum wiedererkennen, besonders Meister Haydar nicht. Sein Gesicht war schwarz bis auf die Augen, und an Händen und Bart, die ebenfalls schwarz waren, klebten Goldplättchen. Mit großer Sorgfalt übertrug er die Koranverse vom alten Schwert auf das neue und füllte dann die Gravuren mit Gold. Wie lange er auch arbeitete, wie sehr er sich auch beeilte, er kam nur langsam voran.
Unversehens war es Herbst geworden. Die riesige Platane mit ihren zum Himmel ragenden Ästen bekam gelbrote Blätter, ein sicheres Zeichen, daß die Zeit gekommen war, wieder hinunter in die Çukurova zu ziehen.
Meister Haydar arbeitete pausenlos von Tagesanbruch bis Sonnenuntergang und schlief sogar in der Schmiede. Als er sah, wie sich die Platane verfärbte, rief er: »O weh, o weh! Das Schwert ist noch nicht fertig. Ich schaffe es nicht mehr rechtzeitig . . . Auch dieses Jahr wird der Stamm wieder ein elendes Leben in der Çukurova führen . . .« Er versuchte, die Arbeit zu beschleunigen.
»Kerem«, sagte er immer wieder, »Kerem, geh und sieh nach der Platane. Wirft sie die Blätter schon ab? Sind sie noch rötlich?«
Kerem ging dann und sah nach.
»Nein, Großvater«, antwortete er stets. »Der Baum ist noch gelb. Er hat rote Blätter, da und dort fallen sie herab, Großvater.«
Eines Morgens erschienen die Stammesoberen mit Müslüm an der Spitze am Eingang der Schmiede.
»Haydar! Meister!« rief Süleyman der Vorsteher. Meister Haydar kam herbeigeeilt.
»Was ist, Vorsteher?« fragte er.
»Der Herbst ist da und neigt sich schon dem Ende zu. Der Winter steht vor der Türe. Die Schafe und Lämmer werden krank und sterben. Dein Schwert ist nicht fertig und wird es bei dieser Geschwindigkeit auch nie werden. Und sogar wenn du es vollendest, glaubst du, daß in diesen Zeiten jemand Wert auf ein Schwert legt und uns dafür sogar Land gibt?«
»Keinen Wert auf mein Schwert legen?« Meister Haydar bebte vor

Zorn. Er lief nach drinnen und kam mit dem Schwert zurück. Es funkelte, als er es hochhielt. »Aha, deiner Meinung nach wird niemand dieses Schwert schätzen? Schau doch, ein Schwert wie ein Wassertropfen. Keinen Wert darauf legen, ha! Süleyman, schau es gut an. Sogar ein Blinder könnte seine Schönheit spüren! Sogar Verrückte und Idioten könnten sie erkennen! Wenn ich es zur Zeit meines Vaters geschmiedet hätte, und ich hätte es zum Gouverneur, zum Großwesir, zum Wesir, zum Sultan selbst gebracht, dann hätten sie uns die ganze Çukurova geschenkt! Das Schwert, das mein Großvater schmiedete, war hundertmal weniger schön als dieses. Hör auf, Süleyman, und red keinen Unsinn mehr. Schweig, ich weiß, wem ich dieses Schwert bringe. Ich kenne jemanden, der weiß, was solche Dinge wert sind. Ja, Neffe, warte du nur und laß mich fertig arbeiten. Es bleibt nicht mehr viel zu tun. Wenn dieses Schwert uns kein Heim in der Çukurova einbringt, dann werde ich . . . Dann werde ich . . .«

»Gut, du kannst weiterarbeiten, Haydar, aber der Stamm muß morgen früh die Zelte abbrechen.«

Meister Haydar wurde bleich.

»Ich bitte dich, Süleyman, tu das nicht. Ich will dein Sklave sein, der Staub unter deinen Füßen, aber tu mir das nicht an. Gib mir noch drei Tage. Vielleicht kann ich es dann vollenden. Ich muß nur noch wenig daran arbeiten, Süleyman! Was nützt es uns, so in die Çukurova hinunterzugehen? Werden wir einen Fußbreit Boden finden, um unsere Zelte darauf zu errichten? Einen Berg, einen Hügel, einen Abhang, auf dem man nicht schon gepflügt und gesät hat? Gibt es in der Çukurova einen Fußbreit Boden, in den der Pflug noch keine Furchen gezogen hat? Wohin gehen wir, Süleyman? Gib mir drei Tage. Vielleicht habe ich in drei Tagen das Schwert fertig!«

Meister Haydar hatte recht. Wohin sollten sie gehen? Vor seinen Augen erschien die Çukurova. Schon letztes Jahr hatte es kein Stück brachliegende Erde mehr gegeben. Die eisernen Käfer verschlangen, verschluckten die Erde, pflügten und säten riesige Flächen an einem einzigen Tag.

Süleyman der Vorsteher nickte:

»Also gut, warten wir noch drei Tage. Aber ob es etwas hilft? . . . Ob dieses Schwert, über dem du schon tausend Jahre schwitzt, zu etwas gut ist? . . .«

Meister Haydar strahlte. Einen Augenblick lang leuchteten seine Augen, sein Bart.

»Geht jetzt, ihr alle hier . . . Ich muß arbeiten.« Er kehrte eilends in

die Schmiede zurück. »Kerem! Bring mir die Schale mit dem Gold!«
Er machte sich wieder an die Arbeit.
Süleyman der Vorsteher lächelte bitter. »Der Arme«, sagte er im Weggehen. »Der Unglückliche . . . Er glaubt, man werde ihm die halbe Welt geben für dieses Schwert. Die Zeiten sind vorbei, seit hundert Jahren. Aber er glaubt immer noch, daß man uns für sein Schwert einen Fußbreit Boden gibt . . .«
Müslüm wurde zornig. »Du redest Unsinn, Süleyman!« rief er. »Du bist es, der nichts weiß von dieser Welt. War es nicht ein Schwert, das uns das Ansiedeln erspart hat? Das uns vor Tyrannei und Tod gerettet hat? Wovon redest du? Den Leuten wird es die Sprache verschlagen, wenn sie Haydars Schwert sehen. Der Glanz wird sie blenden. Sie werden nur so staunen. Seit Anbeginn aller Zeiten hat niemand etwas so Schönes gesehen. Ismet Pascha braucht dieses Schwert nur anzusehen, dann gibt er uns nicht nur die Çukurova, sondern die Amik-Ebene noch dazu. So ist es. Du bist derjenige, der Unsinn redet. Warten wir, bis es fertig ist, und dann wirst du schon sehen! Denn dieses Schwert ist im ägyptischen Stil gemacht, dem Schah und dem Sultan angemessen, Neffe!«
Süleyman der Vorsteher und alle, die um sie herumstanden, lächelten bitter über den starrköpfigen Glauben dieser alten Männer. Aber tief im Innern teilten sie ihre Hoffnung, obwohl sie es eigentlich besser wußten.
»Wer weiß«, sagte Rüstem. »Vielleicht . . .«
Rüstem war ein Mann um die dreißig. Er kannte die Dardanellen, war in Gallipoli im Militärdienst gewesen und hatte die Armee im Rang eines Unteroffiziers verlassen. »Vielleicht . . . Wer weiß? Der alte Haydar weiß vielleicht, was er tut. Es gibt vielleicht noch Leute in unserer Zeit, die dieses Schwert zu schätzen wissen. Wer weiß?«
Seit dreißig Jahren hatten sie sich an diese verrückte Schwertgeschichte gewöhnt. Sie hatten über den alten Schmied gelacht, sie hatten Mitleid mit ihm gehabt, aber im Grunde ihres Herzens hatte sich ganz leise eine Hoffnung breitgemacht. Gott sei Dank würde das Schwert endlich fertig. Es wäre schon lang fertig, wenn Meister Haydar zwei Sommer hintereinander so gearbeitet hätte wie diesen Sommer. Sie hatten schon oft den Eindruck gehabt, daß Meister Haydar sie etwas zu sehr auf die Folter spannte.
Sie gingen zum Versammlungszelt und nahmen dort Platz.
Süleyman der Vorsteher war ein fleischiger Mann von mittelgroßem Wuchs, mit grauem Bart, grünen Augen und einem freundlichen Ge-

sicht. Er trug eine Pluderhose aus grobem Wollstoff und bestickte Wollsocken, die ihm bis zu den Knien reichten.
»In drei Tagen gehen wir hinunter in die Çukurova. Überlegen wir jetzt, wo wir unser Lager aufschlagen.«
»Ist denn nicht Akmaşat immer unser Quartier gewesen seit dem Beginn aller Zeiten?« fragte Rüstem.
»So ist es«, sagte Süleyman der Vorsteher. »Akmaşat ist immer unser Quartier gewesen, aber die Besitzurkunden haben die Beys an sich genommen. Derviş Bey besitzt sie. Derviş ist kein schlechter Kerl. Aber seine Brüder und Söhne sind grausam.«
»Tyrannen!« sagte Müslüm. »Meine Stunde hat geschlagen. Ihr müßt sehen, wie ihr ohne mich zurechtkommt.«
Die Nomaden betraten einer nach dem anderen das Versammlungszelt, und jeder nahm seinem Alter entsprechend Platz.
»Ruf Meister Haydar«, befahl Süleyman der Vorsteher Mustafa, der neben ihm saß. »Diese Versammlung ist wichtig. Er muß daran teilnehmen.«
Als Meister Haydar kam, hatten fast alle alten Männer des Stammes sich im Versammlungszelt eingefunden. Schweigend hielten sie ihre Spindeln in der Hand und sponnen Ziegenhaar und Wolle in den verschiedensten Farben.
Als Meister Haydar sich gesetzt hatte, ergriff Süleyman der Vorsteher das Wort:
»In einigen Tagen gehen wir in die Çukurova hinunter. Hier wird es schon kalt. Bald wird Schnee fallen. Wir können nicht mehr länger in diesen Bergen bleiben. Aber es gibt in der Çukurova keinen Fleck Erde für uns. Es gibt nur mehr die Weideplätze der Bauern, die aber nicht einmal mehr für die Bauern selbst ausreichen, weil man an vielen Orten sogar das gemeinsame Weideland bewirtschaftet. Es gibt noch etwas unbebauten Boden auf den großen Gütern, einzelne Hügel und Hänge, Sümpfe und die Reisfelder. Davon abgesehen gibt es in der Çukurova keinen einzigen Ort mehr, um ein Lager aufzubauen. Also, was werden wir diesen Winter tun? Wo werden wir uns niederlassen? Außerdem stehen uns die Leute in der Çukurova feindselig gegenüber. Sobald sie ein Zelt aus schwarzem Ziegenhaar sehen, packt sie die Wut.«
»Akamaşat ist unser Winterplatz. Seit eh und je. Lassen wir uns also dort nieder. Kümmern wir uns nicht darum, was Derviş Bey dazu sagt. Er kann uns ja umlegen, wenn er will«, sagte Rüstem. Sein langer, blonder Schnurrbart hing bis übers Kinn herab.

»Rüstem hat recht«, sagte Sakarcali Ali. »Kämpfen wir. Nehmen wir unser Winterquartier mit Waffengewalt oder gehen wir alle zugrunde. Sollen sie uns doch töten! Alles ist besser, als weiter so zu leben.«
»Die Tyrannei!« sagte Müslüm. »Meine Stunde hat geschlagen! Mehr habe ich nicht zu sagen!«
Taniş Aga ergriff das Wort. Er war großgewachsen, aber gekrümmt wie ein Bogen. Sein Gesicht war glatt und zart, nur auf seiner Kinnspitze prangten einige Barthaare. Sommer und Winter trug er seinen bestickten Überwurf.
»Um es kurz zu machen«, sagte er, »das letzte Wort in dieser Sache ist, daß wir Geld brauchen, um Akmaşat, das Land unserer Väter, zurückzukaufen. Es gibt keine andere Lösung. Sie haben eine Regierung gebildet, aber eine Regierung in ihrem Sinne. Die Soldaten, die Gendarmen und die Polizei, alles gehört ihnen. Sie haben Flugzeuge, die am Himmel fliegen, Traktoren, die Furchen durch die Erde ziehen, Lastwagen, schwarze Züge mit feurigen Augen, Soldaten, Paläste, Städte, in denen man sich verirrt. Kanonen, Gewehre, sie haben alles. Wir könnten sie nie besiegen. Wir müssen, gleich wie, einen Weg suchen, an Geld zu gelangen und Akmaşat zurückzukaufen, da Derviş Bey gewillt ist, zu verkaufen.«
»Letztes Jahr und das Jahr zuvor und noch ein Jahr zuvor«, wandte Murat der Alte ein, »haben wir versucht, in der Çukurova Land zu kaufen. Aber mit unserem Geld hätten wir nicht genug Land für zwei Zelte kaufen können. Sogar wenn wir den Schmuck unserer Frauen und Töchter verkaufen und unsere Kamele und Schafe, Pferde und Hunde, Zelte und Filzüberwürfe, wenn wir unseren ganzen Besitz verkaufen, reicht es nicht, um uns niederzulassen.«
»Er hat recht«, sagte Rüstem.
»Und wenn wir Land pachten?« schlug Sakarcali Ali vor.
»Als ob sie uns Land verpachten würden . . .« sagte Murat.
»Was also tun?« fragte Mustafa.
»Meine Stunde hat geschlagen!« zeterte Müslüm. »Ihr müßt sehen, wie ihr ohne mich zurechtkommt!«
Hin und her berieten sie, bis zum Abend, ohne Ergebnis. Die Sonne sank, die Nacht brach herein. Sie waren erschöpft. Man brachte ihnen etwas zu essen. Aber die Bissen blieben ihnen im Hals stecken. Sie aßen lustlos, als ob sie Gift hinunterwürgten.
Gegen Mitternacht sagte Musa der Kahle seine Meinung:
»Der Sohn von Hasan Aga ist verliebt in Ceren. Hasan Aga besitzt

mehr als hunderttausend Morgen Land. Hasan Agas Sohn hat mir gesagt: ›Gebt mir Ceren, und ich werde auf dem Gut meines Vaters, in einer Ecke, Platz für euch finden. Dort könnt ihr ein Dorf bauen. Und innerhalb von zwanzig Jahren zahlt ihr das Geld für das Land an meinen Vater zurück.‹ Ich habe euch davon erzählt, aber ihr wart dagegen. Als ob Ceren die Jungfrau Maria selber wäre! Oder unsere Mutter Fatima, die Tochter Mohammeds, oder unsere heilige Mutter Hatice, die Frau Mohammeds! Warum haben wir das nicht getan? Wir wären heute gerettet!«

Abdurrahman erhob sich. Er war ein stiernackiger Mann mit vollen, kindlichen Lippen. Jedes Wort kam klar und deutlich:

»Meine Tochter wird den heiraten, den sie will, den sie liebt«, erklärte er. »Habe ich nicht schon mit ihr geredet? Ich habe ihr gesagt: Rette uns, meine Tochter, rette deine Familie und deinen Stamm, heirate diesen Mann, diesen Oktay Bey! Sie hat sich geweigert, vor euch allen. Hat nicht der ganze Stamm, Männer und Frauen, sie angefleht? Was hätte ich noch tun sollen?«

»Du kannst sicher noch mehr tun«, sagte Musa der Kahle. »Schließlich ist sie ein Mädchen. Man fragt ein Mädchen nicht nach seiner Meinung.«

»Was?« rief Abdurrahman. »Wir zwingen meine Tochter zu heiraten, wir richten uns auf dem Boden des Bräutigams ein, und dann geht sie in der Nacht auf und davon! Oder sie bringt sich um! Würde uns nicht Oktay Bey auf der Stelle von seinem Grund und Boden jagen? So etwas können wir nicht machen.«

»Nein, das können wir nicht«, bekräftigte der Vorsteher. »Ein Mädchen gegen seinen Willen zu verheiraten, heißt auf Sand bauen.«

Die Auseinandersetzung begann von neuem und dauerte bis zur Morgendämmerung. Sie riefen Cerens Mutter herbei. Süleyman der Vorsteher hielt ihr voll Bitterkeit eine lange Rede über die Lage und die Ohnmacht des Stammes: Ceren sei ihre einzige Hoffnung.

»Ceren will sicher nicht der Grund für unseren Untergang sein«, sagte er abschließend. »Außerdem ist Oktay ein hübscher Junge. Zwar sind seine Hände weich, er sieht etwas aus wie eine Frau, aber niemand ist vollkommen, Fehler hat sogar der Sohn des Sultans. Die halbe Çukurova gehört Oktay Bey . . . Was sagst du, meine Schwester?«

Angesichts der Not, die sie erfüllte, ihrer hoffnungslosen Lage, auch unter dem Eindruck der Stimme des Vorstehers, dessen Rede getönt hatte wie ein Klagelied, brach Cerens Mutter in Tränen aus:

»Ich werde mit Ceren sprechen, ich werde ihr sagen, daß ihr nichts übrigbleibt, als sich zu töten, daß sie, um uns zu retten, zu diesem Kerl aus der Çukurova ins Bett steigen soll, der aussieht wie ein Weib. O meine Tochter, welch düsteres Schicksal!«

Die Sonne ging auf, und noch immer war nichts entschieden. Meister Haydar hatte die ganze Nacht gegrübelt und dabei mit beiden Händen seinen Bart gezwirbelt. Er ließ ihn nicht los bis zum Morgen. Seine Hände waren ganz starr. Er erhob sich.

»Macht euch keine Sorgen!« sagte er. »In drei Tagen ist das Schwert fertig, und dann habt ihr nichts mehr zu befürchten. Es gibt nur eine Lösung – das Schwert. Macht euch keine Sorgen mehr.«

Er ging auf die Schmiede zu und stellte sich vor den Blasebalg.

Draußen streunten Kamele, Pferde, Esel, Schafe, Ziegen umher. Vor einigen Zelten saßen auf Pflöcken Falken und Adler mit einem Riemen und einem winzigen Glöckchen am Fuß. Riesige Schäferhunde, jeder so groß wie ein Pferd, lungerten herum.

Der alte Vollblutaraber von Meister Haydar wieherte.

»Kerem«, sagte der Meister, »hast du mein Pferd getränkt?«

Kerem machte sich schnurstracks davon. Er hing sehr an diesem Pferd. Wenn Hizir ihm einen Falken verschafft hätte, wäre er auf das Vollblutpferd gestiegen und mit dem Falken auf der Faust auf die Jagd gegangen.

Es war schon viele Jahre her, da hatte Meister Haydar dieses Pferd von einem türkischen Bey gekauft. Es war damals noch ein Fohlen. Und für dieses Fohlen hatte Haydar mit drei Kamelen, elf Widdern und zwei Schäferhunden bezahlt. Es war ein sehr schönes Pferd, schnell wie der Wind.

Vieles war geschehen, das Meister Haydar nicht verstehen konnte und das er nie verstehen würde. Die Çukurova, die Menschen hatten sich sehr verändert. Wie durch die Hand eines Zauberers. Schwarz war weiß geworden und weiß schwarz. Und so schnell. Keiner kannte den anderen mehr. Und selbst die Flüsse, die Bäume, die Hügel, die Wälder waren nicht mehr die gleichen. Wo früher ein endloser See, ein Sumpf oder Röhricht war, schoß plötzlich ein Wald empor. Gigantische Käfer brachten die Ernte ein, droschen das Getreide im Handumdrehen, füllten die Säcke mit Korn und türmten sie mitten auf dem Feld auf . . . Insekten aus Eisen, die sich von Feuer ernährten . . . Allah bewahre uns davor! Gelobt sei Allah!

Er zog das geschmolzene Gold in lange, dünne Fäden. Der Glanz des Schmelzofens erleuchtete seinen lohfarbenen Bart, machte ihn noch

röter. Seine nachdenklichen Augen lagen tief in ihren Höhlen und blickten bald munter, bald voller Staunen.
Er überlegte. Er dachte an Ali Aga den Kurden, den türkmenischen Bey: ein Mann ohne Fehl und Tadel, so rein wie das Wasser der Kozpinar-Quelle. Wenn er noch am Leben wäre – hätte er uns Land gegeben, um eine Zuflucht zu finden, um die Zelte aufzuschlagen? fragte er sich. Er sah Ali Aga den Kurden vor sich, seinen schlanken, schmächtigen Körper, mit den großen, traurigen Gazellenaugen, dem langen Bart, dem Seidenhemd, der Pluderhose, der goldenen Taschenuhr, deren Kette allein sicher mehr wog als ein Kilo.
Haydars Augen füllten sich mit Tränen, er seufzte: »Er hätte es getan. Er besaß so viel Boden am anderen Ufer des Ceyhan-Flusses, jenseits des Dorfes Ceyhan-Bekirli. Um den rechten Mann zu schätzen, muss man selbst einer sein . . .« Nach einem tiefen Seufzer machte er sich wieder an die Arbeit. Je mehr er nachdachte, desto mehr bedrückte ihn ihre ausweglose Lage.
Auch Süleyman der Vorsteher dachte nach. Der Sohn von Ali Pascha, dachte er, besitzt soviel Boden in Tarsus, daß er ihn nicht einmal pflügt oder einsät. Angenommen wir gehen zu ihm und sagen ihm: Überlaß uns ein wenig von diesem Boden, wir werden ihn bestellen, werden Geld verdienen, werden dir Jahr für Jahr etwas zurückzahlen. Würde er ihn uns geben? Vielleicht . . .
»Abdurrahman«, sagte er, »erinnerst du dich an Rahmi Bey, den Sohn von Ali Pascha?«
»Wie könnte ich ihn vergessen? Wir gingen gemeinsam auf die Jagd«, sagte Abdurrahman.
»Glaubst du, daß er noch lebt?«
»Ich habe diese Frage letztes Jahr einem Reisenden gestellt, der aus Tarsus kam. Er sagte mir, daß Rahmi Bey am Leben und verheiratet sei und sechs große Kinder habe. Er besitze fünf Güter und zwei Baumwollspinnereien, in denen dreitausend Arbeiter beschäftigt seien. Baumwollspinnereien, die früher den Armeniern gehört hätten. Er wohnt anscheinend in Ankara. Er ist heute ein wichtiger Mann. Aus Rahmi Bey ist Rahmi Pascha geworden!«
Vor vielen Jahren hatte Rahmi Bey sein Haus in der Stadt aufgegeben, um mit den Nomaden zu leben. Er hatte nur noch einen Wunsch: er wollte Nomade werden. »Ich werde mir ein Zelt bauen mit sieben Stützen. Ich werde Kamele kaufen, Pferde, Schafe, ich werde ein ehrliches, tugendhaftes Nomadenmädchen heiraten. Mehr will ich nicht!« versicherte er. Er verbrachte ein Jahr bei Süleyman dem Vor-

steher. Süleyman tat alles, um seinen Gast zufriedenzustellen. Er lehrte Rahmi Bey, ein Pferd zu besteigen, mit der Waffe umzugehen, zu jagen. Er spielte sogar mit dem Gedanken, ihm seine eigene Schwester Senem zu geben. Aber eines schönen Morgens stellten sie fest, daß Rahmi Bey verschwunden war. Er war dieses Lebens überdrüssig geworden und hatte sich aus dem Staub gemacht. Aber Süleyman war beunruhigt und schickte Leute zum großen Haus von Ali Pascha. Rahmi Bey war da. Sie sagten ihm, sie kämen von Süleyman dem Vorsteher. Rahmi starrte sie an, als ob sie ihn vage an etwas erinnerten und ging dann weg, ohne mit ihnen ein Wort zu sprechen.

»Wenn wir jetzt zu ihm gehen, wenn wir ihm diese Taschenuhr zeigen, wird er sich an uns erinnern?«

»Wird er uns ein Stück Boden geben? Einmal hat er sein eigenes Leben nicht mehr ertragen und bei uns Hilfe gesucht. Jetzt können wir unser Leben nicht mehr ertragen, und wir könnten bei ihm Hilfe finden.«

»Er wird uns Land geben, er wird uns welches geben«, rief Abdurrahman voll Begeisterung. Seine Hände zitterten. »Er war ein sehr guter Kerl. Und so klug! Er wird uns sicher welches geben!«

»Ich hatte einen Freund im Militärdienst«, sagte Rüstem. »Einen Burschen aus dem Dorf Kargili im Distrikt Yenice. Er hieß Ibrahim der Verrückte. Solch einen großherzigen Mann hat die Welt noch nicht gesehen. Wenn er auch nur den winzigsten Fleck Erde besäße, er würde uns darauf siedeln lassen.«

»Gut, deinen Freund gibt es also auch noch«, sagte Süleyman. »Seit deiner Rückkehr vom Militärdienst erzählst du andauernd von ihm.«

»Und ich«, sagte der alte Müslüm, »ich habe, so wahr ich hier stehe, vor dem ruhmreichen Ramazanoğlu Flöte gespielt. Ich bin vorbereitet. Seht, es wachsen mir sogar die dritten Zähne. Ramazanoğlu hörte mir lang, sehr lang beim Spielen zu und vergoß Tränen. Dann sagte er zu mir, nenne mir einen Wunsch, Müslüm. Ich dankte ihm und wies alles zurück, was er mir anbot. Denn ich ließ mich nie bezahlen fürs Flötenspiel. Die Flöte spielt man der Liebe Gottes, der Herzensfreude wegen . . . Ramazanoğlu hatte eine Donnerstimme . . . Wenn ich in die Çukurova hinuntergehe, werde ich in die Stadt Adana ziehen und Ramazanoğlu aufsuchen, der dem Donner im Himmel gleicht. Und ich werde zu ihm sagen, gib uns unsere Winterquartiere! Soll der nur versuchen, uns das abzuschlagen!«

Alle zerbrachen sich den Kopf, sie suchten nach einem Weg, damit sich nicht wiederholte, was sie letztes Jahr in der Çukurova erlebt hatten: das endlose Umherirren, die Not, die Schande.

4

Wie diesen Winter in der Çukurova verbringen und nicht überall weggejagt werden wie Hunde? Was können sie tun? Hin und her überlegen sie. Das Mädchen Ceren ist die vernünftigste Lösung. Denn dafür gibt es manches Beispiel: die Nomaden überlassen ihre schönsten Mädchen den Einheimischen und bauen sich Häuser auf dem Boden der Schwiegersöhne. Wenn Ceren nur einverstanden wäre, einen Aga zu heiraten, dann würde der ganze Stamm Boden erhalten und sich darauf einrichten können. Der ganze Stamm, von sieben bis siebzig, versucht Ceren zu überzeugen. Aber das beste Mittel findet schließlich Musa der Kahle.

Feiner Sand . . . Nicht das Bett eines Sturzbaches, sondern eines kleinen Flusses. Der Fluß ist verschwunden, er hat nicht seinen Lauf geändert, nein, er ist ausgetrocknet, hat sich unter die Erde zurückgezogen. Sogar die Quelle ist versiegt. Die moosbegrünten Kieselsteine sind trocken, mit einer dünnen, silbrigen Staubschicht bedeckt. Welke Blätter haben sich in der Quellmulde auf den Kieselsteinen aufgehäuft . . . Zusammengeschrumpelt, rotgestreift, fast violett . . . Oder sie liegen plattgedrückt auf dem Sand, so groß wie eine Hand, wie der Abdruck einer riesigen Hand mit roten und violetten Adern. Ganz in der Nähe eines Platanenblattes ist ein anderer Abdruck. So groß wie die Tatze eines Bären. Vielleicht noch breiter. Etwas weiter weg werden die Spuren noch größer. Es sind jetzt drei nebeneinander . . . Ein Poleiminzenstrauch ist geknickt, ein Busch mit zerbrechlichen Zweigen, voller Blüten. Etwas Schweres muß ihn getroffen haben, er ist gespalten.
Ein dünner Wasserstrahl dringt aus der Erde und sickert stoßweise über den gelblichen Boden. Um das Bächlein herum Tausende von Abdrücken, große und kleine. Die Spur zeigt hier ein ständiges, bewegtes Hin und Her, als ob das Ding blind im Kreis gegangen sei, einen ganzen Tag und eine ganze Nacht. Hier schimmert der Sand gelb, reines Gold funkelt darin auf, vom Wasser des Baches ausgewaschen. Die Strahlen des Mondes treffen jetzt darauf, es glitzert . . .

Der Riesenleib hat hier geruht, hat sich gewälzt. Der schwere behaarte Körper hat seinen Abdruck in der vergoldeten, feinen Erde hinterlassen, die so sauber ist, als ob man jedes Körnchen gewaschen hätte. Neben diesem Abdruck noch ein zweiter, die Spur eines Bauernschuhs. Nur eine einzige Spur, kein Abdruck vom zweiten Fuß. Ein Mann mit nur einem Bein. Sein anderes Bein ist abgerissen . . . von einem wilden Tier, das niemand kennt und niemand je gesehen hat. Der Mann trägt einen Bauernschuh, der Schuh drückt ihn, er ist auf der Suche nach dem verlorenen Bein, das immer noch bluttriefend im Rachen des Raubtiers steckt.

So erzählt ein uraltes Nomadenmärchen . . . Schwarze Zelte. Tiefschwarz, aus Ziegenhaar . . . Gewoben in langen Streifen, über den Boden gespannt, aus schwärzestem Ziegenhaar. Lange schwarze Zelte. Die größten werden getragen von sieben Stützen. Schwarz mit einem grünen Schimmer. Schwere Nomadenzelte, die von einem Ort zum andern ziehen, Orte, die keiner kennt und keiner je kennen wird. Wie Nachtwandler ziehen sie. Die Lämmer, Kamele, die Gräser, die riesigen Schäferhunde mit der tiefen Stimme, einer Stimme, die weiß, wie sie zu bellen haben, die wissen, was sie wollen und ihre Kraft beherrschen, die ihre Schnauze immer richtig in den Wind legen . . . Die langen Windhunde mit der schlanken Gestalt, hoch springend, schwarz, fast violett, nur an den Pfoten weiß, mit den Flecken auf Stirn und Rücken.

An der Hauptstütze aus geschnitztem Holz eine handtellergroße silberne Verzierung. Daran hängt ein uralter Bogen, vielleicht tausend Jahre alt, mit geschnitztem Schaft, von Würmern zerfressen, die ihr eigenes Muster über das alte gezogen haben. Neben dem Schaft ein Saz, an dem nur zwei Saiten geblieben sind, aber sein Klang ist nicht verstummt. Dann eine Flöte, eine Trommel mit ausgetrocknetem, rissigem Fell, die zu Staub zerfällt, wenn man sie berührt. Und dann ein Banner aus weißer Seide. Aus reiner Seide. Zwei Spann breit, siebzehn Spann lang. Es trägt den Abdruck einer roten Hand. War es eine Hand, die sich auf das Banner legte, in rote oder purpurne Tinktur getaucht? . . . Vielleicht war es etwas anderes. Das Banner ist zur Hälfte gelb geworden. Es ist ein Talisman, ihm wenden sich die Nomaden zu, wenn der Stamm in Sorge ist. Das Banner hat seine Legende. Aber seit etwa hundert Jahren schämt man sich, diese Legende zu erzählen. Aus den Tagen dieser glorreichen Legende ist eine einzige Zeile überliefert: die Osmanen sind unsere Neffen . . .

Die Osmanen hätten uns nie so behandeln dürfen. Von Khorassan sind wir gekommen, die langen Lanzen geschultert. Mit langen Speeren. Auf langen, langen Wegen, mit unseren langen, schwarzen Zelten. Und über unseren Köpfen lange, schwarze Adler. Die syrische Wüste, die Ebene von Harran mit ihren uralten Ruinen . . . Die Menschen aus Stein, vor sich hindösend, mit halbgeschlossenen Augen . . . Die langgezogenen, klagenden Lieder voll Zorn und Trauer. Die Flucht, das Blut . . . und Spuren. Nein, die Osmanen hätten uns nie so behandeln dürfen. Von Khorassan schwärmten wir aus. In sieben Städten und neunundsiebzig Provinzen standen wir Wache . . . Hochgewachsene Männer mit langem Hals, mandelförmigen, gelbbraunen Augen. Gekleidet in pelzgefütterte, silberbestickte Mäntel aus Fohlenhaut, auf dem Kopf hohe Filzkappen . . . Die langen Speere, die langen Wege . . . Die langgezogenen Töne der Flöten. Die schwarze Nacht . . . Die fruchtbare Ebene von Harran. Der Prophet Abraham. Die Moschee ihm zu Ehren, an deren Tor stampfende Pferde von leuchtendem Schwarz gebunden. Ein schwarzes Zelt, auf zweiundsiebzig Stützen ruhend, zweiundsiebzig! Ein Zelt mit zweiundsiebzig Kuppeln. Geräumig wie der Bazar in Maraş. Rot und grün. Ein einziger seiner Flügel dehnt sich soweit, daß er die Welt umspannt. Die Beys des Aydinli-Stammes, den Falken auf der Faust. Die Beys der Nomaden, der Orden von Haci Ahmetli . . . Und Hüseyin . . . Sippen, Stämme, Völkerschaften, Schafherden, Kamelkarawanen mit rot und grün bestickten Decken. Die geschnitzten Truhen aus Nußbaum, verziert mit kleinen Spiegeln, die kupfernen, ziselierten Kaffeetassen mit den klappbaren Henkeln und den roten Mustern. Die goldenen Tassen. Von Khorassan sind wir gekommen. Unseren Weg säumten Persiens Paläste. Schah Ismail der Türkmene empfing sein Schicksal . . . Und da waren auch schon Schlachten, zersplitternde Lanzenspitzen und Dadaloğlu, der Sänger des Aufstands gegen die Osmanen, Gefangenschaft, Verbannung, die Çukurova, die Angst . . . Die lange Angst . . . Die Knechtschaft in der Çukurova. Ein grausamer Pfeil hat mein Rückgrat durchbohrt. Seht, was aus mir geworden ist! Eine kleine weiße Wolke, der alte Müslüm! Von Khorassan sind wir gekommen, von Khorassan bis zum Lande Kanaan dehnt sich die Wohnstatt unseres Volkes, bis zur Ebene von Harran, der Heimat Abrahams des Propheten. Unermeßliche Schafherden, Kamelkarawanen, Horden von Araberpferden. Ein Teil unseres Volkes lebt noch in Khorassan, ein anderer gefangen in Hitze, Fieber, Malaria, in der Çukurova. Ein Teil unseres Volkes in Khorassan, ein anderer in Turkmenistan. Ein Teil von uns . . . Unsere

Schwerter sind zerbrochen . . . Unsere Meister sind tot. Die Funken sprühen, fliegen hoch, prasseln. Nur ein Mann noch, mit kupferrotem Bart, Haydar der Meisterschmied, mit seinem langen Schwert. Mit langem, runzligem Hals. Er tanzt den Semah auf Zehenspitzen. Die ganze Nacht schon. Er dreht und dreht sich. Er tanzt den Semah, er beschwört die Funken, die aus dem Schmelzofen sprühen, hochfliegen und erlöschen. Von Khorassan sind wir gekommen, die langen Lanzen geschultert. O Allah, o Mohammed, o Ali, o Ali! Unsere langen Speere. Die langen Schwerter, auf denen das Blut sich mischt. Die langen Schwerter, die wir verehren, die Schwerter, die Leben und Tod bringen. Die achtzigtausend Sufis aus Anatolien, die neunzigtausend Ordensgründer aus Khorassan, und der Orden von Ahmedi Yesevi, dem kleinen Alten mit dem leuchtenden Gesicht, dem langen Bart, der auf dem goldenen Fell sitzt. O Allah, o Mohammed, o Ali . . . Ein riesiger Baum, dessen Zweige einst die Welt überzogen, entwurzelt . . .

Hüte dich vor dem doppelzüngigen Menschen. Oh, wie wäre es schön, im Schatten des Felsens zu ruhen, wäre da nicht der Schlangenkönig . . . Oh, ein Mädchen zu küssen, wäre sie nicht treulos . . .

Musa der Kahle ist nicht aus Khorassan gekommen. Er ist klein, gedrungen, verkrüppelt, erbärmlich, ein räudiger Bock, der, woher weiß niemand, zur Herde gestoßen ist.

Die Spur des einzelnen Fußes führte vorbei an der weißen Platte, an den Sieben Brüdern und endete bei den Drei Schläfern. Sie verlor sich hinter dem Schläferfelsen.

»He da, Schäfer, mein Neffe! Hast du Halil gesehen? Oder Mustan?«

In der Ferne erhebt sich Rauch. Er steigt hoch hinauf in den Himmel.

»Mhm . . .«

Keine andere Antwort.

»Hast du mich nicht erkannt, Schäfer? Musa der Kahle . . . Ich bin Musa der Kahle . . .«

»Mhm . . .«

»Gott kratze dir beide Augen aus! Mustan! Mustaaan! Hörst du mich? Ich bin's, Musa der Kahle . . .«

Der Kahle . . . Der Kahle . . . Das Echo seiner Stimme hallte und entfernte sich Woge um Woge.

Ein Stöhnen kam vom Fuß des spitzen, violett gefleckten Felsens. Ein Schuß fiel. Musa lief auf den Felsen zu. Mustan lag auf dem mit Fichtennadeln bedeckten Boden. Eines seiner Beine war so stark geschwollen, daß es so groß war wie der Rumpf eines Menschen. Mustan war abgemagert, war nur noch Haut und Knochen. Die Wunde wimmelte von Würmern. Sie stank.

»Ich werde sterben, Musa. Ich kann nicht mehr aufstehen. Wie hast du mich finden können? War es der Schäfer, der dir gesagt hat, daß ich hier bin? Das ist unmöglich, er war es nicht . . .«

»Ich habe dich ganz allein gefunden«, sagte Musa der Kahle. Er überlegte. Der ist erledigt, dachte er, er wird sterben . . . »Ich habe dich ganz allein gefunden . . .«

Wenn ich ihn rette, wird er vielleicht tun, worum ich ihn bitte. Halil vertraut ihm. Und dann eines Nachts, wenn er schläft . . .

»Ah, dieser Schäfer! Er kommt jeden Tag. Er stellt sich vor mich hin, sagt: Ich werde dich töten, warte nur . . . Er spielt mit mir. Er zwingt mich, ihn anzuflehen. Dann gibt er mir eine halbe Schale Milch. Er sagt zu mir: Du bist mein Gefangener, ich kann mit dir machen, was ich will!«

Mit seiner Trompetennase, den blonden, struppigen Haaren, der Nase und den Wangen, die sich schälen, den grünlichen, blutunterlaufenen Augen, starrköpfig, böse, kommt er jeden Tag zu Mustan, eine Schale Milch in der Hand und sagt ihm: »Flehe mich an, Mustan Aga. Sag: Schäferknabe, ich küsse dir die Fußsohlen.« Mustan fügt sich, er tut, wie befohlen. Und dann fragt er: »Sag mir doch, wer ist der Sultan dieser Berge? Resul der Schäfer. Wer ist der tapferste aller Männer? Resul der Schäfer. Resul der Schäfer, der nach Gutdünken Leben und Tod verteilt.« Mit hervorquellenden Augen beeilt sich Mustan, das alles herunterzusagen. Dann streckt er die Hand aus und fleht ihn an: »Gib mir die Milch.« Da kommt der Schäfer ganz langsam heran, er braucht eine halbe Stunde für zehn Schritte, er trägt die Milchschale balancierend auf dem Kopf. Mustan stirbt fast bei dem Gedanken, der andere könnte stolpern und hinfallen. Der Schäfer reicht ihm endlich die Schale. Mustan leert sie in einem Zug. »Heute schone ich dich noch, weil du höflich und nett sprichst. Ich töte dich morgen«, sagt Resul der Schäfer zu ihm und geht weg.

Als Waisenkind ist er bei Fremden aufgewachsen, täglich ein Opfer ihrer Bosheit. Er schlief stets auf der nackten Erde oder auf einem Grasbett. Alles was er je am Leibe trug, hat er mit eigenen Händen gesponnen und gewoben. Er hat nie eine freundliche Hand gespürt, nie ein gutes Wort gehört . . . Und plötzlich ist da Mustan, ganz ihm ausgeliefert.

»Mach mich gesund, Musa, mein Bruder. Ich tue alles, was du willst!« Musa schildert ihm die Not des Stammes in allen Einzelheiten. Aber Mustan kennt sie genausogut wie er selbst.
»Sprich.«
»Wenn ich dich gesund mache, wirst du Halil töten?«
»Ich werde ihn töten.«
»Dann könnte Ceren dein sein. Wir geben sie zunächst dem Sohn des Aga in der Çukurova, und einige Monate später entführst du sie.«
»Gut, aber zuerst mußt du dich um meine Wunde kümmern.«
»Ziehe dich hoch, auf meinen Rücken hinauf. Deine Wunde stinkt aber ganz schön!«
»Nein, nimm mich jetzt nicht mit. Der Schäfer soll nicht wissen, wo ich bin. Er würde es sofort den Gendarmen melden. Er hat mich nur darum nicht angezeigt, weil er mich jeden Tag quälen will; und die Milch hat er mir gegeben, damit ich nicht sterbe.«
Wenn ich geheilt bin, denkt Mustan, werde ich diesen Drecksack, diesen Hundesohn, der sich überall schält, umbringen. Aber nicht Halil. Halil kann man nicht töten. Seit dreißig, vierzig Jahren, man weiß nicht mehr, seit wie langer Zeit, ja, seit all diesen Jahren baut man das Zelt der Beys auf, von denen Halil der letzte ist. Niemand wagt, es zu betreten. Das Banner von Khorassan und der Roßschweif und die große Trommel und die alten Münzen und die Streitaxt und die zwei eisernen Kronen und . . . Niemand würde es wagen, Halil ein Haar zu krümmen. Ich könnte es auch nicht, mein kleiner kahler Musa. Das ganze Unglück hat mich getroffen, weil ich böse Gefühle gegen Halil gehegt habe, du kleiner Musa, ohne Bart, ohne Haar, kahler Musa, kleiner Kahler, kleiner Musa . . .
Er glühte vor Fieber.
Musa der Kahle war zufrieden. Der Mond am Himmel war rund. Er zog Mustan auf seinen Rücken. Die Fliegen, die ständig über dem brandigen Bein kreisten wie ein Bienenschwarm, folgten ihnen. Mustan verlor fast den Verstand vom unaufhörlichen Jucken der Wunde.
Bei Tagesanbruch erreichten sie die Höhle von Göktaş. Musa bereitete Mustan ein Bett aus Beifuß.
»Warte hier auf mich«, sagte er ihm. »Ich gehe zum Stamm und bringe dir Salbe. Und etwas zu essen.«
Am Abend kam er zurück. Er säuberte die Wunde, entfernte die Würmer, den Eiter, das faulige Fleisch. Er schmierte Salbe darauf und machte einen Verband. Er hatte auch Patronen mitgebracht für Mu-

stans Gewehr. »Diese hier«, sagte er, während er die Waffe lud, »ist für Halil. Mitten ins Herz. Und diese da ist auch für Halil, mitten in die Stirn, und auch diese hier ist noch für Halil, genau ins Auge. Auch diese da, für Halil, mitten in den Mund!«

Niemand wußte, daß Musa, dieser kleine kahle Zwerg, Halil so abgrundtief haßte. Denn Halil war immer gut zu ihm gewesen, wie zu allen. Warum also haßte Musa ihn so tödlich? Mustan konnte sich nicht klar darüber werden.

Bei einem der zahllosen Kämpfe, die sie austragen mußten wegen des Winterquartiers in der Çukurova, war Halil in die Klemme geraten. Seit fünf Jahren streifte er nun schon in den Bergen umher, immer auf der Flucht. Nie krümmte er jemandem ein Haar. Man wußte weder wo er war noch was er tat. Nur von Zeit zu Zeit, wenn die Nomaden wieder auf den Aladağ zogen, kam er für einige Stunden zum Stamm, trat in das leere Zelt seines Großvaters und betete vor dem Banner aus weißer Seide. Das war alles.

Die Bauern hatten sie angegriffen, ihre Zelte umgeworfen. Und die Gendarmen halfen ihnen dabei. Sie zündeten sogar einige an. Und lachten dabei aus vollem Hals. Aber als die Bauern und Gendarmen zum Zelt des Bey kamen, das leer war und in Fetzen hing, versperrten ihnen Halil, Müslüm, Meister Haydar, Süleyman der Vorsteher und sogar Mutter Döne und Ceren den Weg.

»Nur über meine Leiche werdet ihr dieses Zelt betreten«, rief Halil ihnen entgegen.

Der Sohn des Aga spornte sein feuriges Pferd an, bahnte sich einen Weg durch die Menge, trieb sein Pferd auf das Zelt zu und warf es um. Halil war leichenblaß und schien wie festgenagelt.

In dieser Nacht wurde das Dorf des Arif Aga von einem Brand, den der heftige Nordwind schürte, zerstört. »Ich war es, der das Dorf in Brand gesteckt hat und niemand anders«, erklärte Halil.

Aber die Gendarmen führten den ganzen Stamm in die Kreisstadt ab. Sie pferchten die Nomaden in die Moschee, Frauen und Kinder, Junge und Alte, ohne Wasser und Brot. Sie prügelten sie eine Woche lang, sie brachen der alten Sultan, Halils Großmutter, das Rückgrat. Einen Tag und eine Nacht kämpfte sie mit dem Tod und stieß seltsame Laute aus, man meinte fast, es seien Vogelschreie.

Halil selbst wurde halb tot geschlagen. Sein Körper war übersät mit blauen Flecken. Der Mund, die Lippen, die Nase und die Ohren waren so aufgeschwollen, daß er nicht mehr wie ein Mensch aussah. Sie vergewaltigten die junge Döne. Es gelang ihr, auf die Minarettspitze zu klettern, von dort stürzte sie sich mitten auf den Markt. Ihre Leiche blieb, in Stücke gerissen, auf dem Pflaster zwei Tage lang liegen.

Halil verbrachte sechs Monate im Krankenhaus. Eines Tages ergriff er die Flucht.

Von Khorassan sind wir gekommen, die Lanzen geschultert, unsere langen ägyptischen Schwerter in der Hand und die Speere mit stählerner Spitze. Stolz, würdevoll, nie besiegt, Nomaden. Wie der Sturzbach, der kein Hindernis kennt, die unüberwindbaren Berge bezwingend, die steilsten Pfade. Wir schlugen Armeen und machten Festungen dem Erdboden gleich. In goldenen Mörsern stampften wir unseren Kaffee. Und unter den Fuß unserer Gäste türmten wir Teppiche, so hoch wie das Knie.

Von Khorassan sind wir gekommen.

Ein Tag in der Gegend um den Gülek-Paß, am Fuß vom himmelhoch aufragenden Felsen, in einem riesigen Wald. Kreuz und quer gestreute, flach liegende oder spitz aufragende Feuersteinfelsen von einem klaren Blau, einem golddurchwirkten Blau . . . Auch Rot, ein flammendes Rot . . . Darauf büschelweise Schafbockskraut, noch röter als der Felsen . . . Gelb mit Sonnenflecken . . . Und Grün und Violett, ein sehr lebhaftes, schillerndes Violett, funkelnd wie eine Messerklinge, wie ein Wasserfall aus Stein. Auf der Hochebene, im Gebiet der tausend Quellen, wo der Stamm eben seine Zelte aufgebaut hatte, brachte Musa der Kahle Halils Mutter ein blutverschmiertes Hemd. Mit ihm kamen Rüstem und Süleyman der Vorsteher . . . Sie sprachen kein Wort. Sie reichten schweigend der Frau das blutgetränkte Hemd und gingen mit gesenktem Haupt fort. Sie verstand sofort und stieß gellende Schreie aus. Im Nu verbreitete sich die Nachricht im Lager. Die Frauen versammelten sich vor Halils Zelt um das Hemd und sangen Klagelieder bis zum Morgen. Ceren legte ihr ganzes Herz in ihre Wehklage. Sie besang ihre Liebe mit Leidenschaft und unvergleichlicher Schönheit. Sie wußten alle, daß sie Halil liebte, aber von der Kraft dieser Liebe hatten sie bis zum heutigen Tag nichts gewußt. Und sie fürchteten schon, sie würde sich das Leben nehmen. Wozu dann all ihre Mühe?

Ceren nahm sich nicht das Leben, aber kein Wort kam mehr über ihre Lippen. Sie kehrte ihnen den Rücken, kehrte der ganzen Welt den Rücken. Sie glich einer Nachtwandlerin, seelenlos, halb tot.

Duran Ali hatte seine Tochter Eşe dem Aga eines Dorfes in der Ebene in der Nähe von Leçe gegeben. Sie war das schönste Mädchen der Welt, aber drei Jahre später fand man ihre Leiche auf dem Grund eines Brunnens. Sie hatte sich nackt hineingestürzt. Ihre Brüste waren fest, wie die einer Elfjährigen. Die Frauen der Ebene wunderten sich darüber. Ihre Haut war weiß wie Schnee. Das versetzte die Frauen der Çukurova noch mehr in Staunen. Niemand beweinte Eşes Tod, niemand sang ein Klagelied für sie. Man begrub sie ohne Zeremonie weit entfernt vom Friedhof, ganz allein, neben einem Graben. Dort schläft sie, einsam, unter der brennenden Hitze.
Ibrahims Tochter Zeliha verliebte sich in Mazlum aus Çukurköprü und ließ sich von ihm entführen. Zwei Jahre später war sie von Sinnen. Sie floh in die Berge. Sie irrt noch immer in der Çukurova umher, von Dorf zu Dorf, von einer Straße zur andern und beweint ihre Berge. Aladağ, o Aladağ . . .
Haci Salman gab bereitwillig seine Tochter Yeşil, die Schönste der Schönen, dem Salih Bey, einem Müller in der Kreisstadt. Und er ging und schlug sein Zelt im Hof der Mühle auf. Kaum ein Jahr war vergangen, da starb Yeşil an Schwindsucht. Zahlreich sind die Mädchen, die in der Çukurova ihre Gatten fanden. Zahlreich sind die, die dort untergingen, auf dem Haupt noch den Brautschleier und den Hochzeitskranz.
Die Todesadler kreisten am Himmel über Cerens Kopf. Besonders seit Halils Tod. Was sollte sie jetzt tun?

Die Sippe von Haci Kerimli verheiratete eine ihrer Töchter mit einem Grundbesitzer auf Imran. So wurden die Nomaden mit den Leuten der Ebene verwandt. Sie verkauften ihren ganzen Besitz und ließen sich am Rande der Ebene von Imran nieder. Imran wurde ihr Winterquartier. Mit der Zeit machten sie es sich zur Gewohnheit, zunächst bis Mitte Mai dort zu bleiben, dann bis Mitte Juli, bis in den August, und so gewöhnten sie sich jedes Jahr besser an die Hitze, die Fliegen, das Wetter, den Staub, den Benzin- und Ölgeruch, an all die Ausdünstungen der Çukurova . . . Am Ende ließen sie sich ganz nieder . . . Heute besitzen sie Traktoren, Dreschmaschinen, Lastwagen, Autos. Die Zelte ließen sie verfaulen, leer standen sie neben den ziegelbedeckten Häusern. All das wegen eines Mädchens. Eines Mädchens, das nicht halb so schön war wie Ceren!
Der Schwiegersohn der Tanişman-Sippe ist ein einflußreicher Mann. Es ist ihm gelungen, die Tanişmans in der Çukurova auf dem Ağba-

Hügel anzusiedeln. Dort unten sind sie glücklich. Jede Familie besitzt jetzt eines dieser eisernen Ungetüme, die Feuer spucken, diese Riesenkäfer, die die Erde verschlingen. Ihre Zelte sind nicht verkommen. Jedes Jahr ziehen sie auf die Hochebene von Gülek, oberhalb von Tekir, und schlagen ihre Zelte auf.

»Habt ein Auge auf Ceren. Um Gottes Willen! Ceren ist unsere einzige Sicherheit, unsere einzige Hoffnung! O Ceren, Ceren, Gott segne sie, sie wird zu Bozören gehen, dem herumirrenden Nomaden-Mädchen, o Ceren, Ceren, paßt auf Ceren auf!«

Von Khorassan sind wir gekommen, o ihr Weisen aus dem Khorassan! In der Hand unsere Streitäxte. Heldenlieder, Pferdeherden, ägyptische Schwerter, goldbestickte Sättel. Von Khorassan sind wir gekommen, gekleidet in silberbestickte Überwürfe aus Fohlenleder, Tigerhaut. Von Khorassan sind wir gekommen . . .

5

Früher, es ist schon lange her, war der Hügel des Tobenden Stieres rings von Sümpfen umgeben. Jenseits der Sümpfe begannen die Stechginsterbüsche. Der Hügel, die Moore, der Stechginster gehörten damals niemandem. Die Grenzen der nächsten Dörfer waren viel weiter entfernt. Die Nomaden haben Gräber, keine Friedhöfe. Wer unterwegs stirbt, wird an Ort und Stelle begraben, da, wo er gestorben ist. Nur der Hügel des Tobenden Stiers ist von oben bis unten überzogen mit Nomaden-Gräbern. Das ist ein sehr altes Winterquartier. Und hier wollen auch dieses Jahr die Leute des Karaçullu-Stammes überwintern, bis sie eine Lösung für ihre Probleme gefunden haben. Aber auf diesem Hügel des Tobenden Stieres bricht unermeßliches Unglück über sie herein.

Sie errichteten ihre Zelte auf der Sonnenseite des Hügels. Der mit Ginster bewachsene Boden, das Schwemmland, das sich bis zum Fluß Ceyhan erstreckte, die unfruchtbaren, brachliegenden Felder, die mit Mannstreu übersät und von Überschwemmungen gefurcht waren, würden ihren Herden als Weideplatz dienen. Es war besser als nichts . . . Und wenn diese Weide nicht ausreichte, konnten sie ihre Schafe und Ziegen immer noch zum Hemite-Berg führen, zu den Hügeln von Bozkuyu, Ciğcik und Köyyeri. Das sagte sich Süleyman der Vorsteher immer wieder. Aber er hatte Angst. Sogar hier würden ihnen die Leute aus der Çukurova sicher Ärger bereiten. Die Nomaden waren in einer verzweifelten Lage. Die Leute der Çukurova wußten das und blieben ihnen auf den Fersen. Wir sind müde, wir sind erschöpft, dachte Süleyman der Vorsteher. Wenn es uns gelingt, diesen Winter in Frieden zu verbringen, werden wir vielleicht einen Ausweg für den nächsten Winter und für den danach finden, mit Allahs Hilfe . . .
Das Licht auf dem Gipfel des Gavur-Berges verblaßte. Den ganzen Tag hindurch hatte man auf einem Feld in der Ferne Stroh verbrannt. Rauch wurde sichtbar. Dann züngelten unter dem Rauch Flammen hoch, breiteten sich aus, streckten sich und verschwanden wieder.

Das Blöken der Lämmer und Geißlein, die Schreie der jungen Kamele durchdrangen die Ebene. Kräftige Mädchen in roten Schürzen, mit roten Tüchern auf dem goldenen Haar molken die Tiere. In der Luft des frühen Herbstmorgens hing schwer der Geruch frischer, dampfender Milch und die Ausdünstung der Schafe. So sanft, so wohlig fühlte man die leichte Brise der Morgendämmerung. Man glaubte sich im Paradies. Jedesmal wenn dir die Morgenbrise ins Gesicht weht, meinst du, es wachsen dir Flügel. Eine unbeschreibliche Freude erfüllt dich. Was für Sorgen, was für Nöte dich auch immer bedrücken mögen. Besonders in den ersten Herbsttagen der Çukurova, wenn sich der Ceyhan durch die Ebene schlängelt und sich im Licht der Morgenröte verliert, strömt der Geruch von frischer Milch, von sonnengedörrten Blüten und vertrockneten Kräutern Welle um Welle heran und vermischt sich mit dem Geruch von Stroh und Staub. In der Morgendämmerung legt sich der Staub auf das Stroh, auf die getrockneten Blüten, auf die duftende, taufeuchte Erde, auf das Herbstlaub. Der Tau verwandelt die feine Staubschicht auf den Blättern, den Gräsern, den gelben Königskerzen, den Ackerkratzdisteln in Lehm. Das tiefe Bellen der großen Schäferhunde durchbricht die Stille des Morgens über der Çukurova . . . Der Klang der Fässer, in denen Butter geschlagen wird, der Geruch von Milch, Butter und saurem Joghurt verschmilzt mit dem Duft der ausgetrockneten Çukurova-Erde. Die Araberpferde mit den langen Hälsen blicken melancholisch, die meisten sind jetzt alt, sehr alt.

Angst hat sich in Süleyman dem Vorsteher eingenistet, unaufhörlich plagt sie ihn. Eine Angst, die ständig anwächst, wie Ekel, wie Übelkeit. Jeden Augenblick ist der Vorsteher auf ein Unglück, auf etwas Bedrohliches gefaßt.

Und inmitten der tausend Düfte, deren laue Wellen einander folgen, im morgendlichen, immer dichter werdenden, wolkigen Nebel die Männer, groß, schön, sonnengebräunt, kupferfarben, die Frauen alle in strahlendes Blau gekleidet. Hie und da flammt ein Rot, ein Grün, ein Gelb auf. Die Goldmünzen glänzen auf den violetten, bestickten Fezen . . . Die goldenen und korallenroten Nasenringe . . . Die Fußspangen mit den kleinen Gold- oder Silberkugeln, verziert mit kostbaren gelben, grünen oder schwarzen Steinen . . . Sie warten alle unbeweglich im Morgennebel, sie tauchen im Licht auf wie das Gras, der Baum, die Erde, die Staubwolken, wie wundervolle, riesige, von Nebel und Staub eingehüllte Blumen. Ihre Fußspuren sind in den Staub eingegraben, mit den langen, feinen Zehen. Ihre Schäfer spielen uralte Weisen, die vielleicht zurückgehen in die Zeit von Kanaan, auf den Propheten Abraham in Urfa, der die edelsten Araberpferde züchtete und zahllose Söhne hatte . . . Die Stimme der Steppen Mittelasiens und des Khorassan besingt Hunderte, Tausende von ruhmreichen Abenteuern und glücklichen Ereignissen aus alter, alter Zeit. Eine Tradition der Tapferkeit, Bescheidenheit, erfüllt von Liebe, Freundschaft, Trauer, die das Böse nicht kennt, nur die Würde des Menschen . . . Es ist die Stimme einer glücklichen Welt, die alles Unglück besiegt hat . . . Die Stimme einer Menschheit, die im Einklang lebt mit sich selbst, mit den Flüssen und Bergen, den Klängen, den Klagen und der Freude, mit den Sternen über uns . . . Die bis ins Mark die Natur erfühlt, sie begreift, sie liebt, und für die die Natur eine Freundin, ein Teil ihrer eigenen Erinnerung geworden ist . . . Lieder, die das schönste Zeugnis sind für die Freundschaft des Menschen zum Menschen . . .

Vor dem Zelt von Meister Haydar stand ein altes, schwarzes Araberpferd, an einen Pfosten gebunden. Es hatte seinen rechten Hinterfuß eingezogen und hielt ihn unbeweglich unter dem Bauch.

Unter dem Zelt saß ein kleiner, noch nicht jähriger Falke auf einem in den Boden gerammten Pfahl, am Kopfende von Kerems filzener Schlafdecke. Seine Augen drehten sich unaufhörlich in ihren Höhlen. Jede Nacht wachte Kerem fünf- oder sechsmal auf, um seinen Falken zu betrachten und mit ihm einige Worte zu sprechen, bevor er wieder einschlief. Sie waren große Freunde geworden, der Falke und er. Abdullah der Verrückte hatte den Vogel für Kerem gefangen. Abdullah der Verrückte streifte ständig in den Felsen herum, Tag und Nacht, er suchte dort Nester von Adlern, Falken und Habichten und verbrachte seine Zeit damit, sie zu beobachten. Er rührte die Vögel nie an, weder die Jungen noch die Eier. Aber er wußte, daß sich Kerem leidenschaftlich einen Falken wünschte. Und der Mann, den er am meisten liebte auf der Welt, war Meister Haydar, ein entfernter Onkel von ihm mütterlicherseits. Ohnehin waren alle Stammesleute mehr oder weniger verwandt miteinander. Aber wenn es sich nicht um Kerem gehandelt hätte, und wenn Kerem sich nicht so leidenschaftlich einen Falken gewünscht hätte, hätte ihn Abdullah der Verrückte niemals für Kerem gefangen. Zwei Vögel bauen ihre Nester in die Gipfel der steilsten, unwegsamsten Felsen: der eine ist der Kaiseradler, der andere der Falke.

Süleyman der Vorsteher war die ganze Nacht bis zum Sonnenaufgang zwischen den Zelten umhergeirrt. Schon lang war alles im Lager auf den Beinen. Man wartete ängstlich. Würde das Glück, das sie hier genossen, wo sie ein Stück Boden gefunden hatten, um sich niederzulassen, von Dauer sein? In dieser Angst verstrich der Vormittag, die Sonne stieg in den Himmel, so hoch wie ein Vogel im Flug. Noch immer niemand . . . Süleyman schaute hinüber nach Anavarza, zur Straße, die am Fuß des Hemite-Berges in Richtung Hürüuşaği vorbeiführte. Man sah nichts, keinen Menschen auf den Wegen, keinen Reiter, kein Auto, keinen Traktor, nichts. Alle Straßen lagen verlassen da.

Plötzlich bemerkte er einen Jeep, der sich querfeldein aus der Richtung von Karabacak näherte. Das Herz klopfte ihm bis zum Hals. Er beobachtete ihn aufmerksam und zitterte. Er wollte es zuerst nicht glauben, aber der Jeep kam geradewegs auf den Hügel zu. Daraufhin liefen alle Oberen des Stammes, Müslüm, Rüstem, Meister Haydar, Zekeriya, Yusuf und noch andere den Hügel hinab, um dem Jeep entgegenzugehen. Er hielt genau vor ihnen. Derviş Hasan stieg aus. Er war ein großer Mann mit langem Hals, einem Zwergengesicht und Knopfaugen, in denen man kein Weißes sah; er war ganz in Weiß gekleidet, trug ein rotes Taschentuch in der Brusttasche und einen breitkrempigen Strohhut. Er begrüßte sie jovial.

»Ich bin Derviş Bey«, sagte er. »Der älteste Sohn von Harun Bey, dem Bey des Beşoğuzlu-Stammes, dem all dieses Land gehört. Wo ist Süleyman der Vorsteher?«

Süleyman der Vorsteher trat einen Schritt vor. Er hatte ein wenig seine Ruhe wiedergewonnen.

»Hier bin ich, Bey«, sagte er einfach und bescheiden.

»Guten Morgen«, sagte der andere und reichte ihm die Hand.

Dann stiegen zwei Männer aus dem Jeep. Beide trugen eine riesige Pistole am Gürtel. Beide waren mager, ihre sonnengegerbten Gesichter von Furchen durchzogen.

Derviş Hasan wandte sich ihnen zu:

»Durmuş der Pockennarbige. Wie ihr wißt, war er ein Räuber, so bekannt wie Gebrochener Fuß zu seiner Zeit. Jetzt arbeitet er für uns. Er dient als Leibwache. Denn, meine Herren, wir haben ihn aus den Bergen geholt und haben ihm beträchtlich größeren Verdienst zugesichert, als er auf dem Berg hatte. Was ihn betrifft, so fühlt er sich geehrt, uns als Leibwache zu dienen, sagen wir als Pistolero. Und dies ist Muzaffer der Verrückte, er trifft den Kranich im Flug mitten ins Auge und den Hasen auf der Flucht in den Hinterlauf. Ja, Muzaffer ist einer meiner fünfzehn Leibwächter. Ich bin gekommen, um euch mit meinen zwei tapferen Pistoleros einen Besuch abzustatten. Mein seliger Vater, Zal Tahir Aga, hat immer gesagt: Süleyman der Vorsteher und der große Vorsteher vor ihm sind meine engsten Freunde. Mein Sohn Derviş, mache dem Stamm der Karaçullu niemals Ärger, das ist mein letzter Wunsch! Ich habe es ihm versprochen. Und ich habe mich bis heute an seinen letzten Wunsch gehalten, ich habe mich nie in eure Angelegenheiten gemischt, ich habe nie ein Wort darüber verloren.«

Süleyman der Vorsteher hatte verstanden. Seine Lippen zitterten vor Zorn.

»Komm nach oben ins Zelt, Derviş Bey«, sagte er. Sein Lächeln, seine Zuversicht, seine Gutmütigkeit, die ihn sonst liebenswert machten, waren ihm auf dem Gesicht eingefroren.

Sie stiegen hinauf bis zum Versammlungszelt. Als Derviş Bey die Teppiche sah, die Kelims, die reich geschnitzte Hauptstütze des Zeltes, die bestickten, orangefarbenen Filzbahnen, die den Boden überzogen, ergriff ihn Bewunderung. Diese Leute sind sehr reich, dachte er.

Man trug den Kaffee auf. Er roch gut, und sein Aroma hing lange in der Luft. Nachdem Derviş Hasan seine Tasse ausgetrunken hatte, verfinsterte sich seine Miene, Furchen zogen sich über sein Zwergengesicht, es verdüsterte sich:

»Ihr, Süleyman Bey, seid gekommen, um euch auf meinem Hügel niederzulassen, ohne auch nur daran zu denken, mich zu fragen. Das verletzt, bedrückt mich. Ihr, ihr seid vom Volk des Neunten Oğuz und wir vom Volk des Elften Oğuz . . . Wir leben in höchster Ehrfurcht vor unserer Religion und unseren Traditionen. Aus dem Neunten, dem Elften und dem Siebzehnten Oğuz hat die Demokratische Partei aus einem Stamm einen Staat geschaffen, dem Osmanischen Reich vergleichbar . . .«

Er schien eine Wahlrede halten zu wollen. Süleyman war von diesem Gehabe ganz verwirrt. Noch nie hatten sie so einen absonderlichen Menschen getroffen.

»Unsere Partei! Uns, uns, Celal Bey, Adnan Bey und mir ist es gelungen, aus einem Stamm einen Staat zu schaffen! Deshalb, und aus diesem Grunde, und da ich mit Gottes Segen einer der großen Männer eines großen Staates bin, hat mich euer Verhalten tief getroffen!«

Sein Gesicht verdunkelte sich noch mehr, er begann zu schreien: »Und ich und Celal Bey und Adnan Bey verzeihen euch eure Unwissenheit und eure schändliche Haltung, ich verzeihe euch . . .«

Als er rief, ich verzeihe euch, schwollen seine Halsadern auf wie Teigrollen.
»Aber unter einer Bedingung!« Seine Stimme besänftigte sich wieder.
»Wie viele Monate gedenkt ihr hier zu bleiben? Bis zum Frühling, nicht wahr? Bis zum Mai, hm?«
Er zählte an den Fingern ab: »Acht Monate . . . Nun gut, für diese acht Monate . . .« Er sprach ganz deutlich: »Ja, für dieses Stück Land, für acht Monate . . . Monatlich tausend Lira . . . Ihr werdet also achttausend Lira geben! Nicht einen Kuruş weniger!« schrie er.
»Wenn ihr mir diese achttausend Lira nicht auf den letzten Kuruş genau bezahlt, und zwar sofort, dann packt augenblicklich eure Sachen und verlaßt mein Gebiet. Geht auf der Stelle, meine Herren! Aus Achtung vor dem letzten Willen meines Vaters bin ich mit euch menschlich, ja freundschaftlich umgegangen.«
Von der Stimme des Derviş Hasan aufgeschreckt, hatten sich alle Mitglieder des Stammes, von sieben bis siebzig, hinter dem Versammlungszelt eingefunden. Sie hörten diese drohende Stimme, und der Schreck fuhr ihnen in die Glieder.
»Wenn ihr es nicht wäret, Süleyman Bey, würde ich hunderttausend Lira verlangen! Und mit Gottes Segen! Denn seit ewigen Zeiten, seit meinem Urahn, dem edlen Sultan Halid Ibni Talat bin Schah, bis zum heutigen Tag haben meine Vorfahren immer hier ihre Paläste gebaut!« Er stampfte auf den Boden. »Ihr braucht nur ein wenig in dieser Erde hier zu graben, und ihr findet die Gebeine unserer fürs Vaterland gefallenen Väter . . . Genau hier liegen die Grundmauern des Palastes meines Urahnen, Sohn des Schahs, Sohn des Talat, Sohn des Ibni Yektaza, Sohn des Halit, Sohn des Zülal . . . Auf dieser heiligen Erde haben wir nie, wir haben nie . . . nie würden wir erlauben, daß hier ein Nomaden-Zelt aufgeschlagen wird! Und wenn es dennoch geschehen sollte, wenn Nomaden kämen und diese seit mehr als tausend Jahren geheiligte Erde beschmutzten, sie mit Pferdekot und Hundedreck entweihen würden, so . . . So würden wir, als würdige Söhne unserer Ahnen, so würden wir Blut vergießen, Bluuut . . .!«
Sogleich legten die Leibwächter ihre Hand an die Pistolen. Den Nomaden entging es nicht.
»Derviş Hasan, gnädiger Herr«, sagte Süleyman der Vorsteher ganz ruhig, als ob nichts wäre, »wir werden darüber beraten. Wir sind gleich wieder zurück.«
Die Nomaden verließen das Zelt.
Die anderen warteten ängstlich, welche Entscheidung sie treffen würden.

»Sie sollen sich unterstehen, das abzuschlagen, was ich von ihnen fordere! Sie sollen es nur versuchen, sie werden schon sehen! Der Ort ist übrigens trocken wie Zunder. Dieser Hügel, das Gras und der Stechginster warten ja nur darauf, angezündet zu werden. Ein brennendes Streichholz in der Nacht, und alles ist vorbei! Sie wären nur noch ein Häufchen Asche, mit ihren Zelten und Schafen, ihren Pferden und Hunden. Hier ist alles trocken wie Zunder!« sagte Derviş Hasan, um seinen Gefährten Mut zu machen.
»Sollen sie nur versuchen, uns die achttausend Lira nicht auf den letzten Kuruş zu bezahlen! Sollen sie nur!« wiederholte Muzaffer. »Sie würden in einem Flammenmeer aufwachen, ohne ein einziges Loch, um zu entkommen! Sollen sie es nur versuchen!«
»Sollen sie es versuchen . . .« wiederholte Durmuş der Pockennarbige. »Sollen sie es versuchen . . .« Er wollte nicht weniger entschlossen scheinen als sein Kamerad. »Ich werde überall Feuer legen, ich werde sie im Feuer einschließen. Ich werde rings um sie herum Feuer legen, sie werden von den Flammen umzingelt sein. Ich werde alles verbrennen . . . Zehn bewaffnete, zu allem entschlossene Männer würden genügen . . . Und dann ziehe ich einen Feuerkreis um sie herum, wie ich schon sagte . . . Und ich werde auf alle schießen, die versuchen, den Flammen zu entkommen, ja, ich werde schießen, ich werde schießen, soviel ich kann . . .«
Kerem kam zu Süleyman dem Vorsteher gerannt. Den Falken auf dem Arm. Er zitterte.
»Im Zelt sagen sie, daß sie uns alle lebendig verbrennen werden, wenn wir ihnen das Geld nicht geben, uns alle, sie werden überall Feuer legen. Sie sprechen davon . . .«
»Bravo, mein kleiner Kerem«, sagte der Vorsteher. »Kehre hinter das Zelt zurück und lausche auf das, was sie sagen. Und komm zurück, um mir alles zu berichten . . .«
»Ich komme wieder und werde dir alles berichten«, sagte Kerem und rannte davon.
»Ich kenne diesen Mann«, sagte Süleyman der Vorsteher. »Seit fünfzehn Jahren macht er sich fett durch den Schweiß der Nomaden. Überall, von Adana bis Tarsus, von der Amik-Ebene bis Islahiye und bis über Maraş hinaus, preßt er Geld aus den Nomaden. Alle Ländereien, die das Mittelmeer umsäumen, gehören ihm. Wir werden ihm tausend Lira anbieten. Zweitausend, wenn er darauf besteht. Und wenn er ablehnt, soll er zum Teufel gehen . . .«
»Gebt ihm nicht soviel Geld«, wandte Meister Haydar in großer Er-

regung ein. »Ist es nicht schade? Ich habe das Schwert fertig. Morgen oder spätestens übermorgen trage ich es zu Ismet Pascha! Und er wird uns Boden geben.«

Sie kehrten zum Versammlungszelt zurück, allen voran Süleyman der Vorsteher. Derviş Hasan war schweißgebadet vom Warten, die Augen traten ihm aus dem Kopf vor Anspannung.

»Wir geben dir tausend Lira«, sagte Süleyman der Vorsteher zu ihm.

Der andere sprang hoch wie von einer Feder getrieben, er schrie, brüllte, drohte, sprach von Gendarmen und Regierung. »Es wird Feuer auf euch regnen«, sagte er ihnen. »Diese geheiligte Erde, diese Paläste, die Gebeine meiner Urahnen, der letzte Wunsch meines Vaters«, sagte er. Aber Süleyman der Vorsteher schien nichts zu hören.

»Reicht dir das, tausend Lira? Wenn es dir nicht reicht, dann leb wohl.«

Derviş Hasan begann wieder zu schreien und zu drohen.

»Tausend Lira!« wiederholte Süleyman der Vorsteher.

Derviş Hasan dämpfte seinen Ton und fing zu klagen und zu flehen an: »Alle sind gegen mich. Mir bleibt nichts zum Leben als dieser Hügel. Wenn ich kein Geld, kein Pachtgeld für diesen Hügel bekomme, muß ich elendiglich zugrunde gehen. Ihr könnt sicher sein, ich werde elendiglich zugrunde gehen.«

Im gleichen Atemzug flehte und drohte er. »Ich bin ja schon fast tot, tot! Mit mir ist es aus. Und ein toter Esel hat keine Angst vor dem Wolf, hat keine Angst mehr!«

Ekel und Verachtung legten sich auf das Gesicht von Süleyman dem Vorsteher, so deutlich sichtbar wie Fliegendreck.

»Nimm dieses Geld und geh, Derviş Hasan Bey!« sagte er schließlich. »Hier hast du deine zweitausend Lira. Die Sache ist erledigt.«

Als er das Zelt verließ, schluckte er mehrmals, als ob er sich übergeben müßte.

Als Derviş Hasan zwei Wochen später in den Klub der Kreisstadt ging, ließen ihn die Spieler hochleben. Sie erkundigten sich, wie hoch seine Beute dieses Jahr war. Man sprach von hunderttausend, von zweihunderttausend Lira, sogar von einer Million.

Derviş Hasan seufzte: »Die Nomaden werden von Jahr zu Jahr ärmer. Zwei Mal hätten sie mich um ein Haar umgebracht, wegen ein paar Kuruş. Jeder weiß doch, daß die ganze Çukurova und die ganze Mittelmeerküste das Land meiner edlen Vorfahren ist. Trotzdem hätten sie mich beinahe getötet! Ja, es hat nicht viel gefehlt, und man hätte meine Haut gerben können. Das sind Wilde. Aber ich werde ihnen eine Lektion erteilen. Übrigens, einer der Stämme hat seine Rechnung schon bei mir beglichen. Diese Leute werden nie mehr auf die Beine kommen, bis zum Jüngsten Tag! Wer sein Unglück selber verschuldet, braucht sich nicht zu beklagen. Ich verlange nur eine Pacht von ihnen, das ist mein gutes Recht . . . Aber lassen wir das, pokern wir jetzt.«

»Wieviel?«

»Es gibt Dinge, über die schweigt man lieber.«

»Wieviel?«

»Hundertzwanzigtausend. Wie ich euch gesagt habe – sie werden immer ärmer. Im nächsten Jahr werde ich nicht einmal mehr fünfzigtausend Lira aus ihnen herauspressen können. Und das Jahr darauf, mein armer Derviş, da wirst du lange warten können. Dann ist alles vorbei. Also spielen wir.«

Seine Hände mischten die Karten, schnell wie eine Maschine.

6

Man schreibt das Jahr 1876, es ist Sommer. Cevdet Pascha beauftragt Major Mustafa Ali mit der Überwachung der Straßen, die in die Berge führen. Major Ali Bey läßt alle Straßen rund um die Çukurova von seinen Truppen besetzen. Niemand kann mehr in die Ebene herunter, niemand mehr aus der Ebene heraus. Die riesige Çukurova wird für die Türkmenen zu einer Todesfalle.

Zunächst nahm Ali Bey das Schwert an. Dann hatte er Mitleid mit den Türkmenen. »Die Unglücklichen, sie sterben wie die Fliegen«, sagte er. Er erlaubte sogar einigen Nomaden, wieder auf die Hochebenen zu ziehen.

Ali Bey gründete Kreisstädte und Dörfer. Er zeichnete Pläne, er nahm Vermessungen vor, er baute Städte mit all ihren Straßen, Gassen, Plätzen. Und die neu geschaffenen Städte legte er an auf den alten Winterquartieren der Türkmenen oder über den Ruinen antiker griechischer, römischer oder armenischer Siedlungen. Genauso geschickt wählte er den Standort für die Dörfer aus. Alle lagen auf türkmenischen Ansiedlungen, denn die Nomaden hatten ihre Winterquartiere immer an den bestgelegenen Orten errichtet.

Die Stechfliegen waren unbarmherzig, die Malaria schreckenerregend. Den ganzen Sommer wüteten die Seuchen. Die Çukurova füllte sich mit den Skeletten von Menschen und Tieren. Den ganzen Sommer hindurch stank die Ebene nach Aas.

Ali Bey hatte kein Herz aus Stein. Er konnte soviel Leid nicht mitansehen. Er wußte, daß die Türkmenen nicht mit Gewalt seßhaft gemacht werden konnten. Die osmanische Regierung konnte nicht in alle Ewigkeit eine ganze Division in der Çukurova stationieren. In ein oder zwei Jahren würde man die befestigten Posten aufheben müssen, ihre Wachsamkeit würde nachlassen. Ali Bey war ein intelligenter Mann mit viel Erfahrung. Er war groß, blond und hatte blaue Augen. Er sah aus wie knapp dreißig. Ein Mann mit Ehrgeiz. Er stammte aus einer armen Familie, aus einem armen Viertel Istanbuls und brannte vor Verlangen, nach oben zu kommen und viel Geld zu machen.

Schon hatten die Türkmenen Mittel und Wege gefunden, aus der Umzingelung auszubrechen und in die Berge zu gelangen. Je schlimmer die Malaria und die Seuchen wüteten, desto größer wurde die Zahl der Toten in der Çukurova und desto mehr Nomaden flohen in die Berge.

Eines schönen Morgens faßte er einen Entschluß: er würde den Türkmenen erlauben, in die Berge zurückzukehren. In allen Dörfern, die er gegründet hatte, hatte er den Türkmenen Grund und Boden, Dorfland sowie einen Platz für eine Mühle zugestanden. In den Kreisstädten hatte er ihnen Häuser oder Grundstücke gegeben. Aber mit keinem Mittel war es ihm gelungen, die Türkmenen seßhaft zu machen. Er hoffte nur noch darauf, daß die Zeit und der Druck der Verhältnisse allmählich ihre Wirkung tun würden.

Er ließ den Bey des Stammes der Bozdoğan zu sich rufen, dessen Winterquartier an der Stelle lag, wo sich heute das Dorf Endelin befindet. Es war ein großer Stamm. Als der alte Bey vor den Major trat, schüttelte ihn die Malaria, er fröstelte.

»Ich erlaube dir, in die Berge zurückzukehren, Bey«, sagte ihm der Major. »Und ich stelle dir auch eine Urkunde aus. Wieviel Goldmünzen gibst du mir dafür?«

»Soviel du willst!« sagte der Bey überglücklich.

»Ich gebe dir eine Urkunde. Niemand wird dir ein Unrecht zufügen können. Das Land und die Dörfer, die ich euch zugeteilt habe, gehören euch weiterhin. Ihr werdet euch in der Ebene niederlassen. Aber ihr könnt in die Berge zurück, wann immer ihr wollt. Und wenn ihr Lust dazu habt, kommt ihr wieder in die Ebene herunter.«

Der Major verlangte vom Bey fünfhundert Goldstücke. Im allgemeinen schätzte Ali Bey Schmiergelder nicht, aber was sollte er tun? Die Türkmenen hatten viel Gold, Säcke voller Gold, das ihnen zu nichts nütze war. Er nahm also das Gold und gab dem Bey ein Papier, das man fortan »die Urkunde von Major Ali Pascha« nannte.

»Ja«, sagte der Major, »das Osmanische Reich hat seine Macht verloren. Es braucht dringend Gold und Silber. Und diese Goldstücke liegen nutzlos in den schmutzigen Geldbeuteln der Türkmenen.«

Alle Beys, alle türkmenischen Stämme hörten davon und standen Schlange um eine »Urkunde von Major Ali Pascha«. Sie schleppten ihre Schätze herbei und konnten der Hölle der Çukurova entkommen und in ihre Berge fliehen. Auf diese Weise häufte Ali Bey viel Gold an, es füllte zahllose Säcke. Bald befand sich eine große Anzahl türkmenischer Stämme im Besitz einer Urkunde von Ali Pascha. Die Befriedungsdivision kehrte nach Istanbul zurück, Ali Bey ebenfalls. Aber die Urkunden behielten in der Çukurova sehr lange ihre Gültigkeit. Mit all dem Gold, das er eingenommen hatte, wurde Ali Bey Pascha und ließ sich in Istanbul mehrere prächtige Residenzen und Sommervillen am Bosporus bauen, die zu den größten der Stadt gehörten.

Ali Bey war ein intelligenter Mann. Er hatte es fertiggebracht, daß die Türkmenen am seßhaften Leben Gefallen fanden. Von da an war das Nomadentum nicht mehr wie zuvor. Allmählich begannen die Türkmenen Wohnhäuser zu bauen in den Dörfern, die man ihnen zugewiesen hatte. Sie bauten Wohnstätten aus Schilfrohr, aus Binsen und aus Ginster, wie man sie in der Çukurova in Hülle und Fülle sah. Für die Mauern schnitten sie den Ginster, flochten ihn wie für einen Schafzaun und schmierten Ton darüber. Sie ließen in den Mauern die Türe frei und rechts und links davon zwei kleine Fenster, die sie Taka nannten. Das Dach bestand aus Binsen, darauf lagen dicke Schichten von gebündeltem Schilfrohr. Die Dörfer sahen aus wie Grashaufen. Und diese Hütten aus Schilfrohr nannten sie Huğ, ein Name, der von den Einheimischen der Çukurova stammte. Diesen Ausdruck hatten sie von ihnen übernommen.

Sobald der Frühling Einzug hielt, zogen die türkmenischen Stämme in die Berge und kamen im Winter zu ihren Hütten zurück. Anfänglich schlugen sie immer noch ihre Zelte im Hof auf, der ihre Hütten umgab und lebten noch darin. Aber allmählich verloren sie die Gewohnheit, ihre Zelte aufzurichten und hausten von da an in ihren Hütten. Im Sommer war keine Menschenseele in den türkmenischen Dörfern anzutreffen. Abgesehen von einigen Läden leerten sich Städte und Dörfer.

Später begannen die Türkmenen zu pflügen und zu säen. Also zogen am Frühlingsanfang die Frauen und Kinder allein in die Berge, während die Männer in der Hitze der Çukurova warteten, bis die Ernte eingebracht war. Eines Tages pflanzten sie dann Baumwolle an. Da blieben auch die Frauen in der Ebene. Allmählich gewöhnten sie sich an die Hitze.

Vereinzelt sah man Steinhäuser zwischen den Huğs aus Schilfrohr. Solche Huğs baute man bis zum Zweiten Weltkrieg. Nach dem Krieg vollzog sich bei den Türkmenen und in der ganzen Çukurova ein Wandel – plötzlich, verblüffend, wie durch die Hand eines Zauberers. Im Verlauf weniger Jahre verschwanden die Huğs und machten Häusern mit Steinmauern, Ziegel- oder Zinkdächern Platz. Denn in der Ebene gab es nun keine Binsen, keinen Ginster, kein mit Schilfrohr bestandenes Sumpfland mehr. Und die Türkmenen verdienten ihren Lebensunterhalt jetzt durch Ackerbau. Schon lange waren Berge und Herden vergessen, mit all ihrer Kraft klammerten sie sich jetzt an ihren Boden. Und schon waren sie unaufhörlich verwickelt in Streitereien um Land und Besitz.

Nur die noch, die man Aydinlis nannte, die Stämme, welche die Urkunden von Ali Pascha aufbewahrten, setzten ihr Nomadenleben unter ihren Zelten aus schwarzem Ziegenhaar fort. Als ob sich nichts geändert habe, verbrachten sie den Winter in der Ebene und den Sommer auf ihren Bergweiden.

Zu Beginn des Winters 1949 brach es über sie herein. Als die Aydinlis hinunterzogen in die Çukurova, stellten sie fest, daß kein Fleck unbebauter Erde in der Ebene mehr übrig war, kein Stück Weideland, um ihr Vieh zu weiden, nicht einmal genug freier Boden, um ein Zelt aufzuschlagen. Wie alle Türkmenen hatten die Aydinlis manch schlimme Zeit erlebt, aber nie hatten sie sich vorgestellt, daß es so weit kommen würde. Die Urkunden von Ali Pascha waren wertlos.

Die Aydinlis, im Herzen die Sehnsucht nach früheren Tagen, bereuten bitter, daß sie sich nicht wie die anderen Türkmenen in der Çukurova niedergelassen hatten. Von Tag zu Tag wuchs ihre Bestürzung und Reue. Sie litten tausend Nöte, tausend Sorgen, sie vergossen Tränen von Blut. Vom Aladağ bis zur Ebene von Mersin, von Antalya bis Gediz, von der Çukurova bis zur Amik-Ebene – überall stießen sie auf Mauern. Wie die Wellen des Meeres irrten sie von einer Ebene zur anderen. Die bestickten Kelims, die schwarzen Zelte, so weiträumig und majestätisch wie Paläste, wurden alt und schimmlig, verblichen in der Sonne. In ihrem Unglück vergaßen sie die Traditionen, die Bräuche, die Lieder und die alten Klagegesänge. Die Nomaden jammerten. Sie versuchten ihre alten Winterquartiere zurückzugewinnen, sie kämpften sogar darum. Aber andere hatten dort schon den Boden bebaut, ihre Winterplätze hatten sich in riesige Plantagen verwandelt. Die Nomaden vergossen ihr Blut vergeblich. Einige Jahre lang fanden sie Zuflucht auf dem Weideland der Dorfbewohner. Sie bezahlten ihnen ein Vermögen, um einen Winter auf der Weide zu verbringen. Aber dann wurde auch das Weideland bestellt. Und auf den Bergweiden wachten die Waldhüter und machten ihnen das Leben unmöglich. Sie, die so oft das Andenken von Major Ali Bey und seine Urkunden geehrt hatten, verfluchten jetzt seine Gebeine.

Im Dorf Kösecik hatte sich der Gemeindevorsteher Fehmi eine Villa mit vierzehn Zimmern bauen lassen. Eine zweistöckige Villa. Noch vor zehn Jahren hatte sich Fehmi der reinrassigen Araberpferde seines Großvaters, eines türkmenischen Beys, gerühmt. »Das sind die Pferde meines Großvaters, berühmte Pferde, sie laufen schneller als die Gazellen«, pflegte er zu sagen. Jetzt kamen Möbel aus Adana an, Teppiche, Kühlschränke; aber die Kelims, die geschnitzten Nußbaumtruhen, die kleinen Fässer, die bestickten Taschen, das türkmenische Pferdegeschirr aus früherer Zeit – alles wurde auf die Straße geworfen, wo die Bauern sich darum stritten. Die herrlichen türkmenischen Kaffeekannen mit dem klappbaren Henkel, die Tabletts, die Schnabelkannen, die Wannen, die ziselierten Mörser . . . Als einst die türkmenischen Frauen den Kaffee in diesen Kannen zerstampften, improvisierten sie im Rhythmus dazu die schönsten Lieder der Welt.
Fehmi rümpfte verächtlich die Nase, er stieß mit dem Fuß all diese alten türkmenischen Gegenstände zur Seite. »Werft das weg, werft alles weg, ich will das alles nicht mehr sehen«, sagte er. Er strich liebevoll mit der Hand über die Sessel und die vergoldeten Betten, die aus der Stadt eingetroffen waren, und seine Brust blähte sich vor Stolz. Er hatte die Überlieferungen, die reinrassigen Hengste seines Großvaters vergessen. Wenn jemand in seiner Gegenwart eine Anspielung darauf machte, wünschte Fehmi ihn ärgerlich zum Teufel. Jetzt war er stolz auf seine Traktoren, seine Dreschmaschinen, seine Autos, seine Lastwagen, seine Reisfelder. Und auf seinen Titel als Präsident der lokalen Parteigruppe. Er war Gemeindevorsteher und Parteivorsitzender von Kösecik und brüstete sich, daß sein Freund, der Minister, ihn jedesmal, wenn er nach Ankara kam, im Hotel aufsuchte. Seine Söhne und Töchter studierten in Privatschulen und an der Universität.
Heute Nacht würde er friedlich und glücklich in seinem schönen Bett schlafen, umgeben von vergoldeten Möbeln. Er träumte davon, seine Freunde aus Adana und Ankara einzuladen, die Mitglieder der Partei und der Regierung, um ihnen diese Villa, prunkvoll wie ein Palast, zu zeigen. Sie war ihn teuer zu stehen gekommen. Er verdiente viel und gab viel aus, und das Geld reichte nie.
Veli der Kater war sein Vertrauensmann. Schon der Großvater Velis war der Vertrauensmann von Fehmis Großvater gewesen. Veli sprang vom Jeep, schweißgebadet. »Die Nomaden haben sich auf dem Hügel des Tobenden Stiers niedergelassen und es scheint, Derviş Hasan hat ihnen schon Geld abgeknöpft. Aber als ich auch welches von ihnen

forderte, brachten sie nur Ausflüchte vor! Sag mir, Aga, was soll ich tun?« Rot, sogar violett vor Zorn wartete er auf einen Befehl.
»Tu, was nötig ist«, sagte Fehmi Aga zu ihm.
»Zu Befehl!« sagte Veli der Kater überglücklich. Er legte die Hand an die Pistole am Gürtel und ging fort, gefolgt von fünf Männern, alle bewaffnet.

Um Süleyman den Vorsteher geschart, die Augen angstvoll aufgerissen, erwarteten die Karaçullu das neue Unheil, das über sie hereinbrechen sollte.
Ganz klein, hager, unerbittlich, sprang Veli der Kater wie ein Pfeil vom Jeep herab und ging, seine Männer hinter sich, mit großen Schritten auf die Zelte zu.
»Ich gebe euch vierundzwanzig Stunden, um unseren Hügel zu verlassen. Wenn nicht . . . Falls ihr das nicht tut . . . dann werdet ihr hier vor meinen Augen die schönen glänzenden Goldstücke aufhäufen, die eure Beutel füllen. Das ist der Befehl von Fehmi Aga! Ihr Faulenzer, ihr geht mir auf die Nerven! Ihr hängt mir zum Hals raus! Ihr Pack, habt ihr diesen Hügel von euren Vätern geerbt? Ihr Dreckskerle, laßt euch einfach hier nieder, ohne vorher wenigstens um Erlaubnis zu fragen. Aber natürlich, diese Herren verbringen den Sommer ja in den Bergen, an frischen Quellen, im Duft der Fichten und der Poleiminze. Und wir leben hier unter Mücken und Moskitos, von der Malaria geschüttelt, vom Gelbfieber, und trinken Wasser, das lauwarm ist wie Blut. Schaut mich einmal an, ihr Pack, und dann schaut euch an . . . Ihr strotzt vor Gesundheit . . . Sind wir nicht auch menschliche Wesen, ihr Pack? Ich habe drei Kinder, und alle drei sind krank. Und die Frau liegt im Bett seit zwei Jahren . . . Wir trinken Dreckwasser, daher kommt das Fieber, unsere Bäuche sind aufgebläht wie Ballons. Ihr Strolche, ihr, ihr seid wohl Menschen . . . aber wir etwa nicht, was? Ich gebe euch vierundzwanzig Stunden. Genau. Und nicht mehr.«
Er drehte ihnen den Rücken zu und lief zum Jeep zurück.
»Vierundzwanzig Stunden, und keine Minute mehr!«
Süleyman der Vorsteher, Meister Haydar, der alte Müslüm, Rüstem, Ceren und Kerem, die Frauen, die Kinder, alle standen wie versteinert.
Süleyman lief hinter Veli her. »Warte!« rief er ihm zu. »Ich habe zwei Worte mit dir zu reden, Aga.«
Veli kletterte schon in den Jeep. »Vierundzwanzig Stunden Frist, und

dann macht ihr euch aus dem Staub!« sagte er. »Nicht für euch haben wir Blut geschwitzt! Vierundzwanzig Stunden! Oder ihr entschließt euch, eure Goldbeutel aufzuschnüren! Das ist der Befehl von Fehmi Aga. Kein Wort mehr!«
Der Jeep entfernte sich in einer Staubwolke und verschwand am Horizont.
Süleyman der Vorsteher war sprachlos vor Bestürzung.
»Ich kannte den Vater und den Großvater von diesem Fehmi Aga recht gut«, sagte der alte Müslüm. »Sie waren meine besten Freunde. Ich habe seinem Vater einen Vollblutaraber, ein dreijähriges Fohlen, geschenkt. Fehmi Aga war damals noch ein Kind. Er setzte sich jedesmal auf mein Knie und spielte mit meiner Uhrkette. Eines Tages habe ich sie ihm um den Hals gelegt und sie ihm geschenkt. Eine schöne tscherkessische Kette. Ich werde zu Fehmi Aga gehen und ihm unsere Lage schildern.«
»Geh«, sagten die anderen.

Der alte Müslüm bat Meister Haydar, ihm sein Pferd zu leihen. Denn es war das schönste Pferd des Stammes. Es war alt, aber immer noch ein schönes Rassepferd. Man brachte das beste Pferdegeschirr, den schönsten Sattel des Stammes, goldbestickte Zügel und ziselierte Sporen. Der alte Müslüm zog die prächtigste Hose aus seinem Wäscheballen hervor und den bestickten Überwurf, den er vor langer Zeit im Bazar von Maraş gekauft hatte. Er kleidete sich an, bestieg das Pferd und machte sich auf den Weg. Zwei junge Leute begleiteten ihn, zur Rechten und zur Linken.
Am Nachmittag kamen sie bei der neuen Villa an. Der alte Müslüm wartete, daß jemand käme, um sein Pferd zu halten und ihn willkommen zu heißen. War nicht ein Gast angekommen? Verlangten das nicht die Gesetze der Gastfreundschaft? Er wartete also vor dem Portal, wartete lange, aufrecht auf seinem Pferd sitzend, mit schmerzendem Rücken. Aber er sah niemanden kommen. Was sollte er tun? Hier erlebte er die größte Demütigung seines Lebens. In seinem langen Leben hatte er vieles gesehen, aber so etwas war ihm nie passiert. Davonreiten – das wäre die einzige Antwort gewesen, doch eben das konnte er sich nicht erlauben.
»Geh zur Villa«, befahl er mit dumpfer Stimme einem der beiden Jungen in seinem Gefolge. »Frag, ob Fehmi Aga zu Hause ist. Wenn er da ist, sag ihm, daß der alte Müslüm gekommen ist, ihn zu besuchen. Der Freund seines Vaters und Großvaters.«

Der junge Nomade entfernte sich. Der alte Müslüm hatte Mühe, sich im Sattel aufrecht zu halten.
Der Junge kam sehr schnell zurück, bleich im Gesicht. »Er läßt dir sagen, du sollst eintreten . . .«
Der alte Müslüm stieg mühsam von seinem Reitpferd, alle Gelenke krachten. Sein Körper war steif. Er atmete schwer. Gestützt auf die zwei Jungen stieg er die blitzblanke, neue Marmortreppe hoch. Auf dem Treppenabsatz angekommen, wagte er nicht, den Fuß auf den Teppich zu setzen. Er bückte sich, um die Bauernschuhe auszuziehen, löste unter größter Anstrengung die Riemen und betrat verwirrt den Salon. Fehmi Aga saß ganz hinten in einem vergoldeten Sessel und rauchte eine riesige Zigarre. Er begann zu lachen, als er den alten Müslüm eintreten sah.
»Wie kann man sich nur so anziehen! Welch ein Kostüm! Komisch . . . zu komisch!« sagte er in schallendem Gelächter.
Der alte Müslüm stand wie festgewurzelt mitten im großen Salon. Sein Blick wurde trüb, alles drehte sich um ihn, er zitterte am ganzen Körper. Er hatte nicht mehr die Kraft, aufrecht zu stehen und sank zu Boden. Dann versuchte er in äußerster Verzweiflung, sich wieder aufzuraffen. Er konnte Männer und Frauen unterscheiden, sie lachten unaufhörlich.
»Ich war ein Freund deines Vaters«, sagte er. »Verzeih, daß ich davon spreche, aber das Pferd . . . und dann . . .« Es wurde ihm schwarz vor den Augen.
»Welch ein Anblick!« wieherte Fehmi Aga, bevor er wieder in Gelächter ausbrach. »Man könnte meinen, du seist aus der Vergangenheit aufgetaucht. Aus Zeiten, die zweitausend Jahre zurückliegen. Und was ist denn dieses reizende Flitterding, das du auf dem Kopf trägst?« Er begann wieder zu lachen.
Der alte Müslüm versuchte mit aller Kraft, sich zusammenzureißen:
»Ich bin dein Gast«, sagte er. »Und ich habe eine Bitte vorzubringen. Ich bin ein Besucher, den dir Allah schickt. Ich war ein Freund deines Vaters. Du warst noch ein Kind, damals. Die Uhrkette gefiel dir, die goldene Kette . . . Aus Gold und auch aus Silber. Erinnerst du dich?« Er sprach sehr schnell, und man hatte Mühe, ihn zu verstehen.
Fehmi Aga hörte plötzlich zu lachen auf, über sein Gesicht legte sich ein Hauch Melancholie, er wandte sich seinen Gästen zu. »Ja, so waren unsere Ahnen«, erklärte er. »Aber sie waren sicher nicht so lächerlich wie dieser hier. Die Armen . . .« Er hielt eine lange Rede

über die Unwissenheit und die absonderlichen Sitten der Vorfahren.
»Ich habe tatsächlich den Eindruck, daß ich diesen Mann schon gesehen habe. Wie schade, daß diese Leute noch immer so rückständig sind. Wenn die Europäer sie zu Gesicht bekommen, werfen sie uns dann vor, wir seien rückständig. Wann werden denn diese Leute endlich verschwunden sein?«
Er wandte sich dem Alten zu, der noch immer zusammengebrochen auf dem Fußboden lag. Müslüms Gesicht war so bleich wie seine Haare, und seine Hände flatterten, als ob sie davonfliegen wollten.
»Willst du etwas?« fragte ihn Fehmi Bey.
»Dein Vater und dein Großvater mochten uns gern«, sagte der alte Müslüm. »Sie waren mit unserem Stamm verwandt.«
Fehmi Aga wurde knallrot. »Niemals im Leben! Gott bewahre uns davor!« Er fühlte sich zutiefst gedemütigt vor Sabahattin Bey, dem Direktor der Ford-Niederlassung, der ihm zur Seite saß. »Die ganze Welt will mit mir verwandt sein. Gott bewahre! Sprich, Alter, was willst du?«
»Wenn du uns erlauben möchtest, mein lieber Neffe, den Winter auf dem Hügel des Tobenden Stieres zu verbringen . . .«
»Aber das ist unmöglich«, sagte Fehmi. »Unmöglich, mein armer Clown. Dieses Jahr mußte ich Hunderte von Millionen Lira für diese Villa ausgeben . . . Ihr werdet wohl oder übel dieses Mal in eure Geldbeutel greifen müssen, meint ihr nicht?«
Er wandte sich wieder den Gästen zu und unterhielt sich mit ihnen. Ohne noch einen einzigen Blick auf den Alten zu werfen, der erschöpft auf dem Boden lag. Die jungen Leute halfen dem alten Müslüm, sich wieder aufzurichten und die Treppe hinabzusteigen. Sie hoben ihn mit großer Mühe auf sein Pferd und mußten ihn an den Beinen packen, um ihn im Sattel zu halten.
»Ah! Ah! Was sind das für Zeiten, ah!« stöhnte Müslüm. Er klagte auf dem ganzen Heimweg, als ob er ein Totenlied sänge.

7

Als sich die Nomaden allmählich in der Çukurova ansiedelten, erlebten sie gar manche Not. Sie litten sehr unter der Hitze, den Stechfliegen, den Krankheiten, den Seuchen. Und noch mehr machten ihnen die Behörden zu schaffen. Damals geschahen Dinge, die für immer in ihrem Gedächtnis haften blieben. Das Niederbrennen all ihrer Huğs auf Befehl des Gouverneurs von Adana zum Beispiel. Und die Kriege . . . die Seuchen . . . der Krieg von Tripoli und dann die französische Besatzung.

»Was haben wir nicht alles erlebt!« sagte Ali Aga der Bartlose. »Was haben wir nicht alles durchgemacht! Nie hat uns die Çukurova erlaubt, wie menschliche Wesen zu leben. Diese Eisenbahn, die den Berg durchsticht, ihr wißt, die Deutschen haben sie gebaut. Jeder Zoll von diesen zwei Eisenschienen, die ins Unendliche führen, hat ein Menschenleben gekostet. Was haben wir nicht alles erlebt, bis zum heutigen Tag . . . Ach, was haben wir nicht alles durchgemacht!«

Ali Aga der Bartlose sang immer die gleiche Litanei.

»Ich bringe es nicht übers Herz, in die Vergangenheit zurückzublikken . . . Kein einziger von uns alten Türkmenen bringt es übers Herz, an die alten Tage zu denken. Bevor wir seßhaft wurden, war die ganze Welt für uns ein Paradies, das Gebirge der Tausend Stiere, der Aladağ, der Düldül, der Kayranli, die Berge von Berit, das Gebiet um Payas, die Gavur-Berge, die Ebene von Anavarza und das Gebiet um Dumlukale, ja die ganze Welt . . . All das ging zu Ende, als wir seßhaft wurden. Und da kommen sie, diese Aydinli-Nomaden, und jammern. Sie haben in dieser mörderischen und jetzt so herrlichen Ebene wie im Paradies gelebt, und jetzt kommen sie und jammern. Gut, sollen sie jammern . . . Während wir hier wie die Fliegen dahinstarben vor Hitze, Moskitos, Malaria, Seuchen, Kriegen und Steuern, machten sie es sich bequem auf den Hochebenen, bei den frischen Quellen, in den Bergen, auf denen purpurrote Hyazinthen, Poleiminze und prächtige Kiefern wachsen. Sie haben sich damals nie um

uns gekümmert, sich nie Gedanken gemacht über unser Schicksal. Sie waren diejenigen, die uns im Stich gelassen haben, die sich zu einem eigenen Volk entwickelten! Sie haben die Traditionen gebrochen. Die Stämme gespalten . . . Bringt mir mein Pferd!« rief er von der Treppe herab. »Bringt es mir her, ich habe ihnen einiges zu sagen, diesen Leuten!«
Zwei Diener brachten ihm sofort sein Pferd. Der alte Ali Aga stieg die krachenden Holzstufen hinunter, die Diener hoben ihn in den Sattel. Die Leute des Dorfes zwängten sich auf einen Traktor und folgten ihm.

Der Gouverneur gab seine Befehle: in diesen Grashütten konnten die Leute nicht leben. Diese Existenz war ja menschenunwürdig. Diese grasbedeckten Dächer, diese Mauern aus Schilf und Gestrüpp. Die Dörfer sahen ja aus wie Grashaufen. »Ihr werdet hier Häuser errichten aus Steinen, Backsteinen und Ziegeln, ihr werdet eure Dörfer gut instandhalten«, befahl der Gouverneur den Bauern. Sehr strenge Befehle gab Veli Pascha . . . Ein Jahr später machte er eine Inspektionsfahrt durch die Dörfer, und was sah er? Die Schilfhütten standen da wie eh und je. In den Dörfern befanden sich nur junge Leute, mager und blaß. Außer ihnen war keine Menschenseele zu sehen. Denn damals, in der Zeit des Übergangs, ließen die Türkmenen, wenn sie in die Berge zogen, die Jungen des Dorfes in der Çukurova zurück. Sie mußten die Ernte einbringen, ausgeliefert den Stechfliegen, der Malaria, den Seuchen. Was hätten sie anderes tun sollen? Jeder türkmenische Haushalt ließ einen Sohn in der Çukurova zurück und mit ihm ein Leichentuch. Sie hatten keine andere Wahl. Sie konnten nicht leben ohne die Erzeugnisse der Çukurova, ohne ihr Getreide, ohne ihre Baumwolle. Die jungen Leute mit ihrem Leichentuch . . . Einem Trauerzug glich der Aufbruch der Stämme in die Berge, einem Trauerzug ihre Rückkehr in die Ebene. Wenn sie gingen, blieben ihr Herz und ihre Gedanken im Dorf zurück. Wenn sie zurückkehrten, fanden sie Tote und unheilbar Kranke. Und gar mancher war einfach verschwunden. In diesen Jahren verließen viele Burschen die Çukurova für immer. Nie wieder hörte man etwas von ihnen. Die Mütter, die Frauen und die Geliebten blieben später bei ihnen. Sie weigerten sich, ihre Söhne und Männer zu verlassen und trotzten mit ihnen der gelben Hitze der Ebene.
Der Gouverneur inspizierte ein Dorf nach dem andern. Den jungen Leuten, die er antraf, stellte er immer die gleiche Frage: »Warum habt

ihr diese Hütten nicht niedergerissen?« Vom Fieber geschüttelt, zu schwach, um zu sprechen, gaben sie dem Pascha keine Antwort. Sie standen vor ihm stumm wie ein Baum, ein Stein, ein Erdklumpen. Dieses Schweigen machte den Gouverneur rasend vor Zorn. Diese schmutzigen Türkmenen forderten ihn heraus mit ihrem passiven Widerstand, sie wollten ihn demütigen. Von grenzenloser Wut gepackt, gab er einen irren Befehl: »Legt Feuer an all diese Dörfer«, sagte er, »brennt diese Schilfhütten nieder!«
In diesem Sommer gingen zahllose Dörfer in Flammen auf. Die jungen Bauern flohen und suchten Rettung auf Hügeln und Anhöhen, in den Sümpfen und Flüssen. Sie sahen die Çukurova lichterloh brennen. Die Feuersbrunst sprang von den Dörfern auf die Felder, von den Feldern auf das Dickicht, von da auf die Wälder und dehnte sich über die ganze Ebene aus. Ein einziger Klageschrei erhob sich über der weiten Çukurova.
Nach dem großen Brand ging in der Çukurova alles drunter und drüber. Aber nichts änderte sich. Wo die alten Hütten gestanden hatten, errichtete man neue, wieder aus Schilf. Der Gouverneur konnte nichts dagegen tun. Vielleicht starb er vor Wut. Vielleicht verlor er deswegen den Verstand. Vielleicht versetzte ihn die Regierung in eine andere Provinz. Aber die Huğs blieben bis zum Zweiten Weltkrieg.

Als er am Fluß des Hügels des Tobenden Stieres ankam, zog Ali Aga der Bartlose die Zügel straffer. Der Traktor war vorausgefahren. Die Dorfbewohner hatten schon das Lager erreicht und Süleyman den Vorsteher über den Besuch des Agas verständigt.
Die Nomaden liefen Ali Aga dem Bartlosen entgegen, halfen ihm vom Pferd und führten ihn zum Versammlungszelt. Sie schlachteten auf der Stelle ein Lamm und erwiesen ihm tausend Ehren. Ali Aga der Bartlose war stolz auf diesen Empfang. Er erzählte ihnen von den alten Tagen, von der großen Feuersbrunst, von all dem Leid, das sie durchgemacht hatten.
»Das ist der Lauf der Welt. Es gibt nur eine Lösung: Seßhaftigkeit«, wiederholte er immer wieder. Aber andauernd sprach er von den alten Tagen vor der Ansiedlung, er malte ihnen mit leidenschaftlichen Worten das Goldene Zeitalter der Türkmenen aus . . . »Ihr habt gelebt wie im Paradies«, sagte er ihnen. »Für uns aber waren es harte Zeiten, wir sind gestorben wie die Fliegen . . . Aber ihr werdet euch eines Tages auch irgendwo niederlassen. Ihr werdet das gleiche erdulden müssen, was auch wir erduldet haben . . . O ja . . .«

Die Bauern, die ihn begleitet hatten, nahmen nicht am Gespräch teil. Sie standen da, unbeweglich, achtungsvoll, verschlossen, mit Kennermiene.
»Es war kurz vor Tagesanbruch. Ich war zu Hause und schlief in der Gartenlaube. Ich wache auf und sehe, daß alles um mich herum brennt. Ich bin von Flammen umzingelt. Ich fange zu laufen an, dahin, dorthin, in Hemd und Unterhose. Dahin, dorthin . . . Die Flammen schließen mich ein, es gibt kein Loch, durch das ich schlüpfen könnte, um aus dem Feuerring zu entkommen. Ich drehe mich verzweifelt auf der Stelle, die Flammen züngeln nach mir . . . Gleich werde ich lebendigen Leibes verbrennen. Ein Gendarm ist gekommen. Er weint. Über sein Gesicht rinnen Tränen . . . Er zieht mich aus dem Dorf heraus . . . Dann sind wir hierhergekommen, um uns niederzulassen. Unser Dorf befand sich damals in der Yüreğir-Ebene. Wir haben uns also nach dem Feuer hier niedergelassen. Und seit damals gehören dieser Grabhügel, diese Baumgruppen und diese Sümpfe uns. So ist es, sie gehören uns . . . Und heute bin ich gekommen, um euch, die Agas, die Alten des Stammes, aufzusuchen, damit . . .«
Sie begannen zu feilschen. Der Handel dauerte drei Tage. »Der Parteivorsitzende in der Kreisstadt, der Landrat und der Stadtverordnete . . . Beide Parteien brauchen uns, die Regierung genau wie die Opposition. In kürzester Zeit könnten wir den Hügel des Tobenden Stieres auf euren Namen eintragen lassen. Und wir könnten euch die Besitzerurkunden und alles übrige übertragen. Was sagt ihr dazu?«
Zuerst forderte er hundertfünfzigtausend Lira.
»O Allah im Himmel!« rief Süleyman der Vorsteher. »Früher, sogar noch vor zehn oder fünfzehn Jahren, waren hundertfünfzigtausend Lira keine Riesensumme für uns . . . Aber heute könnten wir all unsere Schafe, Pferde und Kamele, sogar unsere Hunde und Zelte verkaufen und hätten doch keine hundertfünfzigtausend Lira beisammen!«
»Aber was habt ihr denn schon mitgemacht, ihr hier! . . .« Ali Aga begann wieder die alte Litanei. »Ah, hat irgend jemand soviel gelitten wie wir? Wir haben die Not und die Feuersbrünste überlebt. Wenn ich in euren Schuhen stecken würde, dann würde ich für den Hügel des Tobenden Stieres sogar fünfhunderttausend Lira geben. Schaut, sogar der Name ist hübsch; wenn ihr euch hier niederlaßt und ein Dorf gründet, wird es Dorf des Hügels des Tobenden Stieres heißen.

Glaubt ihr, die Çukurova war immer so, wie sie heute ist? Moskitos gab es hier, die hatten Stacheln wie Knochen! Das Schilfrohr, die Gräser, die Büsche wuchsen bis in den Himmel. Und so dicht, daß man nicht einmal die Sonne sah, wenn man hindurchging. Was habt denn ihr schon durchgemacht, Menschenskinder, ihr da, im Vergleich zu uns? Na also, wenn ihr kein Geld habt . . . Sagen wir hunderttausend Lira . . .«
Ali Aga der Bartlose ließ sich schließlich überreden, den Karaçullus den Hügel des Tobenden Stieres für fünfzehntausend Lira abzutreten, und er erklärte sich bereit, ihnen ihre Besitzurkunden wieder zu übertragen. Dreitausend Lira sollten sie ihm sofort anzahlen.
»Aber . . . habt ihr sie wirklich, die Urkunden? Und was ist, wenn dieser Hügel in Wirklichkeit gar nicht zu eurem Dorf gehört?« sagte der Vorsteher verwirrt immer wieder.
»Gib du mir das Geld. Und den Rest laß meine Sache sein«, gab der andere mit eindringlicher Stimme zurück, voll Hochmut und Entschiedenheit, in fast tadelndem Ton.
»Gib mir das Geld, das genügt. Das ist doch keine Summe . . . Würde ich es unter die Dorfbewohner aufteilen, würde das nicht einmal fünfzehn Lira pro Kopf ergeben . . . Das ist doch keine Summe . . .« Er schwieg, überlegte und fuhr fort: »Das ist doch keine Summe . . .« wiederholte er. »Mein Wort, dafür würde ich nicht einmal einen Morgen Land hergeben! Heute ist jeder Fußbreit Boden in der Çukurova Gold wert! Und warum verkaufe ich dir diesen ganzen Boden denn so billig? Warum, sag? Antworte mir, warum? Du kannst es nicht verstehen, also zerbrich dir nicht den Kopf, du wirst nie erraten warum. In keinem Geschichtsbuch steht das geschrieben, denn der Grund dafür ist tief in meinem Herzen eingegraben! Ihr müßt nämlich wissen, ich bin ganz wie ihr ein Mensch, der viele Prüfungen zu meistern hatte, der manchen Krieg, manche Not und Feuersbrunst überstanden hat. Mein Herz bebt vor Mitleid mit euch, es verzehrt sich wie der Kalkofen von Mehmet dem Blinden! Es brennt, es glüht, mein Bruderherz, Vorsteher Süleyman. Wer sonst würde euch für so wenig Geld so wertvolles Land verkaufen? Wer sonst würde das tun?«
»Wer sonst würde das tun?« bestätigten die Bauern, die bis jetzt den Mund nicht aufgetan hatten.
Süleyman der Vorsteher zögerte immer noch. Und wenn diese Leute die Besitzurkunden für den Hügel gar nicht besaßen? Was sollte er dann tun? Aber er hatte keine andere Wahl . . . Die Nomaden diskutierten lange und händigten schließlich Ali Aga dem Bartlosen drei-

tausend Lira aus. Man beschloß, in der kommenden Woche in die Kreisstadt hinunterzugehen, um den Besitz zu überschreiben.

Diese Nacht verbrachten alle im Lager, Männer, Frauen, Kinder, Alte, Kranke, Gebrechliche in einem wahren Freudentaumel.

»Sehr gut, sehr gut!« sagte andauernd der alte Müslüm und leckte sich die Lippen. »Das ist sehr gut! Wirklich! Wenn ich sterbe, macht ihr mein Grab genau hier, am Fuß von diesem weißen Stein voller Inschriften; und ihr bedeckt mich mit Myrtenzweigen, erst dann mit Erde, versprecht ihr das?« Mit dem Finger zeigte er auf eine alte, halb im Boden versunkene Marmorplatte. Der Grabhügel war übersät mit antiken Platten. Man hätte nur ein Loch so groß wie ein Spann in die Erde graben müssen, um auf einen Stein mit altgriechischen Inschriften zu stoßen.

Die Flötenspieler spielten auf ihren Flöten, Mädchen und Knaben sangen Lieder dazu. In dieser Nacht konnte vor lauter Jubel niemand ein Auge zutun. Mit diesem Land, das nun ihnen gehören sollte, hatten sie Großes vor, sie schmiedeten Pläne. Sie träumten von Häusern, Palästen, Traktoren, Fensterscheiben aus Kristallglas, von Automobilen und schönen Kleidern . . .

Die Woche darauf gingen sie am festgesetzten Tag und zur festgesetzten Stunde in die Stadt hinunter. Sie warteten bis zum Abend. Aber Ali Aga der Bartlose tauchte nicht auf und hatte auch niemand geschickt.

Die Leute rieten ihnen, zum Straßenschreiber Kemal dem Blinden zu gehen. Kemal der Blinde war ein langer, zerbrechlicher Mann, man meinte, er würde umfallen, wenn man ihn anblies. Sie schilderten ihm ausführlich ihre Schwierigkeiten und sagten anschließend: »Genauso ist es geschehen.« Da eröffnete ihnen Kemal der Blinde die Wahrheit. Seit fünfzehn Jahren verkaufte Ali Aga der Bartlose den Hügel des Tobenden Stieres immer mit dem gleichen Schwindel an die Nomaden, die sich dort niederließen.

»Aber was können wir jetzt tun?«

»Gar nichts.«

»Es muß doch ein Mittel geben?«

»Ihr könnt euch noch glücklich preisen. Ali der Bartlose hat von euch gar nicht so viel verlangt, er hat wohl Mitleid mit euch gehabt«, sagte Kemal der Blinde.

Und dann beschrieb er, was ihnen alles noch bevorstand. Es war seit fünfzehn Jahren das Schicksal aller Nomadenstämme, die auf dem Hügel des Tobenden Stieres ihr Lager aufschlugen.

»Was sollen wir denn tun?«
»Hat euch Derviş Hasan schon aufgesucht?« fragte Kemal der Blinde.
»Ja . . .«
»Und Veli, der Sohn des Tyrannen?«
»Nein . . .«
»Aber er wird noch kommen . . . Und Osman, der Sohn des Korrupten?«
»Auch nicht . . .«
»Auch er wird kommen. Ist jemand aus dem Dorf Bozduvar gekommen?«
»Niemand . . .«
»Sie werden kommen.«
»Aber was sollen wir tun?«
»Und der Korporal Nuri Dağlaryolu? Von der Gendarmeriewache Yalnizağaç?«
»Er ist nicht gekommen . . .«
»Er kommt sicher. Und Riza der Goldzahn?«
»Er ist nicht gekommen . . .«
»Auch er wird kommen . . .«
»Was sollen wir tun?«
Der Straßenschreiber konnte ihnen auf diese Frage nicht antworten, er war nicht imstande, ihnen einen Ausweg zu zeigen.
»Wem gehört der Hügel?« fragte Süleyman der Vorsteher.
»Niemandem. Oder vielmehr allen außer euch.«
Sie verstanden nichts von dem, was er sagte.
»Schreib eine Bittschrift für uns, Kemal Efendi, und schildere darin unsere Lage«, sagte Süleyman der Vorsteher. »Aber verfasse sie so, daß die Leute sich eine Vorstellung von unserer hoffnungslosen Lage machen können!«
»Aber das kann ich nicht«, sagte Kemal der Blinde. »An wen soll ich denn schreiben?«
»Schreib, schreib, das ist alles. Du wirst darin sagen, daß es so nicht weitergehen kann!«
»Ich kann nicht . . .« sagte Kemal der Blinde.
Sie flehten ihn an, sie lagen vor ihm fast auf den Knien.
»An wen, meint ihr, soll ich schreiben?« sagte der Straßenschreiber. Sein einziges Auge, riesengroß und traurig, jetzt noch trauriger, funkelte vor Schmerz. »An wen schreiben, wohin?«
»Schreib an wen du willst, wohin du willst! Schreib nach Ankara, an

die großen Paschas, an den Sultan in Istanbul, an den Gouverneur in Adana. An wen du willst, aber schreib . . .«

Sie verließen den Ort nicht eher, bis sie sahen, wie er die Bittschrift aufsetzte.

8

Der Herbstregen setzte ein. Der Donner grollte über ferne Himmel hinweg. Alles verschwand unter der Wasserflut. Die Felder und der Hügel des Tobenden Stieres bedeckten sich mit Schlamm, in dem man bis zum Knie versank. Der herunterprasselnde Regen trommelte auf die durchlöcherten, abgenutzten, verblichenen, angesengten Zelte, näßte die Kelims und die Filzläufer. Viel Unheil brach über die Nomaden herein. Aber sie klammerten sich an den Hügel, an seine Flanke, sie brachen das Lager nicht ab, keine Macht der Erde konnte sie vom Hügel losreißen. Nach Kemal dem Blinden suchten sie Teloğlu und Haci Ali Çavus auf, um sich Bittschriften verfassen zu lassen. Sie gingen achtmal zum Landrat und boten ihm frische Butter an. Sie liefen zu Murtaza Bey, dem Advokaten. Sie zahlten gut. Sie trafen auch mit dem Parteivorsitzenden zusammen ... Aber niemand leistete ihnen Beistand. Es regnete, und sie liefen unter dem strömenden Regen auf dem Marktplatz der Stadt hin und her und hüteten sorgsam ihre Bittschriften unter den Überwürfen. Sie hofften immer noch, irgend jemand, irgend etwas würde ihnen zu Hilfe kommen. Sie mußten viele ihrer Schafe und langhaarigen Ziegen verkaufen, viel Butter und Joghurt, viele Filzläufer und orangefarbene, goldbestickte Kelims ... Aber am schlimmsten traf es den kleinen Kerem ...

Mitternacht war vorüber. Gegen Früh hörte der Regen auf, die Sonne brach hervor. Schüsse weckten sie auf. Kugeln pfiffen um ihre Köpfe, sie kamen von unten, aus dem Schwemmland des Flusses. Die Hunde begannen zu bellen, die Kinder weinten, die Frauen kreischten und schlugen sich wehklagend auf die Schenkel.

»Keiner steht von seinem Bett auf, keiner rührt sich! Ihr Burschen nehmt eure Waffen. Schleicht hinauf zur Spitze des Hügels. Ich komme gleich!« rief Süleyman der Vorsteher.

Etwas später duckten sich sechzehn auf der Spitze des Grabhügels in eine Mulde und eröffneten das Feuer auf das Schwemmland. Das Feuergefecht dauerte mit Unterbrechungen bis zum Morgen.

Jemand rief von unten herauf. »Ihr bringt uns morgen früh zehntau-

send Lira ins Dorf Bozduvar. Oder wir werden euch alle umlegen!«
Der Tag brach an, die Sonne stieg am Horizont, und da bestiegen die Männer wieder ihren Jeep. »Heute nacht kommen wir wieder!« riefen sie im Wegfahren. Die Hunde heulten, die Schafe blökten, die Pferde wieherten.
Der kleine Falke war noch ganz durchnäßt. Kerem blickte ihn an: der Vogel saß mit geschlossenen Augen da, den Kopf eingezogen. Seine nassen Federn waren zerzaust. Kerem spürte ein Würgen in der Kehle. Der Vogel war sonderbar geworden. Drunten breitete der Oleander in der Sonne seine ausladenden, rosaroten Blüten aus. Auch die Ackerkratzdisteln . . . Die Glöckchen, die die Ziegen, Maultiere, Böcke und Widder um den Hals trugen, bimmelten ständig.
Das Vieh, die Kamele, die Zelte, die Menschen, alles war klatschnaß. Am Eingang des Zeltes saß auf einem Pfahl der graugrüne Falke und öffnete halb seine Augen.
Die Stammesältesten hockten auf den weißen, mit Inschriften verzierten Steinplatten an der Flanke des Hügels und diskutierten.
»Wir müssen unsere Waffen verstecken«, sagte Süleyman der Vorsteher. »Der Korporal wird sicher mit fünf Gendarmen vorbeikommen, um unsere Waffen einzuziehen. Resul soll sie alle einsammeln und in einer Höhle verstecken.«

Etwas entfernt lag ein Schäferhund, groß wie ein Pferd, in seiner ganzen Länge auf dem Boden ausgestreckt, die Pfoten steif, als ob er schliefe. Das Blut hatte eine kleine Lache unter seinem Kopf gebildet, am Fuß einer mit Buchstaben bedeckten, weißen Platte. Hüsne kauerte neben dem Hund, sie weinte verstohlen und begleitete ihre stillen Tränen mit einem Hin- und Herwiegen des ganzen Körpers. Ihre Tränen waren der Grabgesang, den sie nicht anzustimmen wagte.
Kerem kam herbei. Er kannte den Hund sehr gut. Eine Kugel war ihm in den Hals eingedrungen und unter dem linken Ohr wieder ausgetreten. Kerem setzte sich vor Hüsne hin. Zwei Tränen, die er nicht unterdrücken konnte, liefen ihm die Wangen hinunter. Er wollte etwas zu Hüsne sagen, aber er konnte nicht sprechen. So sehr er sich auch bemühte, die Worte blieben ihm in der Kehle stecken. »Weine nicht, Schwester Hüsne«, sagte er schließlich. »Bitte weine nicht, bitte.«
Hüsne wiegte sich immer noch und weinte, ohne aufzusehen. Etwas später näherte sich Ceren. Ihre großen Augen waren nur noch zwei schmale Schlitze in ihrem Gesicht. »Das ist alles meine Schuld, Hüsne«, sagte sie. »Ich bitte dich, weine nicht. Eigentlich hätten sie mich töten sollen . . .«

Sie setzte sich neben Hüsne in den Schlamm. Die Sonne, die auf den Regen gefolgt war, brannte immer heißer. Große grüne Fliegen schwirrten über der Blutlache. Winzige Mücken hefteten sich an die schwarzen Augen des Hundes.
»Weine nicht, Hüsne. Es ist meine Schuld. Ich bin schuld am ganzen Elend. Wenn ich nur sterben könnte! Dann wäre der Schmerz vorbei!« sagte Ceren. Sie stützte sich mit einer Hand auf den Boden und stand wieder auf.
»Wenn sie mich nur töten würden!« wiederholte sie. »Wenn sie mich nur töten würden, es ist meine Schuld . . .«
Kerem, der sich schon seit Tagen kaum mehr beherrschen konnte, stieß einen Schrei aus. »Es ist meine Schuld, meine Schuld!«
Sogleich verstummte er wieder. Die Stammesältesten hörten den Schrei und drehten sich nach Kerem um. Das Gesicht des Kindes war bleich und verkrampft. Die Sonne, die immer heißer auf das dürre Gras herunterstach, überzog sich mit einem Nebelschleier. Vom Boden, von den Schafen, Kamelen und Ziegen, vom Rücken der Menschen stieg Dampf hoch, dick wie eine Wolke. Auch vom toten Hund und aus der Blutlache erhob sich leichter Dunst.
Kerem drehte sich um und rannte davon.
Statt um einen Falken zu bitten, hätte ich besser um ein Winterquartier in der Çukurova gebeten, dachte er. Er hätte mir genausogut ein Winterquartier geben können, derjenige, der mir diesen Falken geschenkt hat. Habe ich wirklich gesehen, wie sich die Sterne vereinigten, habe ich wirklich gehört, wie das Wasser erstarrte? Aber wenn ich Hizir nicht gesehen hätte, wäre dann dieser Falke, auf den ich so viele Jahre gewartet habe, gekommen und hätte sich auf meine Faust gesetzt? Ich muß also die Sterne gesehen haben, halb im Schlaf habe ich sie sicher gesehen . . . Und jetzt . . . Verflucht sei dieser Falke! Was sollen wir jetzt tun? Wir haben keinen Fleck Erde, auf den wir unseren Fuß setzen können. Die Bewohner der Çukurova werden uns töten. Sie werden uns alles nehmen, was wir besitzen und uns dann töten. Was sie dem alten Müslüm angetan haben, obwohl er tausend Jahre alt ist! Er hat dieses Elend nicht mehr ertragen können, er ist krank davon geworden. Er wird es nicht überstehen und sicher daran sterben. Fehmi Aga, der doch der Sohn seines Freundes ist, hat ihn tief gedemütigt, sagen sie. Und jetzt liegt er auf dem Sterbebett.
»Verdammt sei dieser Falke! Der Teufel hole ihn!«
Er stieg den Hang hinunter. Die Schuhe in der Hand. Er bemerkte

nebeneinander zwei Patronen auf dem Boden und etwas weiter entfernt mehrere andere. Kerem vergaß darüber seine Sorgen. Je weiter er ging, desto mehr Patronen entdeckte er im Sand verstreut. Er sammelte sie und roch daran. Sie hatten einen seltsamen, bitteren Geruch und rochen nach Verbranntem. Im Sand gab es auch Spuren von Menschen und Vögeln. Er ging weiter, steckte die Hand in die Nester der Bienenfresser und untersuchte alle Nester am Weg. Gegen Mittag, als er sich umblickte, lagen der Hügel und das Lager in weiter Ferne. Das gab ihm neue Kraft. Die Sonne glühte. Der Boden und die Bäume waren jetzt trocken. Der Schlamm, der an Kerems Knöcheln hing, war getrocknet und steif. Seine Kleidung auch. Sie knisterte ihm am Körper. Kerem kratzte den verkrusteten Schlamm ab, der ihm an den Füßen klebte und zog seine Bauernschuhe wieder an. In ihm steckte jetzt eine fürchterliche Angst vor dem Hügel. Der Hügel des Tobenden Stieres war bedeckt mit Gräbern. Er war alt, sehr alt, noch älter als der alte Müslüm . . . Und was die Leute erzählten über diesen Hügel! Man sagte, daß er sich manchmal nachts in Bewegung setzt, daß er brüllend wie ein Stier bis zum Morgen umherwandert. Er bewegt sich die ganze Nacht und schnaubt . . . Wenn er zornig ist . . . Sie sagen, daß dieser Hügel in Wirklichkeit ein Stier ist, so alt wie der alte Müslüm, ein alter Stier, den man getötet hat . . . Die Dörfler haben ihn erschossen, er ist genau an dieser Stelle zusammengebrochen und hier liegengeblieben. Hier ist er umgefallen. Und immer wenn er Bauern erblickt, wenn er seine Mörder sieht, wacht er auf und stürzt sich brüllend auf sie. Dann verriegeln die Bauern ihre Türen und . . . ja, in die Hosen scheißen sie vor Angst . . . Oh! Wenn der Stier jetzt aufstehen würde, von Zorn gepackt, wenn er mit aller Kraft brüllen würde, daß Himmel und Erde erzittern . . . Dann würden diese Bauern . . . Die letzte Nacht auf uns geschossen haben . . .

»Der Stier wird aufstehen!« schrie er. »Dieser Stier wacht nicht auf wegen jeder Kleinigkeit, aber einmal, wenn er wirklich in Zorn ausbricht, wird er sich wie ein Berg auf die Bauern stürzen. Er wird alles in die Luft schleudern. Er wird keinen verschonen. Heute nacht, ja, heute nacht schon . . . Er wird die Dörfer auf den Kopf stellen. Alles auf den Kopf stellen . . . Sollen sie doch kommen, heute nacht . . . Sollen sie doch kommen. Sollen sie es nur noch einmal versuchen, auf den Hügel zu schießen . . .«

Er näherte sich dem Hügel. Durch den Dunst hindurch kam es ihm vor, als ob Leben in ihn gekommen wäre: die dicke Haut des Stieres

zitterte unaufhörlich vor Zorn. »Das ist unser Stier!« dachte Kerem. »Unser Ahne! Wie sollte er uns im Stich lassen. Hurrah!«
Er war am Hügel angelangt. Die Frauen und Kinder hatten sich um den toten Hund versammelt, sie betrachteten ihn schweigend. Kerem schaute sie mit einem kurzen Lächeln an, er selbst war zufrieden. »Wenn sie wüßten! Wenn sie wüßten, daß der Hügel noch in dieser Nacht über die Bauern herfallen wird! Wenn sie es nur wüßten!«
Er ging zu seinem Falken. Der Vogel hatte jetzt die Augen offen. Er saß auf dem Pfosten, schlug von Zeit zu Zeit mit den Flügeln, versuchte hochzufliegen, flatterte herum, soweit es ihm das Seil erlaubte, setzte sich dann wieder auf den Pfosten und öffnete weit seine Flügel, bis er sich wieder im Gleichgewicht befand.
»Sie werden es schon sehen! Ich weiß, was ich mir nächstes Jahr in der Hidirellez-Nacht wünsche. Ps, ps, ps mein schöner Falke, ps, ps, ps . . .«
Jetzt, da er sicher wußte, daß er auf den Stier im nächsten Frühjahr und auf Hidirellez zählen konnte, vergaß er seine Gewissensbisse. Und sein Falke kam ihm schöner vor als je zuvor. Er löste den Riemen des Vogels und nahm ihn auf die Hand. Die Alten auf der weißen Steinplatte beratschlagten noch immer . . . Von zu Zeit fielen sie in langes Schweigen und begannen dann wieder zu sprechen, so laut, als ob sie sich stritten.
»Gehen wir weg von hier«, sagte Süleyman der Vorsteher. »Dieser Hügel hat uns nur Ärger gebracht. Er hat schon zu viele Besitzer! Und wer weiß, wieviele noch auftauchen werden. Wieviele Bauern werden noch vorgeben, daß er ihnen gehört! Und selbst wenn wir ihnen unseren ganzen Besitz geben, werden sie uns nicht den Winter über hier bleiben lassen. Sie sind wie vom Teufel besessen . . . Gehen wir also!«
»Gut, aber wohin?« sagte eine dumpfe Stimme.
»Ja, gehen wir weg, aber wo sollen wir uns niederlassen?« wiederholten andere Stimmen ebenso dumpf.
Am Ende mußte sich Süleyman der Vorsteher ihrer Meinung anschließen. »Weggehen, ja, aber wohin? An jedem anderen Ort ist es noch schlimmer als hier . . . Überall. Es bleibt uns kein einziger Ort, wo wir unser Lager aufschlagen können. Kein Flecken Erde bleibt mehr unbebaut. Außer einigen öden Bergen. Was tun, wohin gehen?«
Wenn ihr das wüßtet, ihr Onkelchen, wenn ihr das wüßtet, sagte sich Kerem, würdet ihr vor Freude tanzen und mit dem Hintern wackeln! Wenn ihr wüßtet, daß sich der Stier bald in Bewegung setzen wird! Er

wird aufstehen, diese Dörfer zertrampeln, sie zermalmen! Heute nacht, ja, noch heute nacht!

Ob er es diesen Hasenfüßen, die vor Kummer halb tot waren, anvertrauen sollte . . . ja, warum eigentlich nicht? Ängstlich, ganz behutsam schlich er zu ihnen hinüber, zog die Patronen aus der Tasche und legte sie vor Süleyman den Vorsteher. »Ich habe das unten gefunden«, sagte er. Er schwitzte auf einmal am ganzen Körper, so bedrückt und aufgeregt war er.

Der Vorsteher nahm die Patronen, drehte sie zwischen den Fingern und sagte in klagendem Ton, als ob er sich entschuldigen wollte: »Das sind die Patronen zu den Kugeln, die sie letzte Nacht geschossen haben.«

Kerem zitterte am ganzen Leib. Der kalte Schweiß rann ihm den Rücken hinunter. »Heute nacht wird sich der Stier erheben, er wird sie zertrampeln«, murmelte er, rot bis unter die Haarwurzeln. Dann eilte er davon, mit wankenden Schritten.

Kerems Worte drangen wie ein Dolch ins Herz von Süleyman dem Vorsteher. »Ach! Ach, mein kleiner Kerem . . . Also der Stier wird heute nacht aufstehen, nicht wahr? Und Hizir wird auch kommen! Nein, nein, weder der Stier, noch Hizir, noch Ali werden uns je wieder zu Hilfe kommen. Sie haben uns alle verlassen. Ach, mein kleiner Kerem!«

Den Falken auf der Faust, verschwand Kerem hinter den Zelten. Die Frauen zogen sich allmählich in ihre Zelte zurück, eine nach der anderen, langsam, müde, bedrückt, so schwermütig, als ob sie einen Toten bestatteten. Nicht das leiseste Lüftchen wehte. Der Dampf, der vom Boden aufstieg, blieb in der Luft hängen und wogte leicht hin und her.

Plötzlich hörten sie durch den Dunst ein Geräusch, die Hunde begannen zu bellen.

»He, Nomaden! Ruft eure Hunde zurück!« rief eine Stimme von unten. Die Stimme war streng und gebieterisch. Jetzt konnten sie durch den Nebel hindurch einen Jeep ausmachen. Vier Gendarmen stiegen aus. Auch ein Mann in Zivil war dabei. Hinter dem Korporal her erklommen die vier Gendarmen und der Zivilist, pausenlos miteinander redend, den Pfad.

Der Korporal blieb stehen, warf sich in die Brust und legte die Hand an die Hüfte. »Ruft Süleyman herbei!« befahl er.

Süleyman der Vorsteher eilte ihm bereits entgegen. »Zu Befehl, mein Kommandant, ich bin schon da«, sagte er ganz außer Atem.

Der Korporal wurde noch anmaßender und ging einige Schritte auf den Vorsteher zu. »Ein Skandal!« schrie er. »Mir reicht's, mir reicht's mit euch allen! Auch der Regierung und dem Staat reicht es jetzt! Es hängt einem zum Hals heraus! Ihr habt die Çukurova in ein Schlachtfeld verwandelt. Ihr seid eine richtige Landplage! Banditen, Diebe! Das lasse ich mir nicht bieten! Bringt mir eure Waffen. Gebt sie mir ab. Die Çukurova konnte die ganze Nacht wegen eurer Schießerei kein Auge zutun. Das ist ein Benehmen! Ihr seid schuldig und spielt auch noch die Beleidigten! Erst laßt ihr euch mit Gewalt auf dem Boden der anderen nieder und dann laßt ihr auch noch einen Kugelhagel auf die Çukurova niedergehen. Keine Ausreden, ich will die Waffen auf der Stelle. Ihr gebt sie mir ab, oder ich führe euch alle zusammen in die Stadt. Ja, ich bin Nomade ganz wie ihr, meine Mutter und mein Vater waren auch Nomaden, aber so barbarische Manieren gab es bei uns nie. Nie!«
»Mein Korporal, mein Pascha!« rief Süleyman der Vorsteher. »Sei nicht ärgerlich, nimm bitte Platz, wir wollen miteinander reden. Man hat dich falsch informiert, absichtlich! Nicht wir haben die Schüsse letzte Nacht abgefeuert. Männer in zwei Jeeps sind gekommen und haben bis zum Morgen auf uns geschossen. Wir haben daran gedacht, uns zu beschweren, aber wollten dich nicht belästigen . . .«
Die Augen des Korporals traten hervor, seine Halsadern schwollen an. »Was? Was erzählst du da?« Mit drohender Miene ging er auf den Vorsteher zu. »Unmöglich! Die Bauern der Çukurova haben keine Waffen! Unmöglich, ganz unmöglich! Willst du damit etwa sagen, daß hierzulande keine Ordnung herrscht? Daß wir unfähig sind, Ruhe und Ordnung in der Çukurova aufrechtzuerhalten? Die anderen auch noch verleumden, wie? Schreib doch nach Ankara, schick ihnen Telegramme, erzähl ihnen alles, was du willst, beschwere dich über uns! Aha, ihr seid also nicht nur schuldig, sondern obendrein auch noch frech! Hasan, hol die Handschellen und lege sie um Süleymans Handgelenke . . .«
Die Handschellen klirrten, Süleyman der Vorsteher streckte die Hände aus. »Leg sie mir an, mein Kind, leg sie mir an, aber warum denn so eilig? Man soll keine Fehler machen. Einen Augenblick, mein Pascha, mein lieber Neffe, du irrst dich. Wir alle hier, wir haben großen Respekt vor dir.«
Der Korporal begann zu brüllen. »Er hat Respekt vor mir! Süleyman Aga behauptet, er hat Respekt vor mir! Dic ganzc Ebene habt ihr mit Geld überschwemmt . . . Aber wenn die Reihe an mich kommt . . . Euch haben wir es zu verdanken, meine Frau, meine Kinder und ich,

wenn wir vor Hunger krepieren! Ihr Dreckskerle ohne Glauben und Gewissen! Und obendrein beschmutzt ihr den Ruf meines Distriktes mit euren nächtlichen Schießereien.«

Ungestüm dreht er sich zu den Gendarmen um. »Treibt sie alle zusammen, von sieben bis siebzig, Frauen und Kinder, Gesunde und Kranke, treibt sie alle zusammen, und führt sie auf schnellstem Weg zur Polizeiwache. Ich lasse sie alle vor Gericht stellen! Die Männer, die man neulich auf dieser Straße tot aufgefunden hat, habt ihr auch umgebracht! Die Armen, Unglücklichen! In meinem Distrikt besitzt niemand eine Waffe, nicht einmal ein Taschenmesser, darum kann auch niemand einen Mord begehen! Und dann seid ihr die ganzen Nächte damit beschäftigt, diesen Grabhügel nach Antiquitäten, nach alten Goldstücken zu durchstöbern, um sie in gesetzwidriger Weise an Touristen zu verkaufen. Ihr glaubt wohl, ich weiß nicht Bescheid über eure kriminellen Aktivitäten? Die ganze Çukurova habt ihr mit Gold überschüttet. Nach allen Seiten verteilt ihr die Münzen . . . Aber wenn wir dran wären, die Ordnungskräfte dieses Landes, die nachts kein Auge zutun, um euch zu beschützen, dann, meine Herren . . . Dann, meine Herren . . .«

Der Atem ging ihm aus. Er hielt inne, um Luft zu schöpfen. Dann zog er die Reitpeitsche aus dem Stiefel und spielte damit. »Ja«, schrie er wieder aus voller Lunge, »ja, meine Herren! Auf unseren Schultern ruht die Not und die Mühsal dieses Landes, und alles nur, damit eine Bande von Nomaden kommt und sich in unserem Land, auf unserem Grabhügel ansiedelt, als ob es sich um das Erbe ihrer Vorväter handle, die jedem dahergelaufenen Kerl Geld verteilen mit vollen Händen und pausenlos Schießereien veranstalten, von morgens bis abends und abends bis morgens, und die ganze Çukurova so in Schrecken versetzen, daß die Leute in die Hosen pissen . . . Nein, meine Herren, das lasse ich nicht zu! Nehmt sie alle fest!«

Meister Haydar der Eisenschmied griff ein. »Mein guter Pascha«, sagte er. »Was hat Süleyman eigentlich gesagt, das dich so verärgert? Sicher, zornig zu werden gehört zur edlen Tradition aller großen Paschas. Aber habe eine Minute Geduld. Unser Volk liebt dich. Ich bitte dich, setz dich hin und trinke ein Täßchen Kaffee.«

»Niemals im Leben!« schrie der Korporal. »Ich kann keine einzige Tasse Kaffee von Leuten annehmen, die so anmaßend sind wie ihr! Auch wir sind Nomaden, aber es hat uns nie an Hochachtung vor unseren Gästen gefehlt!«

Meister Haydar ging auf den Korporal zu, ergriff seine Hand, um sie an die Lippen zu führen. Der Korporal zog sie schroff zurück.

»Du wirst mich entschuldigen, denn ich bin ein alter Mann«, sagte Meister Haydar. »Ich gehöre dem heiligen Orden der Schmiede an. Du weißt, was das heißt, denn du selbst bist Nomade. Ich sage es dir noch einmal, verzeih uns, falls wir dich verletzt haben.«
Der Korporal hatte plötzlich seine ganze Herrlichkeit verloren, er war blaß geworden. »Der Orden der Schmiede?« sagte er. »Der Orden der Schmiede aus Horzumlu?«
»Gewiß, der Orden derer von Horzumlu«, sagte Meister Haydar mit Befriedigung. »Komm, trink eine Tasse von unserem Kaffee und vergib uns.«
Der Korporal stand da wie versteinert und überlegte einen Augenblick, dann deutete er auf Süleyman den Vorsteher und befahl den Gendarmen: »Nehmt dem Vorsteher Süleyman die Handschellen ab.« Die Gendarmen gehorchten.
»Auch ich bin vom Stamm der Horzumlus«, sagte der Korporal. »Wie kommt es, daß du hier bei den Karaçullus bist?«
»Das ist eine alte Geschichte«, sagte Meister Haydar. »Sie ist zu lang, um sie zu erzählen. Vor ungefähr hundert Jahren haben wir Zuflucht bei ihnen gefunden. Es sind gute, ehrliche Leute . . .«
»Niemand hätte es gewagt, dem Orden des Feuers ein Unrecht zu tun!« versicherte der Korporal. »Es ist ein heiliger Orden!«
»Ja, so war es«, sagte Meister Haydar. »Aber heute achten uns die Leute nicht mehr. Sie spucken auf uns . . . Aber komm doch herein.«
Von Meister Haydar geführt betraten der Korporal, die Gendarmen und der städtisch gekleidete Mann das Versammlungszelt. Alle setzten sich.
Der Korporal war sehr bewegt. »Ich bin also sozusagen heimgekehrt«, sagte er. »Gott hat uns vergessen und ins Unglück geführt.«
Sie tranken den Kaffee, der für sie aufgetragen wurde. Der Mann in Zivil machte ein mürrisches Gesicht. Meister Haydar jedoch war quicklebendig, er lachte und machte Scherze. Die Unterhaltung dauerte lange. Die Nomaden erzählten von ihrer aussichtslosen Lage. »Was sollen wir tun? Wohin sollen wir gehen, mein Pascha?« fragte Süleyman der Vorsteher. »Was denkst du, Pascha, Bruder? All das Unglück, das auf uns lastet, habt auch ihr mitgemacht. Gib uns deinen Rat, wir werden ihn befolgen.«
Der Korporal überlegte lange und konzentriert, dann sagte er: »Geht zum Gouverneur. Er mag uns Nomaden. Vorläufig werde

ich versuchen, euch zu helfen, damit ihr hier bleiben könnt, aber es wird schwierig sein. Die Agas der Çukurova sind grausam, alle, es sind Monster. Aus ihren Klauen gibt es kein Entrinnen! Und dann hassen sie uns Nomaden, Gott weiß warum! Um Himmels willen, erzählt ja niemandem, daß ich Nomade bin! Auch nicht, daß ich euch helfe!«

»Wir werden nichts davon sagen!« versprachen sie im Chor, erleichtert.

Meister Haydar verließ das Zelt und gab Süleyman dem Vorsteher ein Zeichen, ihm zu folgen. Er flüsterte ihm ins Ohr. »Stecken wir ihm doch etwas Geld in seine Tasche. Einen kleinen Betrag. Er ist zwar einer von uns, aber schließlich auch nur ein Mensch. Er hat auch nur Muttermilch gesaugt wie wir alle!«

Süleyman der Vorsteher wußte wohl, daß das Ganze nichts weiter als eine Komödie war, die wieder einmal mit Geld enden würde. Und er hatte auch schon die Summe überschlagen, die er dem Korporal anbieten konnte. Er ging sofort in sein Zelt. Als er zurückkam, wartete der Korporal schon vor dem Versammlungszelt. Er ging auf ihn zu und schob ihm das Geld in die Tasche.

»Allah segne dich, mein Onkel!« sagte der Korporal. »Wir führen alle ein erbärmliches Leben in dieser Çukurova. Sie haben uns alle kaputtgemacht, erledigt! Ach! Ach!«

Die Frauen und Kinder – allen voran Kerem – verharrten regungslos abseits und beobachteten mit aufgerissenen Augen und angehaltenem Atem alles, was hier vorging.

Der Korporal rief ins Zelt. »Also kommt, meine Freunde, wir gehen.«

Sie kamen aus dem Zelt. Als sie zusammen den Fußweg einschlugen, bemerkte der Korporal den Falken auf Kerems Hand, blieb stehen und lächelte. »He du, komm, komm einmal her, Kind, mit deinem grauen Falken.« Kerem eilte herbei. Der Korporal streichelte den Vogel, prüfte seine Krallen und Augen und drehte ihn immer wieder nach allen Seiten. »Es ist ein richtiger grauer Falke«, erklärte er. Seine Augen leuchteten plötzlich auf. »Und wenn du mir diesen Vogel gibst, sag! Wie heißt du?«

»Kerem!« sagte das Kind, zu Tode erschrocken.

Der Korporal streckte die Hand nach dem Vogel aus, aber Kerem verschwand blitzschnell in der Menge und lief in Windeseile den Weg hinunter. Der Korporal fühlte sich dadurch so gekränkt, daß alle Anwesenden es sehen konnten.

»Hundesohn!« brüllte Meister Haydar tief beunruhigt. Kerem hatte alles verdorben. »Rennt ihm nach und bringt mir diesen Falken!«
»Laß nur, das macht nichts, das spielt keine Rolle«, sagte der Korporal von oben herab, aufgebracht. »Ich dachte mir nur . . . Er kann sich ja jederzeit einen neuen Falken im Gebirge fangen . . . Nicht nur einen, ein halbes Dutzend . . . Ich habe gedacht, wenn ich meinem Sohn einen Falken mitbringe, wird er sich sehr darüber freuen. Und es hätte ihm geholfen, nicht zu vergessen, daß auch er Nomade ist. Aber was soll's, lassen wir das . . .«
Er ging weiter, aber Meister Haydar versperrte ihm den Weg. »Einen Augenblick, mein Pascha, warte eine Minute. Sie werden diesen Falken gleich bringen, gedulde dich. Seit wann weigert sich ein Nomade, die Wünsche seines Gastes zu erfüllen? So etwas hast du noch nie gehört, mein Pascha, Abkömmling der Horzumlus!«
»Nein, niemals«, sagte der Korporal stolz und glücklich, und er erzählte weiter, wie seine Eltern sich in der Çukurova niedergelassen hatten.
Drunten verfolgten drei junge Leute mit langen Beinen Kerem. Das Kind rannte so schnell es konnte. Es fiel hin, stand wieder auf, den Falken auf der Hand. Der Vogel war wild vor Zorn, er schlug mit den Flügeln, zerkratzte Kerem mit seinen Klauen die Hand und versuchte verzweifelt zu fliehen. Die anderen waren ihnen auf den Fersen.
Der Korporal plauderte weiter. »Ich hatte eine Schwester, die sehr schön war, Meryem. Sie war das schönste Mädchen der Welt. In jenem Jahr sind wir in die Çukurova heruntergekommen, genau wie ihr auch. Ohne einen Fußbreit Erde zu finden, auf dem wir hätten bleiben können. Von dem Tag an, an dem wir irgendwo unsere Zelte aufstellten, ließen sie uns keine Minute zum Verschnaufen. Sie verfolgten uns überallhin mit ihren Hunden und Pferden, ihren Waffen und Knüppeln und zwangen uns, das Lager abzubrechen. Genau zwei Monate lang sind wir in der Ebene herumgeirrt, ohne uns niederlassen zu können. Die Kinder und Alten konnten dieses Elend nicht ertragen, sie starben alle . . .«
An einer Stelle teilte sich das Flußbett für eine Strecke und bildete so eine kleine Insel. Kerem lief rund und rund um die Insel herum, sprang dann aus dem Schwemmland weg und tauchte in den Ginsterbüschen unter. Die jungen Leute verloren ihn aus den Augen.
»Und wenn dann, während wir auf den Wegen herumzogen, die Schafe und Ziegen eine Handvoll Ähren auf einem Feld abfraßen, was ja bei diesen schmalen Pfaden unvermeidbar war, dann verlangten sie

jedesmal sofort Schadenersatz. Für eine Handvoll Ähren verlangten die Bauern drei Schafe! Noch vor dem Frühjahr, gerade vor der Übergangszeit, keine Schafe, keine Ziegen, keine Pferde und Esel mehr! Ein einziger Winter hatte genügt, wir standen mitten in der Çukurova und hatten gar nichts mehr. Es war also Frühjahr. Es kam dann noch zu einer Schlägerei mit den Dorfbewohnern. Wir verloren fünf Mann, drei daran wurden getötet. Aber im Verlauf dieser Schlägerei fiel der Blick eines jungen Bauern auf Meryem. Er bat um ihre Hand. Gebt mir dieses Mädchen, sagte er zu uns, und ich gebe euch Land für ein Haus neben meinem und auch ein Feld neben meinem eigenen . . .«

Schließlich fanden die jungen Leute in den Stechginsterbüschem Kerems Fährte. Das Kind begann wieder zu rennen. Es hatte sich ausgeruht und die jungen Leute konnten es nicht erwischen.

»Wir haben mit Meryem gesprochen. Aber sie widersetzte sich und wollte den Jungen nicht nehmen. Sie weinte und schrie und sagte, wenn ihr mich zwingt, ihn zu heiraten, bringe ich mich um. Wir alle, mein Vater, meine Mutter und meine Geschwister flehten sie an, beschworen sie, Meryem, schau doch, Erde und Himmel wollen nichts von uns wissen, sollen wir denn einfach sterben? Ja sogar als Tote würden sie nichts von uns wissen wollen! Unsere Leichen werden die Hunde fressen . . . Da sagte Meryem schließlich ja. Und wir haben uns also auf dem Besitz meines Schwagers eingerichtet. Er gab uns Grund und Boden, um darauf ein Haus zu errichten. Er gab uns auch einige Felder. Aber Meryem überlebte es nicht. Sie starb im folgenden Jahr. Mein Schwager jagte uns davon. Er war ein böser Mann.«

Der Korporal wischte sich mit einem Taschentuch den Schweiß von der Stirn. Dann erzählte er die Leidensgeschichte seines Stammes in der Çukurova weiter.

Kerem war erschöpft. Seine Beine zitterten. Wie konnten sie es wagen, ihm seinen Falken zu stehlen? Auf einmal drehte sich alles vor seinen Augen, und er fiel der Länge nach auf den Boden, ohnmächtig. Die jungen Leute hatten ihn eingeholt, lösten die Leine des Falken von der Hand des Kindes und gingen mit dem Vogel davon. Der Falke war ganz verstört, seine Federn sträubten sich, er war zerzaust . . . Er sah überhaupt nicht mehr wie ein Falke aus.

Jetzt kam Kerem wieder zu sich. Er hob den Kopf. Die anderen waren schon weit weg. Kerem stand auf, lief hinter ihnen her, immer noch einen Hoffnungsschimmer im Herzen. Aber sie bestiegen schon den Hügel und brachten den Falken zum Korporal. Kerem sah den

Korporal an . . . Die letzte Hoffnung . . . Der Mann schritt auf den Jeep zu, den Falken auf der Faust, und bemerkte das Kind nicht einmal.
Sie bestiegen den Jeep, fuhren davon und verschwanden im Nebel. Kerem stürzte zu Boden, als wären seine Knie gebrochen.

9

Der Stamm mußte schwere Prüfungen durchstehen. Wer kam wohl als nächster, um etwas zu verlangen? Sie tasteten sich vor in unendlicher Finsternis, durch die kein Hoffnungsstrahl drang. Und immer wieder stießen sie an diese Mauer der Finsternis. In der ganzen Çukurova blieb nicht der geringste Platz, um sich niederzulassen. Die einzige Lösung war noch immer der Hügel des Tobenden Stieres. An ihn mußten sie sich klammern, und wenn es den Tod bedeutete. Wohl gab es noch Akmaşat, ihr altes Winterquartier. Aber ihm konnten sie sich nicht einmal mehr nähern; Karadirgenoğlu erlaubte ihnen nicht einmal, durch jene Gegend zu ziehen.

Fethullah, die Pistole am Gürtel, durchmaß das Zelt mit den drei Stützen in großen Schritten, unaufhörlich. Was hatten sie den Bauern getan, daß sie so feindselig waren? Waren diese Leute nicht früher Nomaden gewesen, genau wie sie?

»Ich werde sie töten«, sagte er zu sich. »Ich werde kämpfen. Wir müssen kämpfen. Es gibt keine andere Lösung. Sie überfallen uns wie ein Ameisenheer, sie verschlingen uns, reißen uns in Stücke . . . Und die anderen Ameisen riechen das Blut und strömen auch herbei, in Scharen . . .«

Er verglich ihre jetzige Lage mit dem Leben, das sie vor einigen Jahren, ja sogar noch vor einigen Monaten geführt hatten. Ihre Herden von Schafen, Ziegen, Kamelen und Eseln, die Zahl ihrer Kelims verringerte sich zusehends. Von allem war nur noch die Hälfte da. Wenn das noch einige Jahre so weiterging, würden sie bald ohne jeden Besitz dastehen. Bettler würden sie sein, ein Leben in nacktem Elend führen. Wenn dann auch noch eine Hungersnot käme, dann wäre das der Tod für sie alle. Denn keiner hatte ein Handwerk gelernt, um sein Leben zu verdienen . . . Nicht einmal das geringste. Nie hatten sie mit ihren Händen etwas gefertigt. Keiner im Stamm hatte einen Beruf. Außer Meister Haydar, der Eisenschmied . . .

»Ich werde sie töten, umbringen. Je länger wir vor diesen Bauern im Staub kriechen, desto mehr versuchen sie, uns zu zertreten. Je mehr

wir uns vor ihnen auf den Bauch legen . . . Dieser Hügel des Tobenden Stieres gehört niemandem, aber alle erheben Anspruch auf ihn . . . Die ganze Welt . . . Jeder findet einen Vorwand, um uns aussaugen zu können . . . Ich werde sie alle töten . . .«
Der Schmerz nagte in ihm, ein Gefühl von Demütigung, Scham, unerträglicher Einsamkeit und Ohnmacht . . . Er konnte die Tränen kaum zurückhalten. Ein einziges Mal in seinem Leben hatte er geweint, und das war schon lange her. Als seine Großmutter starb, hatte er zwei Tage lang geweint. Aber jetzt konnte er sich nicht einmal daran erinnern: wo war doch das Grab seiner Großmutter, wo hatten sie sie beigesetzt? Er erinnerte sich an eine große Platane, an einen Hügel neben einem Fluß. Ein Stück frische Erde, wo die Poleiminze blühte und ein leichter Wind wehte. Und auf den Minzenblüten Schmetterlinge wie Regentropfen, Herbstschmetterlinge, in vielen Farben, jeder so groß wie eine Hand . . . Wo war das nur? Man fragte nie, wo die Gräber der Toten waren. So war die Tradition. Eine schreckliche Tradition. Im übrigen, selbst wenn man danach gefragt hätte, so hätten die Leute den Ort nicht wiedergefunden, an dem sie ihre Toten begraben hatten. Eine üble Tradition, abscheulich, unwürdig.
»Jeder Mensch auf Erden hat einen Platz unter der Sonne, wo er zu Hause ist. Wir hier haben nicht einmal das Recht, auf den Wegen vorbeizuziehen. Ach, ach, mein Vater!« sagte Fethullah.
Fethullah war der Sohn von Süleyman dem Vorsteher, er war in einem fernen Dorf zur Schule gegangen, als sie zwei Winter hintereinander in der Umgebung von Telkubbe überwinterten, er konnte also lesen und schreiben.
»Ach, Vater, ach mein Vater!«
Zu jener Zeit waren ihre Beutel noch mit Geld gefüllt, und Boden bekam man für ein schönes Lied. Sie hätten Land kaufen können, soviel sie wollten, und sich darauf niederlassen können. Aber wie sollte man das voraussehen? Die Ebene war leer damals, und die Nomaden waren wie mächtige Adler. In dieser Zeit hätten die Dörfler sie nie angegriffen, sie wagten nicht einmal, sie zu grüßen. In dieser Zeit hätte der Stamm genug Boden erwerben können, um darauf fünf, ja sogar zehn Dörfer zu bauen. Hatten die Sarihacis nicht genau das getan? Und ihr Dorf war heute kein Dorf mehr, es war eine große Stadt voller Lichter. Heute verleugneten sie ihre Herkunft und mieden die Nomaden wie die Pest, sie wollten nichts mehr mit ihnen zu tun haben . . .
»Heute zählt nur die Macht. Die Zeit ist gekommen, um zu kämpfen.

Wie Halil, wie Mustan. Man sagt, daß sie Halil getötet haben, daß Mustan verwundet ist, daß er humpelt.«
Wieviel junge Männer gab es im Stamm? Mindestens dreißig. Wenn sie alle Waffen hätten, alle . . . Diese Leute, die den Stamm mit Kugeln überschüttet hatten, wer waren sie? Man mußte herausfinden, aus welchem Dorf sie kamen, es überfallen . . .
Genau das hatten sie vor drei Jahren getan. Die Nomaden hatten beschlossen, eine Strafexpedition in ein Dorf zu schicken, dessen Bewohner sie angegriffen hatten. Aber was war geschehen? Am nächsten Morgen führten die Gendarmen den ganzen Stamm von sieben bis siebzig in die Kreisstadt ab. Sie steckten alle ins Gefängnis. Prügel, Schmähungen, Vergewaltigungen . . . Sogar die Hirten führte man ab und die hundertjährigen Frauen, die Kranken . . . Die Zelte standen verlassen, die Herden, die Kamele und Pferde verliefen sich in der Ebene. Als die Nomaden zwei Monate später freigelassen wurden, fanden sie ihre Zelte umgestürzt, mit Schmutz und Staub bedeckt, ausgeplündert. Die Diebe hatten kein einziges Streichholz zurückgelassen. Kein Bett, keine Decke, keinen Topf . . . Die Bauern hatten die Herden unter sich aufgeteilt, die Tiere geschlachtet oder verkauft. Der Korporal, der damals der Gendarmeriewache vorstand, beanspruchte eine ganze Herde für sich selbst, verkaufte die Tiere und konnte sich von dem Erlös ein Haus in der Stadt kaufen, ein Haus mit zehn Zimmern. Dieses Haus wurde zur Legende. Die Leute sprachen noch immer davon . . .
In jenem Jahr schleppte sich der Stamm dahin. Sie litten tausend Nöte. Sie mußten um Brot betteln. Sie gingen nach Adana, beklagten sich beim Gouverneur und schilderten ihm ihre Lage in allen Einzelheiten. Der Gouverneur lachte. Auch die Gendarmen lachten, die Beamten, das ganze Rathaus. Die Straßen quollen über von Menschen. Erschrocken, beschämt, angstvoll drängte sich Fethullah an seinen Vater. Er kam aus dem Staunen nicht mehr heraus . . . Diese endlose Menschenflut. Alle lachten sie aus. Als die Dunkelheit einbrach, verließen die Nomaden die Stadt. Sie glitzerte in tausend Lichtern, und sie lachte sie aus. Sie kamen auf die staubigen Wege, und der Staub lachte sie aus. Die Bäume, die Vögel, die Bienen, die Blumen, alles lachte sie aus . . .
»Vater, Vater, sie lachen uns aus!«
Am Fuß eines Baumes kauerte Fethullah und glühte im Fieber, zitterte, Krämpfe schüttelten ihn.
»Vater, Vater, sie lachen, sie lachen uns aus!«

Er erinnerte sich an den tränendurchnäßten Bart seines Vaters, die aschfahlen Gesichter seiner Schwestern, die Augen seiner Mutter, die schreckgeweitet hervortraten. Sonst nichts . . . Eine große Leere . . . Dann sah er den Bey des Musali-Stammes vor seinen Augen. Sein langes, trauriges Gesicht . . . Den leicht ergrauten Bart. Sein zerfurchtes Gesicht. Sein sanftes Lächeln, das einem das Herz erwärmte . . . »Quäle dich nicht, lieber Süleyman, mein lieber Freund«, sagte er. »Unser Stamm hat noch einige Schafe, Kamele, einige Pferde. Und auch etwas Geld . . . Ich gebe euch von dem, was wir haben. Jede Familie unseres Stammes wird einer Familie eures Stammes etwas geben. So war es früher Sitte. Seht, so ist die Sitte seit ewigen Zeiten.«
Und so geschah es.
Nur Meister Haydars Pferd war ihnen geblieben. Das edle Tier . . . Während die Stammesleute im Gefängnis halbtot geschlagen wurden, während Haydar mit dem Tode rang, ließ das Pferd niemanden in seine Nähe, niemand konnte es einfangen. Und als die Nomaden aus der Stadt zurückkehrten und der alte Haydar, um Jahre gealtert, auf wunden Füßen allein hinter dem Zug zurückblieb, als die ersten Sonnenstrahlen durchbrachen und die Gavur-Berge von den Gipfeln her in ihr Licht tauchten, da spürte Meister Haydar auf einmal im Nacken einen feuchten Atem. Er drehte den Kopf und erblickte sein Pferd, das ihn mit den Nüstern stupfte . . . Haydar nahm den Kopf des Pferdes in seine Hände und küßte es auf seine schönen blaugrünen Augen. Dreimal. Das Pferd beugte sich nieder, aber Haydar hatte nicht die Kraft, sich in den Sattel zu setzen. Da packte ihn das Pferd mit den Zähnen am Rock und zog ihn auf seinen Rücken . . .
»Ich werde sie töten, ich werde sie töten . . . Ach, mein Vater . . .«
Fethullah glühte im Fieber. Er hatte eine Menge Patronen für seine Pistole, zweihundert vielleicht . . .
Wie ein Wirbelwind in das Dorf fegen, losfeuern, sich von einem Ende zum anderen durchschießen . . . Aber nur auf die Männer! Es wäre schade, auf die Frauen und Kinder zu schießen. Die letzte Kugel für dich selbst, mitten durch die Stirn . . .
Im Wahn jagte Fethullah jedem Mann, den er im Dorf überraschte, eine Kugel durch die Stirn . . . Als er wieder zu sich kam, war er schweißgebadet, als ob er ins Wasser gesprungen sei.
Die anderen Leute vom Stamm, die Alten, saßen in Gruppen an den Hängen des Hügels. Sie sprachen kein Wort. Sie bewegten sich nicht

einmal. Aus der Ferne hörte man das Gebimmel der Tierglocken und hin und wieder Hundegebell.

Im fernen Dorf Sandal hatten sich die Bauern am Fuß der großen Platane in Cennetoğlus Garten am Flußufer versammelt. Sie schäumten vor Wut und fluchten auf den Karaçullu-Stamm.
»So ist es«, sagte Cennetoğlu. »Ihr sprecht die Wahrheit, ihr seid vollkommen im Recht. Der Hügel des Tobenden Stieres gehört uns. Er ist unser Winterquartier. Erst gestern, als wir mit dem Vieh aus den Bergen zurückkamen, haben wir dort unsere Zelte aufgeschlagen. Seit über fünfzig Jahren ist das so. Das bedeutet, daß der Hügel des Tobenden Stieres uns gehört! Aber warum wirft Süleyman mit Geld um sich und übersieht uns?«
»Ja, warum?« fragten die Bauern.
»Weil wir«, sagte Cennetoğlu, »weil wir in ihren Augen keine Menschen sind! Weil wir nichts wert sind, weil wir nicht für einen Kuruş Ehre im Leib haben, nicht einmal für das Kleingeld von Ungläubigen!«
»Du sprichst die Wahrheit«, stimmten die anderen zu.
Ein großer Mann, in Lumpen gehüllt, mit ganz kleinen Augen, schwarzem, ledergegerbtem Gesicht, bedeckt mit Staub und Stroh, der ganz am Ende der Reihe saß, stand auf und streckte die Hände aus. »Wir hier müssen in der Sonne braten. Für einen Bissen Brot arbeiten wir uns zu Tode . . . Malaria und Stechfliegen raffen uns dahin. Sie aber kommen einfach herunter aus ihren Bergen, wo frische Quellen sprudeln, von Veilchen und Poleiminze umsäumt, Quellen, die Steine aushöhlen, aus denen sie Wasser trinken, eiskaltes Wasser! Stellt euch das vor, eiskalt . . . Sie kommen einfach und besetzen unsere Winterquartiere, aber ihr Geld, das . . .« Seine großen, hervorstehenden Augen wurden noch größer und sprühten Blitze. Seine Halsadern schwollen an. »Sie haben Beutel voller Gold, Säcke voller Gold! Sie verteilen es jedem, der kommt, nur uns geben sie keinen Kuruş . . . Aber das lassen wir uns nicht bieten, Freunde! Was noch dazu kommt: diese Leute sind von der Sekte Kizilbaş, meine Freunde! Und dabei sind es nicht einmal Kurden. Nein, diese Leute sind wie wir und gehören trotzdem der Kizilbaş-Sekte an, Freunde. Nein, das lassen wir uns nicht bieten, Freunde . . .«
»Du sprichst ja wie Halil, der Ortspräsident der Demokratischen Partei«, rief ihm einer aus der Runde zu. »Genau wie er. Bei den nächsten Wahlen stelle ich dich als Abgeordneten auf, darauf kannst du Gift nehmen!«

»Du Hund!« erwiderte der große Kerl. »Mach keine blöden Witze, das ist eine ernste Angelegenheit . . . Deinetwegen habe ich jetzt vergessen, was ich eigentlich sagen wollte, du Hund, du Hundesohn! Aber mit euch kann man sowieso nichts anfangen . . .« Seine Stimme wurde noch schriller. »Wir lassen uns das nicht bieten!« kreischte er. »Diese Kizilbaş-Leute dürfen unseren Hügel des Tobenden Stieres nicht beschmutzen, unser geheiligtes Winterquartier, die Erde, in der unsere Ahnen ruhen. Diese Kizilbaş-Leute, die nicht einmal Kurden sind!«
Mehrere Stimmen fielen ein. »Du hast ein wahres Wort gesprochen!«
»Ja, ein wahres Wort, so treffsicher wie der Pfeil unserer Väter . . . Ja, Freunde! Jihad! Das ist es! Wir müssen den Heiligen Krieg beginnen gegen die Ungläubigen, gegen die Kizilbaş! Ich rufe auf zum Heiligen Krieg, um unser Recht zu verteidigen!«
»Ganz wie Halil Bey!« wiederholte der Mann, der ihn vorher unterbrochen hatte. »Aber du vergißt etwas. Du hast nicht vom Heiligen Krieg gegen die Kommunisten gesprochen!«
»Du Hundesohn! Diese Leute sind keine Kommunisten«, rief der Lange, während er sich wieder setzte. »Das sind Nomaden. Kommunisten gibt es nur in den Städten, nicht in den Zelten.«
Der andere beharrte. »Was weißt du denn schon davon? Ihr Chef lebt vielleicht im Zelt!«
Alle lachten.
»Ich habe Süleyman aufgefordert, zu mir zu kommen«, sagte Cennetoğlu in strengem Ton. »Wir werden von ihm verlangen, was er uns schuldet. Und wenn er es uns nicht gibt, dann knallt's!«
»Was werden wir mit ihnen machen?« fragte einer der Jungen unschuldig.
Der lange Kerl war noch immer im Feuer, und seine Brust schwoll vor Zorn. »Wartet, wartet«, sagte er und holte nach jedem Wort Atem. »Ich, ich . . . Seit einem Jahr habe ich alles genau überlegt. Ihr werdet staunen, wie wir sie zwingen, sich aus dem Staub zu machen, ihr werdet staunen! Sogar der Gott des Schicksals wird staunen über meinen Einfall!«
»Aber wenn wir sie wegjagen . . .« Cennetoğlu zögerte. »Warten wir zunächst den Besuch von Süleyman dem Vorsteher ab. Früher war er ein rechter Mann. Immer hat er mich aufgesucht, bevor er sich irgendwo niederließ. Sicher denkt dieser Hund jetzt, er sei etwas Besonderes. Er hat mir nicht einmal einen Gruß überbringen lassen. Und alles nur, weil er diesem Nomadenkorporal ums Maul streicht, Geschenke hat er ihm gemacht, einen Falken und einen Araber . . . Und Goldmünzen dazu. Soll Süleyman nur kommen, dann wird man

sehen, was er zu sagen hat, soll er nur kommen . . .«
Die Kleider der Bauern waren mit Staub und Stroh bedeckt. Ihre Gesichter schwarzgebrannt und ausgetrocknet in der Sonne. Ihre Wangen hohl. Ihre Augen glasig, unbarmherzig hart. Und immer tiefer fraß sich ihr Haß auf die Nomaden.

Die Nomaden klammerten sich an den Hügel des Tobenden Stieres, schweigsam, reglos, wie versteinert . . . Als ob sie Wurzeln geschlagen hätten . . . Vielleicht waren sie eingeschlafen am hellichten Tag. Vielleicht waren sie alle tot. In einem Zelt hoch oben schrie ein Säugling, ein Kranker stöhnte. Sonst hörte man nichts. Kein Geräusch. Eine Welt ohne Leben . . . Gegen Anavarza im Westen endlos grün ein Reisfeld, und hinter dem Reisfeld die Landstraße, über der ständig eine Staubwolke hängt . . . Im Süden die Baumwollfelder, auf denen man die dritte Ernte pflückte, da und dort Gruppen von Tagelöhnern, nur wenige waren es zur Zeit, und Ährenleser, die wie Störche aussahen. Im Osten Stoppelfelder, Traktoren, die pausenlos kommen und gehen, die die Erde bis zum Fuß des Yassitepe umpflügen. Traktoren, die dahineilen, als ob sie Flügel hätten, die ganze Nacht, und die fremdartigen Lieder, die ihre Fahrer singen . . . Im Norden wieder Stoppeln so weit das Auge reicht. Mitten in den Stoppeln eine Gruppe von Eichen und zu ihren Füßen eine Quelle, die aus dem tiefen, mit Kieselsteinen übersäten Graben hervorsprudelt.
Die Schafe, Ochsen, Ziegen, die Esel und Kamele drängten sich um die Eichen. Die Hirten konnten keinen Schritt aus dem Wäldchen herausgehen. Wenn aus Versehen eines ihrer Tiere auf die Stoppelfelder gelangte, tauchten sofort zwei bewaffnete Männer auf, nahmen sich ein Schaf, fünf, hundert Schafe, soviele Schafe, wie sie konnten und trieben sie ins Dorf. Und bevor die Nomaden ihnen nicht den Schaden ersetzt hatten, gaben sie sie nicht zurück. Die Gesichter der Hirten waren voll von Wunden und Beulen. Einer hatte eine gespaltene Augenbraue, ein anderer eine gebrochene Nase, der nächste eine Schramme am Kopf, und der vierte konnte den Fuß nicht auf den Boden setzen. Ihre Kleidung hing in Fetzen und war blutverschmiert.
»Sei willkommen«, sagte Cennetoğlu in nicht gerade liebenswürdigem Ton, ohne aufzusehen. Sein langer Schnurrbart hing noch tiefer hinab als sonst. Das Gesicht war in Runzeln gezogen und schwarz vor Ärger. Er wies auf einen Sitz an seiner Seite. »Setz dich hier hin . . .«
Die Bauern ahmten Cennetoğlu nach, sie ließen ihre Schnurrbärte hängen und blickten zornig.

Süleyman der Vorsteher kannte die Art der Bauern, trotzdem durchschauerte es ihn. All das verhieß nichts Gutes. Er setzte sich wortlos neben Cennetoğlu. Ein bitteres Lächeln zuckte auf seinen Lippen, ruhelos, wie ein stechender Schmerz . . .
Einer nach dem andern begrüßte ihn. »Seid alle gegrüßt!« antwortete Süleyman der Vorsteher. Nachdem die Begrüßung abgeschlossen war, machte sich Schweigen breit.
»Du hast mich beleidigt, Vorsteher«, sagte Cennetoğlu schließlich. »Du hast uns vergessen.« Seine Stimme war hart, böse, arglistig. Er war mit allen Wassern gewaschen.
»Bitte verzeiht mir . . .« antwortete Süleyman der Vorsteher eingeschüchtert und ernst wie ein Kind, mit einer etwas weinerlichen, niedergeschlagenen, ratlosen Stimme.
»Also sprich, Vorsteher Süleyman«, fuhr Cennetoğlu im gleichen Ton fort. »Du hast dich auf unserem Winterquartier niedergelassen, denn offensichtlich gehört der Tobende Stier zu unserem Dorf, ja, er ist sogar mein persönliches Eigentum. Und dann läßt du Geld auf die ganze Çukurova niederregnen. Du verschenkst Vieh, Kelims, Falken, reinrassige Araber. Aber uns hast du vergessen! Seit wann seid ihr denn so überheblich geworden?«
Er schwieg und richtete seine graugrünen Augen starr auf den Vorsteher. Seine wenigen Barthaare sträubten sich vor Zorn.
Süleyman der Vorsteher schluckte mehrmals. Er begann zu sprechen, aber lange Zeit wußte er nicht, was er eigentlich sagte.
»Wenn ich nur wüßte«, sagte er abschließend, »wem der Hügel des Tobenden Stieres gehört. Jeder behauptet, er sei der Besitzer. Die Ameisen auf dem Boden, die Fische im Wasser, sogar die kleinen Kinder! . . . Sie haben uns getötet, Cennetoğlu! Was sie uns angetan haben, ist schlimmer als der Tod!«
»Ihr habt euch euer eigenes Winterquartier stehlen lassen«, donnerte Cennetoğlu, »und jetzt kommt ihr und nehmt mir meines weg! Nein, Süleyman, das lasse ich mir nicht bieten! Ich bin noch nicht tot, Süleyman!«
Süleyman war an der Reihe zu sprechen. Dann wieder Cennetoğlu. Und nach ihnen sprachen die Bauern alle gleichzeitig.
»Selbst wenn wir alle Schafe, Kamele, Pferde, Zelte, alle Filzläufer und Kelims des Stammes und sogar unsere Kleider verkaufen, hätten wir das Geld, das ihr von uns fordert, noch nicht beisammen«, sagte Süleyman der Vorsteher.
Dann sagte Cennetoğlu mit Entschiedenheit: »In diesem Fall werdet

ihr noch heute den Hügel des Tobenden Stieres verlassen. Und wenn ihr nicht geht, dann sei Allah euch gnädig!«
Süleyman der Vorsteher fiel in sich zusammen, wurde ganz klein. Er hatte nicht die Kraft, zu Cennetoğlu zu sagen, habt Mitleid mit uns, wir können an keinen anderen Ort, für uns gibt es keine andere Lösung. Er hatte nicht einmal die Kraft aufzustehen. Er blieb sitzen wie gelähmt. Sein Mund war trocken, seine Lippen aufgesprungen. Er brachte kein Wort hervor, selbst wenn es um sein Leben gegangen wäre. Schließlich richtete er sich mühsam auf, mit eingeknickten Knien, gesenktem Kopf und ging schwankenden Schrittes auf sein Pferd zu. Die zwei jungen Leute, die das Tier festhielten, hatten große Mühe, ihn in den Sattel zu heben. Sie gingen auf den Hügel des Tobenden Stieres zu. Der Vorsteher war auf dem Hals des Pferdes, das die jungen Leute führten, zusammengesackt.
Gegen Abend kamen sie beim Tobenden Stier an. Die Nomaden empfingen ihn voller Hoffnung. Aber der Vorsteher sagte kein Wort. Er ging geradewegs auf sein Zelt zu, legte sich auf sein Bett und vergrub den Kopf zwischen die Hände.
Der Wind blies aus Norden. Ein schneidender Wind, der den Körper des Menschen bis ins Mark austrocknete, der ihnen den Lebenswillen nahm, der die Welt in die düstersten Farben tauchte. Der Nordwind der Çukurova saugt alle Kraft aus dem Menschen und lähmt ihn . . . Wer nicht an ihn gewöhnt ist, den macht er krank, als ob seine letzte Stunde geschlagen hätte. Die Zeit, wo dieser Wind durch die Çukurova heult, ist die Zeit, wo der Irrsinn nach den Menschen greift.
In der Nacht nahm der Nordwind noch an Heftigkeit zu. Die Nomaden, die die Abendstunden in Trübsal verbracht hatten, sahen plötzlich Flammen am Horizont auflodern. Das Feuer hatte den Rand des Reisfeldes erreicht, der Brand wanderte auf den Hügel des Tobenden Stieres zu. Das frisch gepflügte Brachland, die Böschungen der Baumwollfelder fingen Feuer. Rings um den Hügel wurde der Flammenkreis immer enger. Geschrei erhob sich aus dem Lager. Die Hunde bellten, die Schafe blökten, die Kinder weinten. In diesem Augenblick fielen Schüsse. Die Kugeln sausten und pfiffen über die Zelte. Panischer Schrecken, Tumult brach aus.
»Brecht die Zelte ab«, befahl Süleyman der Vorsteher. »Wir gehen. Diese Leute werden uns lebendig verbrennen!«
Die Pistole in der Hand lief Fethullah wie ein Verrückter auf die heranziehenden Flammen zu.

10

Der kleine Kerem erwachte mitten in einem Flammenmeer. Er schlüpfte in seine Bauernschuhe und floh, ohne sich noch einmal umzusehen, den Hügel hinunter. Er fand eine Lücke im Feuerkreis und gelangte an die Böschung eines Reisfeldes. Weiter und weiter lief er durch die Nacht, immer dem Feld entlang, ohne zu wissen wohin. Als der Morgen graute, drehte er sich um und schaute zurück nach dem Hügel des Tobenden Stieres. Er lag unter einer Wolke von schwarzem Rauch. Die Felder brannten immer noch. Sie sind alle verbrannt, lebendig verbrannt, war sein erster Gedanke. Aah, der Großvater, wie leuchtete sein Schwert. Und jetzt ist er tot und sein Schwert mit ihm. Hätte ich mir nur nie diesen Falken gewünscht, hätte ich nur auf den Großvater gehört, dann wäre all dies nicht geschehen. Hätte ich nur . . . Hätte ich nur . . . Im gedämpften Licht der Dämmerung sah er eine Flamme hoch zum Himmel emporschießen und dann in sich zusammensinken. Und das Pferd, dachte er, was ist aus ihm geworden, hat es sich retten können? Er ging einer Gruppe von Salweiden zu. In der Ferne sah man Autos und Omnibusse vorbeifahren. Das mußte die große Straße sein . . . Zum Glück konnte ich mich rechtzeitig retten! Sonst wäre ich auch verbrannt. Aber was soll ich allein in dieser grausamen Welt, ohne den Großvater mit seinem edlen Vollblut-Araber?

Knisternd und prasselnd näherte sich der Brand von allen Seiten zugleich dem Hügel. Die Flammen heulten und schlugen wie Wellen an ihm hoch. Lange rote Schlangen, Hasen, Füchse, Frösche, Vögel und Insekten flohen in einem panischen Aufruhr vor dem Feuer und strömten dem Hügel des Tobenden Stieres, den Zelten zu. Himmel und Erde brannten. Die Schreie der Schafe, Pferde, Kamele, Hunde und der Menschen zerrissen ohrenbetäubend die Nacht. Mitten in ihrer panischen Flucht richteten die Schlangen sich auf, zischten wütend gegen dic Flammen, züngelten und flohen verstört weiter. Ein schwarzes Pferd bäumte sich auf, mit einem Satz schnellte es über die Flammen und galoppierte davon in die Nacht. Die Kugeln pfiffen.

Das Wasser des Reisfeldes schimmerte schwach im Dunkeln, es begann zu brodeln, schäumte, floß über und glättete sich dann wieder. Die Erde bebte. Ein ungeheuerliches Insekt aus Eisen und Feuer, mit weit geöffnetem Rachen, brüllte, erschütterte den Hügel und ließ wütend den Boden erbeben. In den Flammen barsten die Felsen in Splitter. Eine Sekunde war alles pechschwarz, in der nächsten loderte alles wieder auf. Der Geruch von brennendem Fleisch und versengter Wolle hing schwer und fettig in der Luft, verklebte die Nase, ekelerregend . . . Schlangen wimmelten durcheinander, wurden von den Flammen erfaßt, krümmten sich, sprangen durch die Luft und fielen zurück auf den Boden, scharlachrot wie glühende Kohle. Große Adler und Spatzen fielen vom Himmel, angekohlte Klumpen.
»Zum Glück hat mir der Korporal meinen Falken genommen«, dachte Kerem froh. »Sonst wäre er auch verbrannt.«
Die Nomaden beluden die Kamele, die Pferde und die langohrigen Esel. Die Schafe rannten vor der Feuerwand hin und her, sie preßten sich aneinander.
»Was soll ich jetzt tun? Wie kann ich diesem Mann meinen Falken wieder nehmen?«
Alle waren vom Schrecken betäubt. Sie hatten Angst vor den pfeifenden Kugeln. Jeder versuchte in der Dunkelheit zurechtzukommen. Ein Zelt nach dem anderen wurde aufgeladen. Sie waren schlaftrunken. Sie schliefen im Stehen, nur ihre Hände arbeiteten.
»Schlafe ich? Wo bin ich? Wohin gehe ich? Wo ist der Korporal? Wird er mir meinen Falken zurückgeben, wenn ich ihn darum bitte? Wenn ich seine Hände küsse . . . Er hatte ein freundliches Gesicht . . .«
Seine Füße versanken im Staub der Straße. Ein Schatten kam direkt auf ihn zu. Je mehr er sich näherte, um so größer wurde er. Er wuchs rasch, schlagartig. Was konnte das wohl sein? Den ganzen Weg entlang liefen Schatten, sie sahen aus wie Wölfe, immer näher kamen sie. Er zitterte am ganzen Körper, warf sich in den Graben, duckte sich. Er schloß die Augen und preßte die Lider fest aufeinander.
»Die anderen sind im Feuer gefangen, sie verbrennen, und ich denke nur an meinen Falken. Ach, mein Großvater, was ist ihm geschehen? Und Vater, und Mutter? Döne, Hasan und Mustafa? Ach, Mustafa, mein Bruder . . . Und meine Mutter . . . Aus mir wird nie etwas Rechtes, nie! . . . Nein, aus dir wird nie etwas Rechtes, mein Freund! . . . Hätte ich mir doch Boden gewünscht statt diesen Falken. Der heilige Hizir, der mir den Falken geschenkt hat, hätte mir

sicher auch Land geschenkt. Bestimmt hätte er das. Wie hat er nur diesen Falken für mich gefunden? Ich habe mir einen Falken gewünscht, und er hat ihn mir geschenkt. Wenn ich mir Land von ihm gewünscht hätte, hätte er mir sicher Land geschenkt. Land zu schenken für ein Winterquartier ist ja viel leichter als einen Falken zu schenken . . . Land gibt es überall. Es gibt ja soviele Orte, wo man ein Winterquartier aufschlagen kann . . . Die Welt ist voll von Land, und so riesengroß ist sie und prallvoll mit Land . . . Aber Falken sind selten und so schwer zu fangen. Wenn er mir sogar einen Falken aus dem Nest geholt hat, dann hätte er mir ganz bestimmt auch ein Winterquartier schenken können! Er hätte es mir sofort gegeben! Und wir wären jetzt nicht lebendig verbrannt. Ach! Ich bin schuld, daß alles verbrannt ist, sogar die Schlangen und Füchse . . . Dieses Jahr hätte ich Land von ihm verlangen sollen und erst nächstes Jahr den Falken. Dann wäre niemand lebendig verbrannt. Ach, was bin ich für ein Dummkopf. Niemand wäre verbrannt . . . Und jetzt ist alles verloren, das Land und der Falke. Und jetzt diese Wölfe!«

Er öffnete die Augen wieder, richtete sich auf und äugte nach der Straße. Die Wölfe waren da, ganze Rudel von Wölfen, größer als je zuvor, sie rannten kreuz und quer. Kerem warf sich sofort wieder zu Boden und schloß die Augen. Er preßte sich an die Böschung. Wieder zitterte er an allen Gliedern. Je größer seine Angst wurde, desto heftiger preßte er sich gegen die Böschung. Seine Zähne klapperten. Doch plötzlich zitterte er nicht mehr. Seine Glieder wurden schlaff. Er fühlte jetzt nichts mehr: nicht die Angst, nicht die Kälte . . .

»Ein Fraß für die Wölfe, das werde ich sein . . . Für die Wölfe, meine Freunde! Oh, Mutter! Oh, Großvater . . . Oh, Großvaters Pferd . . . Mustafa . . . Und der arme Vater . . . Alle zu Asche verbrannt . . .«

Die Wölfe waren jetzt über ihm, einer nach dem anderen sprang knapp über seinen Kopf hinweg. Flammen loderten auf. Kerem fühlte, wie er brannte. Die Wölfe waren dunkel, riesig, von ihren langen, weißen Zähnen triefte Blut . . . Alles um ihn brannte . . .

»Da komme ich nie lebend heraus, ich werde verbrennen. Und nirgends gibt es Wasser hier.«

Plötzlich sprang er auf und rannte im kühlen Staub der Straße. Das Feuer verfolgte ihn mit weit aufgerissenem Rachen und jagte ihn. Die Erde war in Aufruhr, sie wankte unter ihm. Das Feuer, die Nacht, die Schafe, Stiere, Kamele, die Kinder, der Falke, alles verschmolz in der Dunkelheit zu einem einzigen wirbelnden, toll um sich schlagenden Schatten, der hinter Kerem her war. Der gemächlich fließende Fluß explodierte in wild züngelnde Flammen. Zelte schweben empor, lodernde Zelte. Im Herzen des Feuers steht der Großvater, das lange Schwert in der Hand, es glänzt wie die Sonne. Rund um ihn brennen Menschen, die Agas der Çukurova mit ihren breitkrempigen Hüten und ihren Krawatten. Der Großvater, dessen roter Bart im Flammenschein glüht, hält das Schwert in der Hand und schlägt den Agas der Çukurova den Kopf ab. Auch dem Korporal. Sie heulen vor Angst, sie fliehen, der Großvater ist ihnen auf den Fersen, das Schwert in der Hand, Schwert und Bart funkeln, ihr Glanz blendet. Schwert und Bart werden immer riesiger, der Großvater holt alle ein, und jedem schlägt er den Kopf ab. Der Großvater rast vor Zorn. Welch ein Zorn, Gott bewahre uns davor! Die Halsadern schwellen an, das schweißbedeckte Gesicht glänzt wie Kupfer. Er läßt das Schwert pausenlos niedersausen. Der Korporal! Ja, der Korporal, er rennt um sein Leben, klettert die steilen Felsen hinauf. Die Bäume und der Wald, die Felsen und Flüsse, die Gräser, die ganze Welt brennt, ein Flammenmeer. Und die Flammen verfolgen den fliehenden Korporal. Die Flammen sind hinter ihm her. Manchmal ist ihm eine riesige Flamme auf den Fersen, dann ist es wieder der Großvater. Der Berg der Tausend Stiere zerbirst und verwandelt sich in einen Feuerball, er strahlt, umkreist von Sternen. Der Berg der Tausend Stiere brodelt, wogt, schleudert Feuersterne hoch bis in den siebten Himmel. Der Berg der Tausend Stiere hüllt sich in Flammen, er reckt sich, schiebt sich vor, eine gleißende Masse, rollt über die Çukurova und verwandelt sich in tausend feurige Stiere. Mit einem einzigen Schwertstreich schlägt der Großvater dem Korporal den Kopf vom Rumpf und stürzt sich wie ein Blitz hinunter in die Çukurova-Ebene. Die tausend feurigen Stiere galoppieren über die lodernde Ebene, wunderbar kraftvoll und prächtig, mit wild blitzenden, hervorquellenden Augen, ihre gleißenden Hörner sind spitz wie Schwerter. Die feurigen Stiere stürmen auf die Dörfer zu. Mit ihren Hörnern stoßen sie die Häuser, die Dörfer und Städte um, die Autos, Lastwagen und Züge, sie setzen alles in Brand und kehren dann zurück, woher sie gekommen sind. Sie verwandeln sich wieder in den Berg der Tausend Stiere.

Sein Falke kreist am Himmel, flattert höher, höher, wird größer, größer . . .

»Ach, Großvater! Ach, Mutter, Vater, Mustafa, ach, Hasan! Was ist mit ihnen geschehen? Sind sie im Feuer verbrannt? Oder konnten sie fliehen? Aber wohin? Wo kann ich sie wiederfinden? Wo können sie ihre Zelte aufschlagen? Die Dorfbewohner werden sie umbringen. Sie werden sie ermorden. Sie werden alle Mädchen entführen. Sie sind verrückt auf unsere Mädchen, diese Kerle . . .«

Eine schwarze Mauer richtete sich vor ihm auf wie ein Gebirge, wie ein finsterer Wald, wie ein Schilfgebüsch oder ein undurchdringliches Dickicht. Kerem lief an die Mauer heran, die ihm den Weg versperrte, kehrte dann um und rannte zum Flußufer. Er lief hin und her, hin und her, besinnungslos, zwischen der schwarzen Mauer und dem Flußufer. Er kam außer Atem, sein Körper war schweißgebadet. Die Knie wurden ihm weich, er sank um. Der Staub roch stark nach Verbranntem. Der beißende Rauch dörrte ihm die Kehle aus. Leuchtende Punkte geisterten vor seinen Augen, rote, gelbe Flecken schwebten, glimmten, zogen vorüber, schnell wie der Blitz, alles drehte sich.

Als der Morgen graute, fand er sich im Staub der Straße. Was war geschehen in dieser Nacht? In seinen Ohren sauste es. Er erwachte aus einem Traum, an dessen Einzelheiten er sich nicht erinnern konnte. Überall hatte er Schmerzen, als ob man ihn im Mörser zerstampft hätte.

»Alle sind verschwunden. Ich bin ganz allein. Wo ist Großvater? Und meine Eltern? Wo ist der Falke? Was ist mit ihnen geschehen?«

Lange konnte er sich an gar nichts erinnern. Dann kam ihm alles blitzschnell wieder zu Bewußtsein. Er war wieder bei sich und sprang auf. Sorgen und Gewissensbisse quälten ihn.

»Der Falke! Ich hätte ihn mir nie wünschen sollen. Nie! Ich habe sie alle getötet . . . Ich bin schuld an ihrem Untergang. Wenn sie es wüßten . . . Wenn sie es wüßten, daß ich mir von Hizir einen Falken gewünscht habe, sie würden mir alle Knochen brechen, in Stücke brechen. Wenn sie es wüßten, sie würden mir den Hals umdrehen, sie würden mich in Stücke reißen! Verflucht sei dieser Falke! Ein Esel bist du, Kerem, was wolltest du eigentlich mit diesem Falken? Er hat dir nicht einmal den kleinsten Spatzen gefangen. Er ist nicht einmal richtig geflogen. Und dann kam der Korporal und nahm ihn mir weg, als ob er ein Erbstück seines Vaters sei. Sogar wenn ich tot bin, werden meine Gebeine nie das Böse vergessen, das ich allen anderen angetan habe. Könnte doch der Himmel mir Steine auf den Kopf regnen lassen, Steine so groß wie der Falke!«

Aber hatten sich die Sterne wirklich am Himmel vereint? War das

Wasser erstarrt? Die Blumen, die Blätter, die Insekten, die Vögel, die Wölfe und die Menschen, waren sie wirklich für einen Augenblick gestorben und dann wieder zu neuem Leben erwacht? Ist das wirklich wahr? Stirbt wirklich jedes Jahr die ganze Welt für einen kurzen Augenblick, wenn die Sterne sich vereinigen, und fließt dann das Leben wieder in sie zurück? Jedes Jahr . . .

»Großvater sagt es, Großvater ist Haydar, ein Meister des Schwerts, Großmeister des heiligen Ordens der Schmiede. Er weiß alles.«

Ziellos ging er dem Bachbett nach und kam zu einem kleinen Bewässerungsgraben für die Reisfelder. Er sprang darüber und stand plötzlich vor dem Hügel des Tobenden Stieres. Der Hügel war pechschwarz, ein leichter Rauch stieg von ihm auf. Der Brand hatte sich nach Süden ausgebreitet, die Erde war verkohlt bis hinüber zum Ceyhan-Fluß.

Kerem beschloß, zum Hügel zu gehen, aber dann packte ihn Angst. Er gab den Plan auf. Eine Morgenbrise wehte und erfüllte ihn mit zitternder Freude, die aber schnell wieder einer düsteren Schwermut wich.

Die Schlangen, übereinandergerollt, verkohlt, bedeckten den Hügel. Aas von Hunden, Schafen, Wölfen, Füchsen, auch Menschenkadaver, zu Asche verbrannt. Ein entsetzlicher Geruch von Verbranntem stieg ihm in die Nase, unheilverkündend. Kerem wurde übel, er schluckte leer und versuchte vergeblich zu erbrechen.

Plötzlich blieb er stehen. Der rauchende Hügel war dicht vor ihm. Da machte er kehrt und rannte davon. Die verkohlten Schlangen, die Wölfe, die Pferde und die Toten, sein Großvater, sein Vater, Fethullah und der Korporal, alle waren ihm auf den Fersen. Mehrmals hintereinander fiel er der Länge nach hin und stand wieder auf. Er lief, bis ihm der Atem ausging, dann brach er am Straßenrand zusammen. Die Sonne stieg in den Himmel, so hoch wie ein Minarett, die Berge erglühten. Er hatte den Hügel jetzt weit hinter sich gelassen, über ihm stieg eine lange Rauchsäule kerzengerade hoch. Auf der Straße fuhren ununterbrochen Autos vorüber. Kerem wurde immer wieder eingehüllt in Staubwolken, die ihm in Mund und Nase drangen. Er konnte keinen Entschluß fassen, er blieb wo er war, schlenkerte nur mit den Armen. Seine Augen waren noch größer geworden.

Dann bemerkte er zwei Männer, die Seite an Seite gingen, als ob sie aneinanderklebten. Sie redeten sehr schnell und in schreiendem Ton miteinander, so daß man meinen konnte, sie stritten sich. Als sie an

Kerem vorbeigingen, erhob er sich und folgte ihnen, als ob sie durch ein unsichtbares Band verbunden wären. Im Gehen drehte er sich immer wieder nach dem Hügel um, von dem immer noch die Rauchsäule aufstieg.

»Wenn sie nicht tot und verbrannt sind, wenn sie sich haben retten können, wo kann ich sie finden? Wohin können sie gehen? Himmel und Erde weisen uns ab. Wo werden sie ihr Lager aufschlagen? Niemand erlaubt es ihnen . . . Sobald wir den Fuß irgendwohin setzen, verlangt man Geld von uns . . . Wo soll man soviel Geld herkriegen? Ach, Freunde, als ihr Besitz ergriffen habt von diesem Land, von Allahs weiter Erde, habt ihr da Geld bezahlt, ihr? Aber wir, wir müssen bezahlen, mit vollen Händen, nur für das Recht, einen Winter auf einem unfruchtbaren, brachliegenden Steinhaufen, einem verlassenen Grabhügel zu verbringen.«

Er schritt schneller aus und holte die zwei Männer vor ihm ein. »Friede sei mit euch, Agas«, sagte er.

Sie drehten sich um und sahen ein Kind mit schweißbedeckten, geröteten Wangen, mit vorspringenden Backenknochen, mit großen, furchtsamen Augen. Es hatte sie mit der Sicherheit eines Erwachsenen begrüßt. Sie lächelten über die ernste Miene des kleinen Jungen.

»Friede sei mit dir, Bruder«, sagte der Größere der beiden. »Wo kommst du denn her und wohin gehst du? Friede sei mit dir. Wie heißt du?«

Sie gingen jetzt nebeneinander.

»Ich heiße Kerem. Ich bin der Enkel von Haydar, dem Meisterschmied, dem Großmeister aller Schmiede.«

»Ich heiße Abdi. Und das ist Haci.«

»Ich«, sagte Kerem, »gehe zur Gendarmeriewache Yalnizağaç. Der Korporal ist einer von uns. Ich werde ihn besuchen. Diese Nacht haben sie unseren Hügel angezündet.«

»Wer hat das Feuer gelegt?« fragte Abdi.

»Man weiß es nicht«, sagte Kerem. »Wahrscheinlich die Bauern. Sie forderten Geld von uns. Aber wir hatten kein Geld mehr . . . Wir hatten bereits früher anderen Bauern alles gegeben . . . Und da für sie kein Geld mehr übrig war, sind sie letzte Nacht gekommen, haben auf jeden geschossen und dann überall Feuer gelegt. Ich war der einzige, der sich retten konnte.«

Er brachte kein Wort mehr heraus, er schwieg, um nicht zu weinen. Er spürte einen Knoten im Hals, etwas Schweres, Drückendes, das ihn am Atmen hinderte. Er nahm sich zusammen, biß sich auf die

Lippen, bis sie bluteten, denn er wollte sich nicht gehen lassen und in Tränen ausbrechen. Aber in seinen Augen brannten ihm die zurückgehaltenen Tränen.

»Hör zu, Kerem«, sagte Abdi zu ihm, »du hast letzte Nacht so große Angst gehabt, daß du geflohen bist. Der Hügel hat gebrannt, ja, aber den Nomaden ist sicher nichts zugestoßen. Niemand ist verletzt worden, kein Haar wurde ihnen gekrümmt, du kannst sicher sein. Sie haben bestimmt ihre Sachen gepackt und sind auf die andere Seite des Flusses gegangen. Gewiß werden sie einen anderen Platz finden, um sich niederzulassen.«

Haci unterstützte die Worte seines Freundes. »Mach dir gar keine Sorgen, Kerem. Sie haben sicher schon einen Lagerplatz gefunden und sich dort niedergelassen.«

Kerem fühlte sich etwas erleichtert. Der Knoten in seinem Hals löste sich.

»Ach!« sagte er. »Unsere Leute werden nie einen Platz finden. Es wird immer so bleiben. Wir hier, wir werden immer von Ort zu Ort getrieben. Und auf den Straßen sterben. Ach! All das ist meine Schuld . . .«

In seiner Miene und in seiner Stimme lagen soviel Schmerz und Trauer, daß lange Zeit weder Haci noch Abdi wußten, was sie sagen sollten. Aber ohne auf ihre Fragen zu warten, begann Kerem mit gesenktem Kopf, ihnen alles zu erzählen, in einem Atemzug, in allen Einzelheiten. Er erzählte von der Nacht, in der sich die Sterne trafen, von seinem Großvater und dessen Schwert, und was er ihm alles gesagt hatte, und wie er, Kerem, sich statt eines Winterquartiers einen Falken gewünscht hatte, er erzählte weiter, wie man ihm den Falken gebracht hatte, er erzählte alles.

»Und so«, sagte er abschließend, »so ist alles geschehen! Es ist meine Schuld, daß alle verbrannt sind!« Er begann zu weinen und wiederholte unter Tränen: »Sie hätten mich töten sollen, ich will sterben. All dieses Leid ist wegen meinem Falken über uns gekommen, und dann hat der Korporal ihn mir auch noch weggenommen!«

»Weine nicht, Bruder!« sagte Abdi. »Der Korporal wird seine Strafe finden wie alle Tyrannen. Weine nicht, Bruder!«

»Weine nicht, Bruder!« wiederholte Haci.

Aber Kerem hörte nicht auf zu weinen, er schluchzte so, daß es den zwei Männern ans Herz ging; sie wußten nicht, was sie tun sollten, um das Kind zu trösten.

»Alles haben wir verloren, den Falken und das Winterquartier. Den Falken . . .«
»Hör zu, Freund«, sagte Abdi. Er hatte verstanden, warum das Kind so jammerte. »Hör zu, Bruder Kerem, wir gehen jetzt gleich zur Wache. Die Straße führt direkt dorthin. Ich werde dir die Wache zeigen. Und du wirst einen Weg finden, dem Korporal den Falken zu stehlen. Weine nicht, Bruder!«
Kerem vergaß sofort seinen Kummer, seine Augen leuchteten auf. Er hörte auf zu weinen. Sein Gesicht strahlte.
»Aber wie kann ich ihn stehlen?« sagte er voller Freude. »Der Korporal hat ein großes Gewehr. Wenn er mich tötet?«
»Du wirst ihn mitten in der Nacht holen«, sagte Abdi. »Wie soll er dich mitten in der Nacht sehen und töten? Du wirst ihn holen . . . Sogar die Vögel und die Ameisen werden nichts davon merken!«
»Niemand wird etwas davon merken!« sagte Kerem. Er lächelte. Er hatte seine Sorgen vergessen.
Auf dem ganzen Weg bis zur Wache ließen sie sich alle möglichen Tricks einfallen, um den Falken zu stehlen. Kerem nahm glücklich von ihnen Abschied und küßte ihnen dankbar die Hand.
»Armes Kind«, sagte Abdi, »möge Allah alles Unheil von ihm fernhalten, wenn er versucht, den Falken zu stehlen. Ich hätte ihn vielleicht nicht auf diese Idee bringen sollen. Und wenn der Korporal auf ihn schießt?«
»Mach dir keine Vorwürfe«, sagte Haci. »Das Kind hätte ohnehin die Wache gefunden und hätte auf jeden Fall alles versucht, den Falken zu stehlen. Es wäre sicher selbst darauf gekommen, ihn zu stehlen. Mach dir keine Sorgen. Der Junge wird sich seinen Falken zurückholen, und zwar so leicht, wie man ein Haar aus der Butter zieht.«
»Möge Allah dich erhören! Möge er dich erhören! Aber ich habe Angst«, sagte Abdi. »Armer kleiner Kerem! Was für ein intelligentes, liebenswürdiges Kind! Gott bewahre ihn vor allem Bösen! . . .«

11

Als der Zug der Nomaden den Ceyhan überquerte, war es Vormittag. Gräulicher Rauch lag über dem Dorf Hemite. Der Hemite-Berg ragte hoch über der Ebene mit seiner düsteren Masse violetter, schroffer, bedrückender Felsen, auf denen kein Grashalm wuchs. Bald zeigten sich die Felsen in purpurnem Violett, dann färbten sie sich hellblau, um wieder in grauem Dunst zu verschwinden. Die Nomaden hielten in einem Hain von Maulbeerbäumen an. Die Frauen trugen die kleinsten Kinder, die größeren ritten auf Eseln oder Kameln. Die Kamele waren wie immer bedeckt mit bestickten Kelims, die mit großen weißen und blauen Perlen verziert waren, umhängt mit Geschirr in allen Farben, sie leuchteten in allen Farben des Regenbogens. Es herrschte vollkommene Ordnung, als ob nichts geschehen wäre, als ob sie nicht eben in größter Hast vor dem Feuer geflohen wären. Die Glocken am Hals der Kamele, Böcke und Widder klingelten leise. Das schnelle Aufladen im Halbdunkel der Dämmerung, das Aufstellen des wohlgeordneten Zuges, während das Feuer um den Hügel raste, war der Ausdruck alter, jahrhundertelang eingeübter Gewohnheit. Seit den Zeiten, als sie Khorassan verlassen hatten, wurde dieser Zug jeden Tag beladen und wieder entladen.

Sie zogen über die Sandbänke von Sakarcalik. In seinem oberen Lauf hatte der Ceyhan mit seinen reißenden Fluten die Felsen tief ausgehöhlt; hier floß er gemächlich in die Ebene hinunter und lagerte seinen Sand an diesem Ufer ab. Die Bauern von Sakarcalik hatten den Zug der Nomaden schon bemerkt. Sie warteten. Sobald die Nomaden an der Flußböschung anhielten, würden sie über sie herfallen wie Raubvögel, ihnen das Geld aus der Tasche ziehen und Schafe, Filzläufer, Kelims abpressen. Alles, was sie in die Finger bekommen konnten ... Die Nachricht verbreitete sich im Dorf, einer flüsterte es dem andern zu: »Die Aydinli-Nomaden sind gekommen. Es soll ein sehr reicher Stamm sein, es sind viele. Wenn sie sich am Flußufer niederlassen, werden wir ihnen viel Geld abknöpfen.«

Die Nomaden warteten auch. Sie hatten hier angehalten, weil sie nicht mehr wußten, wohin sie gehen sollten, was zu tun sei, sie warteten unentschlossen.
Ein feiner Regen setzte ein. Die Schafe drängten sich aneinander. Die Esel ließen die Ohren hängen, die riesigen Schäferhunde mit ihren schweren, mit eisernen Dornen gespickten Halsbändern drehten ihre Runden um den Zug. Der Regen wurde heftiger. Über dem Hemite-Berg erleuchteten Blitze eine große schwarze Wolkenwand.
Süleyman der Vorsteher wandte sich um zu Meister Haydar. »Was sollen wir tun?« fragte er ihn hilflos.
Meister Haydar konnte ihm nicht antworten. Er brummte nur zornig etwas in seinen Bart, das niemand verstand.
»Aber sag doch etwas, Haydar«, drängte der alte Müslüm, »was sollen wir tun?«
Haydar sagte wieder etwas, aber niemand verstand ein Wort. Alle wußten: das war immer so, jedesmal, wenn Meister Haydar zornig war und düsteren Gedanken nachhing. Dieser mächtige, schwarze Zorn, der in ihm arbeitete, erschreckte sie.
»Was sollen wir tun, Kamil?«
»Ich weiß es nicht, Vorsteher. Das Dorf da oben ist Sakarcalik. Sobald wir uns am Ufer niederlassen, werden sie herunterkommen und sich auf uns stürzen. Sie werden Wahnsinnssummen von uns fordern. Haben wir nicht letztes Jahr schon mit ihnen einen Kampf ausgefochten? Die brennen ja nur darauf zu kämpfen, diese Leute. Und selbst wenn wir uns hier niederlassen könnten, was sollten wir tun? Es wächst kein Grashalm auf dieser Sandbank. Das Vieh würde vor Hunger sterben«, sagte Kamil.
»Es regnet!« seufzte Süleyman der Vorsteher. »Schaut doch einmal zum Berg dort hinauf. Das Gewitter kommt immer näher. Gleich wird es über uns sein.«
»Gleich wird es über uns sein«, wiederholte Kamil.
Meister Haydar hatte sich vom Zug abgesondert und stand am Ufer des Flusses. Mit beiden Händen hatte er seinen roten Bart gepackt. Sie drehten sich hoffnungsvoll zu ihm um, alle gleichzeitig.
»Was sollen wir tun?«
»Gehen wir weiter«, sagte Murat der Alte.
»Aber wohin?« fragte Süleyman der Vorsteher.
Fethullah explodierte: »In den tiefsten Abgrund der Hölle!« schrie er; die Augen traten ihm aus dem Kopf. »Wenn wir so weitermachen, wenn wir weiter vor allem und jedem im Staub kriechen, werden sie

uns nicht einmal mehr erlauben, auf den Straßen vorüberzuziehen. Wir müssen mit ihnen kämpfen! Wir müssen uns an einem passenden Ort niederlassen, der uns entspricht, und dann müssen wir dort bleiben, alle, von sieben bis siebzig, und auf keinen Fall mehr fortgehen, auch wenn es uns das Leben kostet!«
»Ach, mein Sohn! Ach, Fethullah!« sagte Süleyman der Vorsteher. »Wenn sterben oder töten die Rettung wäre, wären wir noch in dieser Stunde bereit dazu. Alle zusammen . . . Aber sterben ist nutzlos, töten ebenfalls. Himmel und Erde, der Vogel und der Wolf, der fallende Regen, der wehende Wind, alle Lebewesen der Welt, sogar die kleinsten Insekten sind uns feindlich gesinnt. Nichts kann uns retten . . .«
Fethullahs Zorn kannte keine Grenzen mehr, er tobte wie im Irrsinn. »Vater, ich kann das nicht mehr ertragen! Das ist mehr, als ein ehrlicher Mensch ertragen kann. Hier, dieser Fluß ist gleich neben uns . . . Stürzen wir uns doch alle hinein, dann ist alles vorbei. Oder stellen wir uns den Bauern . . . Sterben wir im Kampf . . .«
»Gut, sterben wir alle«, sagte Süleyman der Vorsteher. Er sank in sich zusammen. »Werfen wir uns in den Fluß, sterben wir bis auf den letzten Mann . . .«
Da sahen sie entschlossenen Schrittes Meister Haydar herankommen, er schien ganz munter zu sein. Er war wieder ganz der alte, und sie sahen ihm mit hoffnungsvollen Augen entgegen. Die Blicke der Frauen und Kinder hellten sich auf, als sie ihn so verändert sahen.
Der Sturm brach los, es begann zu regnen. Die Kamele, Esel, Schafe, Hunde, die Frauen und Kinder drängten sich aneinander und bildeten eine große, schwarze Masse. Der Himmel verhängte sich und wurde plötzlich dunkel.
Meister Haydar lächelte kaum sichtbar. Er wandte sich an Osman den Kahlen. »Bring mir mein Pferd, Osman, du wirst mit mir nach Adana kommen.«
Er ging einige Schritte auf Süleyman den Vorsteher zu und legte ihm die Hand auf die Schulter. »Friede sei mit euch allen«, sagte er und in seinem Lachen klang Hoffnung. Seine buschigen Brauen richteten sich auf, so daß man seine grünen, leuchtenden Augen sehen konnte. »Hört, was ich tun werde. Ich werde nach Adana gehen und Ramazanoğlu aufzusuchen. Und wenn er nichts unternimmt, werde ich zu Ismet Pascha nach Ankara gehen. Und wenn es nötig ist, dann eben nach Istanbul. Und wenn all das zu nichts führt . . . Aber nein, das gibt es nicht, wenn nötig, werde ich die ganze Welt auf den Kopf

stellen und am Ende ein Stück Land ausfindig machen, worauf wir uns niederlassen können. Und wenn ich das nicht schaffe . . . Also, bleibt gesund. Bei meiner Rückkehr werde ich wieder zu euch stoßen, wo ihr auch seid. Ihr hier macht euch auf die Suche nach Kerem. Schickt jemanden ins Dorf Yalnizağac. Das Kind steht sicher vor der Gendarmeriewache auf der Lauer nach seinem Falken. Geht zum Mittelmeer hinunter. Vielleicht findet ihr an der Küste einen Platz.«

Osman hatte das Pferd schon bereit. Meister Haydar holte sein Schwert vom Kamel, umarmte seinen Sohn, seine Schwiegertochter und die Enkel. »Kerem ist in Yalnizağac. Sucht ihn dort und bringt ihn zurück. Macht euch meinetwegen keine Sorgen. Ich werde den ruhmreichen Ramanazoğlu aufsuchen. Wenn ich lange wegbleibe, so wißt, daß ich zu Ismet Pascha nach Ankara gegangen bin. Und wenn ich noch länger wegbleibe, so wißt, daß ich nach Istanbul gegangen bin. Macht euch keine Sorgen mehr, wir werden ein Winterquartier in der Çukurova und einen Weideplatz auf dem Aladağ bekommen.«

Er kehrte zur Gruppe der Alten zurück. In seinen Augen lag Trauer, und ein flüchtiges Lächeln zog über seine zitternden Lippen.

»Bleibt gesund«, wiederholte er. »Macht euch keine Sorgen mehr!«

Zwei Männer hielten ihm die Steigbügel. Mit überraschender Leichtigkeit, die Übung verriet, schwang sich Meister Haydar auf das Pferd und ritt eilig davon.

Süleyman der Vorsteher lief hinter ihm her. »Wart, Haydar!« rief er. »Ich hätte beinahe etwas vergessen . . .«

Meister Haydar zog die Zügel und ließ das Pferd kehrtmachen. Der Vorsteher schob eine Hand in den Gürtel und hielt zitternd dem alten Mann eine Handvoll Banknoten hin.

»Nimm das, Haydar, du wirst es brauchen.«

»Danke, Süleyman, aber ich habe, was ich brauche«, sagte Meister Haydar. »Ich bin auf alles vorbereitet. Dafür habe ich seit Jahren Geld gespart. Ich habe einen ganzen Haufen davon.«

Er lächelte wieder sein strahlendes Lächeln, mit dem ganzen Gesicht, mit der goldenen Kappe, mit dem roten Glanz seines Bartes.

Sie machten sich auf den Weg. Osman ging voraus, gefolgt von Meister Haydar, der kerzengerade in seinem Sattel saß.

»Ein Kind«, brummte Fethullah zwischen den Zähnen. »Ein richtiges Kind! Was für eine Idee! Verbringt dreißig Jahre seines Lebens damit, ein Schwert zu schmieden, um es den Beys, den Paschas zu bringen

und hofft, daß sie ihm Land geben . . . So stellst du dir das vor, wie? Schlau, sehr schlau! Keinen Fußbreit Erde werden sie dir geben für dein Schwert, selbst wenn es aus purem Gold wäre. Sie werden sich nicht einmal dazu herablassen, einen Blick darauf zu werfen!«
Die schwarzen Wolken trieben plötzlich nach Süden, zum Meer hin, der Regen hörte auf, der Himmel wurde klar, die Sonne schien wieder.
Als Meister Haydar am Horizont verschwunden war, wiederholte Süleyman der Vorsteher seine Frage. »Was sollen wir tun?«
»Wir können uns nicht hier niederlassen«, sagte Taniş Aga mit Nachdruck. »Die Leute hier sind Wilde, grausam, blutdürstig, sie brennen vor Kampfeslust, sie sind verrückt. Selbst wenn wir nur eine Nacht hier verbringen, werden wir ohne ein oder zwei Tote nicht davonkommen . . . Mindestens zwei! Durmuş das Schielauge wird jede Minute auftauchen . . .« Er hob den Kopf. »Da ist er schon!«
Alle warteten schweigend auf Durmuş das Schielauge. Fethullas Gesicht war brandrot, seine Augen weit aufgerissen, er zitterte am ganzen Körper.
»Er kommt, er ist es wirklich«, sagte Süleyman der Vorsteher. »Fethullah, mein Sohn, bleib nicht hier. Geh hinunter zum Flußufer. Ich werde mit ihm schon klarkommen . . .«
Fethullah entfernte sich mit großen Schritten, er rannte fast.
Durmuş das Schielauge war herangekommen, er geiferte vor Zorn. Er beschattete die Augen mit seiner Hand und sah Süleyman den Vorsteher scharf an.
»Aha! Du bist es, Süleyman, nicht wahr? Willkommen an diesem Ort. Übrigens habe ich dich erwartet. Her mit dem Geld. Dem Wegegeld. Der Rat der Alten im Dorf hat das beschlossen und mich geschickt.« Er trug eine riesige Pistole an der Hüfte. Langsam wanderte seine Hand dorthin. Demonstrativ, selbstsicher. »Wenn ihr die Nacht nicht hier bleiben wollt, macht es drei Schafe, fette müssen es sein, und hundertfünfzig Lira. Aber wenn ihr damit rechnet, die Nacht hier zu verbringen, ist es etwas anderes, dann mußt du mir folgen. Man wird darüber verhandeln . . .«
»Wir werden wieder gehen«, sagte Süleyman der Vorsteher. »Sofort. Ich kann dir nichts geben, Durmuş Aga.«
»Was soll das heißen?« sagte Durmuş ironisch und verächtlich. »Und was ist mit dem Geld, das ihr uns dafür schuldet, daß ihr seit heute vormittag dieses Gebiet besetzt habt?«
»Wir haben keinen Fuß auf euer Gemeindeland gesetzt«, entgegnete

Süleyman der Vorsteher. »Ich werde dir kein Wegegeld zahlen. Wir sind ein wenig herumgebummelt auf Allahs Wegen; für Wege hat man, soweit ich weiß, noch keine Abgaben eingeführt, deshalb werde ich dir nichts geben.«
»Du wirst zahlen«, beharrte Durmuş. »Du wirst sehr wohl etwas bezahlen. Wie es sich gehört. Wenn du weiterziehen willst, dann nur über meine Leiche. Anders nicht«, fügte er hämisch hinzu. »Suchst du Streit, Süleyman? Suche ihn lieber anderswo. Ich lasse euch keinen Schritt weiter, bevor ihr uns nicht zahlt, was ihr uns schuldig seid.«
»Versuch es doch«, sagte Süleyman der Vorsteher.
Plötzlich stand Schrecken auf allen Gesichtern. Der Vorsteher wandte sich um. Fethullah kam wie der Wind den Pfad heruntergefegt.
»Bleib stehen, Fethullah«, sagte Süleyman der Vorsteher und lief auf ihn zu. »Warte, mein Sohn . . .«
Durmuş griff sofort nach seiner Pistole und entsicherte sie. »Soll er nur kommen!« sagte er. »Soll er nur kommen und mich wegen drei Schafen töten . . . Gut, es müssen ja nicht einmal drei sein . . . Mit einem Schaf wäre die Sache geregelt . . . Soll er nur kommen und mich wegen einem Schaf töten.« Die Pistole in der Hand schritt er auf Fethullah zu.
Süleyman der Vorsteher aber hielt seinen Sohn fest und flehte ihn an.
»Laß ihn los, Süleyman, soll er kommen und mich wegen einem Schaf töten. Wegen einem einzigen Schaf . . . Ihr kennt ja keine Menschlichkeit, keinen Großmut, ihr seid imstande und ermordet einen Mann wegen einem einzigen Schaf. Auf diese Weise habt ihr die ganze Çukurova gegen euch aufgebracht, aus diesem Grund gibt euch die weite Welt nirgendwo mehr Obdach. Tötet man einen Mann wie mich wegen einem einzigen Schaf?«
Während er sprach, näherte er sich Fethullah, der sich aus dem Griff seines Vaters zu lösen suchte.
»Bleibt doch stehen, bleibt doch stehen, Freunde . . . Was macht ihr denn? Süleyman, laß ihn los. Hör mich an, Fethullah, reg dich nicht auf. Steck deine Pistole in den Gürtel zurück. Bleib doch stehen. Schau, ich tue es auch.«
Er steckte seine Pistole in den Gürtel.
»Also . . . Ich habe ein einziges Schaf von euch verlangt. Nicht mehr und nicht weniger. Wenn du vorhast, mich wegen einem unglücklichen, kleinen Schaf zu töten, dann nur zu . . . Laß ihn gehen, Süleyman.«

»Laß, Vater«, sagte Fethullah voll Überdruß und Ekel. »Mein Zorn hat sich gelegt. Am liebsten würde ich kotzen.«
Der Vorsteher ließ ihn los.
»Komm her, Fethullah, komm und töte mich, mein Bruder! Andere verlangen hundert Schafe als Wegegeld, ich nur eines, ein allereinziges! Weil ihr seit heute morgen unseren Boden benutzt. Ist das gerecht, Bruder, daß man seine Freunde behandelt als wären es Feinde?«
»Ein Schaf? Nicht ein Büschel Wolle wirst du bekommen!« rief Fethullah.
»O doch, ich nehme es mir«, sagte Durmuş.
»Na, dann los . . .« sagte Fethullah.
Durmuş begann zu jammern: »Ihr habt so viele Schafe! Wir essen kaum dreimal im Jahr Fleisch. Nur wenn ihr auf unserem Boden oder unseren Straßen vorüberzieht, Gott segne euch dafür, können unsere Kinder ein Stück Fleisch essen.«
»Du wirst nichts bekommen«, sagte Fethullah.
»O doch«, sagte Durmuş. »Entweder ihr gebt mir ein Schaf oder ihr tötet mich hier auf der Stelle. Mit dem Ärger könnt ihr dann allein fertig werden! . . .«
»Ich gebe dir nichts«, sagte Fethullah.
»O doch, ich werde dieses Schaf von euch bekommen«, sagte Durmuş. »Du hast mich wohl noch nicht richtig kennengelernt, Fethullah. Und halte dich ja nicht für den heiligen Ali! Ich war Korporal, als ich diente. Niemand im Dorf würde es wagen, mich schief anzusehen. Man fürchtet mich. So wahr ich hier stehe, ich habe vierzehn Jahre im Gefängnis verbracht, ich habe drei Menschen getötet und achtmal bin ich begnadigt worden. Ja, so wahr ich hier stehe, ich bin achtmal begnadigt worden. Wofür hältst du mich eigentlich, Fethullah? Meinst du, ich bin ein Mann, der vor der Pistole in deinem Gürtel Angst hat? Dann schieß los! In Allahs Namen!« Er zog seine Waffe. »Los, mach keine Umstände! Allah wird entweder dein Los ziehen oder meines. Und das alles wegen einem einzigen Schaf. Also schieß los, worauf wartest du noch?«
Der ganze Stamm, Männer, Frauen, Kinder, bildeten einen Kreis um sie. Sie wollten sich nichts entgehen lassen. Unter der sengenden Sonne, die auf den Regen gefolgt war, stieg ein leichter Dampf von ihren Rücken auf.
Süleyman der Vorsteher warf einen kurzen Blick auf seinen Sohn. Wieder packte Fethullah der Zorn. Wieder traten ihm die Augen aus

dem Kopf. Der Vorsteher hatte Angst. Ein Unglück kam auf sie zu. Für nichts und wieder nichts.

»Schweig, Durmuş«, sagte er.

»Ich werde nicht schweigen«, entgegnete Durmuş. »Schließlich geht es nur um ein Schaf.«

»Vater, Vater«, zischte Fethullah zwischen den Zähnen hervor, »gib ihm sein Schaf, und dann soll er gehen. Ich bitte dich, Vater . . .«

Durmuş lachte hell auf. Er ergriff die Hände des Vorstehers und küßte sie. »Allah segne dich, Vorsteher Süleyman. Allah segne dich, Bruder Fethullah, Allah segne dich! Das ist sehr wenig, ein einziges Schaf für dieses ganze Land, aber Allah segne euch trotzdem!«

Fethullah war schweißüberströmt. »Ich bitte dich inständig, Vater, gib ihm schnell dieses Schaf und dann soll der Kerl verschwinden. Ich bitte dich, Vater, mach schnell.«

»Sag, Fethullah«, sagte Durmuş mit beleidigter Miene, »was soll das heißen? Ich bettle nicht, ich verlange nur das, was ihr uns schuldet. Dieses Land, diese Straßen und dieses Dorf da unten und die Gräser, die du dort siehst, diese Bäume und dieser Fluß, all das gehört uns. Hast du verstanden? Behandle mich nicht wie einen Bettler . . . Hast du verstanden?«

»Vater, ich flehe dich an, Vater«, stöhnte Fethullah.

12

Wieviele Tage, wieviele Nächte hatten sie ihre Lasten nicht mehr abladen können, wie lange schon irrten sie so durch die Çukurova, von einem Ende zum anderen? Es gab kaum ein Dorf mehr in der Ebene, gegen das sie im Lauf der letzten Jahre nicht hatten kämpfen müssen wegen eines Winterquartiers oder eines Weideplatzes, kein einziges Dorf, in dem nicht ihr eigenes oder das Blut der Bauern geflossen war. Bald wanderten sie zur Mittelmeerküste, bald ins Nurhak-Gebirge, dann wieder zum dürren Ödland von Lece. Und ständig regnete es. Die Schafe, Kamele, Hunde, Esel und Pferde, Tiere und Menschen versanken im Schlamm. Die durchweichten Kleider klebten ihnen am Körper und dampften vor Nässe. Ein Zug aus Schlamm, der nicht mehr aus noch ein wußte. Auf ihrem Weg führten sie im Schutz der Nacht die Schafe und sogar das übriggebliebene Vieh auf die Felder, auf denen eben die Saat aufging. Und wenn sie weiterzogen, ließen sie abgefressene, zertrampelte Felder und Groll und Zorn hinter sich zurück. Das führte zu manchem schweren Kampf. Diese schmutzüberzogenen Menschen beschmutzten sich auch mit Blut. Es gab nur wenige im Stamm, die nicht verwundet waren. Die Lage war ausweglos. Das ausgehungerte Vieh konnte nicht weiterziehen. Wenn sie nicht nachts die Tiere auf die Felder gelassen hätten, wären sie alle vor Hunger gestorben, Menschen und Tiere. Der Stamm der Karaçullus tastete sich aufs Geratewohl vor, in die Dunkelheit der Nacht hinein, wie ein Klagelied, wie ein Grabgesang.

Gegen Mittag zogen sie an Telkubbe vorüber. Der Regen, der an Heftigkeit nachgelassen hatte, legte sich. Die nasse, glitschige, spiegelnde Straße zog sich vor ihnen in die Ferne, war befahren von Autos, Lastwagen und Traktoren, unter deren Rädern nach allen Seiten das Wasser hervorspritzte. Am Fuß der Toprakkale-Festung trafen sie auf die Nomaden vom Stamm der Horzumlu. Auch sie waren schlammbedeckt. Die Begegnung dieser beiden Stämme, beide von altem, ehrwürdigem Adel, war bedrückend wie der Tod. Alle machten auf der Ebene halt, standen einander schweigsam gegenüber. Kein

Ton wurde laut, weder von der einen, noch von der anderen Seite . . . Wie ein verklungenes Lied, verloren für alle Zeiten, so standen sie erschöpft, starrten sich an, und keiner konnte den Anblick fassen, der sich ihm gegenüber bot.

Schließlich führte der Bey des Horzumlu-Stammes sein Pferd auf Süleyman den Vorsteher zu. »Friede sei mit dir, Süleyman«, sagte er zu ihm. Er hatte eine heisere Stimme und konnte nicht weiterreden. Er schien zu bereuen, daß er etwas gesagt hatte.

»Sei willkommen, Bey«, antwortete Süleyman der Vorsteher. Auch er ließ sein Pferd einige Schritte vortreten. Sie sahen sich an. Sie prüften sich von Kopf bis Fuß. Und im gleichen Augenblick begannen sie bitter und müde zu lächeln.

»Sie haben uns fertiggemacht in dieser Çukurova«, sagte der Bey der Horzumlus mit tonloser Stimme. »Sie haben uns fertiggemacht, Süleyman.«

»Sie haben uns fertiggemacht«, antwortete Süleyman der Vorsteher. Noch ein Wort, und er wäre in Tränen ausgebrochen, hätte geweint wie ein Kind.

»Unser Ende nähert sich, Süleyman«, sagte der Bey. »Allen anderen Stämmen geht es gleich. Alle sind zerschlagen, erschöpft. Die Menschen sterben wie Fliegen. Es sind keine Kinder mehr da, bei den Türkmenen und den Aydinlis. Keine Schafe mehr. Sie haben uns alle zugrunde gerichtet in dieser Çukurova. Süleyman, sie haben unsere Wurzeln abgeschnitten in diesem grausamen Land. Was tun? Ich weiß keinen Rat mehr. Ich bin jetzt seit zehn Tagen im Sattel. Wir haben keinen Fußbreit Land finden können, um unsere Zelte darauf zu errichten, nicht einmal für eine Nacht. Die ganze Çukurova haßt uns, auch ihre Pferde, ihre Hunde, sogar ihre Wölfe, Vögel, Ameisen . . .«

»Sie hassen uns . . .« Das war alles, was Süleyman der Vorsteher sagen konnte. Und er begann ganz leise zu weinen, stumme Tränen rannen ihm die Wangen hinunter und netzten seinen Bart. Auch der Bey der Horzumlus war aufgewühlt und nahe daran zu weinen. Mit großer Mühe beherrschte er sich, und unter dieser Anstrengung zitterte sein ganzer Körper.

»Was sollen wir tun, Süleyman?«

Süleyman der Vorsteher konnte ihm nicht antworten, ihn nicht einmal ansehen. Er weinte, die Augen auf den Hals seines Pferdes gerichtet.

So standen sie lange Zeit auf dem schlammigen Weg im Dunst des Morgens. Sie sprachen kein Wort, sie dachten an die Vergangenheit,

an die alten glorreichen Tage. Erinnerungen an Größe und Glück zogen wie ein Strom an ihren Augen vorüber.
»Lebe wohl, Vorsteher Süleyman«, sagte schließlich der Bey. »Lebe wohl . . .«
Er ließ sein Pferd kehrtmachen und ritt davon. Süleyman der Vorsteher hatte Mühe, sich im Sattel aufrecht zu halten. Er hatte nicht einmal die Kraft, den Kopf zu heben, um dem Bey nachzusehen.
Der Stamm der Horzumlus, dezimiert, zugrundegerichtet, müde, entfernte sich schweigend, bis zu den Knien im Schlamm versinkend.
Wie ein Schwarm von Adlern kamen in den alten Tagen die Horzumlus in die Çukurova hinab, mit tausend schwarzen, nagelneuen Zelten. Die Ebene war zu klein, um ihre Schafe, Ziegen, Kamele und die rubinäugigen, reinrassigen Pferde zu fassen. Das Zelt des Beys der Horzumlus war eine Legende mit seinen vierzehn Kuppeln und dreißig Räumen. Die Nomaden brauchten eine Woche, obwohl ihre Hände wohlgeübt waren, um es aufzubauen. Die Teppiche des Zeltes, die Kelims, die Filzläufer verzauberten jeden Besucher. Jeder dieser Teppiche, jeder dieser Kelims war ein Vermögen wert. In die Schnitzwerke der Stützen waren Platten aus Gold und Silber, Scheiben aus Perlmutt eingelassen. Es gab keinen prächtigeren Palast auf der Welt. Und die Beys der Horzumlus ließen ihre Gäste nie mit leeren Händen gehen . . .
Süleyman der Vorsteher saß immer noch auf seinem Pferd, aber seine Kräfte erlahmten. Er gab sich die größte Mühe, nicht mehr an die alten Tage zu denken. Aber er konnte sich diese Gedanken nicht aus dem Kopf schlagen. Und in dieser Zeit von Not und Tod ließ ihn die Erinnerung an die alten Tage taumeln. Vor allem wollte er nicht an seine eigene Vergangenheit denken. Es mußte jedem so vorkommen, als ob er sich ihrer rühmen wollte. Davor schämte er sich. Aber eine Flut von Erinnerungen schoß ihm durch den Kopf, seitdem er den Bey der Horzumlus getroffen hatte.
Mit einer Handbewegung zeigte er seinem Sohn, der zu ihm herangekommen war, die Festung von Toprakkale. »Ziehen wir zur Festung hinunter«, sagte er. »Wir können dort abladen und auch das Kind begraben.«
Vor drei Tagen war Durancas Sohn gestorben, aber sie hatten die ganze Zeit nicht anhalten können, um das Kind zu begraben. Und seit drei Tagen trug die Mutter den kleinen Leichnam auf ihrem Rücken.

»Unglücklicher Bey der Horzumlus! O glorreicher Bey der Horzumlus, mit deinem klingenden Namen. Bei deinem Anblick habe ich meine eigenen Sorgen vergessen, und ich beklage dein Los. Du warst es, der unter deinem Zelt den Sultan Murat empfangen hat, du hast dem Schah des Iran die Ehre erwiesen, ihn zu empfangen, deine Reichtümer waren so unermeßlich wie die Schätze Ägyptens, du, der du aus Khorassan kamst, vor dir verneigten sich Banner und Burgen. Leidgeprüfter Bey der Horzumlus, so stand es also geschrieben, so sollte dein Ende sein . . . O unglücklicher Bey!«

Fethullah lief das Herz über. Seine Halsadern schwollen an. »Sie sind in einer schrecklichen Lage«, sagte er. »Als er dich verlassen hat, der Bey, weinte er.«

Der Bey hatte sehr wohl verstanden, daß Süleyman über ihn weinte, über den ruhmreichen Horzumlu.

»Ja, in einer noch schlimmeren Lage als wir«, sagte er. »Schau sie an, wieviele sie jetzt noch sind . . .«

»Erinnerst du dich, Vater? Vor fünf Jahren haben sich unsere Wege gekreuzt. Damals hatten sie mehr als dreihundert Zelte. Was ist mit ihnen geschehen? Jetzt sind es kaum vierzig.«

»Mit ihnen ist das gleiche geschehen wie mit uns, mein Sohn«, sagte Süleyman der Vorsteher. »O unglückliche Horzumlus!«

Er gab seinem Pferd die Sporen und lenkte es langsamen Schrittes auf die Ruinen der Burg von Toprakkale zu, die düster und Schrecken einflößend in der Ferne lag, die die Herzen der Menschen mit tödlicher Schwermut erfüllte. Bis er an das untere Ende der Festung gelangte, hielt er sein Pferd nicht an und drehte sich nicht einmal um.

Der Zug hielt am Abhang des Hügels an. In aller Eile bauten sie die Zelte auf, zündeten Feuer an und buken auf den Eisenplatten Fladenbrot.

»Wir können in dieser Steinwüste nicht bleiben, nicht einmal eine Nacht!« entrüstete sich Fethullah. »Es gibt nichts hier, keinen einzigen Grashalm. Die Tiere können nicht mehr weiter vor lauter Schwäche. Wenn es so weitergeht, werden sie bald eingehen.«

»Heute nacht werdet ihr sie auf die Felder lassen . . . Auf die Felder dieser Gottlosen. Laßt sie los, laßt sie auf den Feldern weiden, laßt sie tun, was sie wollen, mein Sohn. Wir haben nichts mehr zu verlieren als unser Leben«, sagte Süleyman der Vorsteher.

»Wir haben nichts mehr zu verlieren«, pflichtete Fethullah ihm bei.

»Teilt auf jeden Fall das Vieh in fünf Gruppen auf. Laßt es auf Felder, die weit voneinander entfernt liegen . . .«

»Jawohl, wenn wir die Tiere bis zum Morgen frei laufen lassen, werden sie es wieder einige Tage aushalten können, bis wir vielleicht einen Platz gefunden haben.«

Als das Brot gebacken war, machten die Frauen heißes Wasser, wuschen damit in aller Eile den kleinen Leichnam, und der alte Müslüm sprach ein kurzes Gebet. Sie gingen alle bis zur Burg und begruben das Kind am Fuß der Mauern. Dann steckte der Vater einen Hirtenstab an das Kopfende des Grabes.

Die Sonne ging unter, der Abend senkte sich herab. Die Frauen begannen die Schafe zu melken. Fethullah trieb zur Eile. Er befahl, den Böcken und Widdern die Glocken vom Hals zu nehmen. Und sobald es dunkel war, trieben sie die Herden den Hügel hinab.

Die Nomaden hatten auf dem ganzen Weg fast keine Worte gewechselt. An diesem Abend erschien Cerens Vater im Zelt des Vorstehers und blieb ehrerbietig vor Süleyman stehen, die Hände auf der Brust gefaltet.

Sie fühlten die alte Burg dort oben mit ihrem ganzen Gewicht auf sich lasten, verlassen lag sie da, in ihr wimmelte es von Schlangen, Geister gingen in ihr um, sie war erfüllt von Geheul, von schreckenerregenden Schreien.

»Ich habe sie angefleht. Wir alle haben sie inständig gebeten, alle Frauen, alle jungen Leute des Stammes haben sich ihr zu Füßen geworfen, aber sie weigert sich.«

»Hast du ihr nicht gesagt: Ceren, schau doch, in welchem Zustand wir sind?«

»Ich habe es ihr gesagt«, sagte Abdurrahman, »aber es ist ihr gleichgültig. Ich habe zu ihr gesagt: Meine Tochter, so wie die Dinge stehen, werden wir alle sterben. Ich habe ihr gesagt: Sieh, Oktay Bey weicht nicht von unserer Seite, er schleppt sich mit uns durch den Regen dahin . . . Schau, seit so vielen Tagen lebt er bei uns, verrückt vor Liebe . . . Er stirbt vor Liebe zu dir. Was hast du denn gegen ihn, er ist ja ein hübscher Junge! Er ist sogar sehr schön. Was fehlt dir denn an ihm? Er ist verliebt in dich. Die halbe Çukurova gehört ihm. Wenn der Bursche dich nicht wirklich liebte, wäre ich lieber gestorben, als dich um so etwas zu bitten, habe ich zu ihr gesagt. Rette uns, meine Tochter . . . Auch ihre Mutter hat sie angefleht. Jeder im Stamm. Rette uns, Ceren, haben sie zu ihr gesagt. Und ich habe ihr gesagt: Ceren, meine Tochter, wenn du Oktay Bey heiratest, werden wir jeden Winter kommen und auf seinem Boden unser Lager errichten. Dann ist Schluß mit dem Herumirren. Rette uns vor dem Tod,

meine Tochter, habe ich ihr gesagt. Dann werden für uns wieder glorreiche Tage wie früher anbrechen. Und wir werden uns nicht von dir trennen. Der ganze Stamm wird dich ins Gebet einschließen. Und Halil ist sowieso tot. Seit Jahren schon rennt dir dieser Junge nach. Das habe ich ihr gesagt . . . Und da Halil tot ist . . .«
»Aber was hat sie gesagt, sie selbst? Als du ihr gesagt hast, daß Halil tot ist?« fragte Süleyman der Vorsteher.
»Sie hat mir geantwortet: Er ist nicht tot. Und wenn er doch tot ist, dann ist für mich Weiterleben und Heiraten eine Sünde.«
Es herrschte langes Schweigen.
»War es also völlig vergebens, ihr zu sagen, daß Halil tot sei, hat es nichts genützt?« fragte Süleyman der Vorsteher. Er seufzte tief. »Wohin ist Oktay Bey gegangen?«
»Nach Adana«, sagte Abdurrahman. »Er hat gesagt, er käme zurück und ist verschwunden. Er ist gegangen, um Einkäufe für die Hochzeit zu machen, um den Ring und Goldmünzen zu kaufen. Er hat gesagt: Bis zu meiner Rückkehr müßt ihr Ceren überredet haben. Sobald sie einverstanden ist, führt ihr euren Zug auf mein Gut, dort werden wir die Hochzeit feiern.« Abdurrahman sprach ununterbrochen. Aber Süleyman der Vorsteher hörte ihm nicht mehr zu. Er war in seine Gedanken vertieft.
Abdurrahman beendete seine Rede. Erst nach etlicher Zeit bemerkte Süleyman der Vorsteher, daß der andere schwieg.
»Und nun, Abdurrahman?«
»Wir haben dir eine Bitte vorzubringen, wir sind uns alle einig. Der Stamm schickt mich zu dir.«
»Sprich, Abdurrahman.«
»Die Leute des Stammes haben gesagt . . .« Abdurrahman schluckte leer und sprach dann sehr schnell. Er war schweißbedeckt. »Der Stamm hat gemeint, wenn Süleyman der Vorsteher mit Ceren spräche, müßte sie ihm gehorchen . . .«
Ein schwerer Stein drückte plötzlich auf Süleymans Herz. Er war überrumpelt, verwirrt. Er schämte sich zutiefst über das, was da vorging, was er eben gehört hatte. Er glaubte, in einem Morast von Schande zu versinken, einer fauligen, schmutzigen, widerlichen Schande, feucht und kalt wie die Nacht. Vergebens versuchte er, sich wieder zu fassen.
Nein, nein, alles, nur das nicht. Die Töchter des Stammes hatten immer aus freien Stücken, aus Liebe geheiratet. Nie hatte jemand ein Mädchen gezwungen, sich für Geld zu verheiraten und schon gar nicht, um die eigene Haut zu retten. Wie können Menschen so tief

fallen, sich so erniedrigen, so entehren. Um Ceren zu überzeugen, hatten sie vorgegeben, Halil sei tot; sie waren gekommen und hatten sein blutverschmiertes Hemd mitten ins Lager geworfen. Ja, alles vergeht, alles stirbt. Ich habe manches in meinem Leben gesehen, Schimpf und Schande über mich ergehen lassen müssen . . . Sie haben mich erniedrigt, haben mich mit Füßen getreten, mich am Bart zu den Gendarmerieposten geschleift, mich geprügelt, aber ich konnte sie nicht daran hindern, sie haben mir ins Gesicht gespuckt, aber all das geschah gegen meinen Willen . . . Die Türkmenen teilen sich in Völkerschaften, die Völkerschaften in Stämme, die Stämme schließlich sterben aus . . . Die Traditionen sind zusammengebrochen. Die Zelte hatten früher sieben Stützen, jetzt kaum mehr drei, danach zwei, dann eine und schließlich . . . Alles endet, alles schwindet . . .

Die Stimme von Abdurrahman dröhnte ihm in den Ohren. »Also, ich habe ihr gesagt: Meine Tochter, ich werde dich zwingen, Oktay Bey zu heiraten. Und sie hat zu mir gesagt: Ich werde mich umbringen, Vater. Da habe ich ihr gesagt: Da du die Absicht hast, dich umzubringen, so heirate doch erst einmal Oktay Bey und stirb erst hinterher . . . Und Ceren hat mir gesagt: Die Frau von Oktay Bey zu werden ist etwas Schmutziges, der Tod aber ist schön . . . Wir haben uns alle ihr zu Füßen geworfen, alle Stammesleute, Männer, Frauen, Kinder, und haben ihr gesagt: Du siehst, wie tief wir im Elend stecken. Aber sie wiederholte nur immer: Ich werde mich umbringen. Nichts anderes!«

Ceren ist standhaft; sehr gut, Ceren! Wir sind also noch nicht alle tot. Es fließt also noch das alte Blut in unseren Adern. Wir haben also noch die Kraft . . .

»Seit wieviel Jahren ist Oktay Bey verliebt in Ceren?«

»Das sind jetzt genau sechs Jahre . . . Ceren weiß das sehr gut, es hat wie der Blitz in ihn eingeschlagen, als er sie erblickte. Seit diesem Tag, du weißt es genausogut wie ich, Vorsteher Süleyman, ist dieser Junge immer hinter uns her und führt ein miserables Leben. Wie schrecklich ist seine Leidenschaft! Ich habe Mitleid mit Oktay Bey . . . Ihr könnt von mir verlangen, was ihr wollt, verlangt mein Leben von mir, aber Ceren soll mir gehören! Wenn ihr mir Ceren nicht gebt, bringe ich mich um, das hat er gesagt. Vorsteher Süleyman, du bist unsere letzte Hoffnung . . . Bis zum heutigen Tag hat dir niemand den Gehorsam verweigert, es ist unsere Sitte, niemand kann dir etwas abschlagen, was immer es sei. Ceren kann dir den Gehorsam nicht verweigern, auch sie nicht . . .«

»Sie kann es nicht«, sagte Süleyman der Vorsteher. Er lächelte bitter.
Ich kann das nicht tun. Ich kann nicht zu Ceren gehen und ihr das sagen. Ich habe für den Stamm alles getan, ich bin vor den Mächtigen im Staub gekrochen, ich habe die Leute der Çukurova angefleht, ich habe ihnen die Füße geküßt, aber das, nein, ich kann es nicht tun . . .
Aus Khorassan sind wir gekommen auf unseren Pferden . . . Wir haben zahllose Abenteuer bestanden. Und was in all den Jahren das Schicksal uns auch brachte, unsere Frauen und Kinder waren uns immer heilig. Nie haben wir uns in ihre Liebe oder die Wege ihres Herzens eingemischt. Wir haben nie eine Mutter zum Weinen gebracht. So ist unsere Sitte. Jetzt, da mein Leben seinem Ende entgegengeht, kann ich das nicht tun. Wenn ich es tue, wird es das Ende sein. Alle wären verloren. Alles, wofür wir gelebt haben, wäre für immer verloren . . .
O Ceren, o Ceren, o Allah, der dich schuf!
Süleyman der Vorsteher hob den Kopf, schaute festen Blickes zu Abdurrahman hoch, und seine Augen, die wie Stahl glänzten, sahen ihn, ohne zu blinzeln, lange Zeit scharf an. »Das kann ich auf keinen Fall tun, Abdurrahman.«
»Aber wenn das so weitergeht, werden wir alle sterben, Vorsteher«, sagte Abdurrahman. »Zählt ein Mädchen mehr als der ganze Stamm?«
»Sterben wir also«, sagte der Vorsteher und erhob sich auf die Knie. »Sterben wir, aber bleiben wir uns treu. Wie Menschen. Sterben wir nicht, nachdem wir ein junges Mädchen ermordet haben. Selbst die großen Horzumlus sind tot. Sind wir bedeutender als sie? Sterben wir, Abdurrahman, aber unsere Ehre muß gewahrt bleiben. Bleiben wir uns treu . . .«
Voll Zorn sprang Abdurrahman mit einem Satz auf die Füße.
»Aber was ist denn von uns geblieben, Vorsteher Süleyman?« rief er. »Du sagst, daß wir uns treu bleiben sollen. Was bleibt denn von uns nach einem solchen Hundeleben? Es ist zu spät für uns, sogar wenn wir jetzt sterben, können wir uns nicht mehr treu bleiben. Laß uns also leben wie die anderen . . .«
»Sie werden uns nie erlauben, wie die anderen zu leben, Abdurrahman. Wenn wir sterben, dann wenigstens als schwacher Abglanz, wie Scherben von dem, was wir früher einmal waren. Aber entzieht mir wenigstens nicht auch noch dieses Recht . . . nicht in meinem Alter . . .«

Er sank in sich zusammen, das Gesicht aschgrau.
O Ceren, o Ceren, o Allah, der dich schuf! . . . Weiße Halstücher, hennafarbene, große, grüne Augen mit sanftem Blick, silberbestickte Filzmützen, rosige Wangen, ein schmollender Mund, volle, wohlgeformte rote Lippen, silberne Stirnbänder, Nasenringe, goldene Ohrringe, lange Kleider, rote, blaubestickte Schürzen, mit silbernen Fäden gewobene Gürtel und Bänder . . . so zog es an seinen Augen vorüber.
O Ceren, o Ceren! Und Halil tot! Tot . . .

Die Liebe der Schlange, vor allem der Natter, ist etwas Unheimliches. Wenn sie liebt, färbt sie sich glutrot. Es kommt auch vor, daß die Schlange sich in ein Mädchen verliebt. Wenn sich die Natter verliebt, wird sie tiefrot vor Liebe. Sie folgt dem Mädchen überallhin, richtet sich vor ihm auf, vom Rot der Liebe übergossen. Hochrot, korallenrot, rot wie die Granatapfelblüte. Im Zelt oder mitten auf dem Weg, hinter einem Busch oder in den Ruinen, während das Mädchen im Zelt schläft oder auf einer Hochzeit tanzt, die Schafe melkt oder ein Kind wiegt, richtet sich die Schlange vor ihr auf, glühend. Sie taucht auf aus dem grünen Gras, aus tiefen Wassern und dichten Wäldern, aus dem Staub oder den düsteren Sümpfen. Sie tut ihr nichts zuleide, sie hebt sich auf die Spitze ihres Schwanzes, breitet sich dann in ihrer ganzen Länge zu Füßen des Mädchens aus, glutrot. Versucht einmal, sie zu töten, diese liebende Schlange, wenn ihr ein Herz aus Stein habt. Die Schlange liebt alles, was rot ist, vor allem die Blüte des Granatapfelbaums. Sie lienende sich in die Blüte des Granatapfelbaumes, in rotgekleidete Mädchen.
»Schleiche davon, weg mit dir, weiße Natter, geh mir aus dem Weg!«
Die Natter senkt schüchtern den Kopf, die ungeliebte, verschmähte Natter, und in diesem Augenblick wird sie rot vor Liebe, sie schleicht davon und errötet noch mehr. Nachts schlüpft die Schlange ins Bett des Mädchens, ohne ihr etwas anzutun, ohne sie überhaupt zu berühren!
»Geh weg, Natter, verschwinde aus meinem Bett!«
Ceren sah zu den Mauern der Burg empor. Tausende von Nattern überzogen sie. Sie funkelten rot in der Nacht, glitten die Mauern herab, umstellten sie von allen Seiten. Die Schlangen gleiten nach rechts, nach links . . .
»Halil! Halil! Haliiil!« Es hallte von der Mauer zurück: »Haliil! Haliiil!«

»Du wirst es so schön haben. Ein großes, weißgetünchtes Haus! Du wirst keinen Finger rühren, du wirst nicht mehr dieses erbärmliche Leben führen, barfüßig, mit leerem Magen, im Dreck, im Regen. Fünf Kinder habe ich gehabt, alle fünf sind gestorben, weil sie sich im Regen erkältet haben. Deine Kinder werden nicht sterben. Sie werden nicht sterben! Ein Auto vor deiner Tür, Dienstboten, die deine Befehle ausführen, Traktoren, Land, Felder, Städte voller Lichter, all das wird dir gehören. Diese Städte, an denen wir vorüberziehen, ohne sie je zu betreten! Nie können wir in ihrem Licht rasten, in ihrem Glanz, der der Sonne gleichkommt.«

»Mitten in die Ebene haben sie eine Sonne gesetzt, ihr Licht umschleiert sich mit Dunst, erstrahlt die ganze Nacht hindurch, ein Wald von Lichtern glitzert bis in den Morgen hinein . . . Ein Wald, dem wir uns nicht nähern können.«

»Diese Zelte aus Ziegenhaar, zum Teufel mit ihnen! Alle Winde der Welt wehen durch sie hindurch, jeder Regen vom Himmel dringt in sie ein. Nicht einmal ein Stück Zucker können wir darin noch finden. Ceren, Ceren, deine Kinder werden nicht sterben. Die du auf die Welt bringst, sie bleiben bei dir! Ceren, ach Ceren . . .«

»Ich werde mich töten«, sagte Ceren. »Ich will nichts von alldem.«

Niemand spricht mehr mit Ceren. Nicht einmal ihre Geschwister, nicht einmal die Kinder. Der ganze Stamm, sogar die Schafe, die Hunde und die würdevollen Kamele sind böse auf Ceren. Keiner beachtet sie.

»Mein Kind, Ceren, du hast es getötet . . .«

»Nicht ich, Schwester, Allah . . .«

»Nein, Allah war es nicht, du warst es. Seit sieben Jahren liebt dich Oktay Bey. Hättest du ihn geheiratet, dann hätten wir uns auf seinem Gut niedergelassen, mein Kind wäre nicht dazu verdammt gewesen, im Regen herumzuziehen, es hätte sich nicht erkältet, es wäre nicht gestorben. Du hast mein Kind getötet.«

»Ich habe niemanden getötet. Ihr aber habt mich getötet . . .«

»Halil, Halil ist auch tot. Und auch ihn hast du getötet. Wenn du Oktay Bey vor sieben Jahren geheiratet hättest, hätte Halil dieses Dorf nicht in Brand gesteckt, er wäre nicht ab in die Berge, nicht getötet worden. Man hätte uns nicht sein blutiges Hemd gebracht. Auch Halil hast du getötet!«

»Halil ist nicht tot.«

»Und auch meinen Mann, der im Kampf bei Çukurköprü gestorben ist.«

»Und mein Sohn, der bei der Schlägerei in Dumlukale einen Mann getötet hat? Wohin ist er geflohen?«

»Und Kerem, der weggerannt ist und verschwunden?«

»Mein Bruder ist auch geflohen.«

»Du bist an allem schuld, Ceren.«

»An allem schuld!«

»An allem!«

Sie lassen sie nicht mehr atmen, lassen ihr keine ruhige Minute mehr.

»Was ist dir denn nicht recht an Oktay Bey? Er ist gertenschlank, er hat einen Schnurrbart und große schwarze Augen. Er ist der Sohn eines türkmenischen Agas aus einem Adelsgeschlecht. Er ist kein Fremder, er ist Türkmene wie wir. Sie sprechen genau wie wir. Es ist noch nicht lange her, daß sie seßhaft geworden sind. Es ist noch nicht einmal zwanzig Jahre her, seit sie die Zelte mit Häusern vertauscht haben. Um Land zu erwerben, haben sie ihre Herden, ihre Zelte, ihr Gold verkauft. Und wie recht hatten sie! Sie sind vom gleichen Schlag wie wir. Sie laufen wie wir, sie lachen wie wir. Ihre Sitten sind auch unsere.«

»Oktay Bey wird dich mit Gold überschütten. Er wird dich mit Atlasseide, Chinaseide, Brokat, mit Schals aus Lahore überhäufen . . . Sag ja, Ceren!«

»Wenn nicht, verlaß den Stamm. Geh wohin du willst.«

»Oktay Bey ist fort, um alles vorzubereiten . . . Ich werde Hochzeit halten, sagte er, mit sieben riesigen Trommeln, hundert jungen Tänzern, mit einem großen Festmahl; das wird eine Hochzeit, daß die ganze Çukurova staunen wird. Auch ich bin Nomade, sagte er, ein vollblütiger Nomade. Wir wurden seßhaft, da wir keine Wahl hatten . . . Sie ließen uns keine Wahl, so wie euch jetzt . . . Aber wir brachen nie mit der alten Tradition. Wir behielten unseren Glauben, verleugneten nie unsere Ahnen, das Nomadenblut in unseren Adern . . . Oh, sag ja, Ceren . . .!«

»Sein Blut hat gesprochen! Gleiches Blut zieht sich immer an! Würde ein Einheimischer, ein Bauer, ein Mann der Çukurova sich so vor Liebe zu einem Nomadenmädchen verzehren? Es ist sein Blut, das gesprochen hat. Oktay Bey ist auch Nomade wie wir. Außerdem, ein Bey, der Sohn eines Beys!«

»Du hast uns alle getötet. Du hast uns alle ausgelöscht, unser Heim zerstört!«

Der Morgen kam. Er brachte eine bittere Nachricht. Während der

Nacht hatten die Bauern die Herde und die Hirten auf den Feldern überrascht. Bis zum Morgen dauerte der Kampf. Hunderte von Bauern verprügelten die Hirten und Fethullah. Bis zum Morgen. Hüseyin hatte einen gebrochenen Arm, Duran konnte nicht mehr gehen, Fethullah lag blutüberströmt, halbtot mitten auf einem Feld. Blut rann ihm unaufhörlich aus Mund und Nase. Die Bauern hatten die Herde und die anderen Hirten zur Gendarmeriewache von Toprakkale gebracht.

»Ceren, o Ceren . . . Sei verflucht, Ceren! Es ist deine Schuld! Deine Schuld! . . .«

Die langen, roten, spitzzüngelnden Schlangen . . . Die hohen, schwarzen, moosüberzogenen Mauern der Burg von Toprakkale . . . Wie der Tod schwebte sie über ihnen.

»Ceren, o Ceren . . .«

13

Von Yalnizağaç bis hinüber nach Anavarza nichts als Reisfelder. Die gelben Reisähren hängen schwer und versprechen reiche Ernte. Auf den Reisfeldern Tausende von Tagelöhnern, die Kleider bis zu den Hüften geschürzt. Die einen schneiden die Halme, die anderen bringen die Garben zur Tenne. Wie Ameisen eilen die Tagelöhner, von Kopf bis Fuß schlammbedeckt, von der Tenne zum Feld, vom Feld zur Tenne, pausenlos. Auf dem Feld Traktoren und Dreschmaschinen. Die Dreschmaschinen stoßen auf der einen Seite das Korn aus, auf der anderen das Stroh. Kerem läuft mit großem Interesse von einem Feld zum anderen. Neugierig wie eine Katze beobachtet er aus der Nähe die Dreschmaschinen, die Traktoren, die Lastwagen, die Tenne, die Tagelöhner. Aber bald steht die Sonne im Zenith und die Hitze wird glühend. Und Kerem verspürt Hunger. Kinder spielen im Schatten von Weiden an einem Teich, der am Bewässerungskanal entstanden war.

Die Gendarmeriewache ist ein Gebäude aus Tonerde, niedrig und gedrungen wie eine Herberge. Sie steht abseits, in einiger Entfernung vom Dorf. Im Garten vor der Wache wächst nichts als halbverwelkter Fuchsschwanz, der über und über mit Staub bedeckt ist. Eine Fahne flattert an einem Mast, schmutzig, verblichen, man sieht kaum noch den Stern und den Halbmond. Die Landstraße verläuft fünfzig Schritt von der Wache. Auf ihrer anderen Seite liegt das Dorf. Am Straßenrand haben auf unerklärliche Weise einige Ginsterbüsche überlebt, sie sind ganz überwachsen von Brombeersträuchern und Unkraut.

Kerem hatte sich unter einen Ginsterbusch geduckt und ließ die Tür der Wache nicht aus den Augen. Keine Bewegung entging ihm. Er verspürte großen Hunger. Sie brachten gerade ein Mädchen und einen Jungen zur Wache. Sie waren mit Handschellen aneinandergefesselt. Über das Gesicht des Mädchens strömten Tränen, ihr Haar war zerzaust. Die Gendarmen befahlen ihnen einzutreten. Der Junge ließ den Kopf hängen. Einige Minuten später drangen die Schreie des

Mädchens nach draußen. Ihre Schreie wollten nicht enden, und Kerem wurde von Angst gepackt.
Er wollte davonrennen, auf und davon von diesem schrecklichen Ort. Aber sein Falke . . . Er sah ihn vor sich, wie er sich in den Himmel erhob und wieder zur Çukurova herabflatterte. Die Felsen von Anavarza glitzerten in der Sonne wie Paläste aus Kristall. So sah sie Kerem vor sich. Es soll viele Schlangen in den Felsen von Anavarza geben, dachte er. Man sagt, daß der Schlangenkönig dort oben lebt. Er versuchte, sich an eine Geschichte zu erinnern, die vom Schlangenkönig handelte, aber es gelang ihm nicht. Bruchstücke von Bildern zogen an seinen Augen vorüber, doch plötzlich war alles ausgewischt: die Gendarmen führten gerade eine Frau und einen älteren Mann heran. Der Mann war sehr dick, die Frau groß und dürr, beide waren in Decken gehüllt. Die Gendarmen spuckten ihnen ins Gesicht und stießen sie dann durch die Tür.
Plötzlich spürte Kerem seine Augen brennen, seine Kehle war trocken.
»Ach Großvater!« seufzte er. »Ach, mein edler Großvater, wer weiß, wo du jetzt bist. Vielleicht bist du krank, vielleicht liegst du schon unter der dunklen Erde. Oder dieses Gesindel der Çukurova ist gerade dabei, dich mit dem Knüppel zu verprügeln.«
Aber Großvater würde bestimmt nicht weinen. Er weint nie. Seit hundert Jahren, seit er lebt, hat niemand eine Träne in seinem Auge gesehen. Mein Großvater ist der Meisterschmied . . . Und ich bin sein Enkel . . . Hätten sie mich doch auch Haydar genannt wie ihn. Der große Meister Haydar, der Großvater meines Großvaters, soll von weither, von Khorassan gekommen sein. Der mächtige Bey der Avşars war Wesir und hatte drei Roßschweife auf seiner Mütze, aber er wartete ein ganzes Jahr vor dem Zelt meines Ahnen, um von ihm ein Schwert zu bekommen. Alle Sultane und Schahs gürteten sich einzig Schwerter des großen Meister Haydar um. Ja, so war das damals . . .
»Aber heute schleppen sie Großvater zu den Gendarmeriewachen. Sie prügeln ihn, bis er Blut pißt. Aber Großvater ist stark. Er stammt aus der guten Erde von Khorassan, er wird nicht sterben.«
Der heilige Orden der Schmiede ist unser Orden. Wer auch immer die Schwelle unseres Ordens mit der Stirn berührt, den kann keine Kugel und kein Schwert mehr verwunden. Ist das wahr? Warum nicht, wenn Allah es so will! Beys und Sultane, die tapfersten Krieger, Paschas, Schahs, sie kamen alle und warfen sich vor unserer

Schwelle nieder. Und alle, die kamen und sich vor unserer Schwelle niederwarfen, brachten uns Vollblutpferde mit langem Hals, schmalen Ohren, grünen Augen. Ja, sicher, Augen so grün wie Smaragde. Nur die edelsten Pferde haben grüne Augen. Aber sie sind selten und schwer zu bekommen, wie der Falke . . . Sie fliegen sogar, wie der Falke. Vor unserem Zelt tummelte sich eine ganze Herde von Pferden in den verschiedensten Farben. Jeden Tag ritt mein Großvater ein anderes Pferd . . .

»Ach, Großvater! Ach, Ceren . . . Du hättest doch diesen Oktay Bey heiraten können. Seit so vielen Jahren läuft er dir nach. Unglücklich, mit hängendem Kopf . . .«

Da tauchte Oktay Bey vor seinen Augen auf, mit seinen hängenden Lippen, den Ochsenaugen, den zu kurzen Fingern. Er wurde wütend. Ceren, Ceren, die Schönste der Schönen. Mit ihrem goldenen Haar . . . Er seufzte. Wenn er erwachsen wäre, hätte er Ceren entführt . . . Eigentlich könnte ich es auch jetzt tun. Ich könnte sie aus dieser Hölle retten . . . Aber da dachte er an den Falken. Ach! Wenn dieser Falke ihn nicht hier zurückhielte, wäre er gerannt und hätte Ceren entführt. Und wie! Arme Ceren, der ganze Stamm, sogar ihr Vater und ihre Mutter und ihre Sippe waren gegen sie. Und nur, weil sie nicht diesen schmutzigen Kerl heiratet, weil sie dem Stamm nicht die Möglichkeit gibt, sich auf dem Dreckland des Oktay Bey niederzulassen.

»Ich nehme es Ceren nicht übel«, murmelte er.

Aber warum war ich dann wie die anderen, warum habe ich nicht mehr mit ihr gesprochen? Ich hatte Angst, ich schämte mich. Aber was gibt es da zu schämen! Sobald ich meinen Falken wieder zurückhabe, sobald ich den Stamm gefunden habe, werde ich direkt zu Ceren gehen. Wie geht es dir, Schwester Ceren? Es geht mir gut, Kerem. Sie wird anfangen zu weinen. Ach, Kerem, sie haben deinen Großvater lebendig verbrannt, den Großmeister des Ordens der Schmiede, deinen Großvater, der gertenschlank war. Sie haben ihn lebendig verbrannt . . . Und mit dem letzten Atemzug hat er gestöhnt: Kerem! . . . Und du warst nicht da. Ich habe meinen Falken zurückgeholt, Schwester. Ich bin gekommen, um dich aus dieser Hölle zu befreien, weit auf die andere Seite des Aladağ werde ich dich entführen, Schwester. Ich werde dich entführen. Ich werde dich aus dieser Hölle retten. Ich werde dich zu Halil bringen . . . Plötzlich hielt er inne. Das geht nicht. Halil ist tot . . . Ich werde dich nie verlassen, Schwester.

Aus den Schreien des Mädchens auf der Gendarmeriewache war jetzt ein leises, anhaltendes Wimmern geworden.
»Sie haben sie umgebracht«, sagte Kerem. »Ach, das arme Mädchen, sie haben es umgebracht.«
Plötzlich durchschauerte es ihn. Auch Ceren war ja tot, verbrannt in jener Nacht, auch seine Mutter, der ganze Stamm im Feuer umgekommen! Sie haben alle umgebracht. Was soll ich jetzt ganz alleine anfangen? Ohne einen Menschen auf der Welt. Und keine Seele weiß, daß ich dem Orden der Schmiede entstamme, vor dem sich die Menschen zu Boden werfen, um gegen Kugeln und Schwerter gefeit zu sein . . . Vor dem Zelt des Ordens der Schmiede setzte man in riesigen Kesseln Kräuter zum Kochen auf, Arzneien, die alle Übel heilten. Alle Krankheiten. In Scharen strömten sie zu unserem Zelt, die Bauern, die Armen, die Verwundeten, die vom Fieber Befallenen, die von der Krätze Gezeichneten; sie tranken von diesen Arzneien und wurden gesund. Und wenn sie wieder gingen, fühlten sie sich wie neugeboren.
»Ach, Ceren, ach, Großvater . . . Unser Bey ist schlecht, er taugt nichts. Süleyman der Vorsteher ist ein Feigling, er sagt nie etwas. Unsere früheren Beys, der Großvater von Süleyman dem Vorsteher, das waren feurige Adler! Der große Meister Haydar war wie ein Adler. Wie mein Großvater . . . Ach! Sie haben ihn verbrannt! Sie haben ihn lebendig verbrannt, verbrannt!«
»Aber wie diesen Falken zurückholen? Ich warte jetzt schon drei Tage in diesem Busch versteckt. Und in der Nacht bin ich stehlen gegangen. Wie kann ich je wieder einem ehrlichen Menschen ins Gesicht schauen? Letzte Nacht habe ich gestohlen. Ich habe diesen armen, schlammbedeckten Tagelöhnern auf dem Reisfeld ihr Brot weggenommen . . . Und wenn sie jetzt hungrig sind, die Unglücklichen, wenn sie hungrig sind, dann ist es meine Schuld . . .«
Plötzlich traute er seinen Augen nicht: sein Falke! Ja, sein eigener Falke in den Händen eines kleinen, blassen Jungen, der so schmächtig war, daß er beim leisesten Windhauch umzufallen drohte . . . Endlich hatte er, Allah sei Dank, seinen Falken wiedergesehen. Von jetzt an war alles einfach . . . Das Kind betrat die Gendarmeriewache, den Falken auf der Faust. Das Wimmern des Mädchens drang wieder aus der Wache, auch Schreie und Flüche. Das Kind kam mit dem Falken wieder heraus, in Begleitung eines Gendarmen. Sie versuchten, den Falken zu füttern. Aber der Falke fraß nichts. Schwerer Kummer schnürte plötzlich Kerems Herz zu, schwer wie ein Stein. Und wenn

sie am Ende den Falken töteten, weil sie nicht wußten, wie man mit ihm umging, wie man ihn fütterte? Er konnte seine Augen nicht von dem Vogel abwenden, das Herz schlug ihm in der Brust wie ein Schmiedehammer, so stark, daß es ihn durch und durch schüttelte.

»Er frißt!« rief er voll Freude und sprang mit einem Satz auf die Zehenspitzen. Sofort duckte er sich wieder ins Gebüsch. Kurz danach verließ das Kind, den Falken auf der Faust, die Wache, schlug den Weg zum Dorf ein und verschwand zwischen den Häusern.

Man hörte das Mädchen nicht mehr stöhnen. Vier oder fünf Männer näherten sich der Wache. Ihre Köpfe waren in blutgetränkte Tücher gewickelt. Drei von ihnen humpelten. Das sind sicher Nomaden, dachte Kerem, wer weiß von welchem Stamm . . . Gleich darauf fuhr ein Lastwagen voll Bauern vor. Sie schrien, brüllten, man verstand kein Wort von dem, was sie sagten. Sie schienen sehr wütend zu sein. Sie werden sie umbringen, dachte Kerem, sie haben sie schon fast zu Tode geprügelt.

»Ach, mein armer Großvater, wäre doch meine Zunge verdorrt in jener Nacht, als ich mir einen Falken wünschte! Wie herrlich wäre alles geworden, wenn ich um ein Winterquartier gebeten hätte . . . Ach mein armer Großvater, sicher töten sie ihn gerade auf irgendeiner Gendarmeriewache, genau wie diese Kerle da!«

Er hörte den Ton einer Rohrflöte. Er spitzte die Ohren. Ja, es war wirklich eine Rohrflöte, aber derjenige, der auf ihr spielte, war ein Anfänger. Ein eigenartiges Gefühl überkam ihn, das ihm Selbstvertrauen und Zuversicht gab. Wie eine Schlange kroch er aus dem Ginsterbusch auf die Straße und richtete sich auf. Der Klang der Rohrflöte kam aus dem Weidenwäldchen. Kerem schritt darauf zu. Vier oder fünf Kinder versuchten angestrengt, eine zerbrochene Rohrflöte zum Tönen zu bringen. Sie reichten sie von Hand zu Hand und bliesen in ein Ende des Rohres, aber keiner brachte es fertig, ihr einen richtigen Ton zu entlocken.

Kerem setzte sich ihnen gegenüber unter ein Schilfrohrgebüsch und beobachtete sie. Er hätte Lust gehabt, zu ihnen zu gehen, aber er traute sich nicht. Sie machten alle so merkwürdige Gesichter! Der größte war dünn wie ein Faden und schnitt mit nervösen Bewegungen an einem Schilfrohr herum, stutzte es und preßte den Mund darauf, brachte jedoch keinen einzigen Ton heraus. Die Flöte zerbrach ihm unter den Händen. Sie gab keinen Ton mehr von sich. Die anderen mühten sich immer noch mit Leibeskräften vergeblich mit dem Rohr ab. Sie bearbeiteten ganze Haufen von Schilfrohr, zerbrachen es und verloren die Geduld, als sie keinen Erfolg hatten. Wie ungeschickt sie sind! dachte Kerem und lächelte. Sie gerieten immer mehr in Wut, brachen das Schilfrohr in Stücke und warfen es in den Fluß. Mit einer zornigen Bewegung rammte der Größte die Klinge seines Taschenmessers in den Stamm einer Weide und setzte sich an die Uferböschung. Die anderen machten es ihm nach. Vor lauter Verbitterung konnten sie nicht sprechen. Was für Trottel! dachte Kerem, ein rechter Junge kann doch eine Rohrflöte schneiden! Und die wollen meinen Falken füttern, zur Jagd gehen und ihn abrichten! Ach, du großer Pascha der Gendarmeriewache! Ach, mein armer Großvater ... Ach, hier bin ich, in der Ferne, ganz allein, oh weh! ...

Die Kinder saßen immer noch schweigend, sahen sich nicht einmal an, als ob sie sich zerstritten hätten. Starr, unbeweglich schienen sie ihr Schicksal zu verfluchen. Einer von ihnen war sicher sehr arm. Seine verwaschene Hose hing in Fetzen, genau wie sein gestreiftes Hemd. Ein anderer trug eine funkelnagelneue schwarze Hose aus glänzendem Stoff. Sein Hemd mit roten, gelben, grünen und violetten Streifen war auch ganz neu ... Er trug gelbe Halbschuhe! Die anderen waren barfuß. Der da ist bestimmt der Sohn des Großgrundbesitzers. Oder er ist auch von irgendeinem heiligen Orden. Vielleicht gehört er auch zum Orden der Schmiede.

Kerem stand auf und ging einige Schritte auf die Kinder zu. Sie hatten ihn schon lange gesehen, ihn aber nicht beachtet. Als Kerem sich ihnen näherte, drehten sie sich nach ihm um und starrten ihn an. Kerem machte noch einige Schritte und blieb wieder stehen. Gegenseitig betrachteten sie sich eine ganze Weile. Kerem begann als erster zu lächeln, da lächelten die Kinder auch. Kerem setzte sich neben sie. Eine zeitlang prüften sie sich wortlos, dann lächelten sie sich wieder an. Kerem zog ein Taschenmesser aus seiner Tasche, die Kinder starrten neugierig.

»Ist es scharf, Bruder?« fragte ihn der Größte.

Kerem lächelte sein wärmstes, sein gewinnendstes Lächeln.

»Sehr scharf, Bruder«, sagte er. Ein wenig verschämt fügte er hinzu: »Wir stammen vom Orden der Schmiede ab, deshalb sind unsere Messer sehr, sehr scharf geschliffen. Dieses Messer hier hat Meister Haydar, mein Großvater, gemacht. Habt ihr von ihm gehört? Alle Welt kennt ihn ... Er schmiedet Schwerter. Er hat eben eines gemacht, das er Ismet Pascha überreichen wird, und Ismet Pascha wird uns Land dafür geben.«

»Habt ihr kein Land?« fragte der schwarzäugige Junge mit den gelben Schuhen.
»Sie sind Aydinli-Nomaden«, antwortete der Größte. »Diese Leute haben nie Land. Sie sind immer unterwegs, sie schlagen ihr Lager auf dem Boden anderer auf. Mit ihrem Vieh machen sie die Ernte kaputt. Und sie ermorden die Leute und stehlen. Darum werden sie auf der Wache halbtot geprügelt und zu Hackfleisch gemacht. Und darum nimmt man ihnen auch ihre Frauen weg. Diese Leute haben nicht einmal einen Friedhof . . . Das hat mein Vater gesagt. Die Nomaden sind ein Volk, das nicht einmal Gräber hat, so hat er gesagt . . .«
»Das ist eine Lüge«, unterbrach der mit den gelben Schuhen. »Dein Vater lügt ja immer. Es gibt kein Volk ohne Gräber! Das ist unmöglich! Wenn die Gendarmen auf der Wache die Nomaden so oft schlagen, dann ist es nur darum, weil sie niemand haben, der sie beschützt. Weil sie keine Regierung haben, nichts. Das ist der Grund! Also, und wenn diese Leute keine Gräber haben, wo begraben sie dann ihre Toten, wo?«
»Sie legen ihre Toten auf die Felsen«, sagte der andere. »Hoch oben in den Bergen. Die Adler fressen sie . . . Das hat mir mein Vater gesagt.«
»Dein Vater, was versteht der schon davon? Er hat ja sogar unseren Traktor kaputtgemacht. Ich habe es mit meinen eigenen Augen gesehen. Dein Vater versteht überhaupt nichts. Und mein Vater hat ihn davongejagt. Wer würde denn seine Toten von den Adlern fressen lassen!«
»Aber doch, sie geben sie den Adlern zum Fraß«, beharrte der andere Junge, aber schon etwas unsicher.
Kerems Taschenmesser ging von Hand zu Hand.
»Schaut nur, schaut!« rief der kleine Junge am Ende der Reihe. »Es schneidet sogar ein Haar!«
Sie waren verblüfft und machten große Augen. Das Taschenmesser machte nochmals die Runde, sie probierten die Klinge nochmals aus. Tatsächlich, sie schnitt sogar ein Haar! Kerem stieg in ihrer Achtung.
Aber die Behauptungen des großen Jungen hatten Kerem verärgert. »Natürlich haben wir Gräber«, sagte er. »Aber da wir nirgendwo bleiben, wissen wir nicht mehr, wo sie sind. Diebe gibt es in unserem Stamm nicht! Ich weiß nicht, aus welchem Grund uns die Gendarmen so grausam prügeln. Vor drei Tagen haben sie unser Lager auf dem Hügel des Tobenden Stieres in Brand gesteckt. Alle sind lebendig verbrannt,

Großvater, meine Mutter, meine Geschwister! Die Pferde, Esel und Schafe sind auch verbrannt. Auch die Kinder. Auch Ceren. Die Zelte. Alle Hunde. Nur ich habe fliehen und ihnen entkommen können.«
Die Kinder hörten schweigend zu, ihre Augen füllten sich mit Tränen, sie waren nahe daran zu weinen.
»Bist du mir nicht böse, weil ich das gesagt habe?« fragte der Größte.
»Nein, ich bin dir nicht böse«, antwortete Kerem.
»Mein Vater schimpft ständig über alles. Darum erzählt er solche Sachen, nicht wahr, Hasan?« Hasan war der Junge mit den gelben Schuhen.
»Das stimmt«, sagte Hasan. »Aber mein Vater sagt, daß er trotzdem kein schlechter Kerl ist . . . Sie haben also euch alle verbrannt, sag?«
»Ja«, sagte Kerem. »Der ganze Stamm ist nur noch ein Häufchen Asche.«
»Und was wirst du jetzt tun?« fragte Hasan.
»Ich weiß nicht«, sagte Kerem.
»Wie heißt du?« fragte der Größte.
»Kerem . . . Zuerst haben sie mich Haydar genannt, doch dann hat wahrscheinlich meine Mutter den Namen geändert. Meine arme Mutter, auch sie ist verbrannt . . .«
Hasan wiederholte seine Frage: »Aber wohin wirst du jetzt gehen, was wirst du jetzt tun?«
»Keine Ahnung. Ich weiß nicht. Ich habe niemanden mehr auf der Welt. Sie sind alle lebendig verbrannt . . .«
»Alle verbrannt . . .« wiederholte der Größte. »Was für ein Unglück! Es ist schlimm, ganz allein auf der Welt zu sein.«
»Alle verbrannt . . .« murmelte Hasan.
Die zwei anderen Kinder hätten gern an der Unterhaltung teilgenommen, aber sie brachten kein Wort heraus. Die Kehle war ihnen wie zugeschnürt. »Lebendig verbrannt . . .« sagte schließlich mit erstickter Stimme der jüngste. »Stell dir vor, wie sie geschrieen haben, als sie verbrannten. Und die, die man auf der Gendarmeriewache geschlagen hatte . . . Alle verbrannt . . .« Er konnte seine Tränen nicht länger zurückhalten. Sie flossen ihm die Wangen hinunter.
»Weine nicht, Osman!« sagte Hasan. »Man stirbt nicht mit den Toten. Aber es ist schlimm zu verbrennen, entsetzlich. Kerem ist jetzt ganz allein. Er hat sicher Hunger.«
Osman sprang mit einem Satz auf. »Ich gehe ihm etwas zu Essen holen«, rief er.

»Halt, Osman!« schrie Kerem und rannte hinter ihm her. »Warte, Bruder! Warte eine Minute!« Osman blieb stehen.
»Kommt alle her«, sagte Kerem kaum hörbar. Ängstlich schmiegten sich die Kinder aneinander. Kerem sprach noch leiser. »Sprecht vor allem mit niemandem über das Unglück, das mir zugestoßen ist. Sagt ihnen nicht, daß sie uns verbrannt haben . . . Wenn die Erwachsenen das erfahren, reden sie mit unseren Feinden darüber, die finden mich dann und verbrennen mich auch . . .«
»Du hast recht«, sagte Hasan. »Sie werden dich verbrennen. Keiner darf ein Wort darüber erfahren.«
»Ich sage es nicht einmal meinem Vater«, versprach der Größte.
»Niemandem, gar niemandem«, sagte der Kleine, der Dursun hieß. »Sonst verbrennen sie Kerem auch noch . . .«
»Sie sind ständig hinter mir her, um mich lebendig zu verbrennen. Ein Reiter auf einem schwarzen Pferd hat mich drei Tage und drei Nächte lang verfolgt. Ich habe mich versteckt. Er trug eine Fackel in der Hand, jagte hinter mir her und steckte den ganzen Weg entlang alles in Brand. Ich sprang ins Wasser und konnte entkommen. Ein anderes Mal habe ich mich im Gebüsch versteckt. Der Reiter hat die Büsche von allen Seiten angezündet, aber ich konnte fliehen. Wenn nur ein einziger Erwachsener erfährt, daß ich hier bin, dann wird er es weitererzählen. Meine Feinde werden davon Wind bekommen, der schwarze Reiter wird mich hier finden und mich verbrennen, er wird mich zu Asche verbrennen!« sagte Kerem.
»Zu Asche verbrennen!« schrie Hasan. »Osman, geh schnell nach Hause, aber niemand darf dich sehen, bring uns Käse, Brot, Tomaten, alles, was du findest, wir werden hier zusammen mit Kerem essen. Aber niemand darf davon etwas wissen.«
»Wo wird Kerem schlafen?« fragte Osman.
»Geh du inzwischen einmal nach Hause, wir werden schon eine Lösung finden . . .« Er sprach jetzt wie ein Erwachsener. »Du meinst wohl, daß wir alle zusammen es nicht fertig bringen, ein Kind zu verstecken?«
»Wir verstecken ihn so gut, daß niemand ihn findet. Niemand wird Kerem finden!«
Osman rannte davon.
Kerem freute sich. Er wollte warten, bis sie wirklich gute Freunde waren, und dann würde er ihnen die Geschichte vom Falken erzählen. Sie würden zusammen sicher einen Weg finden, um den Falken

zurückzuholen. Das wichtigste war jetzt, daß kein Erwachsener von seiner Anwesenheit etwas erfuhr.
»Da ist auch noch Oktay Bey, der mich sucht, um mich umzubringen. Oktay Bey ist in Ceren verliebt. Aber Ceren liebte Halil. Also hat Oktay Bey Halil getötet und hat Ceren das blutdurchtränkte Hemd Halils gebracht. Er hat gesagt: Da, nimm das, Ceren . . . Als Ceren das blutige Hemd sah, hat sie bitter geweint. Sie wollte sich von den Felsen stürzen, aber die anderen hielten sie zurück. Ceren sagte zu Oktay Bey: Bring mich um, so wie du Halil umgebracht hast, denn ich werde dich nie heiraten. Da hat Oktay Bey seine Pistole gezogen und hat wie wild um sich geschossen. Genau so hat es sich abgespielt. Man sagt, Oktay Bey habe vor Liebe den Verstand verloren. Mein Großvater hat das gesagt . . .«
Aber Hasan wurde ungeduldig: »Warum will Oktay Bey denn dich umbringen?« fragte er voll Mitgefühl und Rührung.
Keren war überrumpelt. Ja, warum wollte Oktay Bey ihn eigentlich töten? Er zögerte, er konnte keine passende Erklärung finden. »Er will mich umbringen, einfach so, weil er verrückt ist. Verrückt aus Liebe. Und Verrückte ermorden andere . . .«
Aber er merkte, daß Hasan nicht überzeugt war. Er las ihm den Zweifel an den Augen ab. Jetzt hatte er alles verdorben!
»Hör zu, Hasan, komm ein bißchen näher.« Er wollte ihm etwas ins Ohr flüstern. »Komm, ich sage dir ein Geheimnis, aber niemand außer dir darf etwas davon wissen.«
Die zwei Kinder gingen hinter die Weiden, unter den neugierigen Blikken der anderen. Kerem legte seinen Mund an Hasans Ohr. »Mein Vater hat den Bruder von Oktay Bey umgebracht«, flüsterte er. »Verstehst du, sie haben zuerst Halil getötet und Halil war der Freund meines Vaters, so wie jetzt du mein Freund bist. Dann hat mein Vater, um Halil zu rächen, den Bruder von Oktay Bey gefangen, ihn auf die Felsen von Anavarza gelegt, da drüben, siehst du, und hat ihn erwürgt, hat ihm die Kehle durchschnitten wie einem Schaf. Aber sag das ja niemandem, hörst du! Und jetzt, da mein Vater lebendig verbrannt ist, ist Oktay Bey mir auf der Spur, denn er will an mir seine Rache vollziehen. Wenn er mich findet, wird er mich da hinüber bringen zu diesen steilen Felsen, wird mich herunterwerfen und mir die Kehle durchschneiden. Mein Blut wird nach allen Seiten spritzen. Du sagst es niemandem, hörst du! Dieser schwarze Reiter, der mich seit drei Tagen verfolgt, das ist Oktay Bey. Fast hätte er mich lebendig verbrannt, aber er hat es nicht getan, weil er mir die Kehle durchschneiden will.«

Die anderen Kinder hatten sich hinter den Weiden versteckt, die Augen aufgerissen, die Ohren gespitzt. Sie versuchten zu verstehen, was Kerem erzählte. Hasan sah zu ihnen hinüber.

»Kerem, wir müssen es ihnen auch erzählen. Das ist sonst nicht richtig. Sie werden es nicht verraten. Wir erzählen den Erwachsenen nie unsere Geheimnisse. Und Süllü ist ein guter Kerl, der große dort . . .« Gut weil es deine Freunde sind und weil du ihnen vertraust . . .« sagte Kerem. »Erzählen wir es ihnen.«

Hasan rief die Kinder mit triumphierender Miene: »Kommt Kinder, er wird es euch auch erzählen!«

Kerem wiederholte seine Geschichte. Er schmückte sie tausendfach aus und erzählte von Oktay Bey, von Ceren, von seinem Vater, von dem Mann, den man niedergemetzelt hatte . . . Die Kinder packte das Entsetzen.

»Fürchte nichts, Kerem«, sagte Hasan. »Hier kann dich niemand töten, niemand dich lebendig verbrennen. Solange wir bei dir sind . . . Nicht wahr, Süllü?«

Stolz blähte Süllüs Brust. Sein gebeugter Körper richtete sich auf, sein Gesicht verfinsterte sich, wurde ernst. Er nahm Kerems Hand in seine eigene zittrige Hand und drückte sie freundschaftlich. »Du mußt keine Angst haben, Kerem«, sagte er mit fester Stimme.

In Kerems Miene mischten sich Angst, Gewissensbisse, Verzweiflung. Er war nahe daran zu weinen. Hasan und Süllü bemerkten es.

»Du mußt Vertrauen zu uns haben«, sagte Süllü zu ihm, ruhig und furchtlos. »Wir werden dich vor der ganzen Welt verstecken. Sogar der Gouverneur und der Korporal und sogar der Landrat werden dich uns nicht wegnehmen können, nicht einmal Hasans Vater!«

»Nicht einmal mein Vater«, wiederholte Hasan stolz. »Fürchte nichts. Eher müssen sie uns alle lebendig verbrennen, bevor sie dich verbrennen könnten.«

»Wir werden es nie zulassen, daß du verbrannt wirst!« wiederholte der andere.

Ein herrliches Gefühl von Größe, Heldentum und Opferbereitschaft war in ihnen erwacht.

Kerems Gesicht leuchtete wieder. Er lächelte und nahm sein Taschenmesser aus Hasans Hand. »Also gut, solange wir auf Osmans Rückkehr warten, mache ich euch eine schöne Rohrflöte«, sagte er. »Ich werde euch auch beibringen, wie man darauf spielt.«

Er ging hinüber zum Schilf, wählte ein langes, dickes Rohr aus, setzte sich zu Boden und schnitt es fachmännisch zurecht.

14

Im Tal hoch auf dem Aladağ, in der Höhle des Mordelik-Felsens, heilten Meryems Salben Mustans Wunden. Der kleine Musa der Kahle brachte ihm regelmäßig Honig, Joghurt, Fleisch und Brot. Mustan war seine einzige Hoffnung ... Aus welchem Grund sehnte Musa so sehr Halils Tod herbei? Nur wegen Ceren, wegen des Stück Landes? Nein, bestimmt nicht. Hatte er sich vielleicht heimlich mit Oktay Bey abgesprochen? Was mochte Oktay Bey mit ihm angestellt haben, daß er Halil so abgrundtief hassen konnte? Oder reichte sein Haß in ihre Kindheit zurück? Ohne den heißen, geheimen Wunsch, Halil zu töten hätte der kleine Musa Mustan nicht so gepflegt, wie er es jetzt tat. Nein, er hätte Mustan nicht so umsorgt, ich könnte es schwören bei der Heiligen Schrift. Aber warte nur, kleiner Musa, kleiner Glatzkopf, mit dir komme ich schon noch zurecht! ... Mustan war wieder auf den Beinen. Seine Wunde hatte nicht einmal eine Narbe hinterlassen. Er hatte zugenommen, sich einen Schnurrbart wachsen lassen, an dem er gern zwirbelte. Er war besser in Form als je zuvor.

»So, so! Sieh mal an! Da ist er ja, der große Resul Aga!«
Der Schäfer fuhr hoch, als er Mustan sah. Er schaute verzweifelt um sich und hoffte, fliehen zu können. Er wurde bleich. Er spürte, wie ihm der Mund, die Kehle, die Nase austrockneten. Er begann zu schwitzen, sein Körper troff vor Schweiß. Seine Knie zitterten.
»Komm doch näher, mein Resul Aga. Du bist ja der Sultan der Berge und tapferer, als selbst Köroğlu, der Räuber!«
Resul der Hirte stöhnte. Mustan drückte Resul die Mündung seines Gewehrs auf die Stirn und lachte, während er den Finger am Abzug hielt.
»Du bist ein Feigling, Resul Aga!«
Resul krümmte sich auf der Erde, drückte das Kinn auf die Brust und rührte sich nicht. Er verhielt sich mäuschenstill, reglos wie ein Stein, wie ein Erdklumpen. Mustan schwieg jetzt. Er stand noch immer mit gespreizten Beinen vor dem Hirten, jederzeit bereit zu schießen. Eine lange Zeit verging. Dann setzte sich Mustan auf einen großen

Stein. Er verharrte in Schweigen wie sein Gegenüber. Unvermittelt stieß er einen Schrei aus und drückte ab. Resul schnellte hoch wie ein Pfeil und fiel zurück auf die Erde. Mustan ließ einen Kugelhagel rings um ihn nieder gehen. Und jedesmal schnellte Resul hoch und wieder auf den Boden zurück.
»So, Resul Aga, mein großer Herr, im ganzen Taurus und im ganzen Gebirge der Tausend Stiere und im sonnigen Anatolien und in der gesamten Çukurova gibt es keinen mächtigeren Aga als dich! Nun sag, wie willst du jetzt die Qualen wiedergutmachen, die du mir zugefügt hast, als ich dir ausgeliefert war?«
Er hatte einen Kalksteinblock dicht neben Resul im Visier. Die Stükke, die absprangen, trafen Resul mit voller Wucht. Es riß ihn hoch, aber dieses Mal stürzte er nicht zu Boden. Er ging sogar einige Schritte auf Mustan zu und durchbohrte ihn mit den Augen, Augen voll Feuer, Augen, die Flammen spien. Mustan war verblüfft, erschrokken. Er verlor die Beherrschung. Als ob ein Totgeglaubter zu neuem Leben erwacht war. Mustan riß sich zusammen, der Zorn, der ihm aus dem Innersten kam, trieb ihn an. Er brüllte: »Sprich, du Taugenichts, womit willst du deine Beleidigungen, die Qualen, die du mir zugefügt hast, wiedergutmachen?«
»Sicher nicht dadurch, daß ich dich um Gnade anflehe, dir die Füße küsse, so wie du mir! Wenn ich büßen muß, dann mit dem Leben«, erwiderte der Hirte mit fester Stimme, wie einer, der auf das Schlimmste gefaßt ist.
Mustans Zorn war mit einem Schlag wie weggeblasen. Seine Verblüffung wuchs noch mehr. Damit hatte er nicht gerechnet. Wenn ihm jemand erzählt hätte, daß Resul ihm in diesem Ton antworten würde, hätte er ihm bestimmt nicht geglaubt.
»So ist das also, Resul Aga. Du bist also ein richtiger Aga, natürlich! . . . Du willst mich also nicht um Gnade anflehen?«
»Nein, und nochmals nein«, war die trotzige Antwort. »Ich habe dir sicher Böses angetan, aber ich war es auch, der dir das Leben rettete.«
In seiner Stimme lag jetzt Gleichgültigkeit. Er war bereit, dem Tod ins Auge zu blicken.
»Du willst mich also nicht um Gnade anflehen, wie?«
»Nein, das werde ich nicht«, wiederholte Resul immer noch mit der gleichen Bestimmtheit.
Mustan zog seinen Dolch und sprang mit einem Satz auf die Füße. Er schnaubte vor Zorn, warf sich auf Resul und bohrte ihm den Dolch in die Hüfte. Resul stöhnte nicht, zuckte nicht einmal mit der Wimper.

»Zieh deine Kleider aus, du Schurke.« Es war, als hätte Resul nichts gehört, er rührte sich immer noch nicht, aber es entging Mustan nicht, daß er leicht zitterte, und ein Triumphgefühl ergriff ihn.

»Zieh dich aus!«

Der andere stand teilnahmslos da, wie tot. Nur das leichte Zittern blieb.

»Zieh dich aus, Schurke, zieh dich aus!«

Er riß ihm mit dem Dolch die Kleider vom Leib. Resul war splitternackt. Ein Zittern durchlief seinen Körper. Aus einer Wunde floß Blut am Bein hinunter. »Lauf bis zu diesem Baum da drüben. Meinst du vielleicht, daß ich dich mit einem einzigen Hieb töte? Also los! Marsch, du Lump!« Er packte Resul an der Hand und zerrte ihn zu einem Baum. Dann rollte er ein langes Seil aus Ziegenhaar auf, das er um die Hüfte trug, fesselte den jungen Hirten, der sich noch immer nicht bewegte, und zog das Seil so fest, daß es in Resuls Haut einschnitt.

»Jetzt versuch mal, nicht schwach zu werden wie ich, nicht zu bitten und zu betteln, wir werden gleich sehen . . .« sagte er.

Resul hob den Kopf. Sein Blick zeigte noch immer nicht die Spur einer Schwäche. Man las nicht einen Funken Angst darin.

»Ich werde dich nicht anflehen«, sagte er. »Ich, ich bin ein Mann, ein richtiger Mann, um meine Haut zu retten werde ich nie jemanden anflehen, nie. Ich bin nicht einer von deiner Sorte.«

»Wir werden gleich sehen, ob du mich anflehst, wir werden gleich sehen, wie tapfer du bist.«

Er entfernte sich, um einen dicken Ginsterzweig abzubrechen und fing an, den Körper des jungen Mannes mit gezielten Hieben zu bearbeiten. Er peitschte ihn aus, den ganzen Morgen lang, bis Resul blutüberströmt dalag. Dann ging er zum Fluß und füllte die Kürbisflasche, die er am Gürtel trug. Er leerte sie über Resul aus. Er molk eines der Schafe und rieb mit der Milch die Haut des Hirten ein.

»Wir werden schon sehen, wie lange es noch dauert, bis du mich um Gnade anflehst«, sagte er zähneknirschend. »Ich gehe jetzt und überlasse dich den Fliegen. Morgen früh komme ich zurück.«

Resul gab keine Antwort.

Mustan lief den Hügel hinab. Er zog Resuls Überwurf an und trieb die Herde ins Tal.

»Der verdammte Kerl, verflucht sei seine Mutter, verflucht sei seine Frau! So einen wie den gibt es auf der ganzen Welt nicht noch einmal. Verflucht sei seine Mutter, verflucht sei seine Frau! Der Bursche ist ein Ungeheuer. Man sollte ihn einfach umbringen. Wenn er diese Tortur überlebt, wird er uns alle, alle bis auf den letzten, vernichten. Entweder muß ich sofort umkehren und ihm seine Freiheit geben oder ihn töten. Der verdammte Kerl. Er hat nicht einmal mit der Wimper gezuckt! So einen Hundesohn wie den gibt es auf der Welt nicht noch einmal!« dachte Mustan. Dennoch empfand er Mitleid mit ihm. Darf man einen Mann, dessen Willen so stark ist, töten? »Als er zu mir sagte, ich bin nicht wie du, ich werde nie jemanden anflehen, um meine Haut zu retten, hätte ich besser daran getan, diesem Kind zu verzeihen, seiner Tapferkeit wegen. Wer so spricht, dem krümmt man kein Haar, man läßt ihn frei, man küßt ihm sogar die Hände. Tatsächlich, Resul, du Schurke, du bist tatsächlich mutig wie ein Löwe!« Er hatte alles vergessen, was Resul ihm einst angetan. Aber wie hatte ein so tapferer, stolzer Mann ihn so schinden können? Plötzlich kam er dahinter: »Dieser Bengel hat mit mir gespielt. Bei Allah, er hat mit mir gespielt! Er weiß gar nicht, was das ist, jemanden zu quälen. Ein Mann war ihm in die Hände gefallen, also spielte er mit ihm . . . Aber doch ein recht sonderbares Spiel!« dachte er. »Dieser Bengel ist ein armes Waisenkind, allein auf dieser Welt. Man hat ihn oft mißhandelt. Kinder mißhandelt man immer. Besonders die Waisen . . . Als er über mich herfiel, hat er sich an mir gerächt. Ich sollte diesen armen Kerl lieber befreien!«

Mustan grübelte den ganzen Nachmittag. Es wehte ein scharfer, eisigkalter Nordwind, der einem Füße und Hände erfror. »Wenn der Bengel über Nacht dort bleibt, erfriert er . . . Na und!« schrie Mustan. »Soll das Schwein nur erfrieren! Das grausame Biest . . . Der Hund. Soll er nur umkommen vor Kälte!«

Das Gerücht ging um, Halil halte sich in der Gegend auf. Bei den Drei Brüdern hatte er vor zwei Tagen mit den Gendarmen gekämpft und drei von ihnen verletzt. »Ich hätte Ali dem Blinden nicht sagen sollen, daß ich hier bin«, dachte Mustan. »Ich war fest entschlossen, den Hirten zu töten, wenn ich ihn fände. Was soll ich jetzt tun? Was wird Halil wohl sagen, wenn er sieht, was ich diesem Dreikäsehoch angetan habe, was wird er dazu sagen? Was wird er von mir denken? Ich muß Resul unbedingt freilassen . . . Ein armes, jämmerliches Kind . . .«

Aber noch im gleichen Augenblick änderte er wieder seine Meinung. Will dieser Hundesohn mich nicht anflehen, unter keinen Umständen? Also, solange er das nicht tut, kann Halil ihn ruhig sehen, Halil und seine ganze Sippe, meinetwegen sogar Ismet Pascha, das ist mir gleich. Wenn Halil gesehen hätte, was er mir angetan hat, all die Schweinereien . . . Ich werde ihm alles erklären. Wie sollte Halil ihn überhaupt zu Gesicht bekommen? Der Bengel würde ihn ohnehin sehr bald um Gnade anflehen. Wenn nicht, wäre es sein Tod. Und die Besitzer der Herde? Würden sie ihn nicht suchen? . . . Ach was, einen Hirten sucht man nicht, monatelang nicht. Und diesen wilden Burschen schon gar nicht, diese Geißel Gottes . . .

Die Herde weidete vor ihm. Es wurde kälter. Der Vollmond stand am Himmel. Die Kälte drang ihm bis in die Knochen. Ich muß schlafen, dachte Mustan, und nicht immer an den Bengel denken. Vergebens. Ständig tauchte er vor ihm auf, aufrecht stehend, blutüberströmt, mit einem Lächeln auf den Lippen, Trotz in den tückisch funkelnden Augen. Mustan fleht den Jungen an: Sei nicht so störrisch, Resul, bitte mich doch um Gnade, nur ein Mal, nur ein ganz klein bißchen, ich bitte dich. Komm Resul . . . Und plötzlich überraschte sich Mustan dabei, wie er vor dem kleinen Hirten zu Kreuze kroch, so wie damals, als er ihn um Milch anflehte.

Was ist los mit mir? Was hat mir dieser Kerl alles angetan . . . Und ich, ein erwachsener Mann, was habe ich ihm angetan . . . Warum müssen wir uns so hassen? Das Vergnügen, das wir empfinden, wenn wir uns abwechselnd demütigen! Er hat mich tagelang gedemütigt, zwang mich, ihn um eine Schale Milch anzuflehen. Dabei zitterte der Schuft am ganzen Körper – vor lauter Lust! Und ich, was tue ich? Ich werde fast verrückt vor Wut, weil er nicht das gleiche tun will wie ich. Warum machen sich Menschen einen Spaß daraus, den anderen zu erniedrigen? Warum tun sie es, warum nur? Immer sind sie dazu bereit, ständig reizt es sie. Wer weiß, was man jetzt drunten in der Çukurova den Unsrigen wieder für Leid zufügt. Mit welchen Tricks sie sie erniedrigen, beleidigen, kränken. Aber erniedrigt sich der, der seinen Nächsten erniedrigt, nicht selbst? Begreift denn das niemand? Wenn ein Mensch die Bäume, die Vögel, die Bäche, die Insekten und Ameisen auf der Erde achtet und auch den geringsten aller Menschen ehrt, ihnen gibt, was ihrer Schönheit zusteht – hat der nicht auch teil an dieser Schönheit? Warum besitzen die Menschen nicht mehr Weisheit, mehr Stärke? Sag, Mustan, warum? Du schnaubst vor Zorn, weil ein Bengel, ein Dreikäsehoch ein Herz aus Stein hat und sich weigert, vor dir im Staub zu kriechen. Warum, Mustan? Ist es, weil die ganze Welt, sogar die Vögel am Himmel, dich verachten? Warum, Mustan? Weil dich Ceren und Halil und alle Stammesleute zu sehr verachten, ist es nicht so? Du willst

dich an ihnen rächen und vergreifst dich an einem Kind, ist es nicht so, Mustan?
Am nächsten Tag zur Mittagszeit ging Mustan, um nach Resul zu sehen. Der junge Hirte war immer noch an den Baumstamm gebunden. Von weitem sah man nicht, ob er noch atmete. Er gab kein Lebenszeichen mehr. Mustan blieb stehen und betrachtete von weitem den kleinen, scheinbar toten Körper. Er war ausgedörrt, verstümmelt, blutbedeckt, schwarz vor Fliegen, doch plötzlich ging ein Zucken durch ihn. Mustan wartete und wagte nicht, näher zu kommen. Schließlich nahm er all seinen Mut zusammen, schloß die Augen, sprang zum Baum und löste hastig das Seil. Das Kind rollte zu Boden. Mustan drückte das Ohr an seine Brust: das Herz schlug noch. Mustan war erleichtert. Er legte Resul in das weiche Gras, tauchte sein Halstuch in die Wasserflasche aus Kürbis und wusch den Körper des Hirten sauber. Das Wasser in der Flasche reichte nicht aus. Mustan hob den reglosen Körper auf seinen Rücken, trug ihn zur nahen Quelle und wusch ihn gründlich. In seinem Sack waren noch die Salben und die saubere Wäsche, die ihm Musa der Kahle gebracht hatte. Er rieb Resuls Körper mit Salbe ein, zog ihm seine Wäsche an und wickelte ihn in seinen Überwurf. Das Kind atmete jetzt leichter, aber es war noch nicht imstande, die Augen aufzuschlagen. Mustan zündete ein Feuer an und legte Resul ganz nahe an die Glut.
Er setzte sich neben seinen Kopf. »Du hast Glück gehabt, Resul! Sehr gut, Resul! Du hast es durchgestanden! Du kannst mich töten, wenn du willst, wenn du wieder zu dir kommst!« Er jubelte. »Du bist tapfer, ein Löwe, Resul, ein Löwe!« Resul öffnete die Augen und schloß sie wieder. Mustan wäre beinahe aufgesprungen, um vor Freude zu tanzen.
Er lief davon, um ein blauschwarzes Schaf zu melken. Die Milch der schwarzen Schafe macht gesund, so sagt man. Er brachte dem kleinen Hirten die dampfende, lauwarme Milch.
»Resul, Bruder Resul, setz dich. Setz dich, mein Löwe. So, jetzt . . . Noch ein kleines bißchen. Ja, mein tapferer Junge, öffne die Augen. Komm schon, mein Löwe, öffne deine schönen Augen.« Er streichelte ihm übers Haar, hatte Angst, ihm wehzutun. »Mein lieber Resul, mein Herz, setz dich auf, mein Kleiner, bitte.« Diese liebevollen Worte hörte Resul sehr wohl, aber er öffnete die Augen nicht, denn er wollte, daß Mustan weitersprach. Mustans Worte wurden immer bittender, seine Stimme immer zärtlicher . . .
Schließlich lächelte Resul, schlug die Augen auf, schaute Mustan gü-

tig, freundlich an. Sein stahlgrauer, harter Blick war weich geworden. Mustan lächelte ihn an, und er lächelte zurück. Beide brachen in Gelächter aus.

»Trink das, Resul . . . Es ist noch ganz warm . . . Ich habe es eben gemolken. Ich gehe jetzt hinunter zu Ali dem Blinden. Ein Freund von mir, Halil, wollte mich hier treffen, da er jedoch nicht gekommen ist, werde ich zu Ali gehen, um zu hören, was geschehen ist. Trink das. Ich werde dir Salbe und Traubensirup von Ali dem Blinden mitbringen. Auch Zucker.«

Auf Resuls Gesicht lag ein Lächeln. Mit einem Zug leerte er die Schale Milch.

»Ich bringe dir auch Lammfleisch, fettes Lammfleisch. Aber wer wird die Herde bewachen, während ich fort bin?«

»Ich passe schon auf die Tiere auf, ich fühle mich jetzt besser«, sagte Resul mit kaum hörbarer Stimme. »Die Hunde können die Herde eine ganze Woche lang allein hüten. Mach dir deswegen keine Sorgen, Bruder. Geh nur und komm schnell zurück.«

Ihre Augen trafen sich, sie lächelten sich an. Mustan streckte seine Hand aus und ergriff die Hand Resuls. Eine ganze Weile standen sie unbeweglich da, Hand in Hand.

»Paß gut auf dich auf. Morgen früh bin ich zurück. Wenn Halil kommt, so soll er auf mich warten. Erzähl ihm aber auf keinen Fall, was zwischen uns geschehen ist, verstehst du?«

»Jawohl«, sagte Resul sanft.

Mustan rannte mit fliegenden Schritten ins Tal hinab, er fühlte sich so leicht, als ob er Flügel hätte. Um Mitternacht erreichte er das Dorf, in dem Ali der Blinde wohnte. Er klopfte an die Tür. Als der Blinde Mustan erblickte, überfiel ihn die Angst. Sofort erzählte er ihm alles, was er von Halil wußte.

»Ich habe ihm genau erklärt, wo du bist. Gestern hat er sich zu dir auf den Weg gemacht. Ist er nicht gekommen?«

»Nein . . .«

»Ihr habt euch bestimmt verfehlt.«

»Er wird mich schon irgendwie finden, mach dir keine Sorgen, Ali«, sagte Mustan. Dann setzte er sich und gab Ali genauen Bericht über alles, was sich zwischen Resul und ihm abgespielt hatte.

»Du hast einen großen Fehler gemacht«, sagte Ali. »Du hättest ihn umbringen müssen. Denn dieser Bursche wird uns allen nichts als Schwierigkeiten machen. Und jetzt ist es zu spät, du wirst keine Möglichkeit mehr finden, ihn umzubringen!«

»Ich kann es einfach nicht«, sagte Mustan. »Es ist wahr, ich werde ihn nie töten können. Höre, du mußt mir jetzt für ihn Traubensirup, Zucker und Salbe für seine Wunden holen.«

»Das ist schnell getan. Aber er wird dich töten. Jetzt lächelt er dir ins Gesicht, aber bei der erstbesten Gelegenheit wird er dich umbringen. Da kannst du sicher sein. Diese Sorte Menschen kenne ich . . .«

»Gut, dann soll er mich umbringen!« sagte Mustan lachend. Er war anderer Meinung als Ali. Er dachte an das Lächeln, das sie ausgetauscht hatten, an den Händedruck, mit dem sie Freundschaft und Brüderlichkeit besiegelt hatten. Die stärksten Freundschaften waren immer aus dem erbittertsten Haß entstanden. »Dann soll er mich nur töten!«

»Tu, was du willst«, sagte Ali der Blinde. »Ich wollte dich nur warnen. Du kennst ihn schlecht.«

Doch Mustan kannte ihn. Als sie sich zuerst begegneten, war Mustans Bein noch nicht so angeschwollen, er konnte noch stehen und Resul erzählte ihm von seiner Kindheit. Mehrmals waren ihm dabei die Tränen in die Augen gestiegen. Sein Vater war tot, seine Mutter davongelaufen, um mit einem Bauern eines Nachbardorfs zusammenzuleben. Resuls Onkel, der acht Söhne hatte und sehr arm war, nahm ihn zu sich. Damals war Resul drei Jahre alt. Er schlief auf Stroh in einem winzigen Stall, bei den Kälbern. Dort aß er auch, dort wuchs er auf. Bis er fünf Jahre alt war, trug er nichts am Leibe. Immer war er splitternackt. Mit fünf gab ihm eine Nachbarin die Kleider ihres Sohnes, der gestorben war. Mit sechs Jahren durfte er zum ersten Mal das Haus seines Onkels betreten. Das war ein großes Ereignis. Er schlang eine warme Suppe hinunter und aß Weizengrütze. Mit sieben bekam er zur Grütze noch eine Zwiebel dazu. Die Zwiebel war köstlich, er rülpste dreimal, als er sie gegessen hatte. Ebenfalls mit sieben gab ihm sein Onkel eine ordentliche Tracht Prügel. Dann begannen auch die Frau und die Kinder ihn zu prügeln, abwechselnd, ununterbrochen, zu ihrem Vergnügen. Bis er zwölf war, wurde er jeden Tag grundlos verprügelt. Er schlief immer noch im Stall mit den Kälbern. Mit zwölf Jahren schmeckte er zum ersten Mal etwas Süßes, er versuchte einen Löffel Traubensirup. Damals hätte er bei seinem Leben geschworen, daß es auf der Welt nichts Schmackhafteres gäbe als Traubensirup! Mit vierzehn wurde er von seinem Onkel als Hirte beschäftigt. Und das erste, was er tat, war, daß er einen anderen jungen Hirten eine ganze Nacht lang prügelte, bis am Morgen der andere ohnmächtig war. Im Verlauf eines Jahres erwarb er sich einen so guten

Ruf als Hirte, daß die reichen Davutoğlus ihm, ihm ganz allein, eine ihrer größten Herden anvertrauten. Kein Wolf, kein Schakal, kein Fuchs wagte es, sich der Herde zu nähern. Nicht ein einziges Schaf ging verloren. Noch im gleichen Jahr prügelte er einen Sohn des Onkels grün und blau und brach ihm einen Arm. Aber nicht genug: er brach seinem Onkel den Schädel, sechs Monate lag der deswegen im Krankenhaus. Zum ersten Mal in seinem Leben trug er Schuhe an den Füßen und hatte Geld in der Tasche. Er lernte auch, Flöte zu spielen. Er lernte, den jungen Schäfermädchen die Brüste zu streicheln. Und noch viele Dinge mehr. Aber lange Zeit sprach er zu niemandem ein Wort. Er hatte große Angst vor den Menschen, auch schämte er sich. Er unterhielt sich mit seinem riesigen Schäferhund. Resul schwor darauf, daß der Hund alles, was er ihm erzählte, verstand und ihm sogar darauf antwortete.

»Dieser Junge wird dich töten, selbst wenn du dich unter dem Flügel eines Vogels oder in ein Ameisenloch verkriechst!« sagte Ali der Blinde. »Geh schnell zur Höhle zurück und töte ihn.«

Mustan wurde etwas unsicher, Furcht beschlich ihn. Er wußte, daß in allen Dörfern des Taurus kein weiserer Mann lebte als Ali. »Meinst du das im Ernst? Du machst dich doch nicht lustig über mich, oder?«

»Dieser Junge wird dich töten«, wiederholte Ali mit Nachdruck.

»Nach allem, was ich für ihn getan habe, nachdem ich sein Leben gerettet habe?«

»Er wird dich töten. Geh sofort und bring ihn um. Du darfst keine Minute mehr verlieren.«

»Und wenn Halil schon dort ist? Wie kann ich ihn vor Halils Augen töten?«

»Du wirst einen Weg finden, aber töte ihn.«

Mustan nahm sich Salben, ein Fässchen Traubensirup, einen Sack Zucker und machte sich auf den Weg.

»Töte ihn!« rief ihm Ali in die Dunkelheit nach.

Gut, ich töte ihn, dachte Mustan. Aber ich habe ihm doch das Leben gerettet. Er wäre schon lange tot, wenn ich ihn seinem Schicksal überlassen hätte. Wie soll ich einen Jungen töten, dem ich eben noch das Leben gerettet habe, der mir wie ein Bruder geworden ist? Ali ist ein weiser Mann, aber diesmal irrt er sich. Resul ist so tapfer, wie könnte ich ihn töten? Ali weiß vieles, bis zum heutigen Tag ist alles, was er vorausgesagt hat, eingetroffen, aber . . . Nein, nein, ich habe keine andere Wahl. Ich muß ihn töten . . .

Er beschleunigte seinen Schritt und je mehr er sich beeilte, desto schneller wollte er vorwärtskommen. Im Laufschritt stürmte er den Berg hinauf. Die Angst in ihm wuchs immer mehr. Warum diese Gewissensbisse? Schließlich ist es nur ein Kind, ich schieße ihm eine Kugel durch den Kopf und gebe seinen Leichnam den Hunden zum Fraß, dann ist alles vorbei. Was macht es denn schon aus, wenn Halil es sieht? Ich werde wohl auch noch einen Weg finden, ihn umzubringen, verdammt! Den ganzen Weg bis zur Höhle dachte er an nichts anderes als an Ceren und Halil. An sie und auch an sein eigenes Unglück. An allem, was ihm zugestoßen war, war Halil schuld. Und Halil lebte noch . . . Wenn Halil nicht gewesen wäre, hätte Musatn Ceren geheiratet und hätte weder dem Aga noch einem anderen den Kopf abgeschnitten. Dann stände er jetzt nicht so da und müßte nicht so erbärmlich in den Bergen umherziehen.
Die Kugel eines Gendarmen, das ist mein Ende, da kann ich tun, was ich will. Aber bevor es soweit ist, muß ich Halil töten. Dann entführe ich Ceren, die wahrscheinlich schon mit diesem Kerl aus der Çukurova verheiratet ist . . . Dann, ja dann ist mir der Tod willkommen . . . Aber solange Halil am Leben ist . . . Keine Ruhe für Mustan, solange Halil nicht tot ist! Halil muß sterben, muß sterben!
»Resul!« rief er von weitem, voll Freude und Glück. Resul trat aus der Höhle, mit einem Lächeln auf den Lippen.
»Hast du mir Traubensirup mitgebracht?« fragte er.
»Ja . . .«
Der Junge warf sich überglücklich Mustan an den Hals. »Ich muß ihn sofort töten«, dachte Mustan. »Wenn ich es jetzt nicht tue, so kann ich es nie mehr. Ich muß es tun, bevor er diesen Traubensirup ißt, der Hund . . .«
Er stieß Resul von sich, sprang drei Schritte zurück, ergriff sein Gewehr und legte den Finger an den Abzug. Ihre Blicke kreuzten sich . . . Mustan ließ das Gewehr langsam sinken. Ein Stein fiel ihm vom Herzen: Resul hatte ihn endlich angefleht, wenn auch nur durch einen Blick . . .
»Aha! Und du wolltest mich nie anflehen!«
Resuls Augen blitzten. Er war wütend, verärgert, todunglücklich, schämte sich vor Mustan, vor den Schafen, den Hunden, den Bäumen, vor dem Fluß, den Vögeln am Himmel. »Weil ich solche Lust auf Traubensirup hatte, ich wollte unbedingt davon essen«, sagte er. Er schnupperte am Fässchen: »Ach, wie gut das riecht!« Er nahm sich vom Traubensirup, ging in die Höhle, um Fladenbrot zu holen und

begann zu essen. Er aß langsam, um jeden Bissen genießen zu können. »Oh! Mustan Aga!« sagte er nach einiger Zeit. »Mögen die Deinen in Frieden ruhen! Wie habe ich mich jetzt vollgefressen! Warum willst du mich denn immer noch töten?«
»Vergiß es«, sagte Musatn niedergeschlagen und hilflos. »Ich werde dich nicht töten, ich könnte es nicht . . .«
Sie setzten sich unter eine große Kiefer. Mustan hatte nicht mehr den Mut, Resul anzusehen. Mit gesenktem Kopf erzählte er ihm von Ceren und Halil, von all dem Unglück, das ihm ihretwegen zugestoßen war. Ja, solange er Halil nicht getötet hätte, würde er keinen Frieden finden.
»Was meinst du dazu, Resul?«
»Du mußt ihn töten, sobald er kommt. Auf der Stelle. Du hast keine andere Wahl, Freund. Du mußt alles vorbereiten, um ihn zu töten. Gib mir dein Gewehr, ich werde es für dich tun, wenn du willst.«
Dies war Resuls Ratschlag. Sie warteten also auf Halils Ankunft.
Erst am übernächsten Morgen erschien er am Fuß des Hügels, in Begleitung von zwei Männern.
»Er kommt, aber zwei Kerle sind noch dabei. Was machen wir, Resul?«
»Wir töten sie alle drei.«
»Bist du verrückt? Ist es nicht schade um die anderen, Resul?«
»Ich weiß nicht. Wir werden schon einen Weg finden. Vielleicht trennt er sich einmal von den anderen. Schau, sie tragen keine Waffen.«
»Das stimmt«, sagte Mustan. »Sie werden Halil vielleicht bis hierher begleiten und wieder verschwinden.« Er stand auf und rief fröhlich: »Halil!«
Auch in Halils Stimme lag Freude:«Ich komme, Mustan!«
Bald waren sie da. Halil drückte Mustan an sich und setzte sich mit dem Rücken gegen die Kiefer. Er war erschöpft. Aber Mustan und die anderen wagten nicht, sich zu setzen, sie warteten, bis Halil sie dazu auffordern würde. Resul entging es nicht. Endlich dachte Halil daran, und er holte es nach. Jetzt erst setzten sich die andern.
Halil stellte seine Begleiter vor: »Diese beiden hier sind vom Stamm der Oymaklis«, sagte er. »Alle beide . . . Wie ihr wißt, gibt es ständig Streitereien und Kämpfe mit den Leuten in der Çukurova. Diese beiden Brüder haben je zwei Bauern aus der Çukurova getötet und sich mir angeschlossen. Sie haben keine Waffen, aber Geld. Wir werden ihnen Waffen besorgen. Morgen . . .«

Einem von ihnen werden wir dein Gewehr geben, dachte Mustan. Dem andern muß Allah der Allmächtige helfen . . .

»Jemand soll dem Stamm gemeldet haben, daß ich tot sei. Man hat sogar ein Hemd von mir mit Blutflecken vorgezeigt. Du sollst derjenige sein, der mich umgelegt hat.«

Die beiden hatten Halil von Oktay Bey erzählt und auch von Cerens Liebe, dieser schon zur Legende gewordenen Liebe zu ihm. Ja, alle Nomaden, die ganze Çukurova, wußten von Cerens Liebe zu Halil und von der heißen Leidenschaft zu Ceren, die in Oktay Bey brannte.

»Hast du das alles nicht gewußt, Halil?« fragte Mustan.

»Doch, aber ich wußte nicht, daß es so schlimm ist.«

Der größere der beiden ergriff das Wort: »Man sagt, daß Ceren sich noch das Leben nehmen wird. Sie ist überzeugt, daß Halil Bey tot ist. Die Leute deines Stammes sprechen nicht mehr mit Ceren, weil sie sich weigert, Oktay Bey zu heiraten, sie gönnen ihr keinen Blick mehr.«

Halil liebte Ceren, er war verrückt nach ihr, und als er diese Worte hörte, verbrannte er beinahe vor Sehnsucht und Sorge. Es war fast unerträglich. Er wollte das Thema wechseln: »Es scheint, daß der Stamm noch immer keinen Lagerplatz hat, daß er dauernd in der Çukurova umherirrt.«

»Und wenn wir beide in die Çukurova hinunter gehen, du und ich? Vielleicht könnten wir etwas für sie tun . . .« schlug Mustan vor.

»Du hast recht. Sie sind in einer schrecklichen Lage. Ich muß sie sowieso aufsuchen, noch bevor Ceren sich umbringt . . . Ich kenne sie, sie ist dazu imstande.«

»Auch ich kenne sie«, sagte Mustan. »Sie wird sich umbringen.« Aber du, mein Tapferer, wirst Ceren nicht mehr sehen können. Du, mein Löwe, wirst noch diese Nacht die Gänseblümchen von unten anschauen. Oder spätestens morgen nacht. Er fing Resuls Blick auf. Und weil sie beide das gleiche dachten, lächelten sie sich zu.

15

Schließlich fand Oktay Bey am Fuß der Festung von Payas den Stamm wieder. Die Nomaden folgten der Mittelmeerküste und zogen in Richtung Iskenderun. Es regnete. Männer, Frauen, Kinder, Pferde, Esel und Kamele, alle waren naß bis auf die Haut. Auch Oktay Bey triefte vor Nässe. Er saß jetzt seit vier Tagen im Sattel und hatte ständig Ausschau nach ihnen gehalten.

Die alte Festung von Payas thront auf einem kantigen, wuchtigen Felsen einsam mitten über der Ebene. Der Wind kommt oft von Osten her, von der langgezogenen Kette der Gavur-Berge und trägt ihren Kieferndu ft bis hinab nach Payas und zur Mittelmeerküste. Bei Dörtyol stehen Orangenhaine mit uralten Bäumen. Aber über Payas liegen düster die Schatten der alten Türkmenen- und Nomadenbeys, die hinter Kerkermauern schmachteten, die unstillbare Sehnsucht nach vergangenen Tagen im Herzen. Noch heute sind sie allgegenwärtig, die Beys, mit ihren graugrünen Augen, ihren spitzen Bärten, mit den angeketteten Füßen und den schweren Eisenringen um den Hals. Man hört sie noch singen, endlose, sehnsuchtsvolle Lieder. In dieser Festung überlebten die Beys der Türkmenen und Nomaden kaum länger als ein Jahr. Rings um die Festung kannst du den Boden aufgraben, wo du willst, überall wirst du ihre Gebeine finden, die Gebeine der türkmenischen Beys. Noch immer geistern sie durch die Ebene, diese Verbannten, diese Gefangenen mit den schweren, klirrenden Ketten an den Füßen, den wuchtigen Halseisen, und sie schreien vor Schmerz. Endlos ihre Klagelieder . . . Endlos ihre stolzen Gesänge . . . Die Osmanen haben uns in die Verbannung geführt. Die Osmanen haben uns zugrundegerichtet. Die Osmanen haben uns ins Gefängnis geworfen, die Stämme ausgeplündert und uns zu Knechten gemacht . . . Endlos ihre Anrufung Allahs, endlos ihr Fluch . . .

Im Stamm der Karaçullu starben die Kinder wie die Fliegen. An diesem Morgen beerdigten sie einen Knaben am Fuß der Festung. Sie bedeckten den kleinen Leichnam mit einer Handvoll osmanischer Erde, dieser grausamen Erde, die keine Ehrfurcht kennt, nur Hohn für die alten Sitten und Bräuche, die den Menschen verachtet und ihn abstößt, die weder Abkunft noch Herkunft ehrt. Hat je ein Schwert seine eigene Scheide durchschnitten? Es war die Erde derer, die ihren Stamm und ihre Wurzeln leugneten.

Nach den Kindern starben die Schafe. Während die Nomaden die Straße entlang zogen, töteten die Bauern von Ersin drei ihrer Hunde. Aus reinem Vergnügen. Dieses erbärmliche Umherwandern von Ort zu Ort, die sterbenden Rinder, die verendenden Schafe, all das war der Lauf der Dinge, mit all dem hatte sich Süleyman der Vorsteher abgefunden. Aber was er nicht hinnehmen konnte, war, daß die Bauern vor seinen Augen grundlos diese Hunde töteten, diese Hunde, die so groß und zierlich waren wie Pferde. Sofort brachte er den Zug zum Stehen, an der Küste des Mittelmeeres mit seinen rollenden Wellen, auf dem Sandstreifen zwischen den Feldern und dem Meer.

Dann rief er Fethullah: »Jetzt reicht es. Das lassen wir uns nicht bieten!« donnerte er. »Geht und sucht diese Hundemörder, bringt sie zu mir, tot oder lebendig!«

Den jungen Leuten des Stammes mußte man das nicht zweimal sagen, denn sie rasten vor Wut. Sie rannten sofort ins Dorf, überraschten die Bauern im Kaffehaus und trieben sie zu Süleyman dem Vorsteher. Aber auf dem ganzen Weg rührten sie sie nicht an, krümmten ihnen kein Haar.

Süleyman der Vorsteher musterte die Bauernburschen von oben bis unten. Sie hatten sich vor ihm hingepflanzt und taten so, als sei ihnen alles gleichgültig. In eiskaltem Ton fragte er: »Warum habt ihr die Hunde getötet? Was haben sie euch getan, ihr Drecksgesindel?«

Die Bauernburschen verloren jetzt ihre Selbstsicherheit; der Zorn des alten Mannes jagte ihnen Angst ein.

»Antwortet!« brüllte Süleyman der Vorsteher.

Die anderen wurden noch kleiner. Der Vorsteher trat näher an sie heran. Er heftete seine stahlharten Blicke auf sie. Plötzlich spuckte er dem ersten mitten ins Gesicht. Dann dem zweiten, dann dem dritten. »Laßt sie gehen«, sagte er, »diese Dreckskerle. So ein niederträchtiges Pack! Diese Unmenschen . . . Hunde zu ermorden! Söhne von Hundesöhnen!«

Sie verbrachten die Nacht am Strand, im Brausen der Wellen, und bis zum Morgen warteten sie auf den Angriff der Bauern. Aber nichts geschah. Am Morgen war wieder ein Kind gestorben, und sie beerdigten es neben einem grün sprießenden Feld. Dann beluden sie wieder ihre Kamele. Aber sie wußten nicht, wohin sie gehen sollten. Es

gab kein Stück unbebauten Landes mehr in der Ebene.
Die Kleider klebten ihnen am Leib, die Farben der Kelims zerliefen und rannen den Kamelen, Pferden und Eseln an den Beinen hinunter, die Stickereien an den Filzläufern verblichen. Den ganzen Morgen standen sie am Fuße der Festung von Payas im Regen, sie wußten nicht wohin.
So fand sie Oktay Bey. Seine Stiefel waren voll Wasser. Sein Vollblutpferd war erkältet. Seine Ohren hingen, es schien in sich zusammenzusacken.
Oktay Bey war ein junger, kräftiger Mann von etwa fünfundzwanzig Jahren, von hohem bis mittlerem Wuchs. Er wirkte etwas schwerfällig, mit seiner kahlen Stirn und dem schwarzen Schnurrbart machte er immer einen etwas traurigen Eindruck.
Er eilte zu Süleyman dem Vorsteher. »So geht es nicht mehr weiter, in diesem Regen, diesem endlosen Regen . . . Ihr werdet alle sterben. Wir müssen uns irgendwo niederlassen. Hört, ich verzichte auf Ceren. Ich werde nichts von euch verlangen. Kehrt um und kommt, wir führen den Zug auf mein Gut. Mein Vater hat bestimmt nichts dagegen. Ihr werdet dort den Winter verbringen und im Frühjahr . . . Allah der Allmächtige wird sich schon etwas einfallen lassen!«
Süleyman der Vorsteher sagte kein Wort. Unmöglich zu erraten, was er jetzt dachte. Oktay Bey versuchte es nochmals, aber er brachte keine Antwort aus ihm heraus. Er lenkte sein Pferd hinüber zum alten Müslüm. Der Alte atmete schwer, sein Gesicht war grünlich und blaß, aber er konnte sich noch auf den Beinen halten. Oktay Bey erneuerte sein Angebot. Aber auch Müslüm antwortete nicht.
»Ceren, Ceren, was hast du gegen diesen Jungen?« Es war die alte Sultan, die die Frage stellte. Sie hatte Ceren zur Seite gezogen und redete unablässig auf sie ein.
Süleyman der Vorsteher ließ Fethullah rufen. »Wir führen den Zug in die Gegend von Dumlukale. Dort gibt es Plätze, wo wir noch keine Kämpfe hatten, wo wir uns noch nicht mit den Leuten geschlagen und uns mit ihnen verfeindet haben. Dort unten finden wir vielleicht einen Morgen Land, groß genug, um unseren Fuß darauf setzen zu können, ein Stück Land, das für uns ausreicht.«
Düstere Verzweiflung stand ihm ins Gesicht geschrieben. Seine Wangen waren eingefallen, sein Rücken gebeugt, und er hatte den Kopf zwischen die Schultern eingezogen. Von seinem Bart, der ihm am Hemd klebte, rann das Wasser über die Brust hinab.
»Aber Oktay Bey hat gesagt . . . « begann Fethullah. Doch schon ein einziger Blick seines Vaters, ein Blick, in dem Grimm und Verzweif-

lung lagen, brachte ihn zum Schweigen. Er wagte es nicht mehr, Oktay Bey zu erwähnen.
Und so setzte sich der Zug wieder einmal mit klarem Ziel in Bewegung, nach Norden, in Richtung Dumlukale. Von der Last der Unentschlossenheit befreit, machten sich die Nomaden auf den Weg in die Ferne, ins Ungewisse. Ja, nach Dumlukale war es ziemlich weit. In der Geschwindigkeit, mit der der Zug vorankam, würde es ein Marsch von mindestens vier bis fünf Tagen sein. Unterwegs starben die Tiere in immer größerer Zahl. Sie schlachteten sie und verkauften das Fleisch und die Haut spottbillig an die Bauern.
»Ceren, meine Tochter, wenn dich dieser Junge nicht wahnsinnig liebte, hätte er dann dieses erbärmliche Leben so viele Jahren mit uns geteilt? Schau, er hat dir zehn Anhänger aus Goldmünzen geschenkt und dazu diese goldenen Ohrringe, diese goldenen Armreife! Schau, alles nur für dich . . .«
Auf dem Weg mußte Fethullah alle Frauen und Mädchen bitten, ihm ein Goldstück aus ihren Stirnbändern oder Anhängern zu geben. Der Stamm hatte keinen Kuruş mehr.
Diese Nacht lagerten sie in einem verlassenen Obstgarten neben den Bahngleisen. Fethullah brachte seinem Vater alles Gold, das er hatte einsammeln können. Die Goldstücke, die die Frauen hergaben, waren vielleicht ihre letzten. Süleyman der Vorsteher zählte all die Stükke, die im Feuerschein vor ihm lagen. Der Schmuck ihrer Frauen, das war also ihr letzter Reichtum . . . Was konnte man damit anfangen? Nichts, gar nichts. Wäre es nicht besser, der Stamm würde sich auflösen? Wäre es nicht besser für alle, wenn jeder seinen eigenen Weg ginge, auf eigene Faust versuchte, sein Auskommen zu finden? Aber nein, sie würden sich niemals trennen, dachte er. Zerstreuung heißt für sie Tod. Sie würden es vorziehen, so zu sterben, einer nach dem andern, aber vereint. Aber was war mit all denen, die ihren Stamm verließen und sich in irgendeinem Dorf, irgendeiner Kreisstadt ansiedelten? Und die, die einfach verschwunden waren und nie mehr etwas von sich hören ließen? Aber niemand hat den Mut, an eine plötzliche, vollständige Auflösung zu denken, an ein endgültiges Auseinandergehen auf einen Schlag. Nein, sie machen viel lieber weiter wie bisher, gehen einzeln, einer nach dem andern, auf und davon. Immer weniger von uns werden zurückbleiben, bis eines Tages der Stamm der Karaçullu vom Erdboden verschwunden ist.
»Einer nach dem andern, so wird es sein, einer nach dem andern . . . So wie neulich Yeryurtoğlu. Er nahm seine Frau und Kinder, trieb

seine Schafe zusammen und verschwand spurlos in der Nacht.« Süleyman der Vorsteher lächelte bitter. »Eine ganze Welt liegt im Sterben, und du und ich, wir gehören dazu . . . Wir werden gemeinsam untergehen, meine tapfere, alte Welt. Vielleicht ist dies sogar der letzte Atemzug der großen Türkmenen, hier, in diesem Stamm. Das türkmenische Volk, das seit Anbeginn aller Zeiten gelebt hat, stirbt langsam aus. Vor unseren Augen ringt es jetzt mit dem Tod.«
Süleyman der Vorsteher grübelte die ganze Nacht; er saß in seinem Zelt vor dem Feuer und starrte auf die funkelnden Goldmünzen.
»Ceren, Ceren, meine Liebe, dieser Junge schenkt dir ein Leben in Palästen. Und wenn du das nicht willst, ist er sogar bereit, mit uns zusammen zu leben. Wir werden den Winter auf seinem Gut verbringen und den Sommer auf seinen Weideplätzen im Hochland. Die halbe Çukurova gehört ihm.«
»Und was hat Ceren geantwortet, meine Tante?«
»Sie hat den goldenen Schmuck, den du ihr mitgebracht hast, nicht einmal angerührt. Entführe sie! Doch! Genau das würde ich dir raten . . . Aber sie würde sich umbringen, sie ist so starrköpfig.«
Ceren glich einem Schatten, einem seelenlosen Wesen. Sie kam und ging, wortlos, ohne etwas zu sehen, ohne jemandem ins Gesicht zu schauen. Sie lief, aß und trank, ohne zu wissen, was sie tat. Sie konnte an nichts denken. Es war, als wäre sie tot. Aber mit ihren langen Wimpern, ihrem blassen, durchscheinenden Gesicht, in dem die Lippen noch röter glänzten, mit ihren Grübchen war sie wunderschön. So schön, daß jung und alt, Männer, Frauen und Kinder ihre bewundernden Blicke nicht von ihr nehmen konnten. Es lag etwas in ihr, in ihrem Gesicht, ihren geschwungenen Lippen, ihrem anmutigen, zierlichen Gang, ihrem feingliedrigen Körper, das die Menschen verzauberte, sie in ihren Bann schlug, sie aufwühlte. Und je stärker sich die bittere Kälte auf ihr Gesicht grub, desto größer wurde der Zauber.
Süleyman der Vorsteher dachte oft an Ceren: »Bei welchem anderen Volk findet man solche Vollkommenheit? Solche Schönheit . . . Wie ein Strom, der fern von hier seine Quelle hat, tausend Jahre unter der Erde floß und jetzt ans Tageslicht tritt, gereinigt, kristallklar. Aber auch diese Schönheit geht dahin. Ach! Wie sollte man da nicht vor Kummer sterben? Aber dieser junge Oktay hatte Augen im Kopf, das muß man ihm lassen. Gut gemacht, Junge! Nie hat ein so schönes Mädchen auf Erden gelebt, das weiß er. Er glaubt, daß ich ihm helfe . . . Ich könnte alles auf der Welt opfern, aber nicht Ceren. Diese Schönheit mit Schuld zu beflecken – niemals, selbst wenn der ganze

Stamm hier vor meinen Augen stirbt, untergeht. Selbst wenn man mir sagen würde, wir werden dich töten, sofort, dich und deine Kinder, wir werden euch alle töten. Ihr könnt dem Tod nur entrinnen, wenn Ceren bereit ist, Oktay Bey zu heiraten, und sie ist dazu auch schon bereit, sie wartet nur auf deine Erlaubnis . . . Nein, ich könnte es nicht! Ich könnte Ceren, das schönste Wesen der Menschenrasse, nicht diesem Mann geben, ich könnte es nicht.«

»Bin ich etwa verliebt in Ceren?« fragte er sich plötzlich beschämt und wagte es kaum, sich dem Gedanken hinzugeben, der ihm da gekommen war. »In meinem Alter . . . Ich bin doch schon ein alter Mann. Mit einem Bein im Grab . . .« Dann lächelte er nachsichtig. »Wer ist denn nicht in Ceren verliebt? Wer sie sieht, den ergreift Schwindel, seine Gedanken werden trüb, er verfällt ihrem Zauber.«

Er beschloß, nochmals mit Ceren zu sprechen, noch diesen Morgen.

»Tante, meine gute Tante, ich bin der einzige Sohn meines Vaters. Die halbe Çukurova gehört uns. Fünf, zehn, sogar fünfzehn Stämme von eurer Größe könnten auf unserem Gut Platz finden und gut darauf leben. Warum tut dieses Mädchen mir all das an? Kann sie mich nicht ein kleines bißchen lieben? Gut, dann eben nicht, dann liebt sie mich eben nicht. Aber ich liebe sie trotzdem. Meine Augen haben sie gesehen, wie könnte ich da jemals aufhören, sie zu begehren? Geh, sage ihr, wenn sie mir nicht heute noch ›Ja‹ sagt, so sag ihr, daß ich gehe, heute noch, daß ich den Stamm verlasse. Danach werde ich nie mehr meinen Blick auf sie richten, selbst wenn es mein Tod ist, selbst wenn meine Leidenschaft für sie mich zerreißt! Geh und sag ihr das. Sage es auch Süleyman dem Vorsteher, sage es jedem, verkünde es allen Leuten im Stamm: ich werde gehen und nie mehr zurückkehren, selbst wenn es mein Tod ist! Hast du mich verstanden?«

Aber während er so sprach, lachte Oktay Bey im Grunde seines Herzens über sich selbst. Wie oft hatte er nicht schon solche Botschaften an Ceren geschickt? Wie oft hatte er nicht schon im Zorn den Stamm verlassen, hatte geschworen, nie zurückzukehren und war überzeugt, es nie zu tun. Aber nie hielt er es mehr als fünfzehn Tage aus. Dann suchte er den Stamm überall, kehrte zurück, versuchte es von neuem, und seine Hoffnung auf Ceren wuchs mit jedem Tag. »Dieses Mädchen wird mir gehören«, sagte er dann leidenschaftlich . . . Doch diesen Morgen sprang er wütend auf sein Pferd und galoppierte davon. »Was glauben sie eigentlich, diese Nomaden? Diese elenden Kerle, sollen sie ihr erbärmliches Leben nur weiterführen. Sie haben nichts anderes verdient. Diese niederträchtigen Kerle . . . Sie werden schon sehen, was die Leute der Çukurova noch alles mit ihnen anstellen! Sollen sie nur versuchen, sich irgendwo niederzulassen. Ich werde ihnen auf den Fersen sein wie der leibhaftige Tod!«

Aber während er davonritt, drehte er sich immer wieder nach dem Zug um. Ein Schmerz lag in seiner Brust, ein Brennen, ein beklemmender Druck. Es war, als hätte man ihm das Herz aus dem Leibe gerissen.

Oktay Bey verfluchte den Stamm, verfluchte die Nomaden und Ceren, verfluchte den Tag, an dem er sie zum ersten Mal gesehen hatte. Wer in der Çukurova wußte nicht um seine Liebe zu Ceren? Wie konnte er jetzt, nach all den Jahren, den Leuten wieder in die Augen sehen? Er war für immer gezeichnet: seine Geliebte hatte ihn verschmäht. Wie konnte er vor seinen Vater, seine Mutter, seine Verwandten treten, was sollte er ihnen sagen? Verschmäht von einem Nomadenmädchen! Aber was noch schlimmer war: nie würde er seine Gefühle unterdrücken können, er würde immer wieder zurückkehren und dem Stamm hinterherlaufen, wohin er auch zog. Und sein ganzer Stolz, seine Ehre, ja sein ganzes Leben wären zerstört. Der ganze Stamm sah ihn mitleidvoll an, sogar die Kinder. Aber Ceren würdigte ihn keines Blickes. Die ganzen Jahre hindurch hatte sie ihn keines Blickes gewürdigt. Vielleicht hatte sie ihn gar nicht gesehen . . . Aber auch er hatte ihr Schmerz zugefügt, genausoviel wie sie ihm Schmerz zufügte. Seinetwegen, weil sie hofften, durch ihn Land zu bekommen, richteten die Nomaden ihren Haß auf Ceren.

Er zog die Zügel straff, ließ das Pferd wenden und ritt eilends zurück. Er war schon weit vom Zug entfernt, doch im Nu hatte er ihn wieder eingeholt. Ceren ging ganz am Schluß; sie hielt ihren kleinen Bruder an der Hand, schritt mit gesenktem Kopf und wiegte sich dabei leicht hin und her, als ob sie schliefe. Als Oktay Bey ihr ins Gesicht blickte, verschlug es ihm den Atem, ihm wurde schwarz vor den Augen, beinahe wäre er vom Pferd gestürzt. Mit beiden Händen mußte er sich am Sattelknauf festhalten. Sein Herz klopfte so stark, daß es ihn und auch sein Pferd schüttelte. Er ritt weiter und hielt sich dabei auf Cerens Höhe. Sie setzte ihren Weg fort, ohne ihn zu bemerken, sie sah nichts um sie herum, nichts.

»Ceren . . .« murmelte Oktay. Dann schwieg er. Seine Stimme zitterte. »Ceren, ich habe dir viel Leid zugefügt. Vergib mir. Es war nicht meine Absicht. Ich habe dich in eine sehr schwierige Lage gebracht. Und was noch schlimmer ist: ich habe geglaubt, daß ich dich kaufen könnte ... Ich hätte das nicht tun sollen ...« Er sprach mühsam, stieß die Worte atemlos hervor, wie ein Kranker, der im Sterben liegt. »Ich gehe jetzt und komme nie mehr zurück. Es ist das letzte Mal, daß ich mit dir rede ... Das letzte Mal, das letzte Mal ... Ich werde nie mehr dein Gesicht sehen. Aber du mußt mir verzeihen. Verzeih mir all meine Gemeinheiten, all das, was du meinetwegen erdulden mußtest. Ich bitte dich, verzeih mir.«

Zum erstenmal blickte Ceren zu ihm auf. Ihre Augen blickten gütig, fast freundschaftlich. Aber nur einen Moment, dann schlug sie die Augen wieder nieder. Ihr Gesicht wurde wieder düster, gleichgültig. Als er diesen kurzen Blick auffing, brach ein Sturm in Oktay los. Wie sollte er ihr den Stolz, das Glück erklären, das sie ihm soeben geschenkt hatte. Er suchte nach Worten, aber fand sie nicht. Niemals würde er es ihr erklären können. Er trieb sein Pferd an und ritt weiter zur Spitze des Zuges.

»Auch ihr, verzeiht mir, daß ich euch so lange belästigt habe! Ihr habt mir ein Zuhause gegeben, habt Brot und Salz mit mir geteilt. Ich danke euch dafür, Allah sei mein Zeuge.«

Dann galoppierte er zu Süleyman dem Vorsteher, ergriff seine Hand und küßte sie. »Lebe wohl, Vater! Verzeih mir!« sagte er.

Er gab seinem Pferd die Sporen und galoppierte davon, so schnell, daß der Schlamm, den die Hufe emporschleuderten, die Kruppe des Pferdes bedeckte. Die Nomaden sahen ihn davonreiten. Mit ihm verschwand auch ihre letzte Hoffnung. Es regnete. Ein dichter strömender Regen, ein Wolkenbruch ging nieder. Sie versanken bis zu den Knöcheln im Schlamm. Die Hirten hatten alle Mühe, die dahintrappelnden Schafe davon abzuhalten, in die grünen Kornfelder am Wegrand einzubrechen, was ihnen neuen Ärger gebracht hätte. Auf dem schmalen Weg glichen die hintereinander herziehenden Schafe einem Zug von Kranichen. Der Stamm zog sich immer mehr in die Länge. Die einen waren noch weit zurück, hinter Payas, während die anderen schon Erzin erreichten. Die Säuglinge auf dem Rücken der Frauen, auf den Kamelen und die Packsätteln der Esel wimmerten nur noch, mit schwachen Stimmen, erschöpft vom vielen Weinen.

16

Kerem hatte im Dorf Yalnizagaç Unterschlupf gefunden. Er hatte mit Sadi Demirtok, dem Dorfschmied, Bekanntschaft geschlossen. Tagelang sah er ihm bei der Arbeit zu. Sadi Demirtok schmiedete Eisen, machte daraus Pflugscharen, formte Ersatzteile für Traktoren, reparierte Lastwagen, Dresch- und Erntemaschinen. Allmählich fühlte Kerem in sich die Leidenschaft zur Schmiedekunst erwachen. Er kam jeden Morgen in die Werkstatt und verbrachte den ganzen Tag damit, ihm bei der Arbeit zuzusehen, ohne sich von der Stelle zu rühren. Sadi Demirtok fragte ihn kein einziges Mal nach seinem Namen, seiner Herkunft, seinem Ziel. Kerem hätte es nicht besser treffen können. Auch die Bauern waren nicht überrascht über die Anwesenheit dieses Knaben in der Schmiede, sie fragten ihn nicht einmal nach seinem Namen. Sie glaubten, er sei ganz einfach der neue Lehrling des Schmieds.

Das ganze Dorf hallte vom Klang der Rohrflöten. Jedes Kind hatte eine, lang oder kurz, mit oder ohne Zunge und spielte unablässig darauf, vom Morgen bis zum Abend. Alle, Mädchen und Knaben. Kerem brachte Hasan und seinen anderen neugewonnenen Freunden das Flötenspiel bei. Und sie wiederum lehrten ihn die Lieder der Ebene. Und wieviel davon diese Bauern kannten! Auch Klagelieder! Kerem war voller Bewunderung. Die Kinder erzählten niemandem, daß Kerem Nomade war. Dieses Geheimnis hüteten sie wie etwas Heiliges vor allen Erwachsenen, sie schlossen eine Mauer des Schweigens um Kerem. Den wahren Grund, warum er ins Dorf gekommen war, verriet Kerem aber nur Hasan. Er wußte, ihm konnte man vertrauen. Hasan war ehrlich und mutig, und er konnte Kerem helfen.
»Den Falken zu stehlen wäre einfach«, erklärte Hasan. »Aber dieser Korporal ist ein fürchterlicher Angsthase. Er macht nachts kein Auge zu, sondern liegt auf der Wache, den Finger am Abzug. Er hat soviele Leute verprügelt, und außerdem steckt er mit den Schmugglern unter einer Decke. Wenn sie ihm seinen Anteil nicht zahlen wollen, dann läßt er auf sie schießen. Darum wollen ihn

auch die Schmuggler töten. Er macht deshalb fast in die Hosen vor Angst. Wie sollen wir es anstellen, den Falken zu stehlen? Warte mal, wir wollen überlegen.«

Seit Tagen zerbrachen sich Hasan und Kerem den Kopf, um einen Weg zu finden. Sie überlegten vergebens, der rettende Einfall kam ihnen nicht.

Kerem schlief in einer Hütte in Muslus Gemüsegarten. Die Hütte war so solide wie ein richtiges Haus und ließ den Regen nicht durch. Die Kinder schleppten haufenweise Lebensmittel heran: Eier, Käse und anderes mehr. Kerem schnitzte ihnen Flöten. Als die Eltern ihre Kinder fragten, woher sie sie hätten, antworteten sie alle das gleiche: »Hasan hat sie gemacht.« Nicht ein einziger verschwatzte sich. Es war immer Hasan . . . »Hasan hat es von einem Zigeunerjungen gelernt. Er hat auch spielen gelernt, und wirklich gut. Er kann sogar singen auf der Flöte, wirklich.« Das stimmte. Hasan hatte in einigen Tagen das Spielen gelernt und konnte schon wie ein geübter Flötenspieler die verschiedensten Melodien pfeifen!

Hasan und Kerem machten sich große Sorgen um den Falken. Der Sohn des Gefreiten hatte ihn dreimal nacheinander ins Freie gebracht, war jedoch offensichtlich mißtrauisch geworden und sperrte ihn seitdem ein. Er hieß Selahattin, war ein magerer, blonder Junge mit einer Stupsnase, sprach wenig und behandelte die anderen Kinder von oben herab. Daher schnitten sie ihn und ließen ihn nicht an ihren Spielen teilnehmen. Seitdem sich die Geschichte mit den Flöten im Dorf herumgesprochen hatte, versuchte Selahattin an die anderen Kinder heranzukommen und tat alles, um ihre Gunst zu gewinnen. Aber was er auch unternahm, es war umsonst, die anderen wollten und konnten ihm kein Vertrauen schenken.

»Warum traut ihr ihm nicht? Habt ihr Angst?« fragte Kerem. »Er ist ein gemeiner Kerl«, sagte Kemal. »Außerdem hat sein Vater ihm in den Bergen einen Falken gefangen, und er hat ihn uns nie gezeigt, kein einziges Mal. Immer wenn er seinen Falken bei sich hat, geht er uns aus dem Weg . . .«

Kerem stieß einen tiefen Seufzer aus.

»Sein Vater prügelt alle. Also hat er es am Anfang auch so gemacht wie sein Vater und hat uns verprügelt. Und wir konnten gar nichts dagegen tun.«

Süllü unterbrach ihn: »Aber eines Tages hat Mustafa ihm alles zurückgezahlt, hat ihn windelweich gehauen! Mustafa hatte eine Riesenwut, sprang auf ihn los und schlug ihm in den Bauch. Er hat ihn so verprügelt, daß er eine Woche lang im Bett lag und Blut gepißt hat. Mustafa mußte sich dünn machen und hat sich bei seiner Tante in einem anderen Dorf versteckt. Daraufhin hat der Korporal Mustafas Vater zusammengeschlagen. Und Mustafas Vater ging zum Gouverneur, um sich zu beschweren. So mußte der Korporal Mustafas Vater um Verzeihung bitten. Und seitdem kommt Selahattin kaum mehr aus dem Haus, spielt nicht mehr mit uns, und jetzt, wo sein Vater ihm auch noch einen Falken gefangen hat, schaut er uns nicht einmal mehr an . . .«

Kerem trat vorsichtig aus der Hütte und lief ins Dorf. Er tat es so leise und so unauffällig, daß die Erwachsenen nicht einmal merkten, daß ein fremder Knabe in ihr Dorf gekommen war und sich unter ihre Kinder gemischt hatte. Es war, als ob Kerem hier geboren und aufgewachsen sei. Dann entdeckte Kerem Meister Sadis Schmiede. Am ersten Tag betrachtete er nur von weitem den Ofen, aus dem die Funken sprühten, und die riesigen geschickten Hände des Schmiedes. Am nächsten Tag rückte er einige Schritte näher heran, und am dritten Tag trat er in die Schmiede ein. Meister Sadi hatte das Kind schon lange gesehen, ließ es sich aber nicht anmerken. Genau wie dieses Kind hatte auch er sich früher in die Werkstatt eines Schmieds geschlichen, bis er dann eines Tages einen Hammer in der Hand hielt und auf den Amboß niederfallen ließ.

Kerem und Meister Sadi schlossen schnell Freundschaft.

»Mein Großvater ist auch Schmied, wie unser ganzes Geschlecht«, sagte Kerem. »Der Großvater meines Großvaters, Meister Haydar der Große, schmiedete Schwerter für die Sultane. Mein Großvater sagt, daß der Bey der Afşars für ein Schwert ein ganzes Jahr vor seiner Türe wartete und daß er ihm für dieses Schwert soviel Gold gab, wie ein Kamel gerade noch tragen konnte . . .«

Alles, was ihm Kerem da erzählte, wußte Sadi der Schmied schon. Er wußte sogar noch viel mehr. Er kannte die Überlieferungen und die Legenden der Türkmenen über die heiligen Orden der Schmiede. Für die Türkmenen war der Schmied schon immer ein heiliger Mann gewesen. Sadi der Schmied versuchte herauszufinden, warum das Kind seinen Stamm verlassen hatte, aber ohne Erfolg. Schließlich verriet sich Kerem selbst und plauderte sein Geheimnis, seine Falkengeschichte, aus. Aber noch im gleichen Augenblick bekam er einen Schreck, und er bereute zutiefst, daß er so unvorsichtig gewesen war.

Der Schmied bemerkte die Betroffenheit auf Kerems Gesicht. »Keine Angst, Kerem«, sagte er. »Das wird eine leichte Sache sein. Keine Angst. Wir werden den Falken ganz sicher herausholen.« Er rief nach Hasan und erklärte den beiden seinen Plan. »Heute nacht klettert ihr vorsichtig auf das Dach von Ibrahim dem Blinden. Dort wartet ihr. Ich werde nicht schlafen, sondern auf euch warten. Das Fenster des Korporals ist immer offen. Um Mitternacht, wenn alle eingeschlafen sind, wirst du, Hasan, durch das Fenster einsteigen, den Falken nehmen und dich auf und davon machen. Aber Kerem darf das Haus nicht betreten. Denn wenn sie ihn erwischen, werden sie ihn totschlagen. Wenn du gefaßt wirst, wird es mir schon gelingen, dich wieder freizubekommen. Wenn sie dich überraschen, beteuerst du deine Unschuld, sagst, daß Selahattin dich gerufen hat, daß ihr zur Jagd gehen oder meinetwegen Flöten schnitzen wolltet . . .«

Gesagt, getan. Noch in der gleichen Nacht kletterte Hasan auf das Dach des Hauses und drang durch das offene Fenster ein. Aber in diesem Augenblick gingen Schüsse los. Hasan sprang heraus und rannte davon wie der Wind. Der Korporal stürzte nach draußen, böllerte pausenlos in die Nacht und schrie: »Sie wollten mich töten.« Schon kamen die Gendarmen aus der Wache herbeigerannt. »Diesen Weg! Der Mörder nahm diesen Weg!« rief der Korporal und zeigte ihnen den Kanal neben der Mühle. »Hier entlang!«

Alle Dorfbewohner waren aufgewacht. Männer, Frauen und Kinder in Hemd und Unterhose, kamen schlaftrunken hervor. Und mit ihnen traten Sadi der Schmied, Hasan und Kerem in den Hof des Korporals, so als ob sie gar nichts mit der Sache zu tun hätten. Bis zur Morgendämmerung ging die Jagd weiter, die Gendarmen suchten alles ab, im Innern des Hauses und um die Mühle herum, aber sie konnten den entflohenen Mörder nicht festnehmen.

Nach diesem Vorfall bekam es der Korporal noch mehr mit der Angst zu tun. Sein Mißtrauen war so groß, daß er sogar einen Wachposten vor seine Tür stellte.

Alle Kinder wußten bald, daß es Hasan war, der in jener Nacht beim Korporal eingestiegen war, weil er den Falken mitnehmen wollte, der eigentlich Kerem gehörte. Sie erfuhren auch, daß Allah persönlich ihm diesen Falken gegeben hatte und wie der Korporal einfach gekommen war und dieses Geschenk Allahs gestohlen hatte. Zorn und Auflehnung erfüllte sie, diese Ungerechtigkeit mußte gerächt sein. Aber außer Meister Sadi wußte kein Dorfbewohner, daß der vielgejagte Mörder kein anderer war als Hasan. Auch erfuhr niemand ein Sterbenswörtchen von der Falkenaffäre.

»Früher oder später«, sagten die Leute, »wird der Korporal schon noch ermordet werden. Wartet nur. Von den Schmugglern oder von den Nomaden. Oder von diesen Leuten, die er so grausam behandelt . . . Aber dieser Kerl hatte wirklich Nerven! Stellt euch nur vor, bricht der einfach in der Nacht beim Korporal ein, um ihn zu töten! Bravo, das braucht Mut!«

Die Kinder hielten noch fester zusammen als vorher und hatten nur ein Ziel: diesen Falken herauszuholen, koste es, was es wolle. Sie lagen ganze Nächte vor dem Haus des Korporals auf der Lauer. Aber das Fenster war jetzt immer geschlossen. Auch die Tür war verrammelt und verriegelt. Außerdem ging ständig ein Gendarm auf dem Hof auf und ab.

»So werden wir es nie schaffen«, erklärte Hasan. »Es hat keinen Sinn, sich auf die Lauer zu legen. Nachts kommen wir nicht hinein, da ist nichts zu machen.« Er ging zu Sadi dem Schmied. Sie steckten ihre Köpfe zusammen und dachten nach, zwei Tage lang. Erst dann lief Hasan wieder zu seinen Freunden, die im Röhricht auf ihn warteten.

»Die Sache ist geritzt, Freunde. Kemal wird den Streich spielen. Sein Haus ist neben der Wache, und Kemal steht auf gutem Fuß mit Selahattin. Er wird bei ihm vorbeischauen und ihm vorschlagen, gemeinsam mit dem Falken auf die Jagd zu gehen. Und dann ziehen wir alle zusammen ins Röhricht. Verstanden?«

»Verstanden«, sagte Kemal. »Das ist ja ein Kinderspiel. Ich gehe am besten gleich zu ihm. Ihr wartet hier auf mich. Außerdem ist Selahattin ganz wild darauf, mit uns zu spielen, uns seinen Falken zu zeigen und das Flötenspiel zu erlernen.«

»Aber dich darf Selahattin auf keinen Fall hier sehen«, sagte Hasan zu Kerem. »Geh mit Memet hinunter ins Röhricht und versteckt euch dort. Wir finden euch schon.«

Kurz danach kam Kemal mit Selahattin zurück. Alle Kinder drängten sich um sie.

Hasan streichelte die Federn des Falken, strich über seinen Schnabel und die Flügel. »Das ist ein Falke von edler Rasse«, erklärte er mit Kennermiene. »Wo hast du ihn gefunden, Selahattin?«

»Mein Vater hat ihn hoch droben in den Bergen auf den steilen Felsen gefangen«, versicherte Selahattin und war stolz, daß er nun plötzlich im Mittelpunkt stand. »Mein Vater sagt, daß diese Falken ihre Nester

immer auf die höchsten, die steilsten Felsen bauen, so daß niemand, kein Mensch, auch keine Schlange sie erreichen kann, nicht einmal die anderen Vögel.«
»Aber wie kann dein Vater denn so hoch hinauf?« fragte eines der Kinder.
Selahattin plusterte sich auf wie ein eitler Pfau. »Mein Vater, ja mein Vater . . .« Dann brach er ab. Beinahe hätte er gesagt, mein Vater ist Nomade. Er änderte jedoch schnell seine Meinung; die Kinder würden ihn dann vielleicht verachten. »Mein Vater . . .« fing er wieder an, »ist Korporal. Die Regierung bildet die Korporale im Klettern aus, sie können sogar die steilsten Felsen besteigen.«
»Das ist wahr!« sagte Hasan. »Nur Korporale können auf die steilsten Felsen klettern, nur sie können dort die Falkennester entdecken! Einen Falken wie diesen gibt es kein zweites Mal auf der ganzen Welt. Er hat grüne Federn . . . Er jagt nicht nur andere Vögel, sondern auch Hasen, Füchse und Wölfe. Großvater hat mir erzählt, daß die Falken sich auf dem Hals des Wolfes festkrallen, und der Wolf kann rennen soviel er will, es gelingt ihm nicht, ihn abzuschütteln. Und der Falke hackt ihm mit seinem Schnabel, schaut her, wie scharf der Schnabel ist, beide Augen aus. Jedesmal wenn er mit dem Schnabel hackt, reißt er ihm ein Stück von seinem Auge aus. Der Wolf wirft den Kopf herum, schlägt wild um sich, dreht und windet sich, aber er kann den Falken, der sich mit diesen Krallen da an seinem Hals festklammert, nicht abschütteln. Der Falke frißt schließlich die Augen des Wolfes Stück für Stück auf. Wenn der Wolf ganz blind ist, kann er nicht mehr fliehen und dreht sich auf der Stelle, immer im Kreis. Er dreht und dreht sich, immerzu. Und mit dem Fuchs und dem Hasen geht es genauso . . .«
Hasan, war in Fahrt gekommen.
»Das habe ich von meinem Großvater«, fuhr er aufgeregt fort, »mein Großvater kommt aus den Bergen, früher lebte er oben auf den Hochebenen, er ist nämlich nicht aus der Çukurova, sondern stammt aus dem Hochgebirge, von dort, wo der Falke sein Nest baut. Mein Großvater kommt aus dem Land der Falken. Er hat gesagt: Ich habe tausend, zweitausend, zehntausend Falken in meinem Leben gesehen, aber keiner war so schön wie der von Selahattin. Mein Großvater hat gesagt, so edle Falken könne niemand fangen. Er wundere sich, wie der Korporal das fertiggebracht hat.«
Jetzt kam auch Selahattin in Fahrt. »Mein Vater stammt auch aus dem Land der Falken«, rief er, »so wie dein Großvater, er kommt von den

steilen Felsen . . .« Dann erzählte Hasan weiter. »Sobald du einen Vogel in der Luft siehst, der so hoch fliegt, wie ein Vogel nur fliegen kann, dann setzt du den Falken auf ihn an. Er wird ihn im Nu fangen, packen und dir herbringen. Mit einem solchen Falken kannst du an einem einzigen Tag etwa hundert Vögel jagen, Frankolinhühner, Turteltauben, Wachteln, Wiedehopfe, Eisvögel, Adler, so viel du willst, alle Arten, er fängt dir Hunderte davon! Sobald du einen Vogel siehst, ganz gleich, ob er sitzt oder fliegt, du läßt einfach den Falken los, das ist alles!«

Die Kinder hörten mit weit aufgerissenen Augen zu, scharten sich um den Falken und betasteten ihn scheu mit den Fingerspitzen.

»Also,worauf warten wir?« sagte Hasan abschließend. »Da wir nun einen so edlen Falken haben, gehen wir heute ins Röhricht. Er soll uns einige Frankolinhühner fangen, und wir braten sie auf Holzkohle und lassen uns ihr fettes Fleisch schmecken.«

Den anderen lief schon das Wasser im Mund zusammen. »Also los«, sagten sie einstimmig. «Wenn wir einen so edlen Falken haben! . . .«

Selahattin sah nachdenklich drein.

»Also, auf geht's, Selahattin«, drängte Hasan. »Schauen wir einmal, wie dieser Falke die Vögel fängt.«

»Ich muß zuerst meinen Vater fragen.«

»Wenn du erst deinen Vater fragst, wird er es dir nie erlauben. Und du wirst nie sehen können, wie sich dieser schöne, edle, wachsame Falke schnell wie der Blitz auf einen Vogel stürzt. Dieser Falke gehört doch dir, oder etwa nicht?«

»Aber wenn der Falke davonfliegt, nachdem er frei ist, und nie mehr zurückkommt? Was soll ich dann tun? Es ist ja noch ein ganz junger Falke«, sagte Selahattin weinerlich.

»Mein Großvater sagt, echte Falken so wie dieser verirren sich nie. Oder ist dein Falke etwa nicht echt? Sag, ist das kein echter Falke?«

Selahattin schwieg.

»Warum sagst du nichts? Sag doch, ist das kein echter Falke? Wenn es kein echter Falke ist, dann solltest du ihn ohnehin lieber davonfliegen lassen. Was nützt denn ein Falke ohne Stammbaum . . . gar nichts. Sag mir, ist dieser Vogel jetzt ein echter Falke oder nicht?«

»Es ist ein echter, ganz reinrassiger Falke!« sagte Selahattin. »Wäre mein Vater sonst auf diese steilen Felsen geklettert, um ihn zu fangen? Wenn er dabei abgestürzt wäre, mein Vater, wenn er gestorben wäre,

stell dir das einmal vor! Wenn es kein reinrassiger Falke wäre, hätte mein Vater dann sein Leben dafür riskiert?«
»Du hast recht. Außerdem sieht man das auf den ersten Blick«, erklärte Hasan. »Man sieht es schon an der Art, wie er sich benimmt.« Er streichelte sanft den Vogel. »Also, gehen wir ins Röhricht mit ihm, zur Jagd.«
Selahattin zögerte noch immer. Aber Hasan ahnte, daß er nicht mehr lange standhalten würde, und so legte er nochmals los. »Du hast Angst, mein Freund«, sagte er. »Du hast Angst, daß dein Vogel kein Jagdfalke, sondern ein Baumfalke ist, nur darum willst du ihn nicht ausprobieren. Wer weiß, vielleicht ist der Vogel, den du da hältst, ein einfacher Baumfalke, der nur ähnliche Federn wie der Jagdfalke hat. Dein Vater hat ihn vielleicht von seinen Gendarmen in den Ruinen unter dem Dorfe fangen lassen und dir weisgemacht, es handle sich um einen echten Falken. Kommt, Kinder, gehen wir. Selahattin kann ja allein dableiben, wenn er will. Wir werden uns auch einen Baumfalken beschaffen, ihn auf der Faust herumtragen und behaupten, es sei ein Jagdfalke . . .«
Er ging hinüber zum Röhricht, die andern Kinder folgten ihm. Bald hatten sie sich ziemlich weit von den Weiden entfernt. Selahattin rührte sich nicht vom Fleck. Wie festgewurzelt stand er da, ein Bild der Unentschlossenheit. Die Augen einmal auf dem Falken, dann wieder bei den Kindern, die zum Röhricht hinüberliefen, platzte er beinahe vor innerer Erregung; er hatte Lust, zu den Kindern zu gehen, aber auch große Angst, daß der Vogel entfliehen könnte . . .
»Hör zu, Selahattin«, rief Hasan ihm zu. »Wenn der Vogel, der da auf deiner Faust sitzt, ein echter Falke ist, so geh mit ihm auf die Jagd. Ein Falke ist nicht zum Anschauen da, sondern für die Jagd. Mein Großvater stammt aus einem Land, in dem die Berge siebenmal höher und steiler sind als dort, woher dein Vater kommt. Und er sagt . . . Aber wenn der Vogel, den du da hältst, natürlich nur ein Baumfalke ist, dann bleib, wo du bist mit deinem Vogel, dann komm nicht mit uns.«
Selahattin brannte vor Verlangen, zu ihnen zu gehen. Aber was war, wenn der Vogel fortflog und nie mehr zurückkehrte? Dieser Gedanke quälte ihn. Andererseits, wenn er nicht mit den Kindern ging, dann würde jeder im Dorf seinen Vogel für einen Baumfalken halten, der ganze Ruhm und die Schönheit dieses reinrassigen Falken wäre dahin . . .
»Ich komme!« rief er plötzlich. »Ihr werdet sehen, ihr werdet schon sehen, was für ein edler Falke er ist, mein Falke . . .«

17

Meister Haydar und Osman erreichten Adana noch vor dem Morgengrauen, kurz bevor der erste Gebetsruf über die Stadt hallte. Diese Lichter, oh, diese Lichter ... Sie schlugen sich auf Haydars Augen, schwer wie Blei. Er war in Ceyhan gewesen, in Osmaniye und einmal sogar in Adana, aber noch nie war er über Nacht in einer Stadt geblieben, er hatte noch nie elektrisches Licht gesehen. All diese Lampen! Es war hell wie der Tag, als ob sie die Sonne in hunderttausend Splitter zerteilt und an jedes Haus ein Stück von ihr gehängt hätten. Das hier war kein Dorf, keine Stadt, sondern ein Meer, ein Lichtermeer. Bei Allah, welch ein Ort! Und diese hohen, hohen Häuser, die sich wie Drachen in die Nacht recken. Häuser wie hundertäugige Ungetüme, so hoch wie drei Pappeln, so riesig, daß du nicht wagst, an ihnen hochzuschauen. Du kannst dir den Hals verrenken, den First wirst du doch nicht sehen. Meister Haydar hatte plötzlich Angst vor diesen Häusern, diesen Lichtern, diesen Riesen, diesen Schatten, die wachsen und schrumpfen, wanken und schwanken, untertauchen und verschwinden und jählings wieder hervorschießen. Einige Fußgänger waren bereits auf den Straßen. Sie trugen seltsame blaue Säcke und eilten wie auf einem Rennpfad dahin. Der alte Haydar folgte ihnen. Sie hielten bei einem großen, hellerleuchteten Gebäude an, das wie ein flacher Berg aussah. Aber, o Allah bewahre uns, welch ein Getöse, welch ein Rattern und Schlagen und Knallen kam aus diesem Gebäude! Hastig gab Meister Haydar seinem Pferd die Sporen, bis er diesen Lärm hinter sich hatte. Dann zog er die Zügel straff, atmete erleichtert auf und wartete auf Osman, der ihm auf dem Gehsteig nachrannte. Meister Haydar war verblüfft, er zwirbelte seinen Bart, den das elektrische Licht in Rot tauchte. Als Osman ihn eingeholt hatte, sah er ihn ängstlich an. Gebäude dieser Art hatte Osman unzählige während seines Militärdienstes gesehen. Er erklärte Meister Haydar, worum es sich handelte. Eine Fabrik! Ah, Bruder, aber welch einen Lärm sie macht, genug um einen Toten zu erwecken, mein Neffe, mein Bruder, wie sie brüllt und ächzt! Und so streiften sie bis zum Sonnenaufgang durch die Straßen. Als die Sonne aufging, erloschen alle Lichter der Stadt auf einen Schlag. Aber Meister Haydar staunte darüber nicht mehr. Nun, welches von diesen riesigen Gebäuden ist das Haus von Ramazano-

ğlu? Sicher das größte, das stattlichste! Wer außer dem großen Ramazanoğlu sollte im prächtigsten all dieser Häuser hier wohnen? Sie gingen auf die Suche nach dem prächtigsten Haus, um dort den ruhmreichen Ramazanoğlu zu treffen. Seit er diese gigantischen Häuser gesehen hatte, hatte sich seine Hoffnung verzehnfacht. Ein Bey, der so große Häuser besaß, würde ihnen gewiß ein winziges Stückchen Land nicht verweigern wollen . . .

Die Gassen und Straßen füllten sich. Als die Mitte des Vormittags kam, wimmelte es so von Menschen, daß Meister Haydar seinen Augen nicht traute. Dieser Ramazanoğlu muß ein sehr mächtiger Bey sein, dachte er. Er war hungrig, aber er wollte nirgends etwas essen. Denn wer konnte wissen, welch ein wunderbares Mahl ihm Ramazanoğlu, der Bey einer so großen Stadt, vorsetzen würde! War Haydar nicht ein Gast, den ihm Allah geschickt hatte, war er nicht zudem der Großmeister des Ordens der Schmiede? Wer weiß, wieviele Generationen von Ramazanoğlus sich das heilige Schwert des Ordens der Schmiede umgürtet und Kampfesmut daraus geschöpft hatten? Wer weiß, mit welcher Freude der große Ramazanoğlu, der Bey von Adana, ihn empfangen, welche Ehren- und Freundschaftsdienste er ihm erweisen würde! Im übrigen schwimmt er ja im Gold. Und man weiß: der wahre Held verlernt das Kämpfen auch im Alter nicht. So wie auch der Kater das Mausen nicht läßt . . .
Aber warum hatte der Bey einer so großen Stadt, der beste Freund der Türkmenen, dessen Familie immer die vom Orden der Schmiede hergestellten Schwerter mit dem Goldknauf getragen hatte, ihnen seinen Schutz entzogen, warum hatte er sie in der weiten Ebene allein zurückgelassen? Ein leichtes Mißtrauen erwachte in ihm: wenn sich Ramazanoğlu nur nicht geändert hatte, so wie die Osmanen, wenn er nur nicht auch zum Feind der Türkmenen geworden war! Wie das Schwert, das seine eigene Scheide durchschneidet, wie die Axt, die ihren eigenen Schaft spaltet! Haben die Osmanen, die unsere Neffen waren, unsere Freunde, die wir mit unserem Blut genährt haben, für die wir unser Leben geopfert haben, nicht Türkmenen und Nomaden zum Sterben verurteilt, zugrunde gerichtet? Haben die Osmanen nicht gehandelt wie die Axt, die ihren eigenen Griff spaltet? Es hat ihnen keinen Segen gebracht, sie haben ihr großes Reich verloren! Hüte dich davor, den Fluch der Armen auf dich zu laden, die Ver-

wünschung eines Freundes, den Fluch deines Vaters, deiner Mutter, deren Fluch der schlimmste ist von allen, denn früher oder später wird er wahr. Jeder weiß, welches Ende die Osmanen, die ihre eigene Herkunft leugneten, genommen haben. Hat der große Ramazanoğlu über dieses Schicksal nicht nachgedacht? Nein, nein, die Ramazanoğlus sind nicht wie die Osmanen. Haben sie in der letzten großen Schlacht nicht Seite an Seite mit den Türkmenen gekämpft? Nein, nein, das Reine darf man nicht trüben, vom Pfad der Tugend darf man nicht abweichen! Die Osmanen wurden in die Niederlage getrieben, weil sie ihre Herkunft verleugneten, vom Pfad der Tugend abwichen! Die Osmanen verloren jedes Maß, luden die Flüche der Türkmenen mit den graugrünen Augen auf sich und mußten schließlich vom Thron steigen!

Er war abgestiegen und führte das Pferd am Zügel. In der anderen Hand trug er das Schwert. Von Osman gefolgt bahnte er sich einen Weg durch die Menge, drängte sie nach links und rechts zur Seite und stieß mit jedem zusammen. Verwundert starrten die Leute diesen großen, alten Mann mit dem roten Bart an, der so merkwürdig herausgeputzt war und ein Schwert und eine Doppeltasche aus Kelimstoff bei sich trug. Meister Haydar bemerkte diese Blicke wohl, doch sie ließen ihn gleichgültig. Sein Selbstvertrauen war unerschütterlich. Er schritt durch die Menge wie ein Berg.

»Osman«, sagte er plötzlich, als er aus seinen Gedanken erwachte, »wie können wir das Haus von Ramazanoğlu finden?«

»Ich weiß es nicht«, sagte Osman. Er kannte die Städte; er hatte sogar vier Jahre lang Militärdienst in Istanbul gemacht. »Wir müssen fragen, wo er wohnt«, sagte er.

»Aber wen? Ist es nicht unhöflich, in Ramazanoğlus eigener Stadt zu fragen, wo er wohnt?«

»Keineswegs, mein Onkel«, versicherte Osman.

Sie kamen zu einer Kreuzung und blieben stehen. Autos, Pferdekutschen, Traktoren, Busse, die Häuser und Gärten, die vielen Leute, die in alle Richtungen davonrannten wie fliehende Ameisen, wenn man heißes Wasser über ihren Haufen gießt . . .

Die Geschäfte des Ramazanoğlu, der gegenwärtig Bey war, schienen zu blühen. Er hat seine Stadt erweitert, seinen Herrschaftsbereich ausgedehnt, Reichtümer angesammelt, dachte Meister Haydar, und dieser Gedanke nährte seine Hoffnung.

»Ich bin sehr zufrieden, Osman«, sagte er. »Ich bin glücklich zu sehen, daß der große Ramazanoğlu so erfolgreich war. Meinst du, es ist denkbar, daß uns ein so bedeutender, reicher Bey ein Stückchen Erde abschlägt?«

Osman hatte großen Respekt vor dem alten Mann. Aber er wußte Bescheid. Er wußte aber auch, daß er es nicht übers Herz gebracht hätte, Meister Haydar die Wahrheit zu sagen. Jetzt, wo er dreißig Jahre an diesem Schwert geschmiedet hatte, an diesem Tag, auf den er seit dreißig Jahren gewartet hatte . . .

Je länger Meister Haydar die Menschenmenge, die Häuser, die Gärten sah, desto leuchtender wurde sein Gesicht, es lebte auf, und sein roter Bart hüpfte darin vor Freude.

»Halten wir einmal Ausschau nach einem braven Mann und fragen ihn einfach, Osman. Es wird nicht leicht sein, den großen Ramazanoğlu zu finden, in diesem Meer von Häusern, in all diesen weitläufigen Palästen, deren First bis an den Himmel reicht. Wir müssen uns also erkundigen.«

An der Kreuzung hielten sie an und musterten die Passanten. Ein junger Mann mit schwarzen Brauen, spitz zulaufendem Schnurrbart, mit einem gestreiften Anzug und glänzenden Schuhen ging an ihnen vorbei. Osman machte einen Schritt auf ihn zu.

»Warte!« sagte Meister Haydar. »Dieser Mann gefällt mir nicht.«

Osman kam gehorsam zurück. Danach hütete er sich, noch einmal einen Vorstoß zu machen.

Die Zügel seines Pferdes in der Hand und Osman an der Seite, stand Meister Haydar da wie eine uralte, hethitische Gottheit, die von ihrem jahrhundertealten Ruheplatz hoch oben in den behauenen Felsen herausgebrochen war. Wer ihn sah, mußte staunen, aber man begegnete ihm auch mit Ehrfurcht. Wie uraltes Blut strömte er durch die Adern dieser geschäftigen, maßlosen Stadt.

Ein junger Mann mit langem Mädchenhaar, bekleidet mit einer enganliegenden Hose und einem bunten Hemd, blieb neben ihnen stehen und pfiff leise vor sich hin. Er sah aus, als ob er sie jeden Augenblick ansprechen wollte. Meister Haydar beobachtete ihn aus den Augenwinkeln. Er hatte ein ehrliches, unschuldiges Gesicht und sah recht freundlich aus. Vielleicht konnte man ihn fragen. Aber er hatte etwas an sich, das Meister Haydars Widerwillen erregte. Er überlegte und plötzlich fiel es ihm ein. Das war ja weder ein Mann noch eine Frau, das war ein Hermaphrodit! Ich kann doch einen Hermaphrodit nicht nach der Wohnung des ruhmreichen Ramazanoğlu fragen. Das wäre unanständig, dachte er. Man kann sich nicht jedem Dahergelaufenen anvertrauen, wenn es um den großen Ramazanoğlu geht.

Er erblickte einen älteren Mann, der eine Pluderhose trug und pechschwarze Haare hatte. Auch sein Bart war von der gleichen Farbe. Offensichtlich beides gefärbt. Aber abgesehen davon gefiel er Meister Haydar. Der Mann hatte ein etwas trauriges Gesicht. Er ging einige Schritte auf ein Kind zu, das in einem kleinen Wagen Maiskolben verkaufte und ohrfeigte es. Er schlug es unbarmherzig. Die Vorübergehenden mischten sich nicht ein, ja, sie beachteten diesen Mann nicht einmal, der das arme Kind schlug. Bei diesem Anblick stieg ein leichter Zorn auf Ramazanoğlu in ihm auf. In Ramazanoğlus Herrschaftsgebiet dürfte es einem Erwachsenen eigentlich nicht erlaubt sein, ein so kleines Kind zu schlagen. Nein, so etwas tut man nicht, dachte er. Das ist unmenschlich! Er schaute den Mann feindselig an. Und wie er jetzt das Kind am Ohr packte und hinter sich her schleifte! Meister Haydar warf ihm einen vernichtenden Blick zu und drehte sich ab. Er war etwas enttäuscht. Die Reichtümer des großen Ramazanoğlu waren so angewachsen, seine Untertanen hatten sich so vermehrt, daß der Bey offenbar keine Übersicht mehr hatte. Ramazanoğlu war zweifellos schon sehr alt, so daß sich Unordnung auf seinen Ländereien breitgemacht hatte. Offensichtlich hatte er die Zügel nicht mehr fest in der Hand. Und dieser Kutscher dort, wie er sein Pferd peitscht, er wird es noch töten! Der junge Mann dort kneift ein Mädchen in den Hintern, am hellichten Tag, vor aller Augen! Und die Frauen! Halbnackt sind sie . . . Ein Mann eilte vorbei, fluchte, lästerte, verwünschte Allah und den Koran. Du solltest dich schämen, zur Hölle mit dir, murmelte Meister Haydar erbittert. Beinahe hätte er hinzugefügt: auch du, großer Ramazanoğlu, aber er beherrschte sich. Wer weiß, welche Sorgen dem armen Bey auf den Schultern lasten, dachte er. Noch dazu in seinem Alter, er muß ja um die hundert Jahre alt sein. Der alte Müslüm, der früher wie der Adler im Gebirge war, er ist ja auch nicht mehr ganz der gleiche . . . Sogar die kleinen Kinder spotten jetzt über ihn.

Er dachte daran, kehrtzumachen und aus diesem entsetzlichen Tohuwabohu zu fliehen. Aber dann fiel ihm das Schwert ein, und er überlegte es sich anders. War es doch ihre einzige, ihre allerletzte Hoffnung. Die Welt verändert sich, ach ja, die Welt verändert sich, dachte er, wir aber bleiben immer dieselben. Wie kann ein einzelner Mann, sogar wenn es der große Ramazanoğlu ist, sich um all diese Leute kümmern! Der arme, alte Ramazanoğlu, der Bergadler, einst Zufluchtsstätte für die Unterdrückten!

Osman schwieg, er beobachtete Meister Haydar genau, auch die kleinste Geste, und bedauerte ihn von ganzem Herzen.

Die Mittagssonne stach vom Himmel. Unter all diesen Leuten hatte Meister Haydar keinen einzigen gefunden, den er nach Ramazanoğlu hätte fragen können, niemanden, der offen und freundlich aussah, einfach und herzlich war. Nein, niemand flößte ihm Vertrauen ein. Er wandte sich nach links, und da endlich entdeckte er es. Aus einem Laden lächelte ihnen hinter dem Ladentisch ein breites, braunes, pausbäckiges Gesicht mit hängendem Schnurrbart entgegen. Es schaute sie an und lächelte, ein freundliches, einladendes Lächeln.
Meister Haydar machte Osman auf ihn aufmerksam: »Dieser Mann dort scheint mir in Ordnung . . . Dort, der Ladenbesitzer . . . Er hat ein freundliches Gesicht. Fragen wir ihn.«
Auch Osman hatte ihn gesehen. Sie überquerten die breite Straße und mußten sich dabei einen Weg durch die Menge bahnen, zwischen den Autos, Pferdekutschen, Lastwagen und Fahrrädern hindurchschlüpfen.
»Er lächelt uns zu«, sagte Osman.
»Ja, ein freundliches Lächeln.«
»Ja, wie freundlich . . .« pflichtete Osman bei.
»Friede sei mit dir!« sagte Meister Haydar mit seiner gewichtigen, festen, vertrauenerweckenden Stimme. »Ich bin Meister Haydar, der letzte Großmeister des heiligen Ordens der Schmiede. Ich schmiede Schwerter für die Beys und Paschas. Vielleicht hast du schon von mir gehört . . .«
Der Mann stand auf, er war breit und hoch, auch sein Körper schien zu lächeln wie sein Gesicht.
»Willkommen, Vater!« sagte er. »Ich heiße Kerem Ali. Vielleicht hast du schon von mir gehört . . .«
»Kerem Ali«, sagte Haydar, »kannst du mir sagen, wo der ruhmreiche Ramazanoğlu wohnt? Ich konnte seinen Palast nicht ausfindig machen. Weil sich sein Herrschaftsgebiet so vergrößert hat«, fügte er lächelnd hinzu, »Allah sei es gedankt.«
»Welchen Ramazanoğlu suchst du, Vater?« fragte Kerem Ali.
»Den Bey . . . Den großen Bey . . . Ich muß ihn sprechen.«
»Bei den Ramazanoğlus gibt es viele Beys, alle sind Beys. Zu welchem möchtest du?«
»Zum großen Bey . . . Dem jetzt das ganze Gebiet gehört.«
Kerem Ali verkniff sich ein bitteres Lächeln. »Warum willst du den großen Bey sehen?«
»Ich muß ihn um etwas bitten«, sagte der Schmied und drückte sein Schwert fest an die Brust.

Kerem Ali hatte alles verstanden. Er dachte nach, und je länger er nachdachte, desto mehr tat ihm der alte Mann leid. Sein Gesicht verdunkelte sich vor Trauer, die so bitter war wie Gift.
Meister Haydar kamen plötzlich Zweifel. »Ist der große Bey etwa kürzlich verstorben, ohne daß wir etwas davon erfahren haben?«
Kerem Ali schüttelte den Kopf. »Nein . . . Er ist schon hundert Jahre tot. Der große Bey, den ich meine.«
»Dann zeig mir den Palast dessen, der seinen Platz eingenommen hat. Den Palast seines Nachfolgers.«
»Niemand hat seinen Platz eingenommen.«
»Mein guter Mann, mach dich nicht lustig über mich!« donnerte Meister Haydar. »Das gibt es nicht, daß Ramazanoğlus Stuhl verwaist ist!«
»Doch, doch . . . Aber . . .« sagte Kerem Ali, »Du hast schon recht, aber . . . Es gibt soviele Beys . . . Zu welchem soll ich dich schikken?« Da fiel ihm Hurşit Bey ein. »Ich schicke dich zu Hurşit Bey, alter Mann!« sagte er. »Hurşit Bey wird dich empfangen. Er wird dir helfen, deine Probleme zu lösen.« Er wandte sich zu seinem Lehrling um: »Bring die Agas zu Hurşit Bey!«
»Danke!« sagte Meister Haydar.« Allahs Segen sei über dir.«
Sie folgten dem Jungen, gingen an Gartenmauern, Häusern, Villen vorbei und kamen an ein kleines Haus, mitten in einem Garten.
»Hier ist das Haus von Hurşit Bey«, sagte der junge Mann.
»Das Haus von Ramazanoğlu?« sagte Meister Haydar. »Ist das hier der Wohnsitz des Beys?« Ungläubig starrte er das kleine Haus an. Aber dann sah er, daß es noch mehrere genau gleiche Häuser an dieser Straße gab, umgeben von ähnlichen Gärten. »Dann gehören also alle diese anderen Häuser auch ihm?« Er konnte diese Frage nicht unterdrücken.
»Nein, sie gehören anderen Leuten«, sagte der Lehrling. »Nur dieses hier gehört Hurşit Ramazanoğlu.«
»Du mußt dich täuschen«, sagte Meister Haydar. »Entschuldige, aber du irrst dich bestimmt.«
»Doch, es ist dieses hier«, erwiderte der junge Mann. »Ihr braucht nur zu läuten«, sagte er und zeigte mit dem Finger auf die Glocke; dann lief er eilends davon.
Osman zog an der Glocke, und ein kleines Mädchen erschien auf der Schwelle. Meister Haydar staunte noch mehr. Ein Kind kam, um die Türe eines mächtigen Beys zu öffnen! Wo waren denn die Wachen, die Männer, die Dienstboten?

Er wandte sich argwöhnisch zu Osman um. »Haben sie uns vielleicht zum falschen Haus geführt, Osman?« flüsterte er ihm ins Ohr.
»Ich frage einmal«, sagte Osman. »Schwester, ist das hier das Haus des Ramazanoğlu?«
»Des ruhmreichen Ramazanoğlu?« fügte Meister Haydar hinzu.
»Das ist das Haus von Hurşit Bey«, antwortete das kleine Mädchen.
»Sehr gut! Ihn möchten wir nämlich sprechen«, sagte Meister Haydar. »Geh und sag dem Bey, daß der Großmeister des Ordens der Schmiede, Meister Haydar, hier ist, ein von Allah geschickter Gast, und daß er den großen, ruhmreichen Ramazanoğlu sprechen möchte.«
Das kleine Mädchen rannte davon und kam gleich wieder. »Der Bey bittet euch einzutreten . . .«
Meister Haydar reichte Osman die Zügel seines Pferdes. Er brachte seine Kleider in Ordnung und ging dem Mädchen nach ins Haus, das Schwert fest in seiner Hand, hoch aufgerichtet, er sah aus wie die leibhaftige Hoffnung.
Das Mädchen öffnete eine Türe. Vor einem Tisch im Zimmer saß ein Mann, ein kleiner, älterer Mann mit einer Glatze und einem blassen, bartlosen Gesicht. Blitzschnell fuhr Meister Haydar wieder der Gedanke durch den Kopf, das müsse ein Irrtum sein. Auch das Zimmer war ja so winzig. Ein einziger Sessel, auf dem Boden ein alter Teppich und auf dem Tisch Bücher, Bleistifte und Papiere in heillosem Durcheinander . . . Die Wände waren ganz mit Büchern bedeckt. Beim Anblick all der Bücher wurde Haydar wieder zuversichtlich. Er blieb auf der Schwelle stehen.
»Entschuldige, wenn ich frage«, sagte er, »aber bist du der große Ramazanoğlu?«
Hurşit Bey hob müde den Kopf. Er hatte Tränensäcke unter den Augen. »Ja, der bin ich«, antwortete er mit tonloser Stimme.
Meister Haydar ging zwei Schritte vor und kniete nieder, um dem Bey die Ehre zu erweisen.
»Steh auf, Vater, setz dich da hin.« Hurşit Bey zeigte auf den Sessel.
Meister Haydar folgte seiner Handbewegung und setzte sich respektvoll an den äußersten Rand.
»Mach es dir bequem, Vater«, sagte Hurşit Bey höflich.
Das ist nicht möglich, dieser Mann ist nicht der Bey! Seine Stimme hat nicht den mächtigen Klang eines Beys. Auch seine Worte sind

nicht die eines Beys . . . Meister Haydar legte sich das Schwert über die Knie und faltete die Hände über der Klinge. Er strich seine struppigen Brauen glatt und richtete die stahlgrauen Augen fragend auf den Bey.

»Du mußt mir verzeihen«, wiederholte er verlegen, »aber bist du wirklich der große ruhmreiche Ramazanoğlu?«

»Der bin ich«, sagte Hurşit Bey.

Da gab sich Meister Haydar einen Stoß und begann zu erzählen. In einem Atemzug schilderte er seinen Stamm, all die Verfolgungen, denen er ausgesetzt war, wie die Leute der Çukurova, die Regierung, die Gendarmen und die Waldhüter sie immer wieder vertrieben, er erzählte von den Ungerechtigkeiten und den Seuchen, denen sie zum Opfer fielen, er erklärte, wie man sie ihrer Weideplätze und Winterquartiere beraubt hatte und wie schutzlos sie all dem ausgeliefert waren. Und während er sprach, murmelte Hurşit Bey in einem fort auf Französisch: *»Intéressant, intéressant.«* Alles was der alte Mann ihm erzählte, notierte er auf einem Zettel, seine Hand flog über das Papier wie eine Maschine. Meister Haydar war glücklich, daß man ihn ernst nahm. Er wiederholte unablässig, daß es am Ufer des Sees an Wasser nicht mangelt, daß der wahre Held das Kämpfen auch im Alter nicht verlernt, daß man vom Pfad der Tugend nicht abweichen, das Reine nicht trüben darf. Am Anfang, als er sah, daß sein Gastgeber jedes Wort aufschrieb, das aus seinem Munde kam, sprach er nur stockend. Aber schon nach kurzer Zeit überwand er seine Scheu und ließ seiner Begeisterung und seinen Hoffnungen freien Lauf.

»Du mußt wissen, Bey«, sagte er mit donnernder Stimme, »daß die Ramazanoğlus seit tausend Jahren nur Schwerter getragen haben, die unser Orden geschmiedet hat. Tausend Jahre lang haben wir für die berühmten Ramazanoğlus Schwerter geschmiedet«, fügte er stolz hinzu.

»Intéressant, intéressant . . .«

Meister Haydar war etwas erstaunt über dieses Wort, aber es tönte aufmunternd. Und er wußte, daß es schon immer eine Besonderheit großer Beys gewesen war, Worte zu gebrauchen, die man nicht verstand. Diese Laute, die nur sie selbst kannten, trugen dazu bei, ihren Ruhm zu erhöhen.

»Es ist so, wie ich dir gesagt habe. Und kennst du die Geschichte von Rüstem, dem Meisterschmied des Çebi-Stammes, der vor hundert Jahren lebte? Rüstem stammt nicht wie wir aus dem Orden der

Schmiede. Er war nicht einmal Schmied von Geburt, sondern nur Lehrling, der erst später Meister wurde.«

»Intéressant, intéressant . . .«

»Nun, der besagte Rüstem schmiedete ein Schwert, an dem er fünfzehn Jahre lang arbeitete. Fünfzehn Jahre, edler, ruhmreicher Bey, fünfzehn Jahre! Meister Rüstem, der nicht Schmied von Geburt war, der nicht aus dem Orden hervorging, der im Grunde genommen nur ein Steckling war, den man herangezüchtet hatte . . . Er bringt also sein Schwert dem Sultan, der Sultan wirft einen Blick darauf und ist außer sich vor Bewunderung. Er sagt: ›Wünsche dir, was du willst, ich werde es dir erfüllen.‹ Meister Rüstem aber kniet nur nieder und sagt: ›Ich wünsche euch Gesundheit, mein Sultan!‹ Da antwortet der Sultan: ›Was nützt dir meine Gesundheit! Wünsche dir etwas für dich selbst . . .‹ Rüstem ist ganz verwirrt, was sollte er für sein Schwert verlangen, es hatte ja keinen Preis. Aber der Sultan versteht und sagt: ›Ich will von dir nicht verlangen, daß du diesem Schwert einen Preis gibst. Das wäre eine Beleidigung für einen Meister, der ein so schönes Schwert geschmiedet hat. Aber wünsche dir etwas, dein Wunsch soll dir erfüllt werden . . .‹ Meister Rüstem sagt: ›Mein lieber Sultan, unser Stamm braucht ein Winterquartier, die Leute der Ebene hetzen uns in den Tod.‹ Da gibt der Sultan einen Erlaß heraus und verkündet großherzig: ›Geh zu deinem Stamm, laßt euch in der Provinz Aydin nieder. Sie gehört euch!‹«

»Intéressant, intéressant . . .«

»Heute gibt es keine Sultane mehr . . . Also bin ich zu dir gekommen. Ich bin zum ruhmreichen Ramazanoğlu gekommen, zu unserem Bey, dem Bey der ganzen Çukurova. Du bist unser Vater. Du bist von unserer Rasse, unserem Blut, kennst unsere Traditionen, du bist ein Ramazanoğlu. Du stammst aus Yüreğir, und zusammen sind wir weit her von Khorassan gekommen . . . Ich bin jetzt bei dir, um unsere Klage vorzubringen . . .« Er hob die Stimme, die Schweißperlen standen ihm auf der Stirn. »Sie haben uns zugrundegerichtet. In der Çukurova, in der uns niemand mehr Schutz gewährt, haben sie unsere Würde mit Füßen getreten. Unsere Söhne und Töchter, unsere Ehre, unsere Tapferkeit, unsere Sitten, alles, was es bei uns an Schönem und Reinem gab, alles haben sie zerstört. Sie haben uns verfolgt, von Ort zu Ort gejagt. Du oder wir, wir oder du, das ist doch das gleiche, mein großer Ramazanoğlu. Richten sich die Angriffe gegen uns nicht auch gegen dich? Bist du nicht unser Oberhaupt, unser Schirmherr? Bist du nicht der einzige, der noch ein offenes Ohr hat für unsere Sorgen? Großer

Ramazanoğlu, suche ein Mittel, unsere Not zu lindern! Oder gib den Erlaß heraus, der uns für immer auslöscht!«

»*Intéressant . . . Intéressant . . . Intéressant . . .*«

»So steht es mit uns, mein edler Bey . . . Auch ich habe ein Schwert geschmiedet. Dreißig Jahre habe ich daran gearbeitet, Meister Rüstem war nur ein Steckling, wurde nur angelernt in unserer Kunst, ich aber bin ein wahrer Abkömmling unseres Heiligen Ordens. Die Schwerter, die wir geschmiedet haben . . .« Er errötete vor Verlegenheit, stockte, aber zwang sich weiterzureden. »Wer hat sie nicht alles getragen. Seit den Tagen in Khorassan gab es keinen Sultan, keinen Bey, der sich nicht mit unserer Waffe umgürtet hätte. Dreißig Jahre habe ich an diesem Schwert geschmiedet, genau dreißig Jahre . . . Und jetzt habe ich es dir gebracht . . . Wir besitzen keinen Fußbreit Erde . . . Und weil wir unseren Fuß nirgends hinsetzen können, weil wir kein Land besitzen, haben sie uns unsere Ehre geraubt, unsere Würde, haben uns übel zugerichtet. Niemand verlangt ein Stück Land so groß wie die Ebene von Aydin . . . Niemand, mein lieber Ramazanoğlu! Nur ein Fleckchen Erde, auf dem man sich niederlassen kann . . . Dreißig Jahre habe ich an diesem Schwert geschmiedet, habe Buchstabe für Buchstabe, Sure für Sure eingraviert. Der Schah von Horzumlu hätte, wenn er noch auf der Welt wäre, dem Schöpfer eines solchen Schwertes ein ganzes Königreich geschenkt! Und selbst die Osmanen mit ihrem unreinen Blut hätten ihm für seine Meisterschaft Grund und Boden zugestanden!«

»*Intéressant . . . Intéressant* . . . Ich wußte nicht, daß . . .«

»Aber du solltest es wissen!« sagte Meister Haydar streng. »Du solltest es wissen! Die Ramazanoğlus sind unsere Neffen genau wie die Osmanen. Sie haben uns an den Abgrund getrieben, mein Neffe . . . Sie haben uns geschunden und zerstört. Verletzt das nicht auch deine Würde ein wenig . . . Kein bißchen, Bey?«

»*Intéressant . . . Intéressant . . .*«

»Unsere Vernichtung, unser Tod, ist das nicht auch eure eigene Vernichtung, euer eigener Tod? Vertraue nicht zu sehr auf deinen Reichtum, auf diese riesige Stadt, die so hell strahlt wie die Sonne! Du bist ein bescheidener Bey, der keine Eitelkeit kennt, wie ich sehe, aber vertraue nicht zu sehr auf diese Stadt, auf deine Güter, die über die ganze Welt verstreut sind! Nicht diese große Stadt, nicht dein Reichtum können dich aufrechterhalten, sondern einzig und allein dein Stamm. Deinen Reichtum kann dir eines Tages Wind und Sturm, Freund oder Feind entreißen. Aber, mein großer Ramazanoğlu, deinen Stamm verlierst du nie. Niemand kann ihn dir nehmen, niemand! Reichtum heilt keine Krankheit, sagten unsere Väter . . . Du hast das in den Wind geschlagen und uns verlassen. Es sieht so aus, als ob du dich nur noch um Gut und Geld kümmerst. Wo doch Gut und Geld nichts einbringen, Ramazanoğlu!«

»*Intéressant, intéressant* . . . Ich wußte das alles nicht . . .«

»Dann weißt du es jetzt!« rief Haydar triumphierend. »Hör zu und versuche zu begreifen! Zum Glück bin ich zu dir gekommen, um dir von unserer Lage zu berichten. Verzeih mir, Bey, verzeih mir, wenn ich das sage, ich will dir keine Ratschläge erteilen, aber auch du bist nicht ohne Schuld. Wie kann man dem Geschick seines Stammes so gleichgültig gegenüberstehen? Muß man sich denn nicht ständig fragen, wie geht es ihnen, wie leben sie? Glaubst du, deine Herrschaft kann sonst überleben? Nein, nein, bestimmt nicht, sie ist zum Untergang verurteilt, zum Ruin. Geh einmal durch die Straßen dieser Stadt, schau dich um, was siehst du? Wohl ist diese Stadt sehr groß geworden, stehen die Häuser darin wie Paläste, doch ihre Einwohner sind heruntergekommen, verdorben, abgestumpft, ohne Gefühl. Hat dir schon einmal jemand gesagt, daß Männer in der vollen Kraft ihrer Jahre, Männer so groß wie Schränke, Kinder verprügeln, die nichts als Haut und Knochen sind? Und daß die Menge diesem Schauspiel nur gleichgültig zusieht?«

»Das hat mir noch niemand erzählt«, murmelte Hurşit Bey, und die widersprüchlichsten Gefühle malten sich auf seinem Gesicht.

»Dann hörst du es eben von mir. Ich wiederhole es mit Nachdruck. Ein Land, in dem Erwachsene die Kinder verprügeln, und die Leute nichts dagegen unternehmen, nur dastehen und blöd zuschauen, ist ein verfaultes, ein sterbendes Land.«

»*Intéressant . . . Intéressant* . . .«

Meister Haydar erhob sich, zog sein Schwert aus der Scheide und reichte es Hurşit Bey.

»Schau es an, Bey. Ganze dreißig Jahre! Und der Sultan sagte damals zu Meister Rüstem: ›Oh, bei Allah! Der Glanz deines Schwertes blendet mich . . . Wünsche dir, was du willst!‹ Meister Rüstem schmiedete nur fünfzehn Jahre an seinem Schwert. Und er war nur ein Angelernter . . . Aber ich . . . Dreißig Jahre! Ein richtiger Schmied aus dem Heiligen Orden . . . Und welch einen Erlaß verkündete damals der Sultan mit mächtiger Stimme! Die Ebene von Aydin soll euch gehören . . . Aber ich . . . Ich bin zu dir gekommen, großer, ruhmreicher Ramazanoğlu . . . Nimm dieses Schwert!«

Hurşit Bey nahm das Schwert, prüfte es lange, mit Entzücken. Meister Haydar las ihm die Bewunderung am Gesicht ab und schwamm in einer Woge grenzenloser Glückseligkeit. Dann begann der Bey zu sprechen. Während er sprach, nahm er die Augen nicht vom Schwert. Die ganze Welt begann sich um Haydar zu drehen, die Wände des Zimmers stürzten ein, richteten sich wieder auf, die Decke hob und senkte sich . . . Vor seinen Augen wurde es dunkel, nachtschwarz, dann taghell . . . Und wieder das Dunkel . . . Danach eine Flut von Lichtern.

Am Ende seiner langen Rede stieß Hurşit Bey einen tiefen Seufzer aus. »So ist es, Meister Haydar, guter Haydar, mein treuer, alter Türkmene. So haben sie uns also alle Knochen gebrochen. Sie haben unsere Welt in eine Welt der Grausamkeit und Tyrannei verwandelt. Sie haben daraus eine Hölle gemacht, eine Hölle für sich selbst und für uns . . . So weit ist es gekommen. Diese große Stadt gehört uns nicht mehr. Sie gehört den Reichen, den Agas, den Händlern aus Kayseri. Alles gehört jetzt ihnen!«

Er erzählte ihm von den Agas, den Händlern aus Kayseri, den Großgrundbesitzern und Fabrikherren. Er nannte sie alle beim Namen.

Eine Hand hatte sich um Meister Haydars Kehle gelegt und schnürte ihm die Luft ab. Mit beiden Händen hatte er seinen Bart gepackt. Er überlegte mit dem ganzen Körper, mit den Händen, dem Bart, den Augen, den Füßen, sogar mit der Kappe und den Bauernschuhen. Die Gedanken jagten einander mit unglaublicher Geschwindigkeit. Er zitterte, war in Schweiß gebadet. Er stand auf.

»Dann hat man euch also noch übler zugerichtet als uns, mein lieber Ramazanoğlu«, sagte er. »So ist es, wie . . .? Auch ihr habt keine Straßen mehr, auf denen ihr gehen könnt, ihr habt kein Schwert mehr, um es euch damit zu umgürten, habt keinen Freund mehr, der euch in die Arme schließt. Sie haben euch also zerstört, lange vor uns, mein lieber Ramazanoğlu! Ist es so?«

»Ja, sie haben uns zerstört«, sagte Hurşit Bey. Meister Haydars Angst, sein Gefühl der Niederlage brannte sich auch in ihn hinein. »Die Reichen, die Agas, die Händler . . . Ihnen gehört jetzt alles. Für sie zählt nur Geld, es ist ihr Heiligtum, ihr Gott. Ja . . . *Intéressant . . . intéressant . . . très intéressant . . .*«

»Intéressant . . .« Für Meister Haydar hatte das Wort jetzt seine ganze Zauberkraft verloren. Er griff nach dem Schwert, das auf dem Tisch lag und steckte es mit zittrigen Händen in die Scheide zurück. Er nahm es wie einen Säugling auf die Arme, als ob er fürchtete, es zu

verletzen, und ging zwei Schritte auf Hurşit Bey zu. Er kniete nieder, legte die Handflächen auf die Brust und verneigte sich. Dann richtete er sich auf und ging zurück zur Türe.

»Bleib gesund, mein großer, edler Ramazanoğlu!« sagte er dumpf. Aber in seiner Stimme lag auch ein leichter Spott, eine Spur von Selbstironie.

Die Zeiten ändern sich, dachte er, alles hat ein Ende, Altes macht Neuem Platz, seltsame, grausame Dinge geschehen, von denen wir nichts wissen, die wir nicht verstehen. Was sterblich ist, muß sterben. Und nichts, niemand kann uns vor dem Tod retten. Auch wir werden das Schicksal Ramazanoğlus erleiden. Die Generationen nach uns werden ihr Leben in einem kleinen Zimmer verbringen, nicht größer als ein Handteller, und vor sich hinträumen wie die Eulen. Von ihren Zungen wird nur noch ein Wort kommen: *»Intéressant, intéressant . . .«*

In einem Zimmer nicht größer als ein kleines Wiedehopfnest. Und doch muß sich der große Ramazanoğlu glücklich preisen. Unseren Kindern wird dereinst nicht einmal das vergönnt sein. Ein Stück Land, ein Fleckchen Erde. Das Land . . . Der Tod . . . Wie grausam . . . Eine Zeitlang dachte er an nichts anderes. Es war, als schwebe er durch die Luft, in einem seltsamen, zerstörerischen Nebel.

Er kehrte zu Osman zurück, ohne ihn eines Blickes zu würdigen. Er sah nichts um sich herum, schwankte, drückte aber das Schwert ganz fest an die Brust. Osman ahnte, was geschehen war. Sie lenkten ihre Schritte zur Stadtmitte. Sie gingen, ohne zu wissen, wohin sie gingen, gehen sollten. Im Gehen kam Meister Haydar langsam wieder zu sich. Noch immer fuhren ihm Gedankenfetzen durch den Kopf.

Was hat er eigentlich gesagt? Was hat der große Ramazanoğlu überhaupt gesagt? Tot . . . Alles vorbei . . . Alles . . . Die Agas . . . Es sei aus mit den Beys. Die Tyrannei . . . Die Agas, dieser Abschaum der Menschheit . . . Und Temir Aga? . . . Und was war mit Memet Aga dem Verrückten? Sagte man ihnen nicht nach, jeder einzelne von ihnen sei soviel wert wie zehn dieser Beys aus früheren Geschlechtern? Waren sie nicht weiser, großzügiger, menschlicher? Dieser Temir Aga zum Beispiel, sagt man, soll früher ein kurdischer Bey gewesen sein, der sich in der Çukurova niedergelassen hatte, dort Aga geworden war und mehr Grundbesitz anhäufte, als ihm der Erlaß eines Sultans hätte übertragen können. Und all das nur durch seine starke Hand.

Langsam hellte sich Meister Haydars Gesicht wieder auf. Osman sah es und atmete auf. Als er ihn aus Ramazanoğlus Haus herauskommen sah, hatte er Angst, der alte Mann würde sterben.

»Osman, gehen wir noch einmal zu dem guten Mann zurück. Du weißt schon, der so heißt wie mein Enkel.«

»Gut, gehen wir«, sagte Osman.

Es war spät am Nachmittag, als sie den Laden erreichten. Kerem Ali war glücklich, den rotbärtigen Riesen wiederzusehen. Er empfing sie mit einem freudigen Lächeln. »Nun, habt ihr ihn gesehen, den großen Ramazanoğlu?« fragte er.

Meister Haydar schien aus einem Traum zu erwachen. »Ja, ich habe ihn gesehen«, sagte er bitter, »ich habe mit ihm gesprochen. Könntest du mir noch einen Gefallen tun, Bruder?« Was ihn vor allem gekränkt und zutiefst bestürzt hatte, war, daß Hurşit Bey kein einziges Mal darum gebeten hatte, das Schwert sehen zu dürfen, was er als alter, echter Ramazanoğlu eigentlich hätte tun müssen. Nein, Meister Haydar hatte es unaufgefordert, getroffen vom Schweigen Ramazanoğlus, aus der Scheide gezogen und dem Bey gezeigt. Doch mit welcher Bewunderung hatte er es dann betrachtet . . . Voller Staunen, mit hervortretenden Augen, mit Froschaugen . . . Ja, beim Anblick dieses Schwertes waren ihm die Augen wirklich fast aus dem Kopf gesprungen. Plötzlich verspürte Meister Haydar den brennenden Wunsch, das Schwert dem guten Mann, seinem lieben Kerem Ali, zu zeigen . . .

»Ich tue alles, was du wünschst«, sagte Kerem Ali. »Ich stehe zu deiner Verfügung, mein Onkel!«

»Danke«, sagte Haydar. »Allah schenke dir ein langes Leben! Zeig mir noch Temir Agas Haus . . . Ich will auch ihn sehen. Schau, dieses Schwert hier habe ich geschmiedet. Ich habe genau dreißig Jahre dazu gebraucht . . .« Er sprach sehr schnell, als ob er Angst hätte, etwas zu vergessen. »Mein Orden ist heilig. Seit den Zeiten in Khorassan . . . Man nennt mich Meister Haydar, Großmeister des Ordens der Schmiede. Die Schahs, Sultane, die Beys, die wie die großen Adler waren, gürteten sich einzig und allein die Schwerter aus unserem Orden um. Rüstem, der Meisterschmied des Çebi-Stammes, brauchte fünfzehn Jahre für sein Schwert. Und er war nicht einmal im Orden geboren, war sozusagen nur ein Steckling . . . Eines Tages trug er sein Schwert zum Sultan . . . Und der Sultan . . . Vor Bewunderung hätte er beinahe seine Zunge verschluckt! Wünsch dir, was du willst, sagte der Sultan zu ihm . . .

Aber ich, an diesem Schwert arbeite ich seit tausend Jahren . . . Seit tausend, zweitausend, zehntausend Jahren . . . Seit unser Orden besteht . . . Da gab der Sultan Rüstem die ganze Ebene von Aydin . . . Für ein Schwert! Schau! Nimm es und schau, guter Mann . . .« Er zog das Schwert aus der Scheide und reichte es Kerem Ali. »Es glänzt und glitzert in der Sonne wie ein Wassertropfen . . . Oder etwa nicht? Ich habe zehntausend Jahre gebraucht, um dieses Schwert zu schmieden . . . Da, schau . . . nimm es! Du bist ein braver Mann. Es soll deine Hand berühren, das bringt dir Glück . . . Da, schau es an! Nimm es!«

Sein roter Bart bebte vor Begeisterung.

Als Kerem Ali das Schwert sah, stand er vor Bewunderung wie festgenagelt, wie verzaubert da. Von so viel Schönheit konnte er die Augen nicht abwenden. Er schaute und schaute. Und je mehr er schaute, desto mehr reizte es ihn, seinen Blick noch länger darauf ruhen zu lassen. Er drehte und wendete es in seinen Fingern, prüfte es von allen Seiten, war außer sich vor Bewunderung.

Eine Menschenmenge hatte sich um sie versammelt. Die Vorübergehenden, die das Schwert sahen, betraten den Laden, bei seinem Anblick stand ihnen fassungsloses Staunen im Gesicht. Sie lobten das Schwert in überschwenglichen Worten, lobten es in den höchsten Tönen . . . Meister Haydar sonnte sich in der Bewunderung und Sympathie, die man ihm entgegenbrachte. Stolz und Freude überwältigten ihn. Die Menge im Laden schwoll immer mehr an.

Schließlich gab Kerem Ali Meister Haydar das Schwert zurück, unter tausend Lobpreisungen, wie sie nur einem so edlen Mann von den Lippen kommen konnten. »Ein Schwert wie dieses wird in den nächsten hunderttausend Jahren nicht mehr geschmiedet werden!« sagte er. »Allah segne deine Hände.«

»Führ mich zu Temir Aga«, sagte Meister Haydar und steckte das Schwert in die Scheide zurück.

»Temir Aga ist schon lange tot«, sagte Kerem Ali. »Schon viele Jahre . . .«

»Und Memed Aga der Verrückte?«

»Auch er ist tot . . .«

»Dann müssen sie doch Söhne haben. Gibt es keinen anderen Aga an ihrer Stelle?«

»Die Söhne taugen nichts«, sagte Kerem Ali. »Geh besser zu Hasip Bey. Hasip Bey ist Nomade wie ihr . . . Vielleicht ist er sogar verwandt mit euch . . .«

»Wir sind verwandt mit den Ramazanoğlus und den Osmanen. Woher kommt Hasip Bey?«
»Das weiß ich nicht so genau«, sagte Kerem Ali. »Aber er ist sicher Nomade. Und er ist der reichste Aga von Adana. Die ganzen Ländereien um Yüreğir, von hier bis zum Mittelmeer, gehören ihm.«
»Er ist vielleicht einer der Yüreğir-Nomaden.«
»Das kann sein«, sagte Kerem Ali. »Du solltest vielleicht zu ihm gehen.«
»Das wäre sicher klug«, sagte Meister Haydar mit neuer Zuversicht. »Gehen wir also zu ihm. Da er Nomade ist und noch dazu aus Yüreğir, weiß er, was ein Mann wert ist.«
»Ganz bestimmt weiß er das«, sagte Kerem Ali. Er wandte sich dem Lehrling zu: »Kannst du diesen Mann zu Hasip Bey führen?«
Sie machten sich auf den Weg, folgten dem jungen Mann und kamen zu der Villa von Hasip Bey. Als Meister Haydar dieses Haus erblickte, frohlockte er. Aha, da schau her, dachte er, das nenne ich eine Villa, einen Palast! Die Villa lag inmitten eines weitläufigen Gartens, war riesig und prunkvoll verziert mit Stuck und Gold und buntem Glas. Wie ein Märchenpalast, dachte Meister Haydar, ein Zauberpalast aus Kristall und Aquamarin! Aus Kristall, aus Perlen und Korallen . . . So müssen Agas leben, auch Paschas, Sultane. Armer Ramazanoğlu, wie verbittert bist du, spuckst Gift und Galle auf die Agas. Den großen Ramazanoğlu gibt es tatsächlich nicht mehr, kein Wunder, daß er tobt vor Zorn! Sobald er die Villa sah, begriff Meister Haydar, daß Ramazanoğlu tot war und diese Leute hier seinen Platz eingenommen hatten. Von neuem erwachte Freude in ihm, seine Hoffnungen lebten wieder auf. Der Besitzer dieses Palastes, der Sohn Temir Agas, Hasip Bey, würde gewiß dieses Schwert, das schön war wie ein Wassertropfen, annehmen! Meisterschmied, würde er zu ihm sagen, wünsche dir, was du willst! . . . Ich wünsche dir Gesundheit, sonst nichts, mein Sultan, mein Löwe, mein Aga, mein Edler! . . . Was nützt dir meine Gesundheit, wünsche dir lieber etwas für dich . . . Ein winziges Stück Land, ein ganz winziges Stück . . . Diese Schwerter schmieden wir seit tausend, seit zehntausend Jahren . . . Seit zehntausend Jahren haben zehntausend, hunderttausend Männer diese Schwerter geschmiedet, von Generation zu Generation, in unserem heiligen Orden . . . Und in den kommenden zehntausend Jahren werden wir Schwerter schmieden. Solche Schönheit soll nie aus der Welt verschwinden. Es wird immer Menschen geben, die solches zu schätzen wissen. Ja, in der Tat, so ist es, großer Hasip Bey! Ramaza-

noğlu ist wütend auf euch, hat euch verflucht. Aber es ist nicht seine Schuld. Schließlich habt ihr ihn ja zugrunde gerichtet, diesen Mann, habt seinen Platz eingenommen. Ihr dürft es ihm nicht übelnehmen ... Er hat mich nicht einmal gebeten, ihm das Schwert zu zeigen ... Nein, kein einziges Mal! Ich schwöre es euch! Wenn ich es nicht selbst aus der Scheide gezogen hätte, um es ihm zu zeigen, hätte er es nicht einmal gesehen ... Ja, ruhmreicher Hasip Bey, so ist es, genau so!

Er drehte sich zu Osman um, lächelte mit seinem ganzen funkelnden, tiefroten Bart, mit den stahlgrünen Augen, mit seiner goldgelben Mütze und dem Schwert in der Hand.

Kerem Alis Lehrling läutete. »Fragt den Türöffner nach Hasip Bey«, sagte er und ging fort.

Meister Haydar, hoch aufgerichtet, das Schwert in der Hand, und Osman warteten vor dem Gittertor.

Die Tür der Villa öffnete sich, ein Diener in goldener Livrée kam ans Portal. Er stellte sich vor sie hin, steif wie ein Stock. »Was wollt ihr?«

Er hatte eine strenge, verächtliche Stimme. Aber dieser Ton gefiel Meister Haydar. Der Diener eines Agas mußte so reden.

»Ist Hasip Aga zu Hause?« fragte er mit klarer, voller Stimme. »Wenn er da ist, so sag ihm, Meister Haydar, der alte Nomade, der Großmeister des Ordens der Schmiede, ist als Allahs Gast gekommen. Meister Haydar, der alte Nomade, der Großmeister des Ordens der Schmiede, eines Ordens, der die edelsten Schwerter im ägyptischen Stil schmiedet. Ein Orden, der schon seit zehntausend Jahren die Schwerter der Schahs und Sultane schmiedet ...«

O ja, so mußte es sein ... Jeder Bey, jeder Pascha, jeder Schah, jeder Sultan, der etwas auf sich hält, muß so leben. O mein armer Ramazanoğlu!

Wortlos entfernte sich der Diener, ging ins Haus und schloß die Tür hinter sich.

Hasip Bey beobachtete vom Fenster aus diesen sonderbaren Alten mit seiner Mütze, den Bauernschuhen, dem Schwert in der Hand, den alten Gaul hinter sich und wunderte sich, was der von ihm wollte. War das einer von seinen Verwandten, einer der Nomaden, die noch aus den Zeiten der alten Hethiter übriggeblieben waren? Nur schon der Gedanke daran war ihm widerwärtig. Alle Nomaden auf der Welt kamen zu ihm und behaupteten, sie seien mit ihm verwandt. Es war die reinste Invasion in den letzten Jahren.

»Geh und frag sie, was sie wollen, ob sie mit uns verwandt sind oder was. Geh und frag sie«, befahl er.
Der Diener ging zurück und gab die Frage an Meister Haydar weiter.
»Nein, wir sind nicht miteinander verwandt«, sagte Meister Haydar. »Mit den Nomaden von Yüreğir sind wir nicht verwandt, aber mit den Ramazanoğlus und mit den Osmanen. Ramazanoğlu ist ein ruhmreicher Mann, wir haben ihn daher schon aufgesucht. Ich heiße Meister Haydar. Rüstem, der von den Çebis kam und nur ein Steckling war . . . Fünfzehn Jahre brauchte er . . . Unser Orden aber . . . Seit zehntausend Jahren . . .« Und er erzählte alles von neuem, in allen Einzelheiten.
Der Diener verstand die Geschichte des alten Mannes nur zur Hälfte und ging zurück zu Hasip Bey. »Er sagt, daß sie nicht mit euch verwandt sind. Sie sind verwandt mit den Ramazanoğlus und auch mit den Osmanen. Dieser Mann will ein Meister des Ordens der Schmiede sein. Er sagt, er habe tausend Jahre gebraucht, um ein Schwert zu schmieden . . . Und dieses Schwert will er euch anbieten. Und ihr werdet dann zu ihm sagen, wünsche dir, was du willst . . .«
Hasip Bey lachte. Er steckte seine Hand in die Hosentasche, zog ein Bündel Banknoten heraus, nahm zwei Zehnlira-Scheine und reichte sie dem Diener: »Gib das dem Alten. Sag ihm, daß Hasip Bey keine Schwerter oder ähnliches sehen will.«
Meister Haydar lauerte an der Türe und wartete mit angehaltenem Atem auf die Rückkehr des Dieners. Der Mann kam und reichte ihm die zwei Zehnlira-Scheine. »Der Bey will keine Schwerter sehen. Er sagt, ihr sollt dieses Geld nehmen und gehen.«
Völlig verblüfft nahm Haydar das Geld, das ihm der Diener in die Hand legte. Dann machte der Mann auf der Stelle kehrt, lief zur Villa zurück und verschwand im Haus. Im Nu war die Tür hinter ihm ins Schloß gefallen.
Meister Haydar war wie gelähmt; er versuchte seine Selbstbeherrschung wiederzugewinnen, aber es gelang ihm nicht. Die Geldscheine glitten ihm durch die Finger, der starke Westwind wehte sie davon und trieb sie durch die Gärten.
Osman hielt den Alten, dessen Beine wankten, am Arm fest. Sie gingen durch Gassen und Straßen, an Häusern und Gärten vorbei. Aber Meister Haydar sah das alles nicht. Osman betrat ein Lebensmittelgeschäft und kaufte Brot und Helva. Die Sonne versank am Horizont, als sie das Ufer des Seyhan erreichten. Meister Haydar beugte sich

hinunter, ließ Wasser in die hohle Hand laufen und wusch sich sorgfältig das Gesicht. Hatte er geträumt? War alles ein Traum, aus dem er eben erwachte?
»Ich habe Hunger«, sagte er.
Osman breitete ein Stück Zeitung auf dem Boden aus und legte das Brot und die Helva darauf. Sie begannen zu essen. Meister Haydar schlang das Essen mit großem Appetit hinunter. Die letzten Sonnenstrahlen schimmerten rot auf seinem Bart. Er war in Gedanken versunken. Unvermittelt wandte er sich Osman zu. »Als die Bauern am Morgen das Lager anzündeten, blieb Kerem nach dem Brand spurlos verschwunden. Seitdem hat man ihn nicht mehr gesehen. Meinst du, daß dem Kind etwas zugestoßen ist?«
»Kindern passiert nie etwas«, sagte Osman. »Er hat bestimmt Angst gehabt und ist geflohen. Er wird inzwischen wieder beim Stamm sein.«
»Ja, ja . . . Was für ein guter Mann, dieser Kerem Ali, nicht wahr, Osman? Was für ein guter Mann. So einen gibt es nicht noch einmal. Was für ein schönes Lächeln er hat, so freundlich. Was für ein freundlicher, respektvoller, großherziger Mann!«
»Das stimmt«, sagte Osman.
»Alles wird sich wandeln, vergehen, sterben, die Gedanken, die Bräuche werden sich ändern, aber die menschliche Würde wird überdauern. Es wird immer irgendwo, in irgendeinem Winkel dieser Erde, Menschen wie Kerem Ali geben, kerzengerade wie die Hauptstütze eines Zeltes. Ich hätte ihn gerne noch einmal gesehen, ihm ein paar Worte gesagt.«
Der letzte Schimmer des Tages verschwand, es wurde dunkel, und mit einem Schlag gingen in der Stadt die Lichter an. Meister Haydar sprang auf.
»Tausend, zehntausend Jahre haben wir an diesem Schwert geschmiedet . . . Wie ein Wassertropfen, der hell im Licht zittert . . . Und noch zehntausend Jahre werden wir schmieden . . . Hunderttausend Jahre . . .«
Er verliert den Verstand, dachte Osman. Der arme Mann. All das war zuviel für ihn, eine zu schwere Last. Er kann sie nicht mehr tragen.
»Zehntausend Jahre . . . Zehntausend Jahre . . . Noch hunderttausend Jahre . . . Meister Rüstem vom Stamm der Çebis . . . Nicht einmal vom heiligen Orden . . . Nur ein Lehrling. Ein Steckling . . . Fünfzehn Jahre brauchte er . . . Und ich dreißig Jahre . . . Zehntausend . . . Hunderttausend . . . Wünsche dir, was du willst . . .«

18

Halils Vater war tot, sein Großvater auch; Mustan hatte das fast vergessen. Halil war noch ein Kind, als sein Vater starb. Er hatte nur noch seine Mutter. Alle Leute im Stamm kümmerten sich jetzt um seine Herde. Mit vereinten Kräften wurde Halils Zelt bei der Ankunft immer als erstes aufgerichtet, beim Aufbruch immer als erstes abgebaut, auf die Kamele geladen und festgebunden. An Festtagen oder am Morgen vor Hidirellez fanden sie sich alle vor seinem Zelt ein, um dort ihre Gebete zu verrichten. Sie legten Stirn und Lippen auf die Trommel, den Roßschweif und das lange, verblichene Banner. Was diese Trommel, dieser Roßschweif, dieses Banner, diese Axt bedeuteten, wußten sie nicht. Aber es waren die heiligsten Reliquien der Türkmenen. Offenbar stammten sie aus fernen, weit zurückliegenden Zeiten, in die die Erinnerung nicht mehr zurückreichte, aus glücklichen und ruhmreichen Tagen, in denen die Nomaden noch Nomaden waren. Unter diesem Banner, mit diesem Roßschweif in der Hand und langen Lanzen auf den Schultern waren sie in alle vier Himmelsrichtungen ausgeschwärmt. Nichts konnte sie beugen. Wer war eigentlich dieser Halil, was war er? Warum liebte Ceren ihn so? So sehr, daß sie ihr Leben für ihn hingegeben, ihren eigenen Stamm mit Füßen getreten hätte . . .

Der Wind heulte aus Nordosten, stürzte alles um, was sich ihm in den Weg stellte, knickte Bäume und raste mit einer solchen Geschwindigkeit, daß er Felsen ausriß. Ein tollwütiger Wind. Halil war eingeschlafen. Auch seine zwei Freunde und Resul schliefen. Sie hatten sich in ihre bestickten Filzüberwürfe eingehüllt und auf den trokkenen Gräsern in der Mulde eines riesigen Felsens ausgestreckt; sie atmeten tief.

Dem schlafenden Mann krümmt sogar die Schlange kein Haar, und wäre er auch ihr ärgster Feind, sagt das Sprichwort. Der ehrliche Mann tötet keinen im Schlaf. Aber warum eigentlich nicht? Dicht unter dem Gipfel des Aladağ lief Mustan auf und ab und brannte vor Verlangen, Halil zu töten. Das Gewehr in der Hand, ging er immer

zwischen der Quelle und dem Baum, dem Baum und der Quelle hin und her. Zwischendurch wusch er sich das Gesicht, um sein Fieber zu kühlen. Und wenn ich ihn jetzt doch töte? dachte er. Ich muß ihn töten. Es muß sein. Dieser Mann sitzt mir wie ein Dorn im Fleisch, seit ich mich erinnern kann. Die Leute sahen immer nur ihn, hatten nur Augen für ihn, beschäftigten sich nur mit ihm. Sie halten ihn noch heute für ein heiliges Wesen. Die Alten, die Frauen, die Kinder, sogar die Ordensmeister und Waisen erheben sich vor ihm in ehrfürchtigem Schweigen. Wer ist er? Was ist dieser Halil? Ein schöner Mann mit blauen Augen und so schwarzen Wimpern, als ob sie Allah selbst mit Tusche geschminkt hätte, Augen so blau wie der Himmel, tief und rein wie die eines Kindes . . . Und so groß ist er, und anmutig wie ein Erpel . . . Alle im Stamm mögen ihn. Sogar die anderen Stämme. Nein, er muß sterben, sonst kann ich nicht weiterleben. Was geschieht schon, wenn ich ihn töte? Sterbe ich etwa? Was soll's! Wenn ich weiß, daß er tot ist, kann auch ich ruhig sterben.
Im Schutz der Dunkelheit kroch er zur Höhle und rückte immer näher an den schlafenden Halil heran. Man hörte ihn kaum atmen. Die Schatten, das Sternenlicht, die Felsen, die Bäume schossen herab wie ein Sturzbach. Das Gebirge dröhnte.
Drück doch ab, Mustan . . .
Halil setzt dieses Dorf in der Çukurova in Brand . . . Er ist plötzlich noch größer geworden, noch mächtiger. Seine Gestalt verbreitet Angst und Schrecken, er fegt durch das Dorf. Er ist eine Feuersäule, eine todbringende Flamme. Sein Name weckt Furcht, geht ihm immer voraus, geht im Stamm, bei den anderen Nomaden, in der ganzen Çukurova von Mund zu Mund. Halil, das Sinnbild des Schrekkens, des Mutes, des Todes, der Freundschaft und der Schönheit. Es gibt nur Halil auf dieser Welt, die anderen zählen nichts . . .
Drück ab, Mustan! Die Mündung ist nur noch fingerbreit von Halils Stirn entfernt. Drück ab, Mustan, zerschmettere seinen Schädel, daß das Hirn spritzt . . . Drück ab, Mustan!
Mustans Hände werden starr, tausend Nadeln stechen seinen Körper. Seltsame Schatten huschen an seinen Augen vorüber, die Angst lähmt ihn. Dann reißt er sich wieder zusammen, entfernt sich ein paar Schritte, kommt zurück und zielt mit der Mündung des Gewehrlaufs Halil direkt auf die Stirn.
Ceren wird Halil nicht gehören, nein, sie wird niemandem gehören. Ceren wird Oktay Bey heiraten; der Stamm ist in Not, und sie wer-

den sie ihm zuletzt doch geben. Also, wach auf, Bruder, steh auf, Halil! Du mußt sterben.
Als sie Kinder waren, gönnte Halil ihm nicht einmal einen Blick. Er war wie ein junger Wolf, so als ob alle anderen Kinder seine Sklaven gewesen wären! Dann schlug er Mustan, demütigte ihn . . . Und sogar jetzt, wo Mustan sich in die Berge abgesetzt hatte und vogelfrei war, genau wie Halil auch . . . Immer noch hieß es ständig Halil, immer nur Halil, sein Name war in aller Munde. Von Mustan sprach niemand ein Wort . . .
Drück ab, Mustan!
Mustan kam und ging, lief im tosenden Heulen des Windes hin und her. Beeile dich, Mustan, wenn du diese Sache heute nacht nicht hinter dich bringst, wirst du es nie mehr tun. Nie mehr . . . Drück ab . . .
Aber wird dich, wenn du Halil getötet hast, nicht der Stamm, die ganze Welt verdammen? Werden dir nicht Ceren und sogar die Leute aus den anderen Stämmen das Leben zur Hölle machen? Was soll's, es reicht, wenn Halil stirbt, das ist das Wichtigste. Hauptsache, er ist tot.
Drück ab, Mustan!
Ein schöner Morgen; von einem Minarett in der Çukurova erschallt der Gebetsruf, gerade als sie in Çukurköprü am Sumbas-Fluß ankommen . . . Halil ist zu Pferd, hält ein Gewehr in der Hand, Mustan aber ist zu Fuß, läuft hinter ihm her, wie ein Hund. Halil spricht kein Wort mit ihm . . . Sie erreichen das Haus von Derviş Bey, wekken ihn auf. »Wach auf, Bey, deine letzte Stunde hat geschlagen!« ruft Halil mit seiner mächtigen Stimme. Er ist voll unbezähmbaren Mutes, in seinen Augen liegt keine Spur von Furcht . . . »Akmaşat gehört uns, ist unser Winterquartier. Gib uns unseren Boden zurück, mit welchem Recht hinderst du uns, dort zu überwintern?« brüllt Halil. Die Augen springen Derviş Bey vor Angst aus dem Kopf. »Verschone mich, Halil«, sagt er. »Leute von altem Adel wie du töten doch niemanden wegen einer solchen Kleinigkeit . . . Mich umbringen, mich, wegen Akmaşat! Wozu? Wie kommst du darauf? Woher sollte ich wissen, daß es euer Winterquartier war! Akmaşat soll euch gehören, aber verschone mich! Ich habe Frau und Kinder. Zieht gleich morgen früh hin, laßt euch in Akmaşat nieder!« Mit großem Triumph ziehen sie am nächsten Morgen in Akmaşat ein. So kam es, daß man sogar in der Çukurova Lieder zu Ehren von Halil anstimmte . . . Unsere Leute haben keine alten Lieder, sie singen nicht, aber ihre Gesichter lächeln, fröhlich wie ein Lied. Niemand beachtet Mu-

stan, niemand. Wenn Halil da ist, vergißt man sogar, daß er lebt. Drück ab, Mustan. Drück ab, und bring es hinter dich . . .

Halils Blut bildet am Boden eine kleine Lache. Ein Graben, schmal und lang, darin Halils Leiche. Dahingestreckt wie ein Baum. Er sieht nicht tot aus. Schaut einen immer noch von oben herab an, mit einem Blick, vor dem man in Grund und Boden versinkt, mit stolzen, spöttischen Augen. Seine schwarzgewimperten Augen sind geschlossen, aber er sieht nicht aus wie ein Toter. Da liegt er im Grab, von Myrtenzweigen bedeckt, in ihrem schweren Duft. Über den Zweigen Erde und Steine. Halil liegt darunter, er lächelt. Sein karminrotes Blut sickert aus dem Boden. Goldene Bienen tummeln sich zu Tausenden darüber. Ihre Flügel schwirren. Diese Lichttropfen, die schillern und glitzern, einmal stahlgrün, dann wieder silbergelb.

Meister Haydar, der Großmeister des Ordens der Schmiede, der sich vor niemandem beugt, nicht einmal vor den Ordensmeistern und Heiligen, vor Halil verneigt er sich bis zum Boden . . . Warum eigentlich, wer ist denn dieser Halil?

Drück ab, Mustan, los, mach schon, bring es hinter dich!

Seine Hände zittern jetzt nicht mehr, das Herz flattert ihm nicht mehr in der Brust wie ein Vogel im Käfig. Er ist bei klarem Verstand. Solange Halil lebt, ist die ganze Welt wie tot! Du und ich, jeder. Wir alle.

Drück ab, Mustan!

Der heulende Nordostwind ist eiskalt. Bald wird der Morgen dämmern. Die Mündung zielt mitten auf Halils Stirn.

Und jetzt nimmt Halil Ceren in die Arme und dreht sich mit ihr im Kreis . . . Halil hat immer Mädchen in den Armen, die schönsten Mädchen der Gegend . . . Alle sind in ihn verliebt, die Nomadenmädchen, die Mädchen der Çukurova, die Stadtmädchen. Wo er auch geht, die Mädchen bleiben stehen, drehen sich nach ihm um. Ihre Augen strahlen . . . Und Tränen darin . . .

Mustan, Mustan, Mustan . . .

Er ging zu Resul und weckte ihn.

»Komm doch, Bruder«, flüsterte er ihm zu. »Ich habe nicht die Kraft, Halil zu töten. Komm mit.«

Resul schlich ganz leise aus der Höhle und folgte Mustan. Sie standen vor der Quelle.

»Wasch dir erst das Gesicht, das macht dich munter.«

Resul tat wie ihm geheißen.

»Bald wird es dämmrig werden. Ich habe versucht und versucht, aber ich konnte Halil einfach nicht umlegen.«
»Ich habe nicht geschlafen, ich habe alles gesehen«, sagte Resul. »Du bist dauernd hin- und hergelaufen.«
»Ja, ja . . . Ich habe es eben nicht fertiggebracht . . . Denn er ist eigentlich ein alter Freund von mir. Doch solange er lebt, ist es, als wäre ich tot. Dir aber bedeutet Halil nichts. Du kennst ihn nicht einmal. Da du jetzt wie mein eigener Bruder bist, so nimm du dieses Gewehr und drücke ab. Ich habe nicht die Kraft dazu. Ich bin wie tot, solange er am Leben bleibt. Jeder ist wie tot. Auch du bist wie tot. Alle jungen Männer sind wie tot! Er beansprucht die ganze Welt für sich allein. Wenn er lebt, sind alle anderen tot.«
Resul konnte nicht verstehen, warum Mustan so viel daran lag, Halil zu töten. Mustan hatte es ihm zwar lang und breit erklärt, aber Resul hatte nichts davon verstanden. »Gib mir dieses Gewehr, dann töten wir ihn eben«, sagte er kalt, so wie man sagt, töten wir einen Vogel, eine Ameise, eine Biene, eine Fliege.
Er griff nach dem Gewehr. Mustan nahm Resuls Überwurf, wickelte sich darin ein, streckte sich mit geschlossenen Augen vor der Höhle aus, wartete, lauschte mit größter Aufmerksamkeit.
Ein bisher nie gekanntes Gefühl überwältigte Resul aus heiterem Himmel, schüttelte seinen Körper durch und durch, nagte an seinem Herzen. Was war mit ihm los? So etwas erlebte er zum erstenmal. Seine Hände brannten, der Gewehrkolben darin auch. Wie tollwütig drehte er sich ein paarmal um die eigene Achse, wie ein Kreisel. Dann drückte er ab. Mustan rollte schreiend über den Boden. Er schlug um sich und krallte sich mit den Nägeln in Büsche und Felsen. Resul feuerte noch einmal. Halil war aufgewacht und griff nach seinem Gewehr. Resul wich zurück und warf sich hinter einen Felsen. »Hör auf, Halil, bring mich nicht um!« schrie er. »Ich war es, jawohl, ich, ich habe Mustan getötet.«
Mustan rollte sich noch immer am Boden, biß sich in die Hände, biß in die Erde. Halil versuchte, ihn zu halten. »Bruder, Bruder, Mustan, warum haben sie dich erschossen?« schrie er und drückte ihn an sich. Mustan stöhnte, schrie, seine Zähne gruben sich in die blutgetränkte Erde, in die Felsen, in die Büsche, in seine eigenen Hände, er fuchtelte mit den Armen durch die Luft. »Ich werde dich rächen, werde dich rächen, Mustan, mein Bruder, niemand anders als ich wird dich rächen, niemand sonst.«
Bei Tagesanbruch streckte sich Mustans Körper dreimal, als ob er

auseinanderbräche, seine Kiefer verkrampften sich, dann rührte er sich nicht mehr, blieb steif liegen. So groß wie ein Dreschplatz war die Erde, die er aufgerissen, mit seinen Nägeln durchwühlt und mit seinem Blut getränkt hatte.
Die anderen standen in einiger Entfernung, sahen auf Mustans Leiche und auf den Boden, auf dem das Blut eine Lache bildete, auf die blutbefleckten Felsen, auf die zerschundenen Hände des Toten und ihre weiß hervortretenden Knochen.
Halil saß schweigend beim Kopf des Toten und stützte die rechte, blutbefleckte Hand flach auf die Erde. Seine Augen ruhten auf Mustans Leiche. Plötzlich hob er den Kopf und sah Resul neben dem Felsen stehen. Er war überrascht, zögerte einen Augenblick, dann sprang er mit einem Satz hoch und ergriff sein Gewehr.
»Warte, Halil!« sagte Resul gelassen zu ihm, als ob nichts geschehen sei; ein unmerkliches Lächeln spielte ihm dabei um den Mund. Seine Stimme war so seltsam, so ungeheuer selbstsicher, daß Halil ihm gehorchte. Er war verblüfft, gebannt. »Warte, Bruder Halil . . .«

19

Verdreckt und gebrochen kam der Zug in Sariçam an und rastete auf dem Ödland, einem unfruchtbaren Gebiet, auf dem nicht der kleinste Grashalm wuchs. Im Zwielicht des heraufziehenden Tages betrachtete Süleyman der Vorsteher die Zelte, die man gerade aufbaute. Alle Nomaden waren müde, am Ende ihrer Kräfte, man hörte nicht den geringsten Laut. Nur das schwere Schlagen der Stützen, die die Männer in den Boden rammten, erfüllte die Dämmerung. Kein Kind weinte, kein Hund bellte. Schon lange war kein fröhliches Gelächter mehr durch den Stamm geklungen. Die Sonne ging auf. Süleyman der Vorsteher konnte den Anblick dieser zerrissenen, verblichenen, dreckigen, schmutzigen, windschiefen Zelte nicht mehr länger ertragen. Und er wagte schon gar nicht mehr, sie zu zählen. Taniş der Alte stand neben ihm. Seine winzigen, wimpernlosen Augen blinzelten ständig in der aufgehenden, sich erwärmenden Sonne. Die zerknitterten, durchnäßten Zelte dampften. Zwischen den Zelten lagen Filzläufer, Kelims und Matratzen zum Trocknen ausgebreitet. Die Frauen hatten als erstes die Tiere gemolken und die Milch in schwarzen Kesseln, aus denen lauwarmer Duft stieg, zum Kochen aufgesetzt. Alles roch nach Feuchtigkeit, Schweiß und Fäulnis. Vor jedem Zelt standen Backbleche, die Frauen kneteten hastig Teig, breiteten ihn zu Fladen aus und buken sie kurz auf dem heißen Blech. Andere waren zum Wäschewaschen gegangen an einen kleinen Bach in einiger Entfernung vom Lager. Einige Kinder, nackt wie sie geboren waren, strichen lustlos um sie herum, sie spielten nicht, sie lachten nicht. Von weitem hörte man das Geräusch der Wäscheschlegel. Eine einzige Frau war in ihrem Zelt geblieben, es war Ceren. Sie saß trübselig da, an die Hauptstütze gelehnt, fühlte sich gealtert, um Jahre gealtert, fast tot. Süleyman der Vorsteher fragte Taniş den Alten, ob Zelte fehlten. Von den etwa sechzig, die der Zug beim Abmarsch zählte, waren nur noch neunundvierzig geblieben. Sakarçali hatte in aller Stille den Stamm in Dumlu verlassen und seine Familie und seine Habseligkeiten mitgenommen. Ali der Alte war in Anavarza geblieben. Mustafa mit dem Überwurf, Hidir der Bärenschläger, Haçi der Knechtssohn, Durmuş der Kurdensohn hatten sich den Lek-Kurden, die in der Gegend um Anavarza siedelten, angeschlossen. Als sie die Hemite-Brücke überquert hatten, schlug Salman mit seiner Familie, die in Trä-

nen aufgelöst war, den Weg nach Bahtçe ein. Niemand hatte den Mut und die Kraft gehabt, dem Vorsteher all dies mitzuteilen.

»Soweit haben wir es also gebracht«, sagte Süleyman der Vorsteher und stieß einen tiefen Seufzer aus, »wir lösen uns nach und nach auf, alter Taniş. Früher haben wir zweitausend Zelte gehabt, dann tausend. Danach fünfhundert, dann hundert, dann sechzig . . . Und jetzt . . . Und es wird so weitergehen bis wir von der Erdoberfläche verschwunden sind. Von denen, die uns den Rücken kehrten, kam nicht einer zurück. Wohin sind sie gegangen, was ist aus ihnen geworden? Nie hat man wieder etwas von ihnen gehört.«

»Ja, nie mehr«, pflichtete Taniş der Alte ihm bei.

»Und von uns hier wird eines schönen Tages auch niemand mehr übrigbleiben.«

»Ja, niemand mehr«, sagte Taniş der Alte. »Das ist sonnenklar!«

»Dann ist es uns also beschieden, unser Volk, unseren Stamm, die großen Türkmenen, die Nomaden, die Aydinlis, die Horzumlus und mit ihnen die Tage des Ruhms zu begraben, jämmerlich zu begraben, ohne ihnen ein Klagelied, einen letzten großen Gesang mit auf den Weg ins Jenseits zu geben, ohne ihnen am Grab auf der Saz zu spielen, sie einfach zu begraben wie verreckte Hunde . . .«

»Der große Türkmene gibt seinen Geist in unseren Armen auf, zusammen mit uns . . .«

»Ja, wir wurden in finsteren Zeiten geboren. Besser, wir wären überhaupt nicht auf die Welt gekommen.«

Sie redeten und redeten, als ob sie ein Klagelied angestimmt hätten.

In ihren Glanzzeiten hatten die Türkmenen zahlreiche Gesänge, Balladen und Klagelieder gesungen, Feste und Hochzeiten gefeiert, ihre Traditionen geehrt. Gut besucht waren ihre Semahs. Man spielte oft zum Reigen auf. Ihre alevitischen Gottesdienste dauerten drei Tage und drei Nächte. Sie hatten ihre Flötenspieler, ihre Volks-, ihre Balladensänger. An jedem Herd saß eine alte türkmenische Großmutter, die sich aufs Märchenerzählen und Singen von Klageliedern verstand. Sie hatten ihre Teppich- und Kelimweber, ihre Filzmacher und Schwertschmiede, ihre Derwişe, ihre Orden, Handwerker, die aus Wurzeln Farben machten, die Silber schmiedeten, Sättel und Sattelkissen herstellten. Alles große Meister, deren Ruf vom Iran bis Turan reichte, von Westanatolien bis nach Damaskus. Beys, die großen,

mächtigen Adlern glichen. Wenn sie in die Ebene herabkamen, eilten ihnen die Gouverneure und Paschas entgegen, um sie zu begrüßen . . .
Aber mit der Zeit schwand das alles dahin, nahm ein Ende. Zuerst starb das Wort aus; verklungen waren die Gesänge, Spiele, Balladen und Klagelieder, vergessen die witzigen Geschichten von Nasreddin Hoca, die Verse des alten Yunus, die Semahs und alevitischen Gottesdienste . . . Vierzig Jahre dauerte nun schon der Todeskampf der Türkmenen, im Osten, wie auch im Westen. Schon lange war alles zu Ende.
»Was wollen wir eigentlich noch?« fragte Süleyman der Vorsteher. »Wir halten einen Leichnam in den Armen, einen verwesten Leichnam, der schon seit hundert Jahren tot ist, und weigern uns hartnäkkig, ihn zu begraben . . .«
»Wir hätten ihn schon lange begraben«, sagte Taniş der Alte. »Aber wir können nicht einmal genug Land für sein Grab finden, Süleyman, aus diesem Grund tragen wir den Toten nun schon seit vierzig Jahren auf unseren Schultern!«
»Seit vierzig Jahren . . .« wiederholte Süleyman der Vorsteher. Schmerz durchbohrte ihm das Herz, so qualvoll, daß er erbebte. Dieses Gebiet, das man Sariçam nannte, war kein glücklicher Ort. Die Menschen waren hart, habgierig und wild. Alle Türkmenen, die hier auf ihrer Wanderung Halt machen wollten, hatten nichts als Ärger und Verdruß . . . Es war schon mitten am Vormittag, und noch niemand ließ sich draußen blicken. Niemand, aber . . .
Süleyman der Vorsteher und Taniş der Alte gingen zwischen den Zelten umher und machten Späße mit den Nomaden. Drunten auf dem Ödland drängten sich die Herden auf dem kahlen Landstreifen, auch wenn sie kaum Weide fanden. Jedesmal, wenn Süleyman die Herden so sah, schnitt es ihm ins Fleisch, er fühlte etwas Faules in sich, das er nie mehr reinigen und auswischen könnte. Auf dem ganzen Weg von Payas her hatten sie die Herden mitten auf den grünen Feldern, mitten auf den frisch sprießenden Saaten weiden lassen. Seit Payas fraß und verschlang die Herde alles auf ihrem Weg wie eine Feursbrunst, wie eine Horde von Plünderern, aus lauter Zorn, wie aus Rache.
»Haben wir ein Recht, das zu tun, alter Taniş?« seufzte Süleyman der Vorsteher. »Überall auf unserem Weg sind die Felder verwüstet und verheert wie durch ein Feuer. Kein Wunder, daß die Bauern der Çukurova uns als ihre Feinde betrachten. Wir lassen es stillschweigend zu, daß unsere Tiere verschlingen, was den Armen, den Witwen und

Waisen gehört. Was sollen sie denn sonst tun, die Leute aus der Çukurova? Was meint ihr? Ihr erwartet doch sicher nicht, daß sie die Diebe ihrer Ernte mit offenen Armen empfangen, oder?«

»Aber Süleyman, Vorsteher, auf einem abgeweideten Feld wächst die Saat doppelt oder dreifach so stark nach«, sagte Taniş der Alte. »Das Schaf ist ein heiliges Tier. Das war es schon immer, seit Adams Zeiten. Die Leute der Çukurova wissen das nur nicht. Sie verlangen sogar noch Geld von uns für das Korn Allahs!«

»Ja, weil wir es ihnen stehlen . . .«

Taniş der Alte wurde ärgerlich. »Sie brauchen uns ja nur einen Fußbreit Land zu geben, auf dem wir uns niederlassen können, weiter nichts! Schon seit tausend Jahren steigen wir in die Çukurova herab und wieder hinauf in die Berge. Haben wir denn überhaupt kein Anrecht mehr auf diese Ebene?«

»Nein, wir haben es verloren. Wir haben niemanden mehr, der uns in Schutz nimmt!«

»Wir haben doch schließlich diesen Flüssen, diesen Bergen, dieser Landschaft ihre Namen gegeben . . . Jeder Stein, jede Handvoll Erde, jeder Felsen der Çukurova trägt den Namen eines Nomadenstammes. War diese Ebene denn nicht unser? Wie haben sie uns nur unsere Winterquartiere einfach wegnehmen können? Woher sind sie gekommen? Und wann? Wen haben sie gefragt, von wem haben sie alles aufgekauft, wieviel Geld, wieviele Schafe haben sie hergegeben, um zu Besitzern unserer Winterquartiere zu werden? Wo lebten jene Leute damals, als wir noch die Herren der Çukurova waren?«

Süleyman der Vorsteher begann zu lachen. »Sie waren mitten unter uns, unsere Söhne und Töchter, Menschen unter uns, Menschen unserer Stämme . . . Wohin sind denn deiner Meinung nach all die gegangen, die wir verloren haben? Das sind wir doch selbst. Wir unterdrücken uns heute gegenseitig in der Çukurova. Das ist die Geschichte vom Schwert, das seine eigene Scheide durchschneidet. Dazu gehören all die, die uns unterwegs verlassen haben. In fünf Jahren, falls der Stamm dann noch da ist, wird Sakarcali Ali der erste sein, der uns mit dem Stock in der Hand davonjagt, wenn wir uns seinem Dorf nähern! Er wird der erste sein, der uns verprügelt!«

Plötzlich hielt er in der Rede ein, erstarrte. Sein Blick fiel auf ein Zelt, das noch am Boden lag, wie ein toter Adler mit gebrochenen Flügeln, zerzausten Federn, verrenkten Gliedern.

»Sofort, stellt Halils Zelt auf«, rief er zornig. »Baut sofort das Stammeszelt auf. Macht schnell . . . Ich will es nicht in diesem Zustand

sehen. Ich bin noch nicht tot, noch nicht!« Von wilder Wut gepackt lief er zwischen den Zelten hin und her, majestätisch, wie der letzte Ausbruch eines heiligen Zorns. Die Jungen des Stammes eilten herbei und machten sich daran, das Zelt aufzustellen. »Ich bin noch da, ich bin noch nicht tot, noch nicht! Wenn ich einmal tot bin, dann braucht ihr das Stammeszelt nicht mehr aufzustellen, dann könnt ihr die Trommel, das Banner mit unserem Zeichen, den Roßschweif und sogar meine eigene Leiche von mir aus in den Fluß werfen oder auch den Hunden zum Fraß vorlegen . . .Den Hunden, ja, den Hunden . . .«
Plötzlich sah er, wie Cerens Kopf am Eingang eines Zeltes wie aus einer dunklen Höhle auftauchte. Sie kam kurz zum Vorschein und verschwand dann wieder, wie eine Traumgestalt.
Süleyman der Vorsteher kochte nun erst recht vor Zorn. »Solange ich hier bin, solange ich lebe, werdet ihr Ceren ein für allemal in Ruhe lassen! Dieser Stamm kann nicht wegen einem Fußbreit Erde seine Ehre aufgeben. Ceren ist das Schönste, was unserem Stamm noch geblieben ist! Wir werden Ceren niemandem gegen ihren Willen geben. Laßt sie endlich in Ruhe. Solange ich lebe, wird niemand Ceren, unserer Ceren, etwas zuleide tun. Was diesen Knaben, diesen Oktay betrifft, ich werde ihn in der Luft zerreißen, mit meinen eigenen Händen, falls er es wagen sollte, sich noch einmal bei uns blicken zu lassen, dieser unverschämte, niederträchtige, dieser ehrlose, weibische Kerl. Von jetzt an redet ihr wieder mit Ceren, alle. Ich befehle es!«
»Ich befehle es . . .« In all den vielen Jahren, in denen Süleyman Vorsteher des Stammes der Karaçullu war, hatte noch niemand dieses Wort aus seinem Munde kommen hören.
»Ceren soll ihre schönsten Kleider anziehen und heute, jetzt, noch in diesem Augenblick unter uns sein und strahlen wie die Sonne.«
Für ihn war sie der letzte Lichtstrahl, das Edelste seines Stammes, der bereits in den letzten Zügen lag. Mit Ceren unterzugehen, zu sterben, ach, neben solcher Schönheit . . .
Er war erschöpft. Seine Beine zitterten. Er würde gleich umfallen, in seiner ganzen Länge auf die schwarze Erde schlagen, vor aller Augen. Diese Schmach! Süleyman würde sich davon nie wieder erholen, nie wieder aufstehen können.
Alle staunten über den Zornesausbruch des Vorstehers. Seit vierzig Jahren hatte man ihn nie so aufgebracht gesehen. Süleyman schlich sich in sein Zelt zurück, es kostete ihn unbeschreibliche Anstrengung. Sein Gesicht war bleich, der Schweiß stand ihm auf der Stirn, er atmete schwer wie ein Blasebalg.

»Nimm's nicht so ernst, Süleyman, Bruder, nimm's nicht so ernst, Neffe«, sagte Taniş der Alte ständig neben ihm.
»Sterben! Ich will nur noch sterben!« Er seufzte tief, seine dunkelgrün leuchtenden Augen weiteten sich. »O allmächtiger Allah, schenk mir den Tod!« sagte er. »Den Tod! Wozu noch leben, wenn man seine Ehre, seine Würde verloren hat? Ich will diese Ruine nicht mehr einstürzen sehen. Ich will nicht mehr sehen, wie Tag für Tag sich die Steine lösen und niederfallen. Jeden Tag ein Zelt weniger! Mit jedem Tag nähert sich das Leben seinem Ende. Mit jedem Tag schwindet die Würde, die Ehre, der Stolz . . .«
Er schloß die Augen. Taniş der Alte saß bei ihm, wachte über ihn wie am Totenbett eines Kindes. Endlich fiel Süleyman der Vorsteher in den schweren Schlaf des Alters, sein Atem ging regelmäßig. Erst jetzt ging Taniş der Alte leise davon. Alle Nomaden, auch Ceren, warteten mit verhaltenem Atem vor dem Zelt.
»Er ist eingeschlafen«, sagte Taniş der Alte. »Zorn macht alte Männer müde. Er macht sie schläfrig. Er kann sie sogar töten . . . Süleyman schläft jetzt. Macht keinen Lärm.« Er lachte ein wenig: »Auch ich lege mich jetzt schlafen.«
Eine neue, seltsame Freude, eine Freude, die sie seit langem nicht mehr gekannt hatten, breitete sich im Stamm aus. Eine Freude, die sich noch herübergerettet hatte aus alten Tagen. Plötzlich war alles gut wie früher zu der Zeit, als die Nomaden noch Nomaden waren.
Etwas später erschien Ceren in ihren schönsten Kleidern. Sie sprach mit jedem, und jeder sprach mit ihr. Alle lachten, waren vergnügt, scherzten. Sie schlachteten Schafe, bereiteten das Essen, buken Fladen und trugen die Speisen auf. Sie, die schon so lange nicht mehr wußten, wie sie sich über Wasser halten sollten, die kaum mehr einen Bissen hinunterbrachten, so sehr hatte die bittere Not ihre Kehlen zugeschnürt, aßen heute mit großem Appetit, ganz so wie früher.
Süleyman der Vorsteher schlief noch. Sie wollten ihn ja nicht aufwekken und machten möglichst wenig Lärm. Eine lang angestaute, beherrschte Freude brach sich Bahn und floß ihnen durchs Herz wie ein klarer, unterirdischer Fluß.
Und dann brachte ihnen Kamil der Jägermeister eine Nachricht, die ihre Freude noch verdoppelte. »Ich habe es von einem Bauern aus der Gegend erfahren . . . Meister Haydar soll sein Schwert dem großen Ramazanoğlu gezeigt haben. Als Ramazanoğlu das Schwert sah, hat er es angestarrt und bewundert und soll bis zum Abend die Augen

nicht davon genommen haben . . . So gibt es also auf dieser gottverdammten Erde noch Menschen, die solche Schwerter machen, hat er gesagt und hat sich hingekniet und sich Meister Haydar zu Füßen geworfen. O Meister Haydar, Großmeister des Ordens der Schmiede, hat er gesagt, Allah segne deine Hände, deinen Stamm, dein Volk! Allah segne dich, daß du an mich gedacht hast, daß du dieses Schwert nicht Ismet Pascha gebracht hast, sondern zu mir gekommen bist! Ich danke dir, vielen Dank. Dieses Schwert ist kostbarer als alle Güter der Ramazanoğlus, hat er gesagt, kostbarer als alle Ländereien der Osmanen! Kehre heim, hat er gesagt, ich schenke dir ein Winterquartier in Yüreğir, am Saum des großen Meeres, einen Boden, auf dem reichlich Wasser fließt, der mehrere Ernten abwirft, auf dem Gras in Hülle und Fülle wächst. Führe deinen Stamm schnell dorthin, und laß dich dort nieder, wo du willst . . . Dann ließ er Schafe, Lämmer und auch ein großes Kalb schlachten und hielt ein großes Fest zu Ehren von Meister Haydar. Man machte Baklava und schlug die Trommel. Du bist mein Gast, sagte er zu Meister Haydar. Bleib eine Woche bei mir, der Besuch des Großmeisters des Ordens der Schmiede wird meinem Haus Glück und Segen bringen! Bleib eine Woche hier, damit das himmlische Licht auch auf mein Haus leuchte!«
Sie lauschten gespannt und wiederholten die Geschichte unzählige Male. Der Stamm war nur noch ein Mund, ein einziger Mund. Bis zum Abend machten tausend verschiedene Fassungen die Runde. Jede gefiel ihnen, jede ließ sie vor Freude erzittern.
»Aber nein, er ist doch nicht zu Ramazanoğlu gegangen! Zu Temir Aga, zu Aga Pascha. Der Aga war sehr glücklich über diesen Besuch. Es verschlug ihm fast die Sprache, als er das Schwert sah. Drei Tage lang betrachtete er es voll Bewunderung, ohne etwas zu essen oder zu trinken. Schließlich warf er sich vor Meister Haydar nieder. Zum Glück hast du dieses Schwert nicht Ramazanoğlu, meinem Todfeind, gebracht, sagte er, zum Glück hast du nicht ihm dieses Schwert angeboten, dieses Sinnbild der Ehre der großen Türkmenen, sondern mir. Allah sei Dank, daß du dieses Sinnbild der Treue der großen Türkmenen nicht Ismet Pascha zu Füßen gelegt hast. Denn er ist nur Osmane. Ich dagegen bin Kurde, zwar ein einfacher Mann, aber aus altem Geschlecht. Unsere Wurzeln reichen zurück bis in die heilige Erde von Khorassan. Wenn ich auch Aga geworden bin, so habe ich doch dabei meinen Großmut nicht verloren. Seit den Tagen von Khorassan haben wir immer unser rotgrünes Banner hochgehalten. Wäre ich Ramazanoğlu, so würde ich dir im Tausch für dieses Schwert Provinzen geben, wäre ich Osmane, würde

ich dir sogar Königreiche schenken. Aber auch ich habe viel Land. Geht und siedelt euch darauf an, wo immer ihr wollt. Es soll euch gehören . . . Er war zu Tränen gerührt und bedeckte das Schwert über und über mit Küssen.«
Die Nomaden standen in Gruppen beisammen, und in jeder Gruppe kursierte eine andere Geschichte.
»Aber nein, nein, es war Ismet Pascha! Der hat gesagt, hätte man mir dieses Schwert doch nur früher gebracht, damals, als ich Krieg führte gegen die Griechen, als ich die Heimat retten mußte. Ich selbst, Kemal Pascha, und unser Sultan, die Kinder des Kayihanli-Stammes, Männer von Khorassan, denen der Heilige Haci Bektaz immer die Hand zum Kuß reichte, wir alle hätten mit diesem Schwert nicht nur die Griechen besiegt, sondern darüber hinaus alle Länder Arabiens, Indiens, Chinas und die Engländer und Franzosen obendrein. Was mich damals daran hinderte war eben, daß ich in meiner Hand kein solches Schwert führte . . . Du bist trotzdem zur rechten Zeit gekommen, Meister Haydar, in einem schwierigen Augenblick . . . Denn ich plane einen Feldzug gegen die Russen . . . Suche dir ein Winterquartier aus, wo immer du willst . . . Und der große Ismet Pascha verneigte sich tief vor Meister Haydar . . .«
Ihre Phantasie blühte. Die Gerüchte wuchsen immer wilder und wilder, bis am Schluß niemand mehr sagen konnte, wo sie eigentlich begonnen hatten, und wer eigentlich was gesagt hatte. Die Mehrzahl der Nomaden glaubte nicht an diese Märchen, aber sie hatten nicht den Mut, es sich einzugestehen und sich der Flut überschäumender Freude in den Weg zu stellen. Selbst in die Herzen der größten Zweifler schlich sich ein wenig Zuversicht, eine kleine Flamme der Hoffnung flackerte darin auf.
»Das alles hat schon seine Ordnung«, sagten sie. »Da Meister Haydar noch nicht zurück ist, muß er etwas erreicht haben. Er ist ja nicht verrückt, oder? Warum sollte er sonst so lange fort bleiben? Wenn er nichts hätte ausrichten können, wäre er schon lange zurück, oder nicht?«
»Du hast sicher recht«, sagten alle, die bis jetzt geschwiegen hatten.
Mitten in diesem Jubel und Trubel wachte Süleyman der Vorsteher auf. Man erzählte ihm die Neuigkeit. Süleyman sagte nichts, lächelte nur. Er war so erleichtert, sie für einmal in fröhlicher Stimmung zu sehen, daß er alles andere darüber vergaß.
Sogar die Mutter des kleinen Kerem, die den ganzen Weg bitterlich

das Schicksal ihres Sohnes beweint hatte, fand jetzt einen Trost. »Mein Sohn ist zur gleichen Zeit gegangen wie sein Großvater, also wird er auch zur gleichen Zeit zurückkehren, zusammen mit seinem edlen Ahnen.«
»Ja, sie werden zusammen kommen«, wiederholten alle, »sie kommen, bestimmt.«
Diese Nacht fielen alle, von sieben bis siebzig, in einen sehr tiefen, ruhigen, friedlichen Schlaf, in süße Träume.
»Meister Haydar, Meister Haydar, der Großmeister des größten Ordens, der Schutzheilige der Schmiede, unser Retter, o Meister Haydar, du bist unsere Hoffnung, unsere ganze Hoffnung . . .«

Ali der Hirte und die anderen Hirten ließen die Herden auf dem Ödland weiden. In der Ferne, auf der Flanke des Berges, wo der Stamm sein Lager hatte, erkannte er die Silhouette eines Reiters, der weite Kreise um das Lager zog, ganz langsam. Ali der Hirte beobachtete ihn eine Weile. Wer konnte das sein? Er wußte es nicht. Wer war dieser Reiter, der, als hätte man ihm wie dem Pferd eines Müllers die Augen verbunden, immer um das Lager herumritt, pausenlos.
»Bleibt hier und wartet auf mich, Kinder«, rief er den anderen Hirten zu. »Ich will mir diese Gestalt aus der Nähe ansehen, oder ich komme um vor Neugier. Ist der toll, dreht eine Runde nach der anderen! . . . Was soll das?«
Er lief zu dem Reiter hinüber, der noch immer seine Runden drehte.
»Friede sei mit dir«, rief er ihm mit seiner kräftigen Stimme zu.
Der Reiter zog die Zügel straff. »Friede sei mit dir!« antwortete er sehr leise, kaum hörbar. Man merkte, daß er Gesellschaft suchte.
Er wartete und hielt sein Pferd kurz. Ali kam heran. »Wer bist du? Warum reitest du mitten in der Nacht immer im Kreis herum?«
»Komm näher, Bruder«, sagte der Reiter mit einem Seufzer. »Du kennst mich doch. Du weißt, wer ich bin.«
Da erkannte ihn Ali der Hirte auf einmal. »Bist du es, Oktay Bey?«
»Ja, und du, wer bist du?«
»Ich bin Ali der Hirte.«
Sie standen sich jetzt gegenüber.
»Ich habe eine schlechte Nachricht für dich«, sagte der Hirte. »Sie wollen dich umbringen. Süleyman der Vorsteher ist wie toll hinter dir her. Er hat dem Stamm befohlen, dich auf der Stelle zu töten. Aber ich werde dich nicht töten, hab keine Angst. Ich mag dich gern, habe Mitleid mit dir. Bleib nicht länger hier. Geh fort,

schnell, bevor es zu spät ist. Man darf dich nicht sehen. Die Leute im Stamm haben zuviel ertragen müssen. Sie dürfen dich nicht sehen, sonst könnten sie vielleicht die Beherrschung verlieren und ihren Zorn an dir auslassen. Bleib nicht hier, geh fort, Bruder, versteck dich. Wenn sie dich zu Gesicht bekommen, werden sie dich auf der Stelle töten.«

»Sollen sie mich nur töten!« seufzte Oktay Bey. »Ich will so nicht mehr weiterleben. Sollen sie mich nur töten! Dann ist endlich alles vorbei.«

»Nein, nein, was redest du da, geh fort! Sonst bringst du uns nur neuen Ärger. Wir haben schon mehr als genug, geh, fort mit dir! Ich sage dir doch, du sollst gehen, du Taugenichts!« Er schwang seinen Hirtenstab durch die Luft und machte einen Schritt auf den Reiter zu. »Ich habe dir doch gesagt, du sollst gehen!«

»Schrei doch nicht so«, sagte Oktay Bey kleinlaut. »Du weckst alle auf und machst mich vor ihnen lächerlich. Ich gehe ja schon.«

»Ja, beeile dich!« wiederholte Ali der Hirte mit ernster, bewegter Stimme.

»Lebwohl Bruder! Lebt alle wohl! Wenn die Sache so ist, dann gehe ich . . .«

Er spornte sein Pferd an, ritt zum Fluß hinab und verschwand, danach tauchte er noch einmal kurz zwischen den Büschen auf. Bald verlor er sich ganz in der Ferne. Ali der Hirte sah ihm nach, bis er außer Sicht war.

Er leidet noch immer. Der Unglückliche. Diese Leidenschaft, dieses verzehrende Feuer der Liebe muß schlimmer sein als der Tod. Allah bewahre uns vor solcher Qual! Das nennt man Liebeskummer, o Freunde, nur wer noch nie an ihm zu leiden hatte, dem mag das seltsam vorkommen.

Der Tag brach an, ins Lager kehrte Leben ein. Die Frauen molken die Schafe und stampften Butter. Vor jedem Zelt brannte ein Feuer, darauf kochten Milch und Mehlsuppe. Die Esel schrien, die Pferde wieherten, die Kamele brüllten. Das fröhliche Lachen der Frauen klang durch die Zelte. Der wohlriechende Dampf der Milch und der Suppe legte sich schwer und warm auf die Erde von Sarıçam. Die kleinen Kinder weinten. Die großen Hunde bellten mit ihrer tiefen, rauhen Stimme. Im benachbarten Dorf krähten die Hähne. Glocken läuteten. Ein langgezogenes Lied stieg zum Himmel und sank wieder herab auf die Wege der Ebene.

Süleyman der Vorsteher ging mit einem unbefangenen Kinderlächeln um den Mund von Zelt zu Zelt und schaute den Frauen zu, wie sie Butter stampften in den mit bunten Motiven verzierten, schwarzen Fässern. Gierig sog er den altvertrauten Duft dieser Butterfässer aus Ziegenhaut ein, die bedeckt waren mit der fein zerstoßenen Rinde von Kiefern. Im fahlen Licht der Morgendämmerung sahen die zerfetzten Zelte sehr schön aus, so majestätisch wie früher. In diesem Moment stand ihm seine Jugend wieder vor Augen, war er wieder der Bey eines Stammes von tausend Zelten. Er fühlte sich zurückversetzt nach Akmaşat, nach Narlikişla. Wie weggeblasen die Angst und die Sorgen, die ihnen jetzt, hier auf dem Ödland von Sariçam auf den Nägeln brannten.

»Wir leben wieder!« dachte er. »Der Stamm hat sich aufgerafft, steht wieder auf den Beinen. Dank Haydar. Und Ceren . . . Aber ist das wirklich der Grund? Wer weiß . . . Wen kümmert's! Jetzt werden sie schon sehen, die Bauern der Çukurova, was die Nomaden, die sie immer für Feiglinge, für Hasenfüße halten . . . Sie werden schon sehen, wozu sie noch fähig sind . . .«

Er lächelte, stolz aufgerichtet.

Mitten am Vormittag kam einer der Hirten angerannt. Ein lauer, freundlicher Wind wehte von Süden her. Ein Wind, der das Blut schneller durch die Adern trieb. Der schönste aller Winde in der Çukurova. Ceren, die sich wieder schön angezogen hatte, ein Sinnbild der Freude, ging von Zelt zu Zelt.

»Sie kommen«, rief der Hirte.

Süleyman der Vorsteher lachte unbekümmert. »Ich wußte schon, daß sie kommen«, sagte er. »Sollen sie nur kommen.«

»Es sind sicher die Bauern aus dem Dorf, das Halil in Brand gesteckt hat. Ich habe sie damals reden hören. Sie sagten, wir verbrennen sie alle, lebendigen Leibes, sobald sie wieder einmal in Sariçam sind.«

»Sollen sie nur«, erwiderte der Vorsteher mit seiner ernsten, festen Stimme. »Haltet euch bereit. Holt Waffen, Messer, Stöcke, Steine, alles. Dieses Mal nehmen wir vor den Leuten der Çukurova nicht Reißaus. Dieses Mal sollen sie die Nomaden aus Khorassan einmal kennenlernen!« fügte er stolz hinzu.

Eine Herde von Bauern kam in eine Staubwolke gehüllt den Hügel herab und zog lärmend über die Ebene. Alle waren mit Gewehren, Dolchen oder Steinen bewaffnet, die einen auf Lastwagen oder Traktoren gepfercht, die anderen auf Esels- oder Pferderücken oder einfach zu Fuß. Beide Seiten standen wie Armeen in Schlachtordnung.

Aber die einen verteidigten schweigend ihre Stellungen, während die anderen als wutschnaubende, rachsüchtige Masse heranstürmten. Die Nomaden von Khorassan waren seit tausend Jahren an Kampf gewöhnt. Sie blieben ruhig und besonnen, das hatte sie die Erfahrung gelehrt, während die Bauern wie wild durcheinanderschrien, kreischten und ihnen Beleidigungen ins Gesicht schleuderten.
Als die Bauern einen Steinwurf weit von den Nomaden stehenblieben, schwoll ihr Geschrei noch an, stieg bis zum Himmel empor. Aber die Schleudern in den geschickten Nomadenhänden, Händen mit uralter Erfahrung, ließen einen Steinhagel auf sie herniedergehen. Die Schreihälse erschraken zutiefst. Es verschlug ihnen die Sprache. Sie ergriffen panikartig die Flucht und ließen sogar ihre Verwundeten am Boden zurück. Die Flüche wollten kein Ende nehmen. Sie zerstreuten sich, gruppierten sich neu, aber schafften es nicht, sich dem Lager zu nähern. Die Nacht brach herein, und die ermüdeten Schleuderwerfer feierten ihren Sieg mit einer Schale heißer Milch. Sie verließen jedoch ihre Posten noch nicht. Die anderen traten indessen den Rückzug an und machten sich endgültig davon. Sie holten ihre Verwundeten und brachten sie ins Krankenhaus von Kozan.
Stolz wie ein General, der in der Entscheidungsschlacht den Sieg davongetragen hat, schritt Süleyman der Vorsteher die Reihen der Schleuderwerfer ab.
»Wir haben ihnen eine Lektion erteilt, Freunde, und wenn sie wieder zurückkommen sollten, erteilen wir ihnen gerne noch eine«, wiederholte er immer wieder.
Vor den Zelten brannten die Feuer bis zum Morgen.
Im undeutlichen Dämmerlicht kurz vor Sonnenaufgang griffen die Bauern zum zweitenmal an, noch zahlreicher, mit noch größerem Geschrei als am Abend zuvor. Wieder ließen die Schleuderwerfer ihre Steine auf sie herabhageln, und die Reihen der Bauern lichteten sich erneut. Aber dieses Mal fuhren die Traktoren, über die sie Plastiktücher gelegt hatten, und die Anhänger geradewegs auf die Zelte zu, gefolgt von den Lastwagen. Sie waren voll besetzt mit einer Meute, die sich nun ebenfalls mit Steinen bewaffnet hatte. Die Schleudern der Nomaden konnten sie nicht mehr aufhalten. Traktoren und Lastwagen drangen bis ins Innere des Lagers vor, nahe an die Zelte heran. Fethullah gelang es, zwei der Fahrer von ihren Sitzen zu reißen. Ihre Traktoren rollten zusammen mit den Männern, die auf den Anhängern saßen, in einen Graben. Dann durchstach Fethullah mit seinem Messer die Reifen von drei Lastwagen. Alle,

Männer und Frauen, Kinder und Greise, stürzten sich jetzt auf die Angreifer. Es kam zu einem erbitterten Kampf. Gegen Mittag war der Angriff zurückgeschlagen. Aus den Nachbardörfern strömten die Bauern herbei, angelockt vom Schlachtenlärm, um dem Schauspiel, das sich da bot, zuzusehen oder sogar, um sich den Bauern anzuschließen, wie es einige taten.
Ceren hatte sich ins Getümmel geworfen. Sie und Fethullah kämpften wie Tiger. Sie schwangen ihre Knüppel und trieben die Bauern vor sich her.
Als sich die Schlacht schon ihrem Ende näherte und die Bauern sich zurückzogen, trafen Gendarmen aus Kozan ein. Als die erschöpften Kämpfer, unter denen es eine Anzahl Verletzter gab, diese auftauchen sahen, stellten sie ihren Kampf ein. Die Gendarmen marschierten mitten in die Zelte hinein und beschlagnahmten die Knüppel, die Messer und Schleudern, die sie dort fanden. Sie entdeckten zu ihrer Verwunderung keine einzige Feuerwaffe. Die Bauern auf der anderen Seite durchsuchten sie nicht. Sie halfen ihnen sogar noch, die umgestürzten Traktoren wieder aufzustellen. Die Bauern flickten notdürftig ihre Reifen, bestiegen wieder die Traktoren und Lastwagen, drohten den Nomaden mit der Faust und fuhren davon.
Sogar der Landrat höchstpersönlich war gekommen. Zusammen mit dem Kommandanten der Gendarmerieeinheit unterzog er die Nomaden einem Verhör.
»Sie werden bestimmt nicht mehr kommen, um uns anzugreifen«, erklärte Süleyman der Vorsteher. »Und wenn sie es doch tun, erwartet sie wieder genau das gleiche . . .«
»Ob sie es tun oder nicht ist mir egal, ihr jedenfalls zieht von hier weg.«
»Nein, wir weichen nicht von der Stelle«, sagte Süleyman der Vorsteher und vergaß all seine Vorsicht. »Metzelt uns alle nieder, wenn ihr wollt, bis zum letzten Mann. Tötet uns, aber wir gehen nicht.«
»Ihr werdet gehen! Ruft eure Leute zusammen!« schrie der Kommandant. »Seit Jahren macht ihr uns nichts als Scherereien. Wir haben die Pflicht, in dieser Region für Ruhe und Ordnung zu sorgen. Wenn wir eine halbe Stunde später gekommen wären, wer weiß, wie es dann ausgesehen hätte. Tote auf beiden Seiten! Ich befehle euch aufzubrechen! Wollt ihr der Regierung den Gehorsam verweigern?«
»Aber nein, Allah bewahre! Wir wollen ja nicht den Gehorsam ver-

weigern. Unsere Regierung ist uns wertvoll, wertvoller als unser eigenes Leben. Aber wohin können wir gehen, sagt?«
»Woher soll ich das wissen?« sagte der Landrat. »Das ist nicht meine Sache, oder? Geht, wohin ihr wollt. Ihr seid freie Bürger eines freien, demokratischen Staates. Ihr könnt euch niederlassen, wo es euch gefällt. Aber stehlen oder töten oder herumprügeln, das geht nicht. Ihr seid freie Bürger, aber . . .«
»Wenn wir also freie Bürger sind . . .«
Der Kommandant schnitt Süleyman dem Vorsteher das Wort ab und sagte streng: »Es ist mir egal, was ihr seid. Aber ich habe hier ernste Unruhen festgestellt, und die Unruhestifter seid ihr. Daher befehle ich euch, den Ort sofort zu verlassen. Ansonsten lasse ich euch die Zelte über den Köpfen einreißen.«
»Wie du meinst«, sagte der Vorsteher, »aber wohin sollen wir gehen, sag?«
»Die Türkei ist groß«, gab ihm der Kommandant mit schmetternder Stimme zur Antwort. »Riesengroß! Es gibt noch Tausende von Meilen brachliegenden Landes! Siedelt euch dort an.«
»Aber hier liegt der Boden auch brach . . .«
»Ja, aber hier habt ihr jetzt Ärger gemacht. Geht und siedelt euch anderswo an, macht schon, erzählt keine langen Geschichten . . .«
»Haben wir etwa diese Schlägerei vom Zaun gebrochen? Haben etwa wir zuerst angegriffen?«
»Es ist mir egal, wer die Schlägerei angefangen hat . . . Also brecht eure Zelte ab. Sofort, schnell. Begreifst du denn nicht, Mann, was man dir sagt? Bist du taub? Wenn ihr die Zelte jetzt nicht abbrecht, dann, dann werde ich . . . Unteroffizier!«
»Ja, mein Kommandant.«
»Reißt die Zelte ein! Sie müssen noch in diesem Augenblick die Tiere beladen!«
Der Landrat, der Kommandant und der Unteroffizier verließen das Zelt des Vorstehers. Süleyman, der sich einen Verband um eine seiner Hände gelegt hatte, eilte ihnen nach. »Nicht einmal eine Tasse Kaffe habt ihr getrunken«, sagte er beschämt. »Nicht einmal eine Schale Milch oder Ayran.« Es war ihm äußerst peinlich, daß er nicht daran gedacht hatte, seinen Gästen eine Erfrischung zu reichen. »Wenigstens eine Tasse Kaffee . . .« In seiner Stimme schwang Scham und Entschuldigung zugleich. »Wegen dieser Schlägerei habe ich ganz vergessen, daß ihr meine Gäste seid . . .«
»Genug der Worte! Ich kann dein Geschwätz nicht mehr hören!

Brecht ihr jetzt die Zelte ab, ja oder nein?«
»Aber wohin denn? Wohin können wir gehen, wo uns niederlassen, mein Pascha?« fragte Süleyman der Vorsteher.
Der Kommandant brauste auf und brüllte: »Fahrt in die Hölle. In den tiefsten Abgrund der Hölle! Ihr seid eine Pest für die Menschheit! Eine Pest!«
»Seit Jahren«, fing der Landrat wieder an, »macht ihr uns nichts als Scherereien, wir verbringen unsere ganze Zeit mit euren Problemen. Wir haben darüber sogar unsere Geschäfte und die wirtschaftliche Entwicklung in der Çukurova, in diesem Paradies, vernachlässigen müssen . . .«
Niemand war mehr draußen, alle Nomaden hatten sich in ihre Zelte zurückgezogen. An einem Ende des Lagers machten sich die Gendarmen schon ans Werk. Der Landrat und der Kommandant hielten sich abseits, die Hände in den Hosentaschen, und schauten zu, wie die Zelte über ihren Bewohnern einstürzten. Eins nach dem andern brach zusammen, aber es kam niemand darunter zum Vorschein, man hörte keinen Laut.
Schließlich hatten die Gendarmen das satt.
»Bajonette aufpflanzen! Seitengewehre – pflanzt auf! Richtung Zelte, Marsch! Treibt sie aus den Zelten! Zwingt sie, sie eigenhändig abzubrechen!« befahl der Kommandant.
Die Gendarmen pflanzten ihre Bajonette auf, zerrten und stießen Männer, Frauen, Kinder, Greise und Kranke aus den Zelten. Sie mußten sie herausschleppen, doch immer wenn sie sie hochgerissen hatten, ließen sie sich wieder fallen.
»Weiter, weiter, reißt die Zelte ein«, rief der Kommandant, »werft mir all diese Würmer heraus.«
Man hörte keinen Laut. Kein Stöhnen, keinen Schrei.
Der Kommandant und der Unteroffizier sahen auf einmal, wie um eines der Zelte herum Frauen und Kinder Wache standen. Die Gendarmen beschimpften sie lautstark, schlugen sie sogar mit dem Gewehrkolben, doch vergebens, sie konnten die Frauen, die sich ans Zelt klammerten, nicht zum Nachgeben bewegen. Es kam zu einem erbitterten Handgemenge, aber die Gendarmen schafften es nicht, die Mauer um das Zelt zu durchbrechen, die diese Frauen bildeten. Verzweifelt preßten und drückten sie sich aneinander. Der Ring schloß sich immer fester, je mehr sie sich anstrengten.
»Sag deinen Männern, daß sie aufhören sollen!« schrie Süleyman der Vorsteher. Sein Bart, seine Lippen zitterten, Tränen standen ihm in

den Augen. »Es ist verboten, dieses Zelt zu berühren. Rührt es nicht an, wir gehen ja schon . . .«
»Zurücktreten«, befahl der Kommandant seinen Männern. »Geht zurück! Was ist denn in diesem Zelt?«
Die Gendarmen wichen zur Seite.
»Tretet zurück«, sagte Süleyman der Vorsteher zu den Frauen. »Brecht die Zelte ab, wir gehen.«
»Ich muß nachsehen, was in diesem Zelt ist«, sagte der Landrat.
»Ja, wir müssen nachsehen«, sagte der Kommandant mit einem mißtrauischen Blick.
Süleyman der Vorsteher führte sie hinein. Das Zelt war leer, zerrissen. Auf dem Boden sahen sie einen orangefarbenen, mit einem Sonnenemblem verzierten Filzläufer. Er war zerfetzt und uralt, aber seine Farben waren noch so kräftig, daß das Sonnenmotiv darauf leuchtete. In einer Ecke sah man eine Trommel mit geschrumpfter Haut, eine Axt, eine Fahnenstange mit einem Roßschweif daran und außerdem etwas Langes, das wie ein Banner aussah . . . In einer seidenen Hülle, die an der Zeltstütze hing und mit farbigen Perlen geschmückt war, steckte ein Koran.
»Was soll das alles? Warum ist dieses Zelt so wichtig? Ist es etwas Heiliges?« fragte der Landrat.
»Ja, hier ist der heilige Aufbewahrungsort für die Heiligtümer unseres Stammes«, sagte Süleyman der Vorsteher verwirrt. »Sie sind sehr alt. Seit den Tagen von Khorassan führen wir sie mit uns. Niemand darf sie berühren.«
Der Kommandant lachte, der Landrat auch. Süleyman der Vorsteher versuchte auch zu lächeln. Dann verließen sie das Zelt wieder. Die Nomaden hatten inzwischen die anderen Zelte abgebrochen und beluden die Kamele.

20

Das Ufer zu beiden Seiten des langen, tiefliegenden Flusses war bis zum Röhricht über und über mit Schilfrohr bewachsen. An dieser Stelle jedoch breitete sich das Schilf fächerartig nach allen Seiten aus und wurde so dicht und geschlossen wie ein Urwald, nur hie und da von Ginster unterbrochen, auch ein oder zwei Eschen . . . Weit hinten am Horizont ragen wie Schatten die Anavarza-Felsen zum Himmel, ihre längst zerfallenen Ruinen, in denen Schlangen hausen, Dämonen und Feen . . . Wohnstätte auch von riesigen Adlern, jeder so groß wie ein Flugzeug, von Falken, Sperbern, Habichten. Und hier oben wohnt auch der unsterbliche König der Adler. Er ist hundertmal größer als die gewöhnlichen Adler. Seine Flügel sind aus Eisen, er kann nicht fliegen. Aber wenn er einmal doch Lust dazu verspürt, stellen sich hundert, nein fünfhundert Adler sogar, unter die Flügel ihres Königs und tragen ihn über die ganze Çukurova hinweg, bis zu den Tausend Stieren, ja bis ans Ende der Welt. Die Reise dauert einen Monat, zwei Monate, tausend Jahre . . . Dann bringen sie ihn zu seinem Palast auf den Felsen von Anavarza zurück. Sehr weise ist er, der König der Adler. Sein Speichel heilt sogar Krankheiten, für die es sonst keine Arzneien gibt . . . Und wenn du dir vorstellst, wie winzig dieser Falke dagegen ist, wie verschwindend klein in dieser weiten Çukurova, ein Nichts . . . Der Palast des Adlerkönigs steht so hoch, auf so steilen Felsen, daß niemand an ihn herankommt. Ein Mensch, nur ein einziger Mensch konnte bislang zum Palast vordringen, und das war Gülenoğlu Haci. Aber als er dem König der Adler in die Augen sah, sank er geblendet zu Boden. Die Adler hoben den Ohnmächtigen auf, trugen ihn hinab in die Ebene und legten ihn sanft auf die Erde, ohne ihm auch nur ein Haar zu krümmen.

Hasan ging voran, Selahattin folgte ihm widerstrebend, auf der Faust den Falken. Die Kinder schwiegen nachdenklich, in erwartungsvoller Spannung. Kein Wort fiel. Selahattin hatte Angst, er war mißtrauisch geworden, zaghaft, er zögerte bei jedem Schritt. Wenn nun sein Falke davonflog und nicht mehr zurückkam? Oder wenn er ohne Beute zurückkam? Er war doch noch so jung! Wie richtete man denn überhaupt einen Falken ab? Selahattin hatte bisher noch nie einen Falken zu Gesicht bekommen, geschweige denn einen abgerichtet.

Was macht es denn schon, wenn der Falke flieht, dachte er, mein Vater ist doch Nomade, er kommt doch aus dem Land der steilen Felsen, aus dem Land der Falken. Wenn der Falke also verschwindet, dann fängt er mir eben einen neuen, zehn neue sogar, vielleicht fünfzehn . . . Aber diese Überlegungen machten die Entscheidung auch nicht leichter. Dieser Falke war so schön, hatte einen so kühnen Blick, er verstand alles, was man ihm sagte, er konnte dir mit seinen Augen antworten, seinen ausdrucksvollen Augen, die denen eines Menschen glichen.

»Hasan, warte noch etwas«, sagte er.

Hasan blieb stehen, und Selahattin holte ihn ein.

»Dieser Falke ist nicht abgerichtet, weißt du, und mein Vater hat gesagt . . . hat gesagt, wenn man Falken losläßt, bevor man sie abgerichtet hat, fliegen sie davon und kommen nie mehr zurück. Da wir nun schon einmal einen Falken gefunden haben, so wäre es doch töricht, ihn davonfliegen zu lassen. Richten wir ihn also erst einmal ab, und dann können wir beide, du und ich, mit ihm auf die Jagd, jeden Tag. Er fängt uns kleine Vögel, wir braten sie, und jeden Tag essen wir davon . . . Lassen wir ihn aber jetzt frei, so fliegt er vielleicht zu den Anavarza-Felsen hinüber, und wir haben das Nachsehen, ist es nicht so?«

Hasan dachte bei sich, er hat eigentlich recht. Ja, es fuhr ihm sogar der Gedanke durch den Kopf, Kerem den Vogel nicht zurückzugeben. Wenn sie den Vogel selbst behielten und abrichteten, würden sie jeden Tag auf die Jagd gehen können. Während Kerem mit dem Falken über alle Berge verschwinden, nie mehr aufkreuzen würde . . . Nie mehr . . . Und wenn der Korporal erfuhr, daß der Falke auf und davon war, würde ihn dann nicht eine solche Wut packen, daß er alle Dorfjungen halbtot schlug und die Diebe ins Gefängnis steckte? Und was, wenn eines der Kinder die Prügel nicht aushielt und dem Korporal verriet, daß sie Selahattin in eine Falle gelockt hatten? Hasans Miene verfinsterte sich, er blieb stehen. Sein Gesicht wechselte ständig den Ausdruck, hellte sich auf und legte sich wieder in Falten. Dann fiel ihm Kerem wieder ein. All das Leid, das er wegen dem Falken durchlebt hatte . . . Seine Eltern, die lebendig verbrannt waren . . . Seit dem Morgen lag er nun mit klopfendem Herzen im Schilf versteckt und wartete auf seinen Falken, er starb sicher vor Ungeduld . . . Das Mitleid mit Kerem gewann wieder die Oberhand.

»Aber nein, Selahattin! Mein Großvater sagt, unerfahrene Falken gibt es nicht. Diese Vögel sind an den Umgang mit Menschen gewöhnt, sie denken nicht daran zu fliehen, sie fliegen nur auf, um sich gleich wieder auf deinen Arm zu setzen. Es ist wirklich so! Es ist verblüffend! Dieser Falke wird hinauf in den Himmel steigen, wird sich bis zu den Sternen hochschwingen und uns dort einen großen Vogel fangen, einen schönen Vogel mit gelben Flügeln wird er uns vor die Füße legen.«

»Morgen«, bat Selahattin, »lassen wir ihn erst morgen fliegen. Nicht heute, bitte. Weißt du, mein Vater hat mir gesagt, daß morgen eine Menge Vögel hierherkommen, ganze Schwärme . . . Ringeltauben, Turteltauben, die verschiedensten Vögel der Welt. Wenn wir ihn schon heute loslassen, kann er ja nur ein oder zwei fangen. Setzen wir ihn aber morgen frei, so bringt er uns eine ganze Menge . . . Den ganzen Tag wird er uns Vögel herunterholen . . . Und wir . . .« Er schnalzte mit der Zunge, leckte sich die Lippen. »Und wir zünden ein großes Feuer an und braten die Vögel auf der Glut. Im übrigen haben wir ja heute auch kein Salz dabei, um das Vogelfleisch zu salzen. Und auch kein Brot. Außerdem sind wir heute entschieden zu viele. Zwei Vögel sind zu wenig für uns alle. Morgen können wir alleine kommen, du und ich . . .«

Diese Worte überzeugten Hasan, er gab Selahattin recht und vergaß einen kurzen Augenblick den Streich, den sie ihm spielen wollten. Dann dachte er aber plötzlich wieder an Kerem und war unschlüssig. Der wechselnde Ausdruck auf seinem Gesicht, seine Unentschlossenheit und sein Zögern entgingen Selahattin nicht. Er nutzte die Gunst des Augenblicks und erzählte ihm lange, endlose Geschichten, die ihn endgültig umstimmen sollten.

In die Mulde eines Schilfrohrbusches geduckt, beobachtete Kerem die beiden und flehte zu Allah und dem Propheten Hizir. »O Hizir, du Ruhmreicher mit dem süßen Namen, der du auf den Wassern wandelst, auf deinem großen Streitroß thronst, diesen Falken hast doch du mir geschenkt! Du hast ihn doch mit deinen eigenen Händen gefangen und mir gegeben. Wer weiß, welche Anstrengungen es dich gekostet hat, ihn über die schroffen Felsen hinweg zu verfolgen. Gewiß hast du dir an den Steinen die Hände wundgerieben, dir an den Felsen Füße und Beine aufgeschürft. Aber es hat dir nichts ausgemacht, du hast all diese Schmerzen auf dich genommen, nur um das Versprechen, das du mir gegeben hast, zu halten! Und ist dir nicht auch Allah ein wenig dabei zu Hilfe gekommen, sag? Es wäre doch sonst wahrscheinlich zu schwierig für dich gewesen, an diesen jungen Falken heranzukommen. Und nun, stell dir vor, haben sie mir den Falken, den du mir gefangen hast, weggenommen! Sie haben ihn mir gestohlen. Ich konnte ihn nicht einmal, kein einziges Mal, auffliegen lassen, habe mich an seinen schönen Augen nicht satt sehen dürfen. Weißt du außerdem schon, daß sie meinen Vater, meine Mutter, meinen Großvater, den Großmeister des Ordens der Schmiede, lebendig verbrannt haben? Sie haben unser ganzes Lager in Schutt und Asche gelegt . . . Vom Stamm haben nur mein Falke und ich überlebt. Und nun haben sie mir diesen Falken, deinen Falken, gestohlen, ja, gestohlen . . .«

Bei diesem Gedanken wurde er ärgerlich auf Hizir: »Gib mir meinen Falken zurück. Du hast ihn mir geschenkt und dann tatenlos zugesehen, wie sie ihn mir wieder wegnahmen. Und du meinst jetzt, daß du dein Versprechen gehalten hast? Ich habe schließlich so lange neben der Quelle auf die Begegnung der Sterne gewartet, und ich habe dich ja nicht um etwas Außergewöhnliches gebeten. Nicht einmal ein Winterquartier habe ich von dir verlangt, was gescheiter gewesen wäre, sondern nur einen Falken. Ach, ich Esel! Hätte ich mich doch anders entschieden. Dann würde jetzt der Stamm nicht in Schutt und Asche liegen!«

Seine Augen füllten sich mit Tränen. Er schob den Kopf etwas zur Seite, damit das Kind neben ihm es nicht sehen konnte. Hatte ihn der andere gehört, hatte er womöglich gehört, wie er mit Hizir stritt? Es war gut denkbar, denn Kerem murmelte ununterbrochen etwas vor sich hin, rang dann wieder die Hände, richtete sich zwischendurch wütend auf und duckte sich wieder ins Gebüsch . . .

»Jetzt hast du eine Gelegenheit, pack sie beim Schopf, jetzt oder nie, versuche, Selahattin und Hasan zu überreden, streng dich an, und gib mir meinen Falken zurück. Sonst werde ich bis zum Tag des Jüngsten Gerichts jedem sagen, daß du dein Wort brichst. Die Menschen werden dann nicht mehr an dich glauben, dich nicht mehr die ganze Nacht lang am endlosen Himmel, in den sanft murmelnden Quellen suchen. Das mußt du dir schon gut überlegen! Ich werde allen, allen verkünden, daß du nicht zu deinem Wort stehst, daß du die Wünsche, die man dir vorträgt, nicht erhörst, und falls du sie doch einmal erhörst, dir herausnimmst, einem das Geschenk zuguterletzt wieder wegzunehmen. Habe ich denn nicht gesehen, wie sich die Sterne vereinten, wie? Hat mich denn dein Licht nicht geblendet wie die Sonne? Ja doch, doch, es hat mich geblendet, und wie. Noch im gleichen Augenblick habe ich dich um einen Falken gebeten, oder etwa nicht? Gut, also dann gib ihn mir wieder. Ich verlange, daß du ihn sofort, auf der Stelle, zurückgibst. Hole mir meinen Falken, und bring ihn her!«

Auf einmal sah er zwei riesige, erschrockene Augen vor sich: es waren die Augen des Jungen neben ihm. Kerem schenkte ihm jedoch keine Beachtung. Er zankte sich weiter mit Hizir: »Hol ihn, bring ihn her!« Beinahe hätte er ihn beleidigt. Dieser Kerl konnte einfach nicht Wort halten! Aber die Scheu hielt ihn im Zaum . . .

Die anderen Kinder waren in einiger Entfernung am Rand des Röhrichts stehengeblieben und warteten darauf, daß Hasan und Selahattin endlich aufhörten zu diskutieren. Sie fragten sich, was die beiden wohl so lange miteinander zu besprechen hatten.

»Wir werden den Falken morgen noch einmal fliegen lassen! Er wird nicht gleich daran sterben! Schau, sie warten auf uns. Wir müssen den Falken heute mit auf die Jagd nehmen, sonst verspotten sie uns und wollen in Zukunft nichts mehr wissen von dir und deinem Falken!«

»Aber wenn er flieht?« jammerte Selahattin. »Wenn er flieht? Mein Vater bringt mich um . . .«

Einen kurzen Augenblick lang hatte Hasan angesichts dieser Verzweiflung noch mehr Mitleid mit Selahattin als mit Kerem. Aber dann fing er sich wieder auf. »Er wird doch nicht gleich fliehen. Falken ergreifen nicht die Flucht, sie können es nicht! Schau, der Himmel ist voller Vögel!« Er deutete auf einen Vogel direkt vor ihnen. »Schau, diesen hätte er uns jetzt schon gebracht. Wenn wir ihn endlich freiließen, anstatt hier zu diskutieren, würde er diesen riesigen Vogel im Nu fangen, und dann könnten wir wenigstens einmal sehen, wie der Falke fliegt . . .«

Er ging mit schnellen Schritten auf das Schilf zu. Selahattin folgte ihm wie gebannt. Alle Kinder kamen herbeigerannt.

»Gib, gib den Falken, schnell. Her damit, schnell, bei Allah! Der Vogel fliegt jetzt, gleich wird er fort sein.« Die anderen kreischten auch: »Ja, er fliegt, er fliegt!«

Der Falke wechselte von Selahattins Arm auf Hasans Arm, von da zu den danebenstehenden Kindern . . . Er ging von Arm zu Arm . . .

Hasan zeigte auf den Himmel: »Schaut ihn an, schaut, potz Blitz! . . . Schaut, er jagt dem Vogel nach!«

Ein Jauchzen, ein Schreien, ein Jubeln . . .

»Schaut, er kommt wieder zurück . . . Er hat ihn erwischt. Schaut, wie die Federn fliegen! Welch ein Falke, bei Allah!«

Selahattins weit aufgerissene Augen klebten am Himmel, und er reckte krampfhaft den Hals, um den Kampf zwischen dem Falken und seiner Beute sehen zu können. Dann fiel er ins Geschrei der anderen ein: »Pack ihn, faß ihn!«
»Bei Allah, er hackt mit seinem Schnabel auf ihn ein, die Federn fliegen schon. Der Vogel will sich gerade davonmachen, der Falke, wie schlau er ist, er holt ihn ein, ist schon ganz nahe dran, da, da, er hat ihn!«
»Wo denn, ich sehe ihn nicht, wo ist er denn?« schrie Selahattin freudestrahlend.
Süllü packte ihn am Arm. »Da, da unten ist er, schau. Der Vogel ist nur noch ein Federball. Der Falke hat ihm sämtliche Federn ausgerissen.«
»Ach, warum hat er ihn denn schon wieder losgelassen?« sagte Hasan traurig.
Süllü fing wieder zu schreien an: »Schau, Hasan, er stürzt sich wieder auf ihn. Jetzt greift er sogar drei Vögel gleichzeitig an!«
»Drei Vögel gleichzeitig«, wiederholte Selahattin glücklich.
»Er verfolgt sie alle drei bis weit hinüber nach Anavarza!« schrie Hasan. »Gehen wir, kommt, Kinder, wir dürfen ihn nicht aus den Augen verlieren.«
Alle Kinder sprangen aus dem Röhricht und rannten, die Augen immer am Himmel, hinter Hasan und Selahattin her in die Richtung, wo Anavarza lag.
Sie sahen einen Vogelschwarm, der pfeilschnell über das Röhricht flog, hinüber zum Ceyhan.
»Er hat den Schwarm angegriffen«, schrie Hasan aus Leibeskräften und klatschte in die Hände. »Er hat ihn auseinandergesprengt. Die Vögel fliehen, zerstreuen sich. Einen davon hat er gefaßt. Schau, Selahattin, schau! Welch ein Falke, potz Blitz!«
Die Augen auf die Vögel gerichtet, die über den Himmel stoben, schrien und lachten die Kinder aus vollem Hals, führten Freudentänze auf. Ihr Jubel, ihr schallendes Gelächter, ihr Beifallssturm kannte kein Ende. »Er hat ihn gefangen, er bringt ihn. Bravo! Bravo, Falke!«
Sie rannten wieder zum Schilf zurück. Auf einmal blieben sie wie vom Blitz getroffen stehen. Sie suchten den Boden ab, blickten zum Himmel hinauf.
»Wir haben ihn verloren«, sagte Hasan mit kläglicher Stimme. »Wo ist der Falke hingeflogen? Er hielt doch eben noch den Vogel in sei-

nen Fängen, hier über uns, ich sehe noch die Federn in der Luft flattern!«
»Er ist schon unten«, sagte Süllü. »Ich habe mit meinen eigenen Augen gesehen, wie er in dieses Röhricht eingefallen ist. Da verspeist er wahrscheinlich sein Opfer. Wir müssen ihn finden, bevor er es aufgefressen hat.«
Sie rannten ins Röhricht hinein, Selahattin an der Spitze. Sein Gesicht war finster, er war den Tränen nahe. Sie suchten lange unter jedem Halm, unter jedem Zweig. Kein Falke. Kein Vogel. Nicht einmal die kleinste Feder.
»Er muß weiter unten sein«, sagte Mustafa. »Ich habe ihn auch da unten niedergehen sehen!« erklärte Hasan.
»Ja, wir auch!« schrien die Kinder im Chor.
Sie teilten sich auf und suchten das ganze Röhricht ab. Der Abend zog bereits herauf, die Sonne versank, und die Kinder suchten immer noch unermüdlich unter den Büschen nach dem Falken. Niemand sagte ein Wort. Schließlich brach Selahattin in Tränen aus. »Habe ich es euch nicht gesagt, daß dieser Falke nicht abgerichtet, daß er nicht an die Jagd gewöhnt ist. Jetzt ist er also doch geflohen. Mein Vater wird mich umbringen!«
»Gar nichts wird er tun«, versicherte Hasan. »Weine doch nicht. Vielleicht ist der Falke zu dir nach Hause geflogen oder hat seine Beute dorthin gebracht. Mein Großvater sagte, edle Falken tun das . . . Ja, das hat er tatsächlich gesagt . . .«
Selahattin schwieg, zog den Kopf ein und weinte still vor sich hin. Alle Kinder hatten Mitleid mit ihm.
»Weine nicht«, sagte Memet zu ihm. »Hör auf zu weinen. Morgen und übermorgen suchen wir alles ab, alles, bis hinüber zu den Anavarza-Felsen. Wir finden deinen Falken wieder, bestimmt.«
»Glaubst du?«
»Ganz sicher«, sagte Hasan. »Bei Allah! Wie dieser Falke geflogen ist! Er ist förmlich davongeschossen, davongeschossen wie ein Pfeil, Donnerwetter!«
»Wie eine Gewehrkugel!« sagte Mustafa.
»Der Vogel war dreimal so groß wie er selbst, und doch hat er ihn mitten im Flug gepackt. Seine Federn wirbelten nur so durch die Luft.«
»Er hat ihn hoch oben am Himmel verschlungen«, sagte Osman. »Du großer Gott! Einen solchen Falken gibt es kein zweites Mal! Einen Falken von so edler Rasse!«

»Von so edler Rasse . . . Er hat sich auf all die Vögel gestürzt, die zu Tausenden vorüberzogen. Alle haben sich vor Angst auf die Erde geworfen!« sagte Süllü.
»Jetzt hat er sich bestimmt irgendwo niedergelassen, um sie zu verspeisen. Deshalb ist er noch nicht zurück«, sagte Hasan.
Was Selahattin so todunglücklich machte, war nicht so sehr der Verlust des Falken, sondern daß er von diesem Schauspiel nicht das kleinste bißchen gesehen hatte. Er hatte jedoch nicht den Mut, das zuzugeben. Wenn er es hätte sehen können, wenigstens ein einziges Mal, hätte miterleben können, wie der Falke sich auf die Vögel stürzte, dann, ja dann müßte er jetzt nicht so leiden . . .
Als sie sich dem Dorf näherten, war es bereits finster. Auch Kerem machte sich mit dem Falken auf den Weg, in der entgegengesetzten Richtung. Er schwamm im Glück und lief mit beschwingten Schritten, als ob er Flügel hätte. Zwischendurch blieb er stehen, streichelte den Vogel und bedeckte ihn mit Küssen.
»Selahattin, komm morgen früh wieder mit uns, noch vor Sonnenaufgang«, sagte Hasan. »Kinder, ihr kommt auch, wir suchen den Falken und werden ihn einfangen. So einen finden wir unser Leben lang nicht wieder, bei Allah! Das war ein Falke . . . Donnerwetter . . . Er hat sich mit einem Flügelschlag den Himmel erobert!«
Am Morgen trafen sich Selahattin und die Kinder zu früher Stunde im Hof von Hasans Eltern. Sie suchten den Falken den ganzen Tag lang, vom Morgen bis zum Abend, überall, mit einer Verbissenheit, die sie alles andere vergessen ließ, Kerem und Sadi den Schmied und die Falle, in die sie Selahattin gelockt hatten. Auch am Tag darauf schauten sie aus nach dem Falken, aber er blieb verschwunden. Trotz allem gaben sie die Hoffnung nicht auf. So oder so würden sie ihn eines Tages doch wieder finden. Edle Falken wie dieser fliegen nicht einfach weg und gehen verloren. Eines Tages würde er ganz bestimmt zu ihnen zurückkehren.

21

Regen fällt auf Adana herab. Ein heftiger, ein schwarzer Regen, der sofort wieder als Dampf hochsteigt, als ob er auf heißes Blech fiele. Leere Gassen, Straßen und Plätze. Der Regen überrascht Meister Haydar und Osman beim morgendlichen Gebetsruf am Ufer des Ceyhan. Da sie sich keinen anderen Rat gewußt haben, sind sie hier an diesem Ort geblieben. Meister Haydar kniet unbeweglich auf dem Boden, zwirbelt mit beiden Händen seinen Bart und sinnt nach; sein Blick ruht unentwegt auf dem Fluß. Als der Regen einsetzt, steht er auf, seine Gelenke krachen. Er hat sich noch nie so matt gefühlt, dabei hatte er doch Jahr um Jahr unermüdlich gearbeitet, ohne überhaupt einen Gedanken an sein Alter zu verschwenden. Mein Ende naht, dachte er, und damit auch das Ende des Ordens der Schmiede. Dieser Herd, dieser Amboß, dieser Hammer, diese muskelstarken Arme werden nie mehr Funken zum Sprühen bringen ... Es gibt keine Hähne mehr in dieser großen Stadt, dachte er, man hört kein Krähen. Es gibt auch keine Hunde, sonst müßte man einen bellen hören. Hier laufen die Leute ständig hin und her, sind immer in Eile, dachte er, oder sie schlafen und schnarchen laut ... Regen fällt auf Adana, ein trüber Regen, eigentlich gar kein Regen, gar nicht wie Wasser, ohne Glanz ... Niemals in seinem Leben hatte Meister Haydar so einen Regen und solche Leute gesehen. Leute mit blasser Haut, die einem nicht in die Augen sahen, die keinem Blick standhielten, Menschen mit verschlossener, scheuer Miene, heimtückisch, ungeduldig, undurchschaubar, verweichlicht ... Meister Haydar streicht sich die Brauen glatt. Sogar der große Ramazanoğlu konnte mir nicht offen und frei wie ein Mann ins Gesicht sehen, dachte er. Alle Leute hier schauen immer weg, wie ängstliche Eichhörnchen. Von einem solchen Volk, das dir nie gerade in die Augen schaut, kannst du nichts Gutes erwarten. Der große Ramazanoğlu und Ismet, der größte aller Generale, und Mustafa Kemal können sich anstrengen soviel sie wollen, sie werden diese Leute nicht ändern ... Er steigt aufs Pferd und folgt Osman. Der Regen rinnt an ihnen herunter. Sie drehen sich noch einmal nach der Stadt Adana um. Sogar die Häuser verstecken sich, wenden sich ab. Was müssen sie verbrochen haben, daß sie sich so verstecken ...

Hurşit Bey ging wankenden Schrittes die Straße entlang. Er sah zerbrechlich aus, nichts war mehr geblieben von seinem früheren Glanz . . . Unter dem Arm hielt er einen Stoß Bücher . . . Hurşit Bey schrieb nämlich Bücher. Kerem Ali hatte ihn schon erblickt und wollte ihn rufen, denn er konnte seine Neugier nicht unterdrücken. Dieser alte Nomade, dieser merkwürdige Mann, was hatte er von Hurşit Bey gewollt? Dieser Alte mit dem roten, kräftigen Bart, der so aufrecht ging und seine Verzweiflung, die Trauer und den Schmerz verbarg, was hatte er eigentlich gewollt?

»Hurşit Bey, Hurşit Bey!«

Ganz Adana kannte Kerem Ali. Er hatte mit fast jedem in der Stadt Freundschaft geschlossen. Hurşit Bey blieb stehen, er erkannte Kerem Ali und sein Gesicht hellte sich auf. »Was gibt es denn, Kerem Ali?«

»Komm doch herein, Bey. Trink eine Tasse Kaffee mit mir.«

Hurşit Bey wandte sich nachdenklich um und ging langsam zum Laden zurück. Kerem bot ihm einen Sitz an und schickte seinen Lehrling Kaffee holen. Sein praller Bauch hüpfte vor Freude. Er strahlte Hurşit Bey an, mit seiner ganzen Gestalt, seinem dicken Kopf, seinen ehrerbietigen Augen. Doch dann, unvermittelt, verdüsterte sich seine Miene. »Gestern habe ich einen alten Nomaden zu dir geschickt, einen Riesen von einem Mann, so groß wie eine Eiche, mit rotem Bart. Er war sicher hundert Jahre alt. Ein seltsamer Mann. Ich frage mich, was er von dir wollte.«

»So, du warst das. Du hast ihn also zu mir geschickt? *Intéressant, intéressant.* Stell dir vor, er ist überzeugt, daß die Ramazanoğlus noch immer an der Macht sind und hielt mich obendrein für den Besitzer der ganzen Stadt Adana. *Très intéressant*, Kerem Ali. Er scheint dreißig Jahre lang an einem Schwert geschmiedet zu haben.«

»Ja, ich habe das Schwert gesehen«, sagte Kerem Ali. »Der alte Mann hat aber Geschick, ich war erstaunt. Heutzutage kann niemand mehr solch ein Schwert schmieden, nicht wahr, Bey?«

»Nein, niemand. Nirgendwo auf der ganzen Welt . . .«

»Was wollte er überhaupt von dir?«

»Mir das Schwert anbieten gegen ein Stück Boden für seinen Stamm. Sie haben offenbar große Schwierigkeiten. Bald werden sie verschwunden sein, diese Nomaden. Alles, wonach sie verlangen, ist ein Stück Land, aber sie können keines finden.«

»Was wird mit ihnen geschehen?« fragte Kerem Ali. »Was soll aus diesen Menschen werden? Sind sie dazu verdammt, nach und nach im Elend unterzugehen?«

»Genau wie wir auch«, sagte Hurşit Bey. »Ihr Niedergang hat mit unserem begonnen.«
»Aber ihr, ihr seid doch immer noch da«, widersprach Kerem Ali. »Wenn man die Ramazanoğlus irgendwo ausreißt, schlagen sie anderswo wieder Wurzeln, blühen wieder auf.«
Der Kaffee wurde aufgetragen. Sie zündeten sich eine Zigarette an und rauchten schweigend. Beide waren in Gedanken versunken. Hurşit Bey wußte viel über die alten Feudalherren, die alten Aristokratenfamilien. Er hatte ihre Geschichte genau studiert und viel darüber gelesen. All diese Familien, diese Häuser, waren verschwunden, außer, Allah weiß warum, den Ramazanoğlus. Sie machten weiter ihren Einfluß in Adana geltend, besetzten immer noch wichtige Positionen. Sie nannten immer noch große Güter, Fabriken, Kinosäle, Import- oder Exportfirmen ihr eigen, waren an Banken beteiligt. Sie mischten immer noch in der Provinzpolitik mit, stellten Abgeordnete, ja sogar Minister in Ankara. Die Cadioğlus in Sivas, die Payaslioğlus und die Kozanoğlus in den Gavur-Bergen und in Mittelanatolien, die Sunguroğlus und die Aydinoğlus, die Karamanoğlus und die Danişmenoğlus, alle hatten sich in Nichts aufgelöst. Selbst die gestern noch so mächtigen Çapanoğlus ... Auch die Menteşeoğlus, die Hamidoğlus, die Dulkadiroğlus ... Der letzte der Dulkadiroğlus betreibt ein Sattlergeschäft in der Kreisstadt Andirin, ein armer Mann. Aber bei den Ramazanoğlus gibt es keinen einzigen, der sein Vermögen verloren hätte. Wie kam das eigentlich? Dieser Frage müßte man nachgehen, dachte Hurşit Bey. *Intéressant, intéressant.* Außer uns haben sich nur noch die Karaosmanoğlus in Manisa gehalten. Wie sich das Schicksal dieser zwei Familien doch gleicht ...
Die Ramanzanoğlus hatten die Seldschuken im rechten Moment, kurz vor deren Untergang, verlassen und waren zu den Osmanen übergegangen. Die alte seldschukische Erde war vertrocknet, ausgelaugt, unfruchtbar geworden. So leicht wie man ein Haar aus einem Klumpen Butter zieht, haben die Ramazanoğlus ihre Wurzeln aus dieser toten Erde gezogen und schlugen sie in die fruchtbare osmanische Erde. Sie wurden eins mit ihnen, teilten ihre guten und schlechten Tage. Dann kam aus Ägypten Ibrahim Pascha, der Sohn Memet Alis, mit seinen Soldaten, die auf einer kühnen, fremden Erde aufgewachsen waren. Sie besetzten Adana, und es dauerte nicht lange, bis die Ramazanoğlus ihre Wurzeln wieder aus der verwesenden osmanischen Erde zogen und auf dem festen Boden des Ägypters Fuß faßten. Welch eine seltsame Fügung des Schicksals, daß die Karaosma-

noğlus genau das gleiche taten. Auch sie schlossen einen Pakt mit Ibrahim Pascha . . . Dann kam die Republik, die Volkspartei wurde gegründet, noch einmal schlugen die Ramazanoğlus Wurzeln im frischen Boden der jungen Republik, als ob dies das Selbstverständlichste von der Welt wäre. Wieder standen sie in der vordersten Reihe der jungen Republikaner, waren Abgeordnete und Generalsekretäre der Partei. Dann kam die Gründung der Opposition, der Demokratischen Partei, und wieder waren die Ramazanoğlus zur Stelle, fest verwurzelt im Boden der neuen Zeit. Die Erde wird ausgelaugt, dachte Hurşit Bey stolz, aber die Wurzeln der Ramazanoğlus faulen nicht. Und eben jetzt nahte ein neuer Sturm. Eine neue Umwälzung kündigte sich an. Die Arbeiter hatten zu murren begonnen. Würden die Ramazanoğlus auch diesen Wandel überstehen? Würden ihre Wurzeln auch auf dem Boden des Arbeiters gedeihen können? Wer weiß? Er lächelte. Wer weiß . . . Ihre Wurzeln waren so stark, so biegsam, so anpassungsfähig, vielleicht konnten sie sogar das überleben.
Doch auf einmal erstarb sein Lachen. Was war noch geblieben vom einstigen Ruhm der Ramazanoğlus, dachte er. Ein einziger Händler aus Kayseri, gestern noch Lastträger, ein einziger dieser neuen Großgrundbesitzer, gestern noch Bauernknecht, konnte alle Ramazanoğlus auszahlen, die es noch gab auf Erden.
»Du siehst sehr nachdenklich aus, Bey«, sagte Kerem Ali.
»Auch wir sind am Ende, Kerem Ali. Es hat den Anschein, als ob wir überlebt haben, als ob wir noch auf den Füßen stehen, aber in Wirklichkeit ist es aus mit uns. Auch wir ringen mit dem Tod, Kerem Ali, genauso wie die Nomaden.«
»Aber nicht doch, Bey!« sagte Kerem Ali besorgt, »wie kann man so etwas sagen!«
»Jetzt sind die neureichen Kaufleute an der Reihe. Wie die Familie Has. Oder Talip Bey und die Sabuncu, Ömer Aga und Sadi Bey. Ihre Zeit ist gekommen. Wir dagegen sind tot, liegen in den letzten Zügen. Auch sie werden blühen wie einstmals wir, doch auch ihr Boden wird eines Tages erschöpft sein. Der Boden, auf dem sie gehen, ist bereits faul, durch und durch faul. Wir haben tausend Jahre gebraucht, um ihn auszulaugen. Ihnen werden nicht einmal zwanzig Jahre beschert sein, das liegt auf der Hand. So wie sie ihren Boden ausplündern, mit dieser Geschwindigkeit! Oder sitzen ihre Wurzeln vielleicht nicht fest genug? Ja, das ist es, jetzt habe ich es. Schau, die Sintflut nähert sich schon; sie wird die ganze Welt verschlingen. Schau diese Arbeiter an, diese Massen, sie schwärmen aus wie Bienen, wollen alle Arbeit, ein

Verdienst und wie Menschen leben. Dachtest du, sie werden immer so weiterleben in Armut und Not, schutzlos und ohnmächtig, Kerem Ali? Glaubst du das wirklich? Nein, nein, und weil das so ist, ist der Boden, auf dem diese neureichen Händler stehen, bereits angefault.«

»So, du glaubst also, daß ihre Stunde schon geschlagen hat?« fragte Kerem Ali.

»Ja, das glaube ich«, sagte Hurşit Bey, »ihre und unsere auch. Weil wir unsere Wurzeln, unsere Wurzeln im Volk abgeschnitten und sie in den Boden verpflanzt haben, aus dem jene Kaufleute und Neureichen hervorgingen. Ja, Kerem Ali, auch unsere Zeit ist gekommen.«

»Nein, nein!« widersprach Kerem Ali. »Eure nicht, eure nicht!«

Hurşit Bey nahm seine Bücher. »Das Rad der Geschichte hat sich gedreht«, sagte er im Weggehen. »Mit ihnen werden auch wir untergehen, auf der gleichen verfaulenden Erde. Auf Wiedersehen!«

Es hatte in der Nacht zu regnen begonnen. Kerem Ali hing seinen Gedanken nach, während draußen dicke Tropfen auf das Pflaster trommelten; in seinem Kopf drehte sich alles. Auf einmal sah er durch den Regen hindurch den alten Nomaden auf der anderen Straßenseite. Wie eine Traumgestalt war er aus dem Regen aufgetaucht. Der Alte hatte Kerem bemerkt und lächelte ihm freundlich zu. Aus seinem roten Bart troff das Wasser, er war naß bis auf die Haut, ebenso sein Pferd und sein Begleiter.

»Komm herein, Vater«, rief Kerem Ali und öffnete weit die Tür. »Komm und trink ein Glas Tee oder eine Tasse Kaffee mit mir. Du bist ja ganz naß! Komm.«

Meister Haydar überquerte die Straße; Kerem Ali nahm ihn am Arm, zog ihn aus dem Regen und führte ihn ins Trockene. »Du bist tropfnaß, Vater . . . Durch und durch naß! Du wirst dir den Tod holen.«

Er forderte auch Osman auf, einzutreten. Sie banden das Pferd draußen am Schloß des eisernen Rolladens fest. Das Wasser lief ihm die Kruppe herunter, rann aus der Satteldecke.

Meister Haydar schaute Kerem Ali voll ins Auge. »Sag mir, guter Mann«, brachte er schließlich mühsam und verlegen hervor wie ein Kind, »wie komme ich zu Ismet Pascha? Wer kann mir dabei helfen? Wie stellt man das an? Ich muß zu ihm, unbedingt, er ist meine letzte Hoffnung.«

Kerem Ali wollte etwas sagen. Nein, geh nicht, wollte er diesem alten

Mann sagen. Ismet Pascha wird dir nicht einmal einen flüchtigen Blick gönnen. Selbst wenn du bis nach Ankara gehst, selbst wenn du ihn dort zu Gesicht bekommen solltest, wird er nichts für dich tun können, denn Ismet Pascha ist nicht mehr in der Regierung. Aber er brachte es einfach nicht übers Herz, ihm die bittere Wahrheit zu sagen. Ein bisher ungekannter Schmerz überwältigte diesen gutmütigen, empfindsamen Mann, dessen Herz so voll Mitgefühl war. Dann riß er sich zusammen und erklärte Meister Haydar, so gut er konnte, wie man nach Ankara reist und wie er zu Ismet Pascha gelangen konnte.
»Möge dein Weg leicht sein, geh mit Allah!« wiederholte er immer wieder, bis er den alten Mann aus den Augen verlor. Er konnte es einfach nicht glauben . . .

22

Der Hemite-Berg steckt wie ein Dolch mitten im Herzen der Çukurova. Zu seinen Füßen fließt der Ceyhan. Daran schließt sich weites Flachland an und dehnt sich bis hinüber zum Mittelmeer . . . Der Hemite-Berg sieht hoch und stattlich aus, weil er jäh aus der Ebene emporsteigt. In Wirklichkeit ist er aber nur ein kleiner Vorberg, der sich an die Bergkette des Taurus lehnt, kahl und dürr, hie und da zwischen den Felsen mit etwas Asphodill, einigen Mispelsträuchern und Erdbeerbäumen bestanden. Überall am Hemite-Berg blühen Stechginster und Goldwurz. Die Narzissen hier auf dem Hemite-Berg verbreiten den schwersten Duft von allen Narzissen in der Çukurova. Auch Fuchsschwänze wachsen hier, scharlachrot. Die Felsen des Hemite-Berges sind aus festem Granit, fast so hart wie Feuerstein, rotgeädert, weißgrün gefleckt. Der Berg ist beintrocken, keine einzige Quelle entspringt aus ihm. Nur ein dünnes, fingerbreites Rinnsal sikkert aus einer Felswand, die über dem Dorf Hemite hängt. Diese Quelle, so erzählt man, geht zurück bis in die Zeit der Hethiter. Und so steht der Hemite-Berg da, ein kahler Klotz, niemandem zu Nutzen. Früher nisteten Adler auf ihm, die steilen Felsen waren schwarz von ihren schlagenden Flügeln, so viele waren es. Heute sind auch sie verschwunden, fortgegangen, wer weiß wohin . . .

In der ganzen weiten Çukurova gab es jetzt für die erschöpften Nomaden keinen Fußbreit Erde mehr. Jedes Dorf, jeder Mensch war ihr Feind. Kein Dorf, mit dem sie noch nicht in Streit gelegen, kein Feld, kein Acker, auf die sie noch nicht den Fuß gesetzt und von denen man sie nicht schon im Lauf der letzten zehn Jahre wieder vertrieben hatte. Und wenn nicht sie, so die anderen Stämme . . .
Süleyman der Vorsteher machte mitten in der Çukurova Halt. Auf dieser Ebene, die er so gut kannte wie seine eigene Hosentasche, wußte er jetzt keinen Ort mehr, auf dem sie ihr Lager aufschlagen konnten, kein Dorf, das ihre Gegenwart duldete. Wohin sollten sie gehen? An wen konnten sie sich wenden? Der Winter näherte sich bereits. Erst gestern wieder war Akça Veli abgesprungen, hatte seine

Familie und sein Zelt mitgenommen und ohne ein Wort den Stamm verlassen. Von den sechzig Zelten zu Beginn des Jahres waren nur noch achtunddreißig geblieben. Im vergangenen Jahr noch hatte der Karaçullu-Stamm hundert Zelte gezählt . . . Und im Jahr davor . . . Und noch früher . . . Früher, als die Karaçullus in die Ebene kamen, in jenen glorreichen Tagen, sah man weit und breit in der Ebene nichts als Zelte, in denen ein reges Leben und Treiben herrschte wie heutzutage in den großen Städten . . .

Würden sie sich noch vor dem Frühjahr auflösen, würden sie die wenigen verbleibenden Zelte zusammenpacken und verschwinden müssen, irgendwohin? Wenn es nur soweit käme, dachte Süleyman der Vorsteher. Dann wäre es endlich vorbei, dieses sich hinschleppende Elend. Schon seit Sonnenuntergang warteten sie auf diesem Feld, durch das sich der Bewässerungskanal des Reisfeldes zog. Sie waren unfähig, einen Entschluß zu fassen.

»Gehen wir nach Akmaşat oder meinetwegen nach Narlikişla und besetzen einfach das Land«, sagte Fethullah. »Sollen sie uns doch alle bis auf den letzten Mann umbringen, dann ist es wenigstens ausgestanden.«

Der alte Müslüm teilte seine Meinung. »Sie haben uns unsere Winterquartiere gestohlen, die uns gehörten seit Anbeginn aller Zeiten, und wir stehen hier und zerbrechen uns die Köpfe, wohin wir gehen sollen! Zu unseren alten Winterquartieren natürlich, genau dahin! Und dort heißt die Devise: Vernichten oder vernichtet werden! Schaut uns doch an, wir sind sowieso am Ende. Wenn wir schon sterben müssen, dann wenigstens auf dem Land unserer Väter . . . Machen wir doch endlich Schluß mit dem ganzen Theater!«

Alle Männer des Stammes dachten das gleiche wie Fethullah und der alte Müslüm. Sie wollten sich dem Kampf stellen und sich gewaltsam Boden in Akmaşat oder Narlikişla aneignen. Aber Süleyman der Vorsteher schwankte noch und konnte sich, soviel er sich auch den Kopf zerbrach, zu keinem Entschluß durchringen. Seine Miene verdüsterte sich immer mehr, wurde immer ärgerlicher.

»Schon seit fünfzig Jahren siedeln andere auf dem Boden von Narlikişla, schon seit fünfzig Jahren sind dort Dörfer entstanden, und wir haben es nicht der Mühe wert gefunden, dagegen Protest zu erheben, als man uns unsere Winterquartiere dort nahm. Jetzt, wo wir in der Klemme sitzen, behaupten wir auf einmal, in Narlikişla ein Winterquartier zu besitzen. Und was Akmaşat angeht, hat uns nicht früher Derviş Bey von den Karadirgenoğlus gedrängt, uns dort niederzulassen, ein Dorf zu gründen? Erinnert ihr euch? Wir haben ihm nie Ge-

hör geschenkt. Wir dachten, daß wir für alle Zeiten, in alle Ewigkeit, die Herren der Çukurova wären! Daß wir uns nach Gutdünken überall niederlassen könnten, wo wir wollten und solange wir wollten. Und jetzt, wo wir in der ärgsten Bedrängnis stecken, reden wir vom Töten oder Sterben! Selbst wenn man uns alle ausrottet, oder wir alle in der Çukurova ausrotten, so würden wir doch deswegen noch nichts gewonnen haben, keinen Fußbreit Boden!«
»Ja, Vater, aber man hat uns hier mitten in der Çukurova in die Enge getrieben. Wir müssen doch etwas tun. Dann sag du uns doch, was!«
»Ja, zeig uns einen Weg, Süleyman«, sagte der alte Müslüm.
Alle Männer des Stammes stimmten zu: »Ja, such uns einen Fleck Erde, einen kleinen Fleck Erde, auf dem wir uns niederlassen können!«
Süleyman der Vorsteher wußte noch immer keinen Rat. In dieser Stimmung nach Akmaşat oder Narlikişla zu gehen, bedeutete Kampf mit Derviş Beys Leuten. Die Männer im Stamm waren wütend, gereizt. Der geringste Streit würde in ein Blutbad ausarten. Er hob immer wieder den Kopf, um einen Blick auf den kahlen, purpurroten Berg in der Ferne zu werfen. Es war schon nach Mittag, und sie hatten seit Sonnenaufgang unentschlossen, ratlos herumgestanden und die Zeit totgeschlagen. Er mußte sich schnell entscheiden . . . Süleyman fühlte sich matt, auch der Stamm war am Ende. Sie mußten irgendwo Halt machen, wenigstens für ein paar Tage.
Der Vorsteher zeigte auf den Hemite-Berg. »Dort . . .« sagte er. »Dort machen wir für ein paar Tage Halt, und dann . . .«
»Aber, Vater . . . Dort oben gibt es nur Felsen«, seufzte Fethullah. »Nirgendwo ein Zweig, nirgendwo ein Grashalm. Kein Tropfen Wasser. Nichts. Sollen wir sterben auf diesem kahlen Berg?«
»Wir gehen . . .« wiederholte Süleyman der Vorsteher und runzelte die Stirn.
»Süleyman, mein Sohn, hast du den Verstand verloren?« fragte der alte Müslüm. »Wir können uns dort nicht niederlassen. Und wenn wir dennoch zwischen den unfruchtbaren Felsen unser Lager aufschlagen, meinst du, sie lassen uns in Ruhe? Da hast du dich aber getäuscht. Die Bauern werden eine Abgabe von uns verlangen, sogar für diese kahlen Felsen.«
»Irgendeine Gebühr für das Besteigen des Berges«, sagte Fethullah.
»Ich gebe ihnen nichts«, versicherte der Vorsteher. »Kommt, setzt euch in Bewegung. Ich weiß, was ich tue.«
Unwillig zogen sie hinüber zu den kahlen Hängen des Hemite.

»Er wartet auf Meister Haydar«, sagte Fethullah wütend. »Da kann er lange warten! Meister Haydar überreicht sein Schwert Ismet Pascha oder Ramazanoğlu, und sie haben nichts Eiligeres zu tun, als uns Land zu geben, wie? Allah sei uns gnädig, eine Glanzidee, eine Glanzidee!«
»Ich glaube, du hast recht, leider recht«, seufzte der alte Müslüm. »Welch eine sonderbare Idee! Jeder ist sich selbst der Nächste! Wenn Ismet Pascha sich heute Land beschaffen könnte, würde er es für sich selbst behalten, für seine eigenen Winterquartiere. Und für Ramazanoğlu gilt das gleiche. Er wäre sogar der erste, der sich auf dem Weideland neben den kühlen Quellen niederlassen würde und sich mit dem Wasser aus ihrem weißen steinigen Granitbett erfrischen würde!«
»Psst . . .« sagte Abdurrahman. »Er kann euch hören . . .«
Während der Zug der Nomaden sich vorwärtsbewegte, gab es auch unter den Mädchen und den Kindern ein Getuschel. »Wir sind auf dem Weg zum Berg Hemite, aber nur um dort auf Meister Haydar zu warten. Er hat Ismet Pascha dazu gebracht, uns den schönsten Teil der Yüreğir-Ebene zu überlassen. Er wird in drei Tagen zurück sein, und dann ziehen wir alle zusammen dorthin.«
Die alte Sultan hob ihre zerfurchten, langfingrigen Hände zum Himmel. »Schnell, komm schnell, du Weiser aller Weisen, weiser Haydar, Meister!« betete sie. »Komm schnell, sonst sind wir verloren. Komm, schnell! Ich bin nur deine ergebene Dienerin! O Allah, schöner Allah, schicke ihn auf dem schnellsten Wege zu uns zurück, unseren lieben Meister Haydar, Meister Haydar den Tapferen. Schick ihn mit guten Nachrichten, mit froher Botschaft zurück! Herr, nimm alle Hindernisse von seinem Pfad, streu Rosen auf seinem Weg, sende ihn schnell zu uns, o Allah . . . Wir brauchen ihn so sehr. Sie haben uns zu Tieren gemacht. Schau uns an, wie wir aussehen. Er ist unsere einzige Hoffnung, bitte, Allah!«
So setzten die Frauen, Mädchen und Kinder all ihre Hoffnungen auf Meister Haydar und erwarteten seine Rückkehr mit Ungeduld, doch unter den Männern wuchsen Zweifel und Hoffnungslosigkeit. Am nächsten Tag, in der Morgendämmerung, waren sie am Hemite angelangt und machten Rast in einem Tal voller Weißdornbüsche. Niemand hatte die Nacht über ein Auge zugetan, nur die kleinen Kinder, die auf dem Rücken der Kamele schliefen. Sie entluden die Tiere, bauten die Zelte auf, und die Hirten führten die Schafe hinunter zum Ceyhan. Jetzt erst erkannte der Vorsteher Sü-

leyman das ganze Ausmaß der Verluste. Die Herden des Stammes waren auf die Hälfte geschrumpft. Er konnte es kaum fassen. Der Zug der Nomaden war ständig geschrumpft, hatte Menschen und Tiere zurückgelassen.
Süleyman trommelte den ganzen Stamm zusammen. »Alle sollen kommen, jeder Mann, jede Frau, jung und alt. Jeder, der gehen kann!«
Als sie sich alle eingefunden hatte, zog er den Beutel hervor, den er immer an der Brust trug. »Hier sind die Goldmünzen, die ihr gesammelt und mir anvertraut habt. Aber sie reichen nicht. Meister Haydar ist fort und noch immer nicht zurückgekehrt. So bitte ich euch, daß ihr mir alle Goldmünzen gebt, die ihr noch habt, eure Ringe, euren Schmuck, die Nasenringe, die Anhänger, die Stirnbänder, das Silber, das Geld, alles. Ich gehe zu Karadirgenoğlu Derviş Bey. Hier, werde ich sagen, nimm das, es ist alles, was wir besitzen. Gib uns dafür Akmaşat! Er ist ein guter Mann. Wenn er sieht, daß wir sogar all den kostbaren Schmuck unserer Frauen dazugetan haben, wird er uns Akmaşat vielleicht geben, ohne überhaupt etwas davon zu nehmen . . .«
Die Frauen und Mädchen kamen der Bitte des Vorstehers sofort nach. Sie suchten ihren ganzen Schmuck zusammen und legten ihn in das Tuch, das vor dem Vorsteher ausgebreitet war. Auch Ceren kam, um all ihre Habe hineinzulegen. Die Frauen schauten sie schief an. Denn seit drei Tagen hatte die Stimmung wieder umgeschlagen, und die meisten sprachen nicht mehr mit ihr, so wie früher.
»Ist das alles?« fragte Süleyman der Vorsteher. Sie sahen einander an. Niemand antwortete. Da humpelte die alte Sultan mit ihrem krummen Rücken heran und ließ ein winziges, in Leinen gewickeltes Päckchen vor dem Vorsteher zu Boden fallen. »Hier, Süleyman, nimm das auch mit, und suche ein Winterquartier für uns. So kann es nicht weitergehen. Das ist das Geld für mein Leichentuch. Ich habe es eigens dafür gespart. Nimm es. Vielleicht wird es helfen, uns aus der Patsche zu ziehen. Du weißt, wir sind am Ende unserer Kräfte, Süleyman. Und Meister Haydar ist noch nicht zurück. Vielleicht hat Sultan Ismet sein Schwert nicht gefallen, und er hat ihn in Ketten gelegt. Du kennst ja unseren lieben Haydar, er kann nun mal den Mund nicht halten. Wer weiß, was er Sultan Ismet alles an den Kopf geworfen hat, so daß dieser ihn in den Kerker warf! Nimm also das Geld für mein Leichentuch, aber wenn du das Land hast und ich sterben sollte, so begrabt mich nicht ohne Leichentuch, versprecht es mir! Ach!

Nicht Meister Haydar, sondern ich hätte dem Sultan Ismet das Schwert bringen sollen!«

Süleyman der Vorsteher öffnete das Päckchen der alten Frau und schüttete die Handvoll Münzen zu den übrigen. Dann faltete er das Taschentuch zusammen, verknotete es sorgsam und steckte es ein. Sein Pferd stand schon bereit. Er stieg schnell auf und ritt davon, den Pfad hinab. Alle Stammesleute begleiteten ihn bis in die Ebene. Dort fielen sie alle auf die Knie und beteten zu Allah, er möge ihn nicht mit leeren Händen zurückkehren lassen. Sie sprachen Gebete, beschworen Allah und verharrten auf den Knien, bis Süleyman der Vorsteher am Horizont verschwunden war. Dann erst erhoben sie sich langsam, zögernd und kehrten zu ihren Zelten zurück. Dort erwarteten sie bereits etwa fünfzehn Bauernburschen.

Fethullah ging auf sie zu. »Seid willkommen, Brüder«, sagte er und lud sie in sein Zelt ein. Er bot ihnen Kaffee und Ayran an.

Der herzliche Empfang und Fethullahs Gastfreundschaft gefiel den jungen Männern sehr, sie waren überrascht. Sie schämten sich, ihre Forderungen vorzubringen. Aber Memet der Windhund machte endlich reinen Tisch und sagte, als wolle er sich von einer drückenden Last befreien: »Fethullah Aga, wir sind da, und so solltet ihr uns geben, was ihr uns schuldet!«

»Was wir euch schulden?« fragte Fethullah erstaunt.

»Die Abgaben, für den Berg . . .« beharrte Memet der Windhund.

»Hat man schon einmal etwas von Abgaben für einen Berg gehört?« erwiderte Fethullah spöttisch. Dieser Spott brachte die jungen Männer auf, sie wurden zornig. Sie hatten gehofft, aus diesen Nomaden viel Geld herausholen zu können.

»Schau, Bruder«, fuhr Fethullah mit ernster Stimme fort, »ich schwöre es euch mit der Hand auf dem Heiligen Koran, daß wir keinen Kuruş mehr haben. Überhaupt nichts mehr, nichts. Mein Vater hat eben, bevor ihr gekommen seid, alles eingesammelt, sogar den letzten Goldschmuck unserer Frauen und das Geld für das Leichentuch unserer Alten. Er hat keinen Kuruş im Stamm zurückgelassen. Er ist fortgeritten, um Akmaşat, unser früheres Winterquartier, zurückzukaufen . . . Falls es ihm gelingt, natürlich . . . Wir werden uns niederlassen, seßhaft werden, so wie ihr, und ein Dorf gründen.«

Es war, als ob Memet der Windhund ihn nicht gehört hätte. »Immer die gleiche Geschichte«, brummte er. »Wenn die Reihe an uns kommt, ist nichts mehr da. Schau her, mein Freund, wir sind die

Wächter dieses Berges . . . Er gehört uns, mein Bruder . . . Wenn wir nicht hier wären . . .«

Fethullah lachte. »Wenn ihr nicht hier wäret, würde auch dieser Berg nicht hier stehen, das willst du mir doch sagen, nicht wahr, mein Freund?«

Memet der Windhund sprang mit einem Satz auf die Füße, und seine dünne Gestalt mit den krummen Beinen bebte vor Zorn. »Du machst dich also lustig über uns, nicht wahr?« schrie er. »Steht auf, Freunde. Wir werden es ihm schon noch heimzahlen! Kommt, gehen wir!«

Mit düsterer Miene, fest entschlossen, diese Demütigung nicht auf sich sitzen zu lassen, stoben sie den Hügel hinab.

»Halt, Freunde, halt!« Fethullah rannte ihnen nach und bereute zutiefst, daß er mit ihnen solche Scherze getrieben hatte. »Aber wohin geht ihr denn? Freunde? Ich habe doch nur Spaß gemacht. Was hat euch denn so verletzt?«

Er versuchte sie zurückzuhalten, aber sie eilten weiter, immer weiter, ohne zu reden, ohne Fethullah überhaupt zuzuhören. Warte nur, schienen ihre schiefen Blicke zu sagen, du wirst schon sehen, was dir blüht. Ihre Schritte wurden noch schneller.

Fethullah versuchte, sie doch noch umzustimmen. Er entschuldigte sich immer wieder, aber vergebens, sie wollten nichts wissen von Versöhnung. Er sank schließlich auf einen Stein und sah zu, wie sie mit ihrem protzigen Gehabe in der Ferne verschwanden, wie die Herren der Schöpfung selbst.

»Ach«, sagte er, und seine Zähne knirschten. »Verdammtes, elendes Nomadenleben! Wer immer damit anfing, welcher von unseren Vätern das auch gewesen sein mag, keine ruhige Minute sei ihm gegönnt in seinem Grabe! O Allah!«

Das Nomadentum stirbt aus, dachte er. Wenn schon, dann aber schnell und es soll so tief begraben sein, daß es nie mehr auferstehen kann! Schau dir diese Kerle da an mit ihrem Spatzenhirn, schau sie dir an, diese stolzen Gockel . . . Die Tränen standen ihm in den Augen, als er die geöffneten Hände zum Himmel hob. »Allah!« flehte er. »Allah, mach Derviş Beys Herz weich, mach es gnädig und gib, daß er Akmaşat an meinen Vater verkauft. Oder, wenn es dein Wille ist, uns zu töten, so töte uns, töte uns alle noch in dieser Nacht, uns alle, jung und alt. Mach unserer Mühsal ein Ende! Wir können sie nicht länger ertragen!«

Drunten in der Ebene blieben die Bauernburschen stehen, um sich zu beraten. Dann, mit viel Lärm und Geschrei, so als ob sie sagen woll-

ten, wart nur, du wirst dein blaues Wunder schon noch erleben, setzten sie vergnügt ihren Weg fort.
Fethullah konnte sich nicht vom Fleck rühren. Bis zum Sonnenuntergang blieb er reglos auf dem Stein sitzen und fühlte sich so, als ob man ihn im Mörser zerstampft hätte.
Es war Abend und bereits dämmerig, als er unten auf dem Weg einen Reiter sah, der in langsamem, zögerndem Schritt auf das Lager zuritt. Fethullah erkannte den auf dem Pferd kauernden Mann sofort, und ein Gefühl der Demütigung beschlich ihn.
»Der niederträchtige Kerl!« murmelte er. »Was hat das noch mit Liebe zu tun, eine Unverschämtheit sondergleichen ist das. Du Wurm, auch wenn du tausend Jahre hinter uns herkriechst, auch wenn der ganze Stamm vor unseren Augen tot umfällt, Mann für Mann, so wirst du Ceren doch nicht bekommen. Wenn du sie wirklich geliebt hättest, so hättest du nicht versucht, mit dem Unglück des Stammes Geschäfte zu machen. Du hättest uns das Land auch so gegeben, und dann wäre Ceren vielleicht dein geworden.«
Aber schon eine Minute später tat er ihm leid. Dieser Mann mußte hoffnungslos verliebt sein, und Liebe ist etwas Seltsames, Schreckliches, wenn sie dich einmal packt. Es gab ja schließlich noch andere Mädchen auf der Welt, sogar noch schönere als Ceren. Warum also stieg er ihr unentwegt nach? Er sah Ceren vor sich. O nein, dachte er, keine auf der Welt kann schöner sein als sie! Oktay Bey hat recht. Kein Wunder, wenn er ihr nachläuft, bis zum bitteren Ende.

23

Züngelnde, vielfarbige Schatten, rote, grüne, blaue, orangefarbene, tanzen auf dem Asphalt, Schatten wie Lichtstrahlen. Wie hell die Stadt leuchtet mit ihren glitzernden Fenstern und Türen, den hochaufragenden, strahlenden Gebäuden, den Sternen. Licht überflutet auch das Mausoleum von Mustafa Kemal Pascha, bis in den Morgen hinein, und läßt es noch gewaltiger, noch unbeweglicher erscheinen auf seinem hohen Hügel ... Die riesenhaften Schatten der turmhohen Gebäude ... Schatten und Lichter ... Sie verwischen sich, jagen sich, verschmelzen und trennen sich wieder, unaufhörlich. Die Autos, die Busse, die Lastwagen mit all ihren Lichtern, die stöhnen und sprechen und heulen. Lichter, nichts als Lichter. Und jede Nacht kommt die Lichterstadt in Bewegung, breitet sich aus über die ganze umliegende Steppe. Die hohen Gebäude verflechten sich, rücken wieder auseinander, verschwimmen. Die vielen Lichter, die riesigen Schatten ... Rote grelle Blitze zucken aus dichten, undurchdringlichen Nebelschleiern hervor, verschwinden, als ob eine Hand sie weggewischt hätte. Und wieder sind sie da, versprühen ihre roten, blauen, weißen, grünen, orangefarbenen Lichter, glitzern wie Flitter, steigen hoch, schweben zum Himmel empor und ergießen sich wieder herab auf die Erde. Schwer wie Blei ...

Eines Abends stieg Meister Haydar in Ankara aus dem Bus. An seiner Seite stand ein junger Mann mit einem lächelnden Gesicht, mit dem er sich während der ganzen Fahrt unterhalten hatte. Meister Haydar drehte sich um, um ihn etwas zu fragen, doch der junge Mann war spurlos verschwunden. Seine Augen suchten eine Weile die Menge nach ihm ab, aber er war nicht mehr zu sehen. »Diese jungen Kerle heutzutage sind alle gleich«, dachte er. »Wie Erbsen in der Schale, blaß und blutlos, Schwächlinge.« Er ließ sich ein Stück weit von der Menschenmenge treiben und fand sich alsbald vor einem breiten, lärmenden Gebäude am Rand einer verkehrsreichen Straße. Unter einer Straßenlaterne blieb er stehen. Er strahlte mehr Würde aus als je zuvor mit seiner langen, glänzenden orangefarbenen Kappe, dem dichten Kupferbart, den Bauernschuhen, der großgewachsenen, kräftigen Gestalt, den spitz zulaufenden Händen, den buschigen, in die Augen fallenden Augenbrauen und dem Schwert, das er in der Hand hielt wie ein Heiligtum oder ein Neugeborenes, das man verhätschelt und nur mit größter Vorsicht berührt. Seine Haltung, seine Kleidung lenkten die Aufmerksamkeit der Passanten auf sich. Meister Haydar entgingen diese neugierigen Blicke nicht. Sie störten ihn. Er kochte sowieso schon seit Tagen vor Zorn. »Diese Schurken, diese Narren! Schaut nur, wie sie die Augen aufsperren und gaffen. Seht euch das mal an. Wie ausgehungerte Wölfe, als ob sie mich auffressen wollten! Ihr Erzschurken, seid ihr überhaupt Menschen? Wenn ihr hier nicht alle Schurken wäret, wären wir dort nicht soweit heruntergekommen . . .«

Während er sich nach allen Seiten umsah und Gift und Galle spuckte, entdeckte er plötzlich in der Menge seinen jungen Reisegefährten, verlor ihn aber schon im nächsten Augenblick wieder aus den Augen. »Der Teufel hol dich, Ankara! Das ist kein Ort, keine Stadt, das ist ein Sturzbach von Menschen, der einen im Nu verschlingt!«

Was sollte er hier noch herumstehen, worauf warten? Sollte er noch heute Abend zu Ismet Pascha gehen? Wie lange war es eigentlich schon her, daß er den Stamm verlassen hatte? Wer weiß, was diese heimtückischen Bauern der Çukurova den Unglücklichen inzwischen schon alles angetan hatten. Oder vielleicht hat der Stamm Ceren gezwungen, diesen kahlköpfigen, schamlosen Nichtsnutz mit den rosigen Frauenhänden zu heiraten. Nein, sie warten sicher auf mich, aber ihre Geduld mußte langsam am Ende sein. Die Armen . . . Dreißig Jahre lang habe ich ihnen eingeredet, daß irgendein Pascha uns Land für das Schwert geben würde, sobald es einmal fertig wäre. Wie Kinder habe ich sie mit dieser Hoffnung aufgeheitert! Einige haben mir Glauben geschenkt, andere nicht. Seit dreißig Jahren diskutieren sie darüber, ob dieses Schwert ausreicht, ihnen ein Winterquartier zu beschaffen . . . Nun gut, ob sie an das Schwert glaubten oder nicht, es war etwas, worauf man sich freuen konnte. Und jetzt, da es keine andere Hoffnung mehr gibt, setzen sie erst recht all ihre Erwartung auf dieses Schwert und warten auf meine Rückkehr . . . Ob er wollte oder nicht, Ismet Pascha war seine letzte Hoffnung. Ismet, der unerschrockene Krieger, der Sieger über die Griechen, der scharfsinnige Ismet mit dem Falken auf der Faust, der Listige, der Verschlagene, der es nicht nur mit einem, der es mit tausend Füchsen aufnehmen konnte. Und wenn auch dieser Versuch scheiterte? Was dann? Nach

ihm gab es nichts mehr, niemanden mehr, der in Frage kam. Einige hatten ihm von einem gewissen Menderes erzählt. Wer mochte das sein? Ismet Pascha war ein erfahrener Mann, nicht wie dieser Hurşit Bey. Ismet Pascha war ein unbestechlicher Mann vom alten Schlag, aus der alten Erde, nicht wie dieser Ramazanoğlu. Er würde sich nicht hinter dem Tisch verkriechen und dumm schauen, wenn ein Gast zu ihm kam, und welch ein Gast! Ein Mann von hundert Jahren, der ihm trotz seines Alters die Achtung nicht versagte! Ismet ist ein Mann von altem Schrot und Korn, er hat den Krieg erlebt, Blut fließen sehen und dem Tod ins Auge geschaut. Er hat die Griechen geschlagen. Nein, Ismet Pascha ist nicht Hurşit Bey. Er sitzt auf dem Thron Seiner Exzellenz, des großen, glorreichen Mohammed selbst. Ramazanoğlu aber sitzt nur zu Füßen dieses Thrones.
Sie haben Ismet Pascha alles erzählt . . . Sie haben ihm gesagt, daß Meister Haydar, der alte Nomade, der Großmeister des Ordens der Schmiede, das Schwert vollendet hat, das er in den letzten dreißig Jahren für ihn schmiedete. Wie sich Ismet Pascha freut! Sein weißer Bart bebt vor Freude! Der Großmeister des Ordens der Schmiede, der letzte des aussterbenden Ordens nach zehntausend, hunderttausend Jahren, Haydar, der letzte aller Weisen, hat ein Schwert für ihn geschmiedet mit all der Kunstfertigkeit, dem feinen Geschick einer zehntausendjährigen Tradition . . . Dieses Schwert ist nicht in dreißig, sondern in zehntausend, in hunderttausend Jahren entstanden. Und es ist das letzte. Nie mehr wird es eines von dieser Art geben . . . Seit der Mensch Eisen kennt, ist dieses Schwert geschmiedet worden, ununterbrochen, und das Schicksal hat es gefügt, daß das letzte von allen Ismet Pascha zufällt! Was will er denn noch mehr? Kerem wird nie solche Schwerter schmieden . . . Er wird überhaupt keines schmieden . . . Nie, nie . . . Ein Schauer schüttelte Meister Haydars Körper, es schmerzte ihn überall, als ob ihn Hunderte von Bienen gestochen hätten, das Blut wich ihm aus dem Herzen. Eine wilde Lust überfiel ihn, sich diesem hastenden, gleichgültig vorbeirauschenden Menschenstrom entgegenzuwerfen . . . Allen zuzuschreien, immer wieder zuzuschreien . . . Wißt ihr denn nicht, seht ihr denn nicht, daß Kerem nie ein Schwert schmieden wird, nie . . . Kerem ist fort . . . für immer fort, ohne mir Abschied zu sagen . . . Kerem wird nie Schwerter schmieden, nie! Hört ihr mich, o ihr Leute?
Ein Lichtschimmer fiel auf die Menge, gleich darauf tauchte alles wieder in Dunkel. Die riesigen Gebäude, die roten, blauen, orangefarbe-

nen, grünen, violetten Lichter, die hohen Laternen, das Lichtermeer, das Menschenmeer, alles lag im Dunkel, alles war Schatten, eine vorbeihuschende, verschwimmende Masse düsterer Schatten. Lange, kurze, funkelnde, majestätische Schatten, die sich in den Himmel hinaufschwangen, sich wieder zusammenzogen und zur Erde herabfielen, schwer wie Steine . . . Ein Strudeln und Brodeln ohne Ende . . . Nie wird Kerem Schwerter schmieden. Nie, nie wie wir den Amboß schlagen . . . Er hob das Schwert, das er in der Hand hielt, bis auf Augenhöhe. Ismet, damit du es weißt, dies ist das letzte, das allerletzte . . . Dies ist das letzte dieser schönen, heiligen Schwerter, das es auf der Welt gibt! Oh, wie wird Ismet glücklich sein, wenn er das Schwert sieht. Steh auf, Haydar, wird er rufen, steh sofort auf! Nicht du sollst auf die Knie gehen, sondern wir. Erhebe dich! Paschas wie uns wird es immer geben zu Tausenden, aber Meister Haydar, Haydar der Schmied, kommt nur einmal zur Welt, und wenn er geht, kehrt er nicht mehr zurück, auch nicht für eine Sekunde. Da Kerem nie Schwerter schmieden wird, da er sich aus Schwertern gar nichts macht . . . Da nun dieser altehrwürdige Orden mit Meister Haydar ausstirbt . . . So steh doch auf! Erhebe dich, und laß vielmehr uns vor dir niederknien!
Ismet ist ein großer, weiser, erfahrener General. Um den rechten Mann zu schätzen, muß man selbst einer sein! Ein junger Bey ist immer ein Tyrann, er wird nie wissen, was sein Nächster wert ist! Kann denn der Rabe, der oft auf dem Miststock sitzt, den Duft der Rose schätzen?
Komm und setz dich an meine Seite, Meister Haydar. Welch schöne, geschickte Hände du hast, Meister Haydar! Ihr schmiedet nun also seit zehntausend Jahren solche Schwerter und bringt sie aus einem Meer von Flammen zu höchster Vollendung? Ihr schmiedet sie aus Feuer, eure Schwerter, und nicht aus Eisen, ist es nicht so, Meister Haydar? Dieses Schwert, das du da in Händen hältst, hast du mit dem Feuer von zehntausend Jahren geschmiedet, so ist es doch? Seit zehntausend, hunderttausend Jahren habt ihr alle Flammen des Weltalls gesammelt, um daraus dieses eine Schwert zu formen . . . Stimmt es nicht, Meister Haydar? Wer weiß, seit wann euer Schmiedeherd schon glüht. Seine Flammen, seine Funken sind wie ein Strom, ein reißender Strom, der seit Anbeginn aller Zeiten über diese weite Erde fließt. Und aus diesen Flammen wurden unsere Schwerter geschmiedet . . . Kerem ist davongerannt, fort. Er wird nie Eisen schlagen, wird nie mit dem Hammer Schwerter schmieden, Schwerter aus rei-

nen Funken, aus Blitz und Donner. Kerem wird nie das Licht schmieden . . .

Meister Haydar lehnte sich an den Laternenpfahl vor dem Busbahnhof in Ankara und dachte nach. Er war übermüdet, erschöpft, verzweifelt, aber er trug immer noch den Funken Hoffnung in sich, der Tod in Leben verwandelt. Er dachte an Ismet Pascha und an seinen Enkel Kerem. An diese beiden klammerte er sich, sie waren sein letzter Damm gegen die schwarze Verzweiflung in ihm. Er kannte das Ende, aber er wollte es nicht sehen. Er verwarf alle Gedanken an einen Mißerfolg und malte sich aus, wie herzlich ihn Ismet Pascha empfangen würde. Schon jetzt glühte er vor Freude.

Aus dem Licht filtern wir die Flammen und schlagen sie und schmieden ein Lichtschwert daraus. Seit zehntausend, hunderttausend Jahren . . . Unsere Schwerter sind reines, gefiltertes Licht . . .

Der Menschenstrom floß jetzt nicht mehr so stark. Das eilige Hin und Her ließ nach. Die Menschen in dieser Stadt waren wie Bienen, die sich am Eingang des Bienenstocks zu einer Traube zusammenballen, sich aneinanderkleben und sich gegenseitig verschlingen . . . Wie wunderlich diese Stadtmenschen doch sind. Manchmal erinnern sie einen auch an Ameisen, gelbe Ameisen, in deren Haufen man Wasser geschüttet hat und die nun betäubt und starr herumliegen und in der Sonne trocknen.

Meister Haydar hatte sich immer als ein etwas höheres Wesen betrachtet. Aber jetzt regten sich die widersprüchlichsten Gefühle in ihm. Bald sah er sich als Heiliger, als Halbgott, der aus den Höhen des Taurus herabgestiegen war, bald fühlte er sich so einsam und hilflos wie ein Säugling im Arm der Mutter oder wie ein Blatt, das zertreten am Boden liegt.

Ach, Kerem, ach!

Ein großer, kräftiger Mann lief an ihm vorüber. Sein langer schwarzer Schnurrbart, der sicher nie eine Schere gesehen hatte, unterstrich den unschuldigen Ausdruck auf seinem Kindergesicht, anstatt ihn zu mildern. Ohne auch nur einen Moment zu zögern, rief ihm Meister Haydar zu: »Einen Augenblick, Bruder.«

Der Mann blieb sofort stehen. »Was kann ich für dich tun, heiliger Mann?« fragte er. »Brauchst du etwas?«

Sie hatten sich verstanden. Sie gingen Seite an Seite die Straße hoch.

»Wo kommst du her, heiliger Mann? Bist du auf einer Mission?«

Meister Haydar erzählte alles von Anfang bis Ende. Er blieb stehen und seufzte müde. Sie gingen nun in Richtung der Ministerien.

»Da sind wir, Hasan Hüseyin, Bruder . . .«
»Setzen wir uns irgendwo hin«, schlug Hasan Hüseyin vor, »und bereden noch einmal alles.«
Er führte Meister Haydar in ein nahegelegenes Kaffeehaus. »Es wird nicht leicht sein, den Pascha zu finden«, sagte er.
»Aber wenn wir ihm mitteilen, daß es der Großmeister des Ordens der Schmiede aus dem Karaçullu-Stamm ist, der ihn sprechen will?«
Hasan Hüseyin schwieg. Er brachte es nicht übers Herz, ihm geradeheraus zu sagen, daß sich Ismet Pascha absolut nichts aus heiligen Orden und ihren Meistern machte. Außerdem hatte ihn Meister Haydars Begeisterung inzwischen auch schon angesteckt. Er dachte angestrengt nach.
»Heiliger Mann«, sagte er schließlich. »Bei Allah, du hast dich nicht verändert seit dem Tag, an dem du von Khorassan gekommen bist. Du bist wie damals, wie vor tausend Jahren . . .«
Meister Haydar war hocherfreut, als er dies hörte. »Der rechte Mann weicht nicht vom Pfad der Tugend ab!« donnerte er. Seit dieser Begegnung mit Hasan Hüseyin war er wieder ganz der alte.
»Komm und übernachte bei mir«, schlug Hassan Hüsseyin vor. »Morgen werden wir einen Weg finden, den Pascha zu treffen. Was meinst du dazu, heiliger Mann?«
»Guter Rat kommt über Nacht«, antwortete Meister Haydar.
Sie nahmen am Kizilay-Platz ein Sammeltaxi und fuhren in die Slums am Rande der Stadt. Dort machte die Nachricht von Meister Haydars Ankunft schnell die Runde unter den Hüttenbewohnern. Ein großer Weiser aus dem Khorassan sei gekommen, um Hasan Hüseyin einen Besuch abzustatten.
In dieser Nacht überschwemmten die Besucher sein Haus. Sie kamen in Scharen und erwiesen ihm alle Ehren. Ihre Zahl war so groß, daß der Schmied meinte, ganz Ankara müsse von seiner Ankunft gehört haben. Wie sollte Ismet Pascha als einziger nichts davon wissen?
»Nein, nein, das Reine darf man nicht trüben! Der rechte Mann weicht nicht vom Pfad der Tugend ab!«
Von Khorassan sind wir gekommen und haben uns verstreut in alle Winde. Gehetzt haben uns über die staubigen Straßen . . .
Diese Nacht schlief Meister Haydar sorglos, und friedlich wie ein Kind. Am Morgen stand er unternehmungslustig wie ein Zwanzigjähriger auf. Man brachte ihm sein Frühstück, und er aß mit großem Appetit. Alle die am Abend zuvor nichts von der Ankunft des Weisen von Khorassan erfahren hatten oder ihn nicht hatten sehen können,

belagerten nun Hasan Hüseyins Haus. Der Strom der Besucher versiegte erst am späten Vormittag.
»Hasan Hüseyin, mein Sohn«, rief Meister Haydar mit seiner tiefen klangvollen Stimme, »es wird Zeit, führe mich jetzt zu Ismet Pascha. Sage ihm: Ein Weiser von Khorassan ist gekommen, um dich zu sehen. So sagst du zu ihm. Also, gehen wir . . .«
Sie nahmen wieder ein Sammeltaxi und stiegen am Ulus-Platz aus. Meister Haydar war bester Laune. Bis zu diesem Tage, bis heute hatte er noch nie etwas so Schönes erlebt. Alles würde sich jetzt einrenken, all ihr Leid würde vergessen sein, und sie würden glücklichen Tagen entgegengehen. Er wandte sich in die Richtung, wo die Çukurova lag und dachte: »Geduld, Karaçullus, meine Brüder, noch ein ganz klein wenig Geduld. Und du Kerem, mein Kleiner, es war nicht recht von dir, davonzulaufen, mein Kind, und den Orden der Schmiede zu verlassen!«
Hasan Hüseyin führte Meister Haydar zum Sitz der Republikanischen Partei und erklärte dort, was sie wollten. »Wartet ein wenig, Ismet Pascha kommt bald«, sagte man ihnen. »Wir erwarten ihn heute.«
Sie warteten. Es wurde Mittag. Hüseyin ging Käse und Brot einkaufen. Sie aßen alles auf und warteten weiter. Der Nachmittag verging, sie tranken ein Glas Tee und warteten weiter.
Männer mit blassem Gesicht liefen von einem Zimmer zum anderen, warfen im Vorübergehen einen ausdruckslosen Blick auf Meister Haydar und verschwanden dann wieder mit eisiger Miene wie immer.
Der Abend näherte sich.
»Du hast ihm doch ausgerichtet, daß Meister Haydar vom Orden der Schmiede da ist, und daß er Ismet Pascha sprechen möchte, nicht wahr? Ich mache dir viel Umstände, mein lieber Hasan Hüseyin.«
»Aber ich bitte dich! Ich habe es ihnen gesagt, ich habe gesagt: Meister Haydar ist da und wartet.« Er stand auf und betrat einen der Räume, dann einen zweiten. Als er zurückkam, ließ er den Kopf hängen. »Sie haben uns für nichts und wieder nichts warten lassen«, sagte er. »Jetzt sagen sie, Ismet Pascha kommt doch nicht heute. Auch nicht morgen, auch nicht übermorgen.«
»Dann gehen wir zu seinem Haus«, erklärte Meister Haydar.
»Ja, es gibt keine andere Lösung«, pflichtete Hasan Hüseyin ihm bei. »Du kannst hier nicht wochenlang warten.«

Meister Haydars Augen funkelten. »Was sagst du da? Jede Minute, die ich hier mit Warten verliere, bedeutet den Tod für sie! Den Tod ... Mit jeder Minute, die vergeht, sterben sie dort in den Händen dieser grausamen Çukurova-Leute. Ich muß Ismet Pascha unbedingt morgen sehen und seinen Erlaß beschaffen.«
Hasan Hüseyin lag die Wahrheit auf der Zunge, aber er hatte nicht den Mut, es Meister Haydar zu sagen. Wozu auch? Der Alte war darauf versessen, Ismet Pascha zu sehen, komme was wolle, er hatte es sich in den Kopf gesetzt. So oder so würde er eine neue Enttäuschung hinnehmen müssen, aber nichts hätte ihn von seiner Meinung abbringen können. Wozu sollte er, Hasan Hüseyin, ihm die Wahrheit sagen und ihm wehtun?
»Meister«, sagte er, »morgen muß ich geschäftlich nach Corum. Ich werde zwei junge Leute beauftragen, dich zu Ismet Paschas Haus zu begleiten.«
»Gut«, sagte der alte Mann. »Es wird besser sein, Ismet Pascha zu Hause aufzusuchen, als Gast, den Allah geschickt hat. Es war ein Fehler, hier zu warten. Vielleicht hat ihn das beleidigt. Und er hat recht. Welch eine Idee, hier auf ihn zu warten, statt zu ihm nach Hause zu gehen!«
Hasan Hüseyin schwieg. Er nahm den alten Mann wieder mit zu sich nach Hause. Es kamen noch mehr Leute als am Vorabend. Denn alle Gläubigen der Sekte in Ankara hatten die Nachricht gehört, daß ein großer Heiliger, der Großmeister des Ordens der Schmiede von Khorassan, unter ihnen weilte.
Am nächsten Morgen stand Meister Haydar noch frischer und ausgeruhter auf als am Tag vorher. Sofort machte er sich mit den zwei jungen Männern, denen Hasan Hüseyin ihn anvertraut hatte, auf den Weg. Nachdem sie dreimal im Sammeltaxi umgestiegen waren und etwa fünfhundert Meter zu Fuß gelaufen waren, kamen sie schließlich zur Rosa Villa, Ismet Paschas Wohnsitz. Die jungen Männer blieben stehen und warteten. Die imposante Erscheinung dieses alten Heiligen von Khorassan beeindruckte sie so sehr, daß sie nicht wußten, wie sie ihm ihren Respekt zeigen sollten.
Meister Haydar ging auf das Portal zu. Er wurde von zwei Soldaten und einem Mann in Zivil aufgehalten.
»Was willst du, Vater?«
»Ich möchte Ismet Pascha sehen.«
»Weshalb?«
»Sagt ihm, daß ein Heiliger von Khorassan ...« Meister Haydar hat-

te sich diese Bezeichnung, die die Leute in Ankara ihm verliehen, und die ihm so grenzenlosen Respekt eingebracht hatte, schließlich selbst angewöhnt. ». . . ein Heiliger von Khorassan . . . Nun hör einmal gut zu, mein Sohn. Haydar, der Großmeister des Ordens der Schmiede, ist als Allahs Gast gekommen . . . Paß gut auf, was ich dir sage, vergiß es nicht . . . Was ich dir sage, ist sehr wichtig . . . Meister Haydar, der Großmeister des Ordens der Schmiede, ist als Gast Allahs gekommen und hat ein tausend Jahre altes Heiligtum mitgebracht. Sag ihm, ich möchte ihn sprechen . . .«

Der Mann ging weg. Meister Haydar wartete und wartete. Nichts rührte sich. Seine jungen Begleiter waren vor den Kopf gestoßen. Die ungeschliffene Art und Weise, mit der man ihren Heiligen von Khorassan empfing, entrüstete sie. Im stillen schimpften sie über Ismet Pascha. Für wen hielt er sich, wie konnte er es wagen, einen Heiligen von Khorassan so lange vor seiner Tür warten zu lassen? Noch gestern war Ismet Pascha nichts, ein Niemand, aber Haydar war der Großmeister des zehntausendjährigen Ordens der Schmiede! Wenn sie vor dem alten Haydar nicht so großen Respekt gehabt hätten, hätten sie ihn von hier fortgezogen und ihm gesagt, komm, heiliger Vater, gehen wir, gehen wir, wofür hält er sich denn eigentlich, dieser Mann da!

Meister Haydar ging nochmals auf das Portal zu. »Soldat, mein tapferer Sohn«, sagte er höflich, »der Mann hat Ismet Pascha doch ausgerichtet, daß ich da bin?«

»Warte nicht vergebens, Vater!« antwortete ihm einer der Soldaten. »Ich will es dir offen sagen: jeden Tag kommen mindestens hundert Leute und läuten an dieser Tür. Aber der Pascha empfängt niemanden!«

»Was soll das heißen?« donnerte Meister Haydar. »Seit dreißig Jahren schon will ich ihn sehen.«

Es war jetzt Mittag. Die jungen Männer kauften ihm Brot und Kebab. Meister Haydar hockte sich am Fuß der Mauer hin und aß sein Kebab. Mehrmals wandte er sich zum Portal um. Der Mann in Zivil war nicht wieder aufgetaucht. Dann ging er zurück zum Portal. Wieder und wieder ging er zurück zum Portal, um sich zu erkundigen. Dann, es war schon mitten am Nachmittag, fuhr ein Auto vor, hielt am Portal an und heraus stieg ein kahlköpfiger Mann mit einer Brille auf der Nase, buschigen, schrägen Brauen und einem energischen Kinn. Unverzüglich ging das Portal weit vor ihm auf. Sofort ergriff Meister Haydar diese Gelegenheit und stürzte auf das Portal zu, als es sich eben wieder schloß.

»Warte, Bruder, einen Augenblick! Gehst du zu Ismet?«
»Jawohl«, sagte der Mann und wartete. All das schien für ihn nichts Neues zu sein.
»Ich bin Haydar, der Großmeister des heiligen Ordens der Schmiede von Khorassan.« Er erstickte fast vor Aufregung, während er dem Mann vom Schwert erzählte und warum und wie er nach Ankara gekommen war, wie seine treuen Glaubensbrüder ihn in Ankara begrüßt, aufgenommen und geehrt hatten. Hier verlor er vor Rührung fast den Faden . . . »Dreißig Jahre . . . Dreißig lange Jahre . . . Ich möchte ihn sehen. Als Allahs Gast stehe ich vor seiner Tür . . .«
Der Mann hatte es eilig. »Gut, warte hier . . . Der Pascha kommt sowieso mit mir zurück. Dann kannst du mit ihm sprechen und ihm dein Schwert anbieten. Was die Sache mit dem Land angeht, das ist nicht so einfach. Der Pascha hat sein ganzes Leben lang für die Bodenreform gekämpft, er hat alles versucht, aber . . .« Er kehrte ihm den Rücken zu und eilte davon.
Aber seine Worte waren Balsam für Meister Haydars Herz. Also hatte sich Ismet Pascha sein ganzes Leben lang um sie gesorgt, er wußte um die Probleme, die es mit ihren Winterquartieren gab! An jedem anderen Tag wäre der alte Mann tödlich beleidigt gewesen, daß man ihn nicht auf der Stelle empfing, wenn er sagte, er komme als Allahs Gast. Aber jetzt dachte er nicht einen Augenblick daran, sich zu ärgern oder beleidigt zu sein.
Nach einer Weile kam Ismet Pascha aus der Villa, hinter ihm der Mann mit der Brille.
»Meister, der Mann da vorne, das ist Ismet Pascha«, sagte einer der jungen Männer. Und sofort wich er einige Schritte zurück und blieb auf dem Gehsteig auf der anderen Straßenseite stehen.
»Mein Gott!« murmelte Meister Haydar bestürzt, als er den kleinen, zerbrechlichen Alten mit dem runzligen Gesicht und dem kahlen Kopf sah, der mit winzigen Schritten wie ein Spatz heranhüpfte. Er machte ihm keinen guten Eindruck. Das ist das Gesicht eines Mannes, der zum unerbittlichen Tyrannen wurde, zerknittert und faltig vor Enttäuschung und Grausamkeit, häßlich wie ein alter Lederbeutel . . .
Ismet Pascha kam heran und blieb vor ihm stehen. Seine Augen rollten unablässig in ihren Höhlen, ängstlich, mißtrauisch. Meister Haydar hielt ihm das Schwert entgegen, als ob er einen heiligen Schatz darreichte.
»Nimm es, Ismet«, sagte er. »Ich habe dreißig Jahre gebraucht, um es

für dich zu schmieden. Und du weißt, Meister Rüstem, der Schmied des Çebi-Stammes, ging . . . Das ist schon lange her . . . Er ging zum Sultan, der damals an deiner Stelle war. Fünfzehn Jahre hatte es ihn gekostet, dieses Schwert zu schmieden. Und was sagte der Padischah? Ja, was sagte er, als er das Schwert sah? Wünsch dir etwas, Meister Rüstem, sagte er . . . Und der Schmied bat um ein Winterquartier für seinen Stamm. Sofort schenkte ihm der Padischah das ganze Aydin-Gebiet, und alles nur für ein einziges Schwert. Und Meister Rüstem stammte eigentlich gar nicht aus dem heiligen Orden der Schmiede. Er war nur ein Angelernter, ein Neuling in seinem Fach . . . Aber ich . . . Dreißig Jahre! Dreißig Jahre habe ich für dieses Schwert gebraucht. In dreißig Jahren habe ich es für dich geschmiedet . . . Für dich! . . . Wir liegen im Sterben in der Çukurova, im Todeskampf. Nimm es . . . Nimm dieses Schwert . . .«
Der Mann mit der Brille, der neben Ismet Pascha stand, nahm das Schwert aus Meister Haydars Händen und zog es mit geübter Hand aus der Scheide. Seine Augen leuchteten auf, als er es sah. Offensichtlich hatte er einen Sinn für den Wert solcher Dinge.
»Schauen Sie, mein Pascha. Schauen Sie, wie schön es ist«, sagte er. »Die Nomaden droben in unserem Taurusgebirge schmieden noch immer solche Schwerter . . . Sie haben es ja immer gesagt . . . Wie recht Sie hatten . . .«
Er prüfte das Schwert von allen Seiten. Ismet Pascha stand nur schweigend daneben, ständig blinzelnd, sein Blick ging unaufhörlich zwischen dem Schwert und Meister Haydar hin und her, während der alte Mann alle Not und alles Leid des Stammes vor ihm ausschüttete. Unmöglich zu sagen, ob der Pascha sich freute, ob er sich geschmeichelt fühlte oder sich ärgerte. Schließlich nahm er das Schwert aus den Händen seines bebrillten Gefährten und begutachtete es mit ernster Miene. Dann lächelte er und gab es Meister Haydar wieder zurück.
»Sehr schön«, sagte er, »sehr, sehr schön.«
Ismet Pascha hüpfte bereits davon, hopp, hopp, wie ein Spatz, und stieg in den Wagen, der auf ihn wartete. Er fuhr davon und Meister Haydar blieb zurück, das Schwert in der Hand, betäubt. Er versuchte ein paar Schritte zu gehen, dem Wagen nachzulaufen, alles noch einmal zu erklären, ihm zu sagen, daß . . . Aber er konnte sich nicht vom Fleck rühren. Er stand da und schwankte von einer Seite zur anderen wie eine Pappel im Wind. Und das Schwert, das er so fest umklammert hatte, glitt ihm aus den Händen, fiel auf das Pflaster und klirrte laut.

»Sehr schön, sehr schön.«
So ist das wohlgehärtete Schwert, wenn es genau im rechten Augenblick abgeschreckt wurde. Wenn es auf einen harten Gegenstand schlägt, klingt es auf, vibrierend wie ein gespannter Stahldraht. Und der reine Ton singt weiter, bis er in langen, langsamen Schwingungen erstirbt.
»Sehr schön, sehr schön . . .«
Der Boden, die Fensterscheiben, die vorbeifahrenden Autos, die Bäume, die Speere, das Rot, das Grün, alles drehte sich, wirbelte wild durcheinander, splitterte, fiel in Schauern vom Himmel herab wie Rauhreif, zerbröckelte in tausend Splitter, die durch die Luft kreisten und die der Wind davontrug.
Meister Haydars Beine gaben nach. Er sank neben das Schwert auf das Pflaster. Um ihn herum Nebel, Lichtfetzen, Schatten, die länger wurden, sich zusammenzogen, sich drehten, auseinanderbrachen . . . Ein Sturm tobte . . . Die langen, langen Wege, Felsen, Berge, Busse, die nach Füßen rochen, und die flache, endlose Ebene der Çukorova. Und das Blut, überall floß Blut, und Hasan Hüseyin und die zwei jungen Männer, die dort gegenüber wie zu Stein erstarrt dastanden und ihr Gesicht mit den Händen bedeckten, und Kerem Ali . . . Und Bäume und Feuersbrünste und dunkle, dunkle Schatten, und Lichter, zerfetzt, zerfranst, zerstreut, in irrem Wirbel zerstäubend. Mit beiden Händen bedecken sie ihr Gesicht, verstecken sich dahinter . . . Und Ismet Pascha fährt davon, sein alter, zerbrechlicher, gekrümmter Körper und seine Beine wachsen länger und länger, ins Unendliche. Ismet Pascha in seinem bleichen Anzug fährt davon, wird dünner und dünner, gleich bricht er auseinander . . . . Und überall fallen Schwerter aufs Pflaster, klirr, klirr, klirr.
»Sehr schön, sehr schön . . .« So ist das gut gehärtete Schwert. Nie darf es auf einen harten Gegenstand schlagen . . . Klirr, klirr, klirr, so schreit es auf . . . Und der Ton schwingt weiter, ein langgezogener Schrei. Klirr!

24

Es war schon zehn oder fünfzehn Jahre her, daß der Bey des Beydili-Stammes, Himmet Bey, eines Tages Sabit Aga aufsuchte. Sabit Aga besaß so viel Land, daß er selbst nicht wußte, wieviel Hektar es genau waren. Himmet Bey warf dem Aga einen riesigen Sack Geld vor die Füße. »Nimm das und gib uns Land, wo wir uns niederlassen können«, sagte er. »Du hast so viel, daß, selbst wenn zwanzig Stämme wie unserer sich darauf niederlassen würden, dir immer noch genug übrigbliebe, um einen Staat darauf zu errichten.« »Du hast recht, Himmet Bey, völlig recht«, sagte Sabit Aga. Dann zählte er das Gold. Es dauerte lange. Und als er damit fertig war, sagte er: »Das ist nicht genug.« »Das ist alles, was wir besitzen«, sagte Himmet Bey darauf. »Ich habe alles Geld gesammelt, das wir hatten und es dir gebracht. Den Rest mußt du mit deinem Gewissen ausmachen.« Und so ließen sie sich auf einen Handel ein. Der Beydili-Stamm würde sich auf dem Boden ansiedeln, säen und ernten und sein Vieh weiden; und die restliche Summe der Schuld sollte dem Aga in fünf Jahresraten bezahlt werden. Erst dann würde das Land in ihr Eigentum übergehen. Schuldscheine wurden ausgestellt beim Notar in der Kreisstadt und im Beisein von Zeugen unterschrieben, und der Beydili-Stamm ließ sich nieder, um auf dem Grund und Boden Sabit Agas sein Dorf zu gründen. Fünf Jahre verstrichen. Im sechsten verlangte der Aga weiteres Geld von ihnen und stellte einen neuen Schuldschein aus. Im siebten Jahr forderte Sabit Aga wieder Geld. Sie verkauften ihr ganzes Hab und Gut, um ihn auszuzahlen. Aber im achten Jahr konnten sie Sabit Agas Forderungen nicht mehr erfüllen. Da beschlagnahmte der Aga ihre Ernte und ihre Herden. Ganze Lastwagen voll Korn transportierte er ab, und die Herden trieb er auf sein eigenes Land. Es war eine harte Zeit für die Beydilis. Sie starben fast vor Hunger. Himmet Bey ging vor Gericht, nur um zu erfahren, daß die Schuldscheine, die Sabit Aga in Händen hielt, alle ordnungsgemäß abgefaßt waren und daß die Jahresraten nicht fünf, sondern fünfzig Jahre lang zu bezahlen waren. Es gab kein Entkommen, sie mußten zahlen. Das neunte Jahr zog ins Land, wieder wurde ihnen alles beschlagnahmt; nichts blieb ihnen. Wieder gab es eine Hungersnot. Um nicht zu verhungern, verdingten sie sich als Hirten oder Bauernknechte. Und sie verfluchten den Tag, an dem sie versucht hatten, auf diesem Boden seßhaft zu werden.

Süleyman der Vorsteher stieg vom Pferd und reichte einem ausgemergelten, zerlumpten Diener die Zügel.
»Ist Derviş Bey zu Hause?«
»Ja . . .« sagte der Diener.
»Sag ihm, daß Süleyman, der Vorsteher der Karaçullus, da ist . . .«
Der Diener führte das Pferd in einen Stall und rannte dann die Freitreppe zum Herrenhaus hoch. In einer Minute war er zurück. »Der Bey erwartet dich . . .« rief er die Stufen hinunter.
Süleyman der Vorsteher stieg die Treppe hinauf und wurde von Derviş Bey an der Tür empfangen.
»Friede seit mit dir!«
»Friede sei mit dir«, rief der Bey und umarmte ihn.
»Wie lange, seit wieviel Jahren haben wir uns nicht mehr gesehen, Vorsteher Süleyman? Du bist fortgegangen und hast uns vergessen. Sind wir nicht Brüder? Brüder von gleichem Blut, von gleicher Rasse? Waren nicht auch wir bis kaum vor fünfzig Jahren Nomaden wie ihr?«
Derviş Beys Vater war Vorsteher der Nomaden gewesen und doch ein für seine Zeit gebildeter Mann. Er hatte die Theologieschule durchlaufen und in Maraş aus den Händen der gelehrten Professoren der Anstalt sein Diplom als Lehrer erhalten. Vor dem großen Aufstand hatte er sich mit seinem Stamm dem Bey der Kozanoğlus angeschlossen, und das Gerücht ging, er habe ihn zum Aufruhr angestiftet. Nach dem Aufstand, den er unverletzt überstand, ließ er sich in jener Gegend der Çukurova nieder, wo sein Stamm gewöhnlich den Winter verbracht hatte. In den folgenden Jahren kaufte er das Land und verwandelte es in ein Gut, das sich bis zum Fuß der Anavarza-Felsen erstreckte. Er hatte keine Schwierigkeiten, die Eigentumsurkunden auf seinen Namen ausstellen zu lassen. Später, als die Sümpfe von Akşat trockengelegt wurden, vergrößerte sich das Gut Derviş Beys. Von Tag zu Tag dehnte es sich aus. Als die Armenier flohen, wurden auch ihre Felder und Höfe in aller Stille einverleibt. Und auch der gegenwärtige Bey nahm jede Möglichkeit wahr, sein Gebiet zu vergrößern.
»Der Stamm ist in einer schrecklichen Lage«, sagte Süleyman der Vorsteher. »Dieses Jahr ist es uns noch nicht gelungen, einen Fußbreit Boden zu finden, auf dem wir überwintern könnten.«
Derviş Bey bedeutete ihm, auf dem Sofa Platz zu nehmen. Sein Gesicht mit den vollen Lippen, den riesigen Augen, den hervorspringenden Backenknochen und dem langen, herabhängenden Schnurrbart

war streng, grausam, unbarmherzig. Sein weißes Haar kontrastierte zu seiner dunklen, sonnenverbrannten, kupfernen Haut. Ein krampfhaftes Zucken lief unaufhörlich über die eine Häfte seines Gesichtes.
»Ich habe davon gehört«, sagte er. »Es scheint, ihr habt euch tüchtig geschlagen in Saricam. Das hat mir gefallen. Ich war stolz auf euch.«
»Aber ganz vergebens, Bey, ganz vergebens . . . Nicht einmal Mustafa Kemal oder der Prophet Ali selbst hätten etwas ausrichten können. Es hat keinen Sinn, Bey, sie töten uns, vernichten uns. Bey! Ich bin zu dir gekommen, um dich um Hilfe zu bitten. Du bist unsere letzte Hoffnung . . .«
Die großen Augen Derviş Beys wurden noch größer. Er zupfte an seiner Krawatte und strich mit den Fingerspitzen die Bügelfalten seiner Hose glatt. »Was kann ich denn tun? Wie soll ich euch helfen können?«
Süleyman der Vorsteher zog das Säckchen Gold aus seinem Gürtel und legte es mit ehrerbietiger Geste vor Derviş Bey.
»Was ist das?« rief der Bey.
Der Vorsteher fühlte plötzlich, wie ihm der Schweiß ausbrach. »Das ist . . . Das ist alles, was wir noch besitzen. Ich habe alles eingesammelt, alles hierhergebracht. Gib uns einen Teil von Akmaşat, unserem alten Winterquartier, damit auch wir auf dieser Erde irgendwo Fuß fassen können.«
Derviş Bey knotete das Bündel auf und leerte seinen Inhalt auf den Teppich. Armreife, Fingerringe, Halsketten . . . Alles aus wunderbar gearbeitetem Gold . . . Ohrringe, Fußspangen, Nasenringe . . . Brautschmuck aus fünf ineinander verschlungenen Goldmünzen . . . Münzen aus der Zeit des Sultans Reşat und der Republik . . .
Süleymans Hand fuhr nochmals in den Gürtel. Er zog ein Bündel Banknoten heraus und legte es neben das Häufchen Gold. Derviş Bey schielte nach den Scheinen. Er überlegte, während er immer noch an seiner Krawatte zupfte, durch seine Haare und seinen Schnurrbart fuhr. Sein Gesicht zuckte wie im Krampf. Er stand auf und schritt im Zimmer auf und ab. Süleyman wandte den Blick nicht von ihm, verfolgte ängstlich jede seiner Gesten, seine Augen hingen an ihm, als ob er ihr Retter wäre: Derviş Bey würde entweder ihrem Unglück ein Ende bereiten oder ihr Todesurteil besiegeln . . .
Hin und her, von einem Ende des Raums zum andern, schritt Derviş

Bey, blieb zwischendurch stehen, hob den Kopf, um Süleyman den Vorsteher mit einem langen, durchbohrenden Blick anzusehen, dann lief er mit gesenktem Kopf weiter.

Auch im zehnten Jahr beschlagnahmte Sabit Aga den Besitz der Beydilis. In ihrer nackten Armut blieb den Bewohnern des Dorfes nichts weiter übrig, als in den Dörfern der Umgebung betteln zu gehen. Die Männer hatten ihre Spitzhacken gepackt, ihre Schaufeln und ihre Sicheln, und waren auf die Felder gerannt, um die Gendarmen daran zu hindern, ihre Ernte einzuziehen. Kein Mann blieb im Dorf zurück, und die Frauen, denen die Not fast das Herz brach jammerten, sie machten sich auf das Schlimmste gefaßt. Da erschien Sabit Aga. Er stieg aus seinem Wagen. »Wo sind denn die Männer alle?« erkundigte er sich.
»Sie sind zu den Tennen gegangen«, sagten die Frauen.
»Geht und fragt sie, ob sie aus euren Kindern Waisen machen wollen!« schrie Sabit Aga. »Man darf den Gendarmen keinen Widerstand leisten. Man darf sich nicht gegen die Regierung auflehnen. Wieviel Jahresraten müßt ihr denn noch bezahlen? In neununddreißig Jahren schon gehören dieses Dorf und dieser Boden euch!«
Dann geschah alles sehr schnell. Etwas veränderte sich in der Schar der Frauen, eine wachsende Unruhe kam in sie. Sabit Aga begriff sofort und stürzte auf sein Auto zu. Ein Steinhagel prasselte auf ihn nieder und plötzlich sah er sich von den Frauen umzingelt. Sabit Aga zog die Pistole und schoß, bis das Magazin leer war. Fünf Frauen fielen zu Boden. Melek die Dunkelhaarige konnte den Aga trotz ihrer Verletzung von hinten packen und gab ihm einen Tritt. Bereits betäubt von den Steinen, die ihn getroffen hatten, taumelte Sabit Aga zu Boden. Immer dichter prasselten jetzt die Steine, von allen Seiten. Kein Laut kam von den Frauen, unablässig warfen sie Stein um Stein, Hunderte von Steinen, auf Sabit Aga. Wie lange es dauerte, niemand hätte es sagen können . . . Der Haufen weißer Steine, der sich über dem Aga türmte, wuchs unaufhörlich, aber die Frauen hielten nicht ein. Unermüdlich, unablässig, zäh schleuderten sie weiter Steine auf den Haufen, der größer und größer wurde . . .

Derviş Bey hob den Kopf und blickte den Vorsteher noch einmal forschend an. »Hast du schon gehört, was mit Sabit Aga geschehen ist, Vorsteher? Wie die Nomadenfrauen . . . Ich habe es mit meinen eigenen Augen gesehen. Der Steinhaufen, den sie über Sabit Aga aufhäuften, war so hoch wie dieses Haus . . .«

Mein Gott! Mein Gott! ging es Süleyman durch den Kopf. Allah möge sie mit Blindheit schlagen! Mußten sie ihn ausgerechnet jetzt umbringen, diesen Hund . . . Mein Gott! Jetzt sitzt die Angst vor den Nomaden jedem Aga in den Knochen. Sie werden sich die nächsten fünfzehn Jahre nicht mehr davon erholen! . . . »Ich sah einen Lastwagen vollbepackt mit Gendarmen hier vorbeifahren. Ich fragte die Bauern, was passiert sei und sie erzählten mir alles. Es ist schrecklich, schrecklich . . .«

»Sabit Aga tyrannisierte sie grausam. Die Frauen haben richtig gehandelt, aber . . . Aber wo soll das alles enden?«

»Ach! Ach! Bey! Wie kannst du sagen, sie hätten richtig gehandelt? Schon vorher hatten wir einen schlechten Ruf. Und jetzt erst . . . Wie kannst du sagen, sie hätten richtig gehandelt?«

Derviş Bey setzte sich wieder. Er spielte mit den Goldmünzen, betrachtete die Banknoten. »Wieviel Hektar, meint ihr, kriegt ihr für dieses Geld in Akmaşat?« sagte er.

»Ich weiß sehr wohl, Bey, daß man dafür sehr wenig Land bekommt. Aber nimm dieses Geld, und den Rest geben wir dir in Schuldscheinen. Wir werden dir Jahr für Jahr von dem zahlen, was wir verdienen. Tu das für uns, ich bitte dich, Bey. Wir sind vom gleichen Blut, vom gleichen Stamm. Nie werden wir dir ein Unrecht tun, und auch du uns nicht. Wir werden dir jedes Jahr zahlen, was dir zusteht. Wir werden dir, wenn du willst, bis zum Jüngsten Tag Geld zahlen . . . Wenn wir nur einen Fußbreit Boden haben, auf dem wir uns niederlassen können . . .«

Derviş Beys Augen ruhten noch immer nachdenklich auf ihm. Eine lange Zeit verstrich. »Es ist unmöglich, Süleyman«, sagte er schließlich. »Mein Herz brennt für euch, aber es ist unmöglich, mein Bruder. Ich bin nicht allein, du weißt es. Da sind meine Söhne, sie sind jetzt zu Tode erschrocken. Der Mord an Sabit Aga hat sie in furchtbare Angst versetzt . . . Ich hätte euch etwas Land gegeben, ich schwöre es dir, aber . . . Wenn du nur zwei Tage früher gekommen wärst . . . Aber jetzt geht es nicht mehr . . . Selbst wenn du hier in meinem Hof soviel Gold aufhäufen würdest, wie du Land brauchst! Die Agas der Çukurova würden mich umbringen, wenn ich es täte, die ganze Çukurova und sogar meine Söhne würden es mir nie verzeihen. Leider, Süleyman, leider!«

Süleyman sah nichts mehr, hörte nichts mehr. Wie er auf sein Pferd stieg und davonritt, wohin er ging, über welchen Weg oder Sumpf, über welchen Berg oder durch welchem Tal, ob es Nacht war oder Tag, wie er zum Stamm zurückfand, er wußte es nicht.

25

Auf dem höchsten Gipfel des Hemite-Berges stehen drei Bäume. Wächst die Waloneneiche so hoch wie andere Bäume, so hoch wie der Maulbeerbaum, die Platane oder die Tanne? Die drei Waloneneichen des Hemite-Berges aber sind sehr hoch, sie wachsen aus den Felsen hervor. In ihrem Schatten liegt ein einsames, mit Steinen bedecktes Grab. Dicht daneben ist eine Felsspalte, ein Klafter lang, drei Spann breit. An Hidirellez oder anderen Festtagen, Hochzeiten oder Wallfahrten kommen die Bauern hierher, um Tiere zu opfern, und trinken Wasser aus dieser Felsspalte. In dem einsamen Grab liegt ein Heiliger, man sagt, sein Name sei Hamit Dede. Man weiß nichts über ihn, keine Legende, keine Wundertat rankt sich um seine Gestalt, weder Gutes noch Schlechtes. Er ruht in Frieden, ganz unbeachtet, dort droben am Berggipfel unter den großen Waloneneichen. An manchen Tagen hängen die Wolken tief über dem Berg und die Waloneneichen, die wie eine Krone über den Berggipfel hinausragen, verschwinden darin. Narzissen blühen rings um das Grab von Hamit Dede. Wie alle Felsblumen strömen sie einen sehr starken, berauschenden Duft aus.

Nach langem Suchen hatte Kerem endlich herausgefunden, wo der Stamm lagerte. Er hatte den Körmezar-Friedhof hinter sich gelassen und lief in Richtung auf das Weißdorntal am Fuß des Hemite. Er war guter Dinge. Im Gehen spielte er mit den Insekten, Vögeln, Fröschen und Bienen. Von Zeit zu Zeit warf er seinen Falken in die Luft. Der Vogel flog dann davon, kam nach einer Weile zurück, kreiste über seinem Kopf und setzte sich ihm auf den Arm, sobald er ihn rief. Kerem belohnte ihn jedesmal mit einem Spatzen, einer Lerche oder einer Nachtschwalbe, die er mit einem Stein heruntergeholt hatte. Er war sehr stolz darauf, daß er den Falken so gut abgerichtet hatte, daß er immer wieder zurückkam. Er liebte es, zuzusehen, wie er über ihm Kreise beschrieb und ihm beim Laufen folgte. Sobald er im Lager ankam, konnte er also den Vogel freilassen, bis er am Horizont verschwand und jeder meinte, er sei verloren. Dann aber würde er zu-

rückkommen und Kreise über dem Lager ziehen. Kerem würde ihn rufen, er würde sanft herabgleiten und sich auf seine Hand setzen.
Er betrat das Lager mit gespielter Gleichgültigkeit. Seine Mutter stieß einen Schrei aus. Sein Vater, seine Brüder, seine Schwestern aber sagten nichts, stellten ihm keine einzige Frage. Sobald er den Liebkosungen seiner Mutter entkommen konnte, ließ Kerem den Falken fliegen. Der Vogel flog davon und verschwand am Himmel, kam aber schnell zurück und schoß über das Lager, so schnell wie fließendes Wasser. Schon beim ersten Zuruf setzte er sich auf Kerems Arm. Kerem wiederholte seine Vorführung dreimal. Einige Kinder standen dabei und schauten eine Weile zu. Dann machten sie sich davon, und niemand zeigte mehr Interesse daran. Der ganze Stamm war in einem Zustand gespannter Erwartung, saß wie auf Nadeln, hielt den Atem an. Sie kauerten vor den Zelten oder hockten auf Steinen. Alle Augen waren auf die letzte Biegung des Weges am Horizont gerichtet. Niemand sagte ein Wort. Etwas weiter unten waren die Herden, die Hirten und die Schäferhunde zusammengeströmt und drängten sich dicht aneinander. Auch sie warteten.
Die Herbstsonne tauchte den Berg mit seinen kahlen, purpurroten Felsen in ihr Licht, badete ihn vom Gipfel bis zur Sohle. Seltsame Bienen, so groß wie ein Daumen, mit harten, schillernden Flügeln in einem geflammten Blau, glühten immer wieder auf wie Zunder und wirbelten sirrend durch die Luft. Sie brummten mit unglaublichem Lärm um die wartenden, schweigenden Nomaden herum.
Plötzlich schnellten alle gleichzeitig hoch und setzten sich gleich wieder: Süleyman der Vorsteher war am Horizont aufgetaucht. Kamil der Jägermeister stand auch auf, setzte sich dann wieder und stand noch einmal auf. »Etwas ist nicht in Ordnung«, meldete er und hielt die Hand über die Augen. »Er kehrt mit leeren Händen zurück. Das könnt ihr mir glauben. Wenn er es geschafft hätte, würde sein Pferd jetzt vor Freude tanzen. Etwas ist nicht in Ordnung . . .«
Die anderen warfen ihm böse, zornige Blicke zu.
»Ein Pferd, dessen Reiter zufrieden ist, läuft nicht so . . .«
»Die Zunge soll dir verdorren, Jägermeister Kamil«, fluchte die alte Sultan.
Auch die anderen fluchten.
»Die Zunge soll dir verdorren . . . verdorren . . .«
»Wie kannst du aus solcher Entfernung feststellen, ob die Hufe des Pferdes tanzen oder trauern? Gott schenke dir soviel Jahre wie du Lügen ersinnst, verdammter Kamil!«

Daraufhin hüllte sich Kamil in Schweigen.
Süleyman der Vorsteher kam näher, ohne den Schritt zu beschleunigen. Er krümmte sich auf dem Pferd wie ein Wurm. Auch die anderen sahen jetzt, daß diese Ankunft nichts Gutes verhieß. Aber so lange man lebt, hofft man . . .
Als Süleyman der Vorsteher um den Körmezar-Friedhof bog, standen die Nomaden auf und kletterten langsam die Felsen hinab. Sie liefen bis in die Ebene, dort warteten sie. Bald war Süleyman der Vorsteher unter ihnen. Er spannte die Zügel. Alle warteten auf ein Wort von ihm. Sie schauten zu dem Mann auf dem Pferd hoch. Süleyman beugte sich über den Sattelknauf, um zu sprechen.
»Er hat sich geweigert«, sagte er. »Nicht einmal für den Preis unseres Goldes, unseres Geldes und unseres Lebens wollte er uns Akmaşat, unser angestammtes Winterquartier, das Land unserer Ahnen, geben. Derviş Bey hat Angst. Angst, daß wir ihn von seinem eigenen Land jagen, wenn wir erst einmal in Akmaşat Fuß gefaßt haben. Die Frauen eines Nomadendorfes irgendwo da unten haben gerade jetzt einen Aga zu Tode gesteinigt . . .«
Erschöpft stieg er vom Pferd und kletterte den felsigen Hang zu den Zelten hoch. Die anderen folgten ihm nach. Süleyman der Vorsteher ging geradewegs in sein Zelt und warf sich auf eine Matte.
»Vater, was sollen wir tun?« fragte Fethullah. »Wir sitzen hier in der Falle, mitten auf diesem öden Berg. Kein Grashalm, kein Wassertropfen . . . Wir haben nur das Regenwasser, das wir in den Mulden der Felsen finden . . .«
»Ich weiß es nicht, mein Sohn, ich weiß es nicht, ich weiß es nicht . . .« stöhnte Süleyman der Vorsteher. »Ich weiß nicht mehr weiter . . .«
»Wenn wir noch länger hier bleiben, gehen alle Schafe ein.«
»Derviş Bey hat mir gesagt, Süleyman, du bist mein Blutsbruder, verlaß den Stamm, er soll selbst für sich sorgen, komm zu mir. Ich gebe dir einen Platz, worauf du dir ein Haus bauen kannst, und soviel Land wie du willst. Komm und lebe bei mir.«
Fethullah starrte seinen Vater mißtrauisch an. »Und was hast du ihm geantwortet, Vater?«
»Ich habe gesagt, ich danke dir, aber mein Platz ist bei meinem Stamm, solange er beisammen bleibt. Ich muß der letzte sein, der den Stamm verläßt. An dem Tag, an dem ich mich umschaue und sehe, daß keiner mehr da ist, an diesem Tag werde ich an mich denken. Erst

dann gehe ich fort und werde versuchen, einen Platz für mich zu finden . . .«

»Was sollen wir jetzt tun?«

Aber Süleyman der Vorsteher hatte nicht mehr die Kraft zu überlegen.

Die Nachricht hatte den Stamm aufgewühlt, aber allmählich erholten sich die Nomaden von dem Schrecken und sprachen wieder miteinander. Kerem ließ wieder seinen Falken fliegen und hoffte, jemand würde ihm zuschauen, aber niemand schenkte ihm Aufmerksamkeit. Am Ende wurde er der Sache überdrüssig. »Der Falke hat mir nichts als Ärger gebracht«, dachte er. »Er nützt mir ja überhaupt nichts. Ich hätte mir stattdessen lieber ein Winterquartier gewünscht. Dann würden wir jetzt nicht wie Fliegen auf dem Felsen kleben und verzweifelt herumstudieren.«

Er band den Vogel an den Pfahl, der vor dem Zelt seiner Eltern in den Boden gerammt war. »Bleib da, du Nichtsnutz, deinetwegen wäre ich fast lebendig verbrannt. Deinetwegen wäre fast der ganze Stamm verbrannt, lebendig verbrannt . . . Bleib da, du Unglücksvogel!« Er lief zurück zu den Zelten und spitzte die Ohren. Meister Haydar, Meister Haydar, jeder sprach von seinem Großvater . . .

»Ist es möglich? Ist es möglich, daß Meister Haydar so lange fortbleibt, wenn er nichts hätte ausrichten können?«

»Ja, ja, das stimmt! Denk an Vorsteher Süleyman. Er ist erst gestern fortgeritten und kehrte schon heute zurück, da nichts zu machen war.«

»Dieses Schwert . . . Dieses Schwert! Jeder, der es sieht, bewundert es, verliebt sich in es!«

»Es ist ein heiliges Schwert. Wenn sie das wüßten, würden sie uns nicht nur einen Fußbreit Boden geben, sondern die ganze Çukurova, ganz Anatolien. Es ist ein Zauberschwert!«

»Macht euch keine Sorgen. Meister Haydar wird Ismet Pascha alles erklären, alles.«

»Ismet Pascha wird das Schwert anschauen, er wird staunen und staunen. Er wird sagen, alter Nomade, wenn du dieses Schwert geschmiedet hast, so möge Gott deine Hände segnen! Wenn ich dieses Schwert gehabt hätte, als ich den Krieg führte, wenn du es mir damals gebracht hättest, hätte ich mit diesem Schwert all unsere Feinde geschlagen und viel Land erobert. Dann wäret ihr nicht dazu verdammt gewesen, auf der Suche nach einem Stück Erde so elend herumzuirren . . . Warum, ja warum hast du mir dieses Schwert nicht damals gebracht, als ich den Krieg führte? Dann hätte ich den Feind ein für allemal schlagen können! Oh, du gedankenloser alter Haydar!«

Die ganze Nacht hindurch schlossen sie kein Auge und sprachen von Meister Haydar. Sie waren hin und hergerissen zwischen Angst und Verzückung, fielen aus der strahlendsten Hoffnung in die düsterste Verzweiflung.

Alle, von sieben bis siebzig, ließen die Wege nicht aus den Augen. Drei Tage später sahen sie einen Reiter in der Ferne, der gerade über eine Brücke ritt. Ein Mann zu Fuß hielt das Pferd am Zügel. Das war sicher Meister Haydar. Die Leute des Stammes rannten die Felsen hinunter und eilten ihm entgegen. Osman führte das Pferd. Meister Haydar klammerte sich apathisch an den Sattelknauf, so daß sein roter wallender Bart den Sattel vorne ganz bedeckte . . . Sein Gesicht war winzig geworden und voller Runzeln. Seine Hände mit den langen Fingern, die breiten Schultern und selbst die große Stirn, alles an ihm war geschrumpft, eingefallen. Auf dem Pferderücken wirkte Meister Haydar klein, ja winzig. Seine buschigen Brauen hingen schlaff über die Augen und verdeckten sie. Die Kappe war ihm auf die Nase gerutscht. Das Schwert baumelte an einem Riemen hinter ihm.

Nur dunkel nahm Meister Haydar wahr, daß die Stammesleute ihm entgegengekommen waren. Er zupfte seine Brauen zurecht, ließ seinen vom Schmerz getrübten Blick über die Menge streifen und grüßte sie dreimal mit einer unbestimmten Handbewegung, als ob er eine Fliege verjagte. Dann versteckten sich die Augen wieder hinter den Brauen. Seine Hand tastete nach dem Sattelknauf und klammerte sich daran fest.

Osman führte das Pferd den felsigen Hang hinauf. Man hatte Meister Haydars Zelt aufgebaut. Osman half ihm aus dem Sattel, nahm ihn am Arm und führte ihn ins Zelt. Süleyman der Vorsteher, der alte Müslüm und alle Stammesältesten scharten sich um ihn.

»Willkommen!« sagten sie.

Meister Haydar murmelte traurig etwas Unverständliches und zog sich dann wie eine Schnecke in sich selbst zurück. Sie begriffen, daß ihn nichts dazu bringen würde, den Mund zu öffnen. »Du bist müde, leg dich schlafen«, sagten sie. »Wir reden morgen darüber.«

Noch im gleichen Augenblick, in dem sie das Zelt verließen, schlief Meister Haydar ein. Seit Tagen hatte er nicht geschlafen.

»Anscheinend hat Ismet Pascha Meister Haydar hinausgeworfen. Ach Haydar, hat er gesagt, dir werd ich nicht einmal einen Stein geben, geschweige denn Land . . .«

». . . Weil du dieses Schwert versteckt hast, als ich im Krieg war und mir der Feind alle Knochen brach! Jetzt brauche ich es nicht mehr! Ich brauche dein Schwert nicht mehr . . . Und er hat es ihm vor die Füße geschleudert! Meister Haydar, ihr kennt ihn ja, ließ sich das nicht gefallen und schnauzte Ismet Pascha an.«

»Kozanoğlu, Ramazanoğlu, Temir Aga, Payasoğlu und Mursaloğlu . . . Sie alle haben das Schwert zurückgewiesen.«

»Meister Haydar ist wütend geworden . . . Hat zu ihnen gesagt, ihr betet nicht Gott an, sondern die Erde und die Steine . . .«

»Ja, das hat er gesagt, und er stand drohend vor ihnen wie ein Adler!«

»Was versteht ihr denn schon von einem Schwert, was wißt ihr schon vom Wert der Menschen? Nichts! Ihr seid alle korrupt und verdorben, durch und durch, das hat er ihnen gesagt . . .«

»Was er ihnen nicht alles gesagt hat! Schimpfworte, die sogar einen Hund in Raserei bringen würden!«

»Dieses Schwert da, sagte Meister Haydar zu ihnen, ist dazu ausersehen, von Männern, von richtigen Männern getragen zu werden, nicht von solchen Kreaturen, wie ihr es seid. Wenn ich euch gekannt hätte, hätte ich mich geweigert, auch nur die Spitze dieses Schwertes zu opfern, um euch das Leben zu retten. Wenn ich gewußt hätte, wie verdorben ihr seid, hätte ich euch keinen einzigen Blick auf mein Schwert werfen lassen, selbst wenn ihr mir die ganze Çukurova, ganz Anatolien und auch noch Arabien angeboten hättet.«

»Und dann hat Meister Haydar ihnen gesagt . . .«

Am nächsten Morgen bei Sonnenaufgang ging Kerem zu seinem Großvater. Meister Haydar versuchte mühsam, seinen Amboß zwischen zwei Felsen festzumachen. Kerem half ihm dabei. Dann richteten sie zusammen die Schmiede auf und paßten die Blasebälge ein. Niemand außer Kerem durfte Meister Haydars Zelt betreten. Sie schleppten den Trog heran, und Kerem füllte ihn mit Wasser, das er in den Felsmulden fand. Am Nachmittag war das Schmiedezelt aufgebaut, man konnte sich an die Arbeit machen.

Der alte Haydar schaufelte Kohlen in den Ofen, zündete ein Streichholz an und hielt es an die Holzspäne. »An den Blasebalg, Kerem«, sagte er. Kerem gehorchte, und bald begannen die Kohlen zu glühen.

»Komm her, Kerem«, sagte Meister Haydar. Er nahm ihn in die Arme und streichelte seinen Kopf. Dann küßte er ihn und sagte: »Gut, jetzt geh, Kerem, die Arbeit beginnt.« Er lächelte, und sein roter Bart lächelte ebenfalls, ein bitteres Lächeln.

Er schaute seinem Enkel bis zum Zelteingang nach. Dann fiel ihm plötzlich etwas ein: »Hast du deinen Falken wiedergefunden, Kerem?« fragte er. Kerem war überglücklich, daß der Großvater sich an den Falken erinnerte. »Ja, ich habe ihn wieder«, sagte er. »Und wie er fliegt, weit, weit davon, und dann kommt er wieder zu mir zurück. Er fängt alle Vögel am Himmel und bringt sie mir. Er ist ein herrlicher, wunderbarer Falke. Hizirs Falke . . .«
Er hatte dem Großvater schon immer die Falkengeschichte gestehen wollen, und wie Hizir ihm den Falken in der Hidirellez-Nacht geschenkt hatte, aber er fand nie eine Gelegenheit dazu. Er steckte den Kopf noch einmal durch den Spalt am Eingang des Zeltes. »Hizirs Falke, Hizir hat ihn mir gegeben«, wiederholte er.
Aber sein Großvater hörte ihm nicht mehr zu. Er hielt schon den Griff des Blasebalgs in der Hand und stemmte sich mit all seiner Kraft darauf. Je mehr er in den Blasebalg blies, desto mehr schien die Kraft in ihn zurückzukehren. Sein roter Bart glitzerte, wurde lebendig, seine buschigen Brauen sträubten sich. Die Muskeln in seinen Armen schwollen an. Er sah aus wie ein Riese. Verschwunden war der eingefallene, zusammengeschrumpfte, erschöpfte Mann, der aus den großen Städten zu ihnen zurückgekommen war, und an seiner Stelle stand ein Mann von Hizirs Größe, der überschäumte vor Leben, ein Schöpfer. Ein schönes, kraftstrotzendes, machtvolles Wesen. Der schönste, der größte aller Männer . . .
Wenn er nicht Angst gehabt hätte vor seinem Großvater, hätte Kerem dort am Zelteingang ausgeharrt, hätte staunend dem alten Mann zugesehen, tagelang, wie er sich in sprühende Funken hüllte und mit dem Feuer rang, ohne auch nur mit den Augen zu blinzeln. Aber wenn sein Großvater merkte, daß man ihn beobachtete, war der Teufel los. Er warf also einen letzten Blick auf seinen Großvater, den ein Funkenregen umstob, und entfernte sich schweren Herzens.
Meister Haydar stemmte sich fachmännisch mit ganzer Kraft auf den Blasebalg, bis alle Kohlen glühten. Als nur noch Glut im Ofen lag, sprühten die Funken nicht mehr so wild, trieben nur noch langsam, vereinzelt durchs Zelt. Meister Haydar zog sein Schwert aus der Scheide, hielt es ins Ofenlicht und betrachtete es mit Entzücken durch die Funken hindurch, die knisternd durch die Luft glitten. Dann rammte er es fest in die Erde und kniete mit gesenktem Kopf davor nieder. Voll Ehrfurcht, voll Demut warf er sich vor das Schwert und murmelte ein fremdartiges Gebet, das niemand je gehört hatte und das bis zum heutigen Tag noch nie über seine Lippen ge-

kommen war. Dann beugte er sich vor, zog das Schwert aus dem Boden, küßte es und führte es dreimal nacheinander an die Stirn. Er stand auf und balancierte das Schwert auf der rechten Hand. Langsam behutsam ließ er es auf die glühenden, karminroten Kohlen gleiten. Meister Haydar schloß die Augen, murmelte noch ein Gebet. Ein sehr altes Gebet, ein Gebet für Eisen, Feuer und Wasser. Danach stieß er einen tiefen Seufzer aus und sang Litaneien. Plötzlich, wie ein rasender Tiger, der sich auf seine Beute stürzt, warf er sich auf den Blasebalg. Luft strömte durch die Kohlen, sie glühten auf, und die Funken prasselten. Die Schmiede wurde weiß, dann karmesinrot, und eine dichte Wolke von Funken erfüllte im Nu das ganze Zelt. Da sich die Glut erst weiß, dann rot gefärbt und Funken geregnet hatte, legte sich Asche auf sie, und sie ging aus. Ohne einen Blick auf den Herd zu werfen, häufte Meister Haydar noch mehr Kohlen auf die Asche und trieb wieder den Blasebalg an. Es war schon fast Mitternacht, als er das weißglühende, weichgeschmolzene Schwert aus dem Feuer zog und es auf den Amboß legte. Er begann es zu schlagen, und es verformte sich. Er faltete es einmal, dann noch einmal und ein drittes Mal und rollte es, bis es wie eine Kugel aussah. Dann tauchte Meister Haydar die Eisenkugel wieder in den Herd, packte den Blasebalg und trieb ihn mit all seiner Kraft und all seinem Geschick.

Alle Stammesleute waren aus ihren Zelten gekommen, starrten auf das Schmiedezelt und warteten, daß ein Wunder, etwas Geheimnisvolles geschehe, auf das sie nicht mehr zu hoffen wagten.

Über der Schmiede lag tiefe Stille, und mitten in dieser Stille erglühte das Zelt, Funken schossen durch den First und den Eingang hinaus in die Nacht. Dann verschwand das Zelt wieder im Dunkel, um im nächsten Augenblick wieder in einer Flut von Licht zu ertrinken.

Dann hörten sie das Schlagen des Hammers. Tief, dumpf und rhythmisch . . . Das Weißdorntal und der ganze Hemite-Berg widerhallten, erzitterten, tosten vom irren, nie abbrechenden Klang des Hammers. Ein gewaltiger Riese hatte die Erde erleuchtet, schüttelte und rüttelte sie, und es schien, als schmiedete und schlüge er alle Schwerter, alles Eisen der Welt. Die Hammerschläge folgten einander immer schneller und verschmolzen in einen einzigen langen, endlosen Klang. Drinnen schwang Meister Haydars Hand den Hammer immer schneller, schwirrte durch die Luft, wurde unsichtbar. Plötzlich verdunkelte sich das Zelt. Das Hämmern brach ab, aber das Echo schlug noch von Fels zu Fels, klang aus und verhallte weit in die Ferne.

Dann flammte das Zelt wieder auf. Ein blendendes Leuchten ergoß sich in die Nacht und spritzte über die Felsen. Und wieder setzte das Hämmern ein, langsam, klar, gleichmäßig. So ging es eine ganze Weile, dann schwoll es an, wurde schneller und schneller und verstummte plötzlich. Dann eine Pause, und das langgezogene Vibrieren setzte sich fort, sprang von Fels zu Fels.

Es dämmerte bereits im Osten, da erzitterte der Berg bis in seine Grundfesten. Die Hammerschläge überstürzten sich, wurden hastiger und härter. Das Zelt glühte, Klänge und Lichter drangen hervor, stiegen hoch, schwollen an, bis sie die höchsten Gipfel des Hemite erreichten, um dort in einem einzigen, hallenden Nachklang einzufrieren. Dann große Stille.

Die Nomaden warteten und warteten, aber aus dem Schmiedezelt kam nicht mehr das kleinste Geräusch.

Als der Tag anbrach, schlichen sie auf Zehenspitzen an die Schmiede heran und horchten beklommen: kein Atemzug, nicht die kleinste Bewegung, kein Ton. Keiner wagte es, den Kopf durch den Zelteingang zu stecken und nachzusehen. Schließlich faßte Süleyman der Vorsteher Mut und trat ein.

Meister Haydar schien zu schlafen. Er war vornübergebeugt, und seine linke Wange lang auf dem Amboß, den er fest umschlungen hielt. Wie Goldfäden hingen die roten Barthaare zu Boden. Der schwere Schmiedehammer war ihm vor die Füße gefallen. Bei seiner Wange lag auf dem Amboß ein merkwürdiges, frisch geschmiedetes Eisenstück, das an ein Rad erinnerte oder eine Uhr oder vielleicht an das alte Stammesemblem, vielleicht auch an die Sonnensymbole auf ihren Kelims und Filzläufern.

Süleyman zog sich aus dem Zelt zurück, mit schmerzverzerrtem Gesicht.

»Meister Haydar ist tot«, sagte er zur ängstlich wartenden Menge. Schweigen. Kein Schrei, kein Klagelied. Niemand weinte, sie standen reglos, wie festgewurzelt. Erst nach einer langen Zeit kam wieder Leben in sie, und einer nach dem anderen betrat das Zelt. Der alte Meister lächelte sie an. Zufrieden, aber auch etwas traurig . . . Vielleicht etwas zornig.

Sie trennten ihn nicht von seinem Amboß. So wie er war, den Amboß umklammernd, hoben sie ihn auf und legten ihn auf eine Tragbahre. Sie trugen die schwere Last gemeinsam zum Gipfel des Hemite. Dort legten sie den Toten neben das Grab Hamit Dedes. Unweit davon, mit dem Gesicht zur aufgehenden Sonne, gruben sie, wo die ausladenden Äste der Waloneneichen herabhingen, ein großes, mannstiefes Grab. Sie ließen Meister Haydar mit dem Amboß in den Armen in die Tiefe hinab. Neben ihn legten sie seinen Hammer und all sein Schmiedewerkzeug. Sie streuten stark duftende Myrtenzweige und -blätter über ihn und bedeckten alles mit Erde. Rings um das Grab schichteten sie weiße Steine auf. Sie hatten den Leichnam Meister Haydars nicht gewaschen; Heilige wäscht man nicht, wenn sie sterben. Man hält keine Totenklage, singt keine Hymnen. Heilige brauchen diese Begräbnisriten nicht. Man weint nicht. Meister Haydar hätte es nicht gewollt. Ohne beim Grab zu verweilen, stiegen sie wieder zum Lager hinab. Sie trugen das Zelt, die Kleider Meister Haydars und alles, was er auf dieser Welt besessen hatte, zusammen und zündeten ein großes Feuer an.

»Wirf alles hinein!« befahlen sie Kerem. »Es ist deine Pflicht, die irdische Hinterlassenschaft deines Großvaters zu verbrennen. So ist es Sitte.«

Kerem warf alles ins Feuer, was sein Großvater besessen hatte. Es blieb nichts weiter übrig, als Meister Haydars Pferd. Nach der Sitte war es wieder der Enkel, der es töten mußte. Aber Kerem liebte dieses alte Pferd mehr als alles auf der Welt. Er flehte seinen Vater an: »Vater, laß nicht mich das Pferd töten. Ich bitte dich, töte es selbst, bitte!«

»Das geht nicht«, sagte sein Vater. »Entehre uns nicht vor dem ganzen Stamm. Du mußt es töten.« Er legte ihm eine Pistole in die Hand und reichte ihm das Halfter.

Kerem blickte das Pferd an. Dann blickte er seinen Vater an und die wartende Menge. Er führte das Pferd tief hinab ins Tal und band es hinter einem riesigen Felsblock fest. Er zielte genau auf den Kopf, schloß die Augen und drückte ab. Das Pferd brach zusammen. Einige Zuckungen, und seine Beine, sein Hals streckten sich, es regte sich nicht mehr, lag ruhig da. Unter seinem Kopf bildete sich eine Blutlache.

Kerem wollte sich übergeben. Seine Augen waren blutunterlaufen. Er ging zu seinem Vater hinauf und gab ihm die Pistole zurück, ohne ihn dabei anzusehen. Der Falke saß auf dem Pfosten vor ihrem Zelt und war unruhig geworden. Er schlug mit den Flügeln, versuchte hochzufliegen, zerrte an der Leine, pickte ärgerlich an den Glöckchen an seinem Fußgelenk, drehte sich und flatterte um den Pfosten. All das hatte er bisher nie getan . . . Kerem musterte seine Augen: sie waren so rot wie seine eigenen. Er band den Vogel los, nahm ihn auf den Arm und stieg wortlos den Hügel ins Weißdorntal hinab. Ein- oder zweimal drehte er sich noch um, um die dicht gedrängten, an den Hang geschmiegten Zelte zu sehen, die sich verzweifelt an den Berg klammerten. Sie kamen ihm immer unwirklicher vor. Er erreichte das Tal und sah noch einmal zurück. Die Zelte waren alt, schmutzig, müde, gedemütigt . . . Sein Großvater hatte die ganze letzte Nacht etwas geschmiedet. Er hatte das Schwert eingeschmolzen und aus dem Eisen irgendetwas Wunderliches geformt, ein Ding mit Nägeln, das der Sonne ähnlich sah oder einem Schild, aus dessen Mitte Strahlen in alle Richtungen hervorstanden. Aber es war doch anders. Er konnte sich nicht viel darunter vorstellen. Und der Großvater hatte nicht mehr genug Zeit gehabt, es fertigzustellen. Was mochte es wohl sein? Dieses Ding, für das er sein schönes Schwert zerstört hatte? Irgendein Talisman, ein magischer Zauber? Aber nein, der Großvater hatte Zauberei und Magie immer verabscheut. Er hatte sicher seinen Mitmenschen eine letzte Botschaft hinterlassen, bevor er für immer ging, aber was für eine Botschaft war es? So verzweifelt hatte er darum gekämpft, es ihnen mitzuteilen, aber er konnte das Werk nicht vollenden.

»Auch Großvater ist nun gegangen«, seufzte Kerem. Er warf einen letzten Blick auf das Lager am Hügel, dann kehrte er ihm den Rücken und ging seines Weges. Als er das Dickicht erreichte, blieb er stehen. Die Zelte lagen schon in weiter Ferne. Er sah den Falken an. Der Vogel war jetzt wieder ganz ruhig.

Kerem stupste den Falken an den Kopf. »Also, hast du verstanden? Mein Großvater ist tot, er ist tot, der berühmte Meister Haydar, der Großmeister des Ordens der Schmiede . . . Für immer gegangen . . . Ich bin ganz allein. Allein . . . Und auch ich gehe . . . Ich verlasse den Stamm. Und so sollst auch du frei sein, kleiner Falke, ich lasse dich frei . . .« Aber sein Herz schmerzte, als er dies sagte. Er streichelte den Falken, blickte in seine Augen und küßte ihn. »Du warst mir ein guter, tapferer Gefährte, ein Freund, mein Falke. Allah behüte dich! Halte dich nicht länger hier auf, fliege geradewegs in deine Berge. Du bist noch so jung, und auch wenn du ein Falke bist, könnte dir etwas zustoßen in diesem fremden Land.« Er küßte ihn immer wieder, liebkoste ihn, sprach mit ihm, konnte sich aber kaum dazu durchringen, ihn freizulassen. Langsam löste er die Leine, kettete die winzigen, knopfgroßen Glöckchen los, die der Vogel am Fuß trug, und hielt ihn hoch. Ihre Blicke trafen sich. Dann ließ Kerem ihn fliegen. »Geh, mein Falke, geh jetzt! Mein Großvater ist tot, und auch ich gehe fort.«

Der Falke schwang sich hoch, und Kerem lief ins Dickicht, um sich

im Gebüsch zu verstecken, denn er wußte, daß der Vogel bald zurückkommen und nach ihm suchen würde, um sich auf seinem Arm niederzulassen. Und so war es auch. Der Falke flog auf, kreiste ein- oder zweimal hoch oben, schoß dann wie ein Pfeil in Richtung Anavarza davon und verschwand. Aber schon nach kurzer Zeit war er zurück und kreiste über dem Dickicht, auf der Suche nach Kerem.
Wie sehnlichst er sich wünschte, er möge ihn finden. Aber er blieb am Boden zusammengekauert, während der Falke viele Male zwischen dem Ceyhan und dem Dickicht hin- und herflog, immer wieder hin und zurück. Schließlich zog er immer weitere Kreise und schraubte sich immer höher hinauf, bis er davonglitt und in Richtung Hemite verschwand.
Ins Gebüsch geduckt wartete Kerem eine ganze Weile. Der Falke kam nicht mehr. Das schmerzte ihn zutiefst. Er begann zu weinen. Er weinte immer noch, als er schon auf dem Weg nach Yalnizağac war. Immer wieder blieb er stehen, um den Himmel mit den Augen abzusuchen. Aber nichts mehr war zu sehen.
Der Abend kam, und die Schatten wurden länger. Lärchen trillerten, Bienen summten. Vogelschwärme zogen über den Himmel und erfüllten die Welt mit ihrem Gezwitscher. Noch einmal drehte sich Kerem um und sah zum Hemite-Berg zurück. In der Ferne schmolz der Berg dahin, eine blasse, blaue Masse, und verschwand allmählich in der Nacht.

26

Für die meisten Menschen ist die Eule ein Unglücksvogel. Wenn sie sich in der Nähe eines Hauses oder auf seinem Dach niederläßt und dort schreit, kann man sicher sein, daß ein Unheil heraufzieht. Man sagt, Eulen kommen als Vorboten des Unglücks in Städte und Länder. Es gibt viele verschiedene Arten von Eulen, große und kleine. Die einen sind lang und dunkelbraun, haben riesige Augen, die fast das ganze Gesicht ausfüllen und nur Platz lassen für einen gekrümmten Schnabel; sie betrachten die Welt mit einem starren, gefräßigen, gierigen Blick. Die Eule mit den grauen Federn dagegen ist klein und gedrungen, hat noch größere Augen, spitze Ohren und ist noch raubgieriger. Sie kann bei Tageslicht nicht fliegen, und wenn sie es doch einmal tut, verliert sie die Orientierung und flattert ziellos umher, bis sie an irgendeiner Ruine zerschmettert. Auf dem Hemite-Berg leben die verschiedensten Eulenarten. Sie nisten dort in den Felsnischen. Einige sind so groß wie Adler, andere so klein wie Tauben. Seit drei Tagen kreisten die Eulen nun schon um das Lager des Karaçullus im Weißdorntal und füllten es mit ihrem endlosen Schreien. Ihre Stimme war so schauerlich, daß sich einem die Haare sträubten. Alle im Lager fühlten eine tiefe Unruhe. Keiner konnte schlafen. Die ganze Nacht hindurch versuchten sie, die Eulen mit Stöcken und Steinen zu vertreiben. Daraufhin glitten die Eulen mit weitausgebreiteten Flügeln davon, verschwanden im Dunkel, aber schon im nächsten Augenblick waren sie wieder da, ließen sich oben auf den steilsten Felsen nieder, drehten ihre Köpfe zum Lager und schrien noch unheimlicher, unheilvoller als zuvor. Gab es eine Möglichkeit, von hier wegzukommen, diesem Hemite zu entfliehen? Alle Wege waren ihnen versperrt. Versuch einmal auszubrechen, die Flucht zu ergreifen! Der Hunger macht schon die Schafe krank. Bald werden sie eins nach dem anderen eingehen. Ach, ach, wenn man sie nur für eine Nacht in den grünen Feldern grasen lassen könnte, die sich dort unten erstrecken bis hinauf nach Dumlu, bis zum Mittelmeer, bis in den Taurus . . . Dann wären sie gerettet. Aber das würde dem Stamm neues Verderben bringen. Ihr steckt in der Zange, meine armen, tapferen Leute. Ihr könnt euch abplagen, wie ihr wollt, es gibt kein Entkommen. Das Ende heißt Tod, meine Freunde.

An diesem Tag war Ceren, einen Wasserbehälter aus ungegerbtem Leder in der Hand, unterwegs und suchte alle Felsmulden auf, die sie entdecken konnte, um ihren Behälter zu füllen. Sie war mager geworden und schien deshalb noch höhergewachsen. In ihrem blassen Gesicht wirkten die Augen noch größer, ihre Haare noch stärker. Sie war wie ein stilles, stehendes Wasser.
Sie machte eine Ecke ihres Zeltes frei und breitete Heu auf dem Boden aus. In einem großen Kessel setzte sie Wasser auf und wusch sich gründlich mit Seife. Sie hatte ein Kleid in ihrem Bündel, das schon seit undenklichen Zeiten im Besitz der Familie war, ein sehr altes Kleid. Es war ein weites, silberbesticktes Frauengewand aus feinem, violettem Seidensamt. Sie zog es heraus und streifte es über. Statt in die Sandalen aus ungegerbter Haut, die sie sonst trug, schlüpfte sie in ein Paar glänzende Schuhe. Sie kämmte sich sorgfältig und ließ eine Locke in die Stirn fallen. Die Ohrringe, den Anhänger, das Stirnband, all ihren Schmuck hatte sie Süleyman dem Vorsteher gegeben. Sie band sich ein grünes Seidentuch um den Kopf und lief hinaus.
Den ganzen Tag ging sie von Zelt zu Zelt, stattete jedem einen Besuch ab, streichelte und küßte die kleinen Kinder, redete freundlich mit allen. Am Abend legte sie sich angekleidet zu Bett.
Als alle schliefen, schlüpfte sie aus ihrem Zelt und rannte hinauf zum Gipfel des Berges. Eine quälende Furcht, vermischt mit Mitleid, ergriff sie. Je größer die Angst wurde, desto atemloser rannte sie, und je mehr sie rannte, desto größer wurde ihre Angst. Der Schweiß drang ihr aus allen Poren, und ihre Ohren sausten. Die Felsen, der ganze Berg dröhnte und polterte, die Eulen verfolgten Ceren zu Tausenden mit ihrem lauten Geschrei. Das Klatschen ihrer Flügel erfüllte den Himmel. Glotzende, gräßliche Riesenaugen . . . Bluttriefende Schnäbel . . . Der Himmel hob und senkte sich im Wirrwarr der Flügel, hob und senkte sich. Schreie, Getöse, Krachen erschütterte die Welt bis in die Grundfesten. Alles drehte sich um sie. Dunkle Pferde galoppierten vorüber . . . Ihre Hufe trommelten auf die Felsen und schlugen Funken. Das Schlagen der Hufe vermischte sich mit dem Heulen der Wölfe und dem Schreien der Eulen. Langgezogene Schatten, Schatten von Pferden, dehnten sich, zogen sich zusammen, breiteten sich aus, wurden dünner, rauschten in einer endlosen Woge durch das Tal den Berg hinan. Funken sprühten aus den Felsen. Die weißen, scharfen Zähne der Wölfe . . . Ein Wolfskadaver, dessen weiße Zähne größer und größer werden, zeichnet sich gegen den nächtlichen Himmel ab, streckt alle viere von sich, heult, heult mark-

erschütternd. Und Füchse und Adler und Falken . . . Und Kerem, Tausende von Kerems rennen, fliehen, mit Tausenden von Falken, die ihnen die Hände zerfleischen. Das Blut tropft und spritzt. Ein mächtiges Grollen . . . Steine rollen vom Gipfel des Berges herab. Hunderte von schweren Felsblöcken . . . Die Reiter, die Eulen, die Adler, die Kerems, die Falken, die toten Wölfe, die weißen, spitzen Zähne, die scharlachroten Schlangen, mit einem Schlag ist alles weggewischt. Es regnet Felsblöcke in das Weißdorntal hinab . . . Das Echo von Männerstimmen, von Lachen und Fluchen springt von Fels zu Fels. Noch immer prasseln Steine herab, mit langem Widerhall, der den Berg bis ins Mark erschüttert. Dann am Himmel wieder das Rauschen von Flügeln, das Heulen, das Trommeln von Hufen . . .
Ceren kletterte auf die Spitze des höchsten, des steilsten Felsens auf dem Berg, ein Felsen so hoch wie zwei Minarette. Sie breitete die Arme aus. Das Heulen verstummte, die Welt wurde still. Ceren hörte ihren eigenen Atem und das Klopfen ihres Herzens.
»Halil, Halil, du bist nicht zurückgekommen, Halil! Ich werde dich nicht mehr wiedersehen, Halil! Ich gehe, Halil, ohne dich jemals wiederzusehen . . . Ich gehe . . .«
In dem Augenblick, als sie sich in den Abgrund stürzen wollte, schüttelte sie ein Schauder, ihre Knie gaben nach, und sie brach auf dem Felsen zusammen. Ein Licht blitzte vor ihren Augen auf und ging aus. Dreimal flammte es auf und erlosch wieder. Und dann wieder Eulenschreie, Kreischen von Adlern, Reiter, Pferdehufe und Funken. Die Funken und Meister Haydars lächelnde Gestalt, den Amboß umklammernd, der heulende tote Wolf, seine weißen, blutigen Zähne, die er wie Schwerter vorstreckt. Und die Schlangen, die Schlangen . . . Die Nacht tobt und rast, vom Wind gepeitscht, reißt Felsblöcke aus, schleudert sie durch die Luft. Der Berg ist in Aufruhr, wankt, taumelt, neigt sich zu Tal . . .
Ceren stand auf, öffnete ihre Arme so weit wie Flügel, bereit, sich in die Leere zu werfen, aber erneut verstummte alles um sie, und trostlose Einsamkeit umgab sie. Sie empfand Mitleid mit sich selbst. »Oh Ceren, wie konnte es nur so weit kommen? Oh, Ceren, Ceren . . .« Sie begann zu zittern und weinte. Ihre Arme fielen herab, und sie sank in sich zusammen wie tot. Aber sie sah jetzt alles klarer, nüchterner als vorher. Sie sah die Dinge, wie sie waren. Ein Funken Freude flackerte in ihr, die der Angst, der Hoffnung, dem Tod und der Furcht verwandt war. Sie versuchte, ihren Sinn zu ergründen, aber er entzog sich ihr, blieb unergründlich. Sie sah jetzt Oktay Bey, die Rei-

ter, Halil und die Eulen . . . Steine polterten wieder zu Tal, Schafe blökten, Menschen schrien . . . Dumpfes, anhaltendes Grollen . . . Die ganze Welt wankte. Drunten im Tal der Ceyhan, die Lichter . . . Der scharfe Nordwestwind schwillt immer mehr an, fegt über die Felsen . . . Das laute Klatschen Abertausender von Flügeln . . . Schnäbel, blutrote Schnäbel. Der Wind treibt eine zischende, endlose Meute von Schlangen vor sich her. Sie zischen und pfeifen so scharf, so unheimlich, daß einem die Schauer über den Rücken jagen . . . Pfeifen dringt aus dem Boden hervor, aus jedem Busch, jedem Grashalm, jedem Felsen, jedem Stein . . . Es füllt Himmel und Erde . . . Ceren hielt sich die Ohren zu. Noch fester, verzweifelt, aber das Pfeifen, das Grollen nahm kein Ende.

Die Nacht tobte, ein irrer Aufruhr, ein wilder Tanz von Armen und Beinen, Pferden, Vögeln und Schlangen, von Cerens und Kerems und Falken. Dörfer, Feuersbrünste . . . Und Oktay Bey, viele Oktay Beys, hervortretende Augen, wulstige Pferdelippen . . . Bäume wirbelten durch die Nacht, rote Schlangen, rote Eulen, rote Wölfe, ihre Augen, ihre Klauen, ihre weißen Zähne . . . Und Aasgeier mit roten Schnäbeln . . . Donnernd, tosend, wimmelnd strömte die Nacht dahin.

Ceren zwang sich aufzustehen. Aber wieder wich das nächtliche Fieber, die schwellende Flut verebbte, die Stimmen verhallten, und alles wurde wieder klar. Kein Zweifel, keine Verwirrung war mehr in ihr, sie konnte ruhig überlegen: »Halil ist nicht tot, nein, er ist nicht tot, sie haben mich getäuscht. Aber er hat nicht einmal versucht, mich zu sehen. Das blutdurchtränkte Hemd, das sie mir gezeigt haben, war nur eine Lüge. Eine Lüge, eine Lüge, eine Lüge . . .« Sie öffnete die Arme. »Halil, Halil, Halil . . .«

Stimmen drangen von unten aus dem Lager herauf. Erneut bebte der Berg, und riesige Felsblöcke rollten die Hänge hinab, einer nach dem anderen. Wieder Schreie, Lachen, Fluchen.

»Das hat Halil mir angetan, Halil! Er hat mich hinters Licht geführt. Hat er nicht gewußt, wie sehr ich mich nach ihm verzehrte, daß ich mich umbringen wollte und daß der ganze Stamm sich gegen mich stellte? Hat er das nicht gewußt? Er hat mich hinters Licht geführt . . .«

Sie warf die Arme weit auseinander. Der Nordwestwind heulte und pfiff. Blitze zuckten plötzlich vor ihren Augen, immer wieder, und tauchten alles um sie in Licht. Sie biß die Zähne zusammen. »Halil! Halil!« Es kam wie Zischen aus ihrem Mund.

Der Funke, der in ihrem Innern glimmte, war wieder da, aber Ceren konnte ihn auch jetzt nicht einfangen. Sie wußte, daß sie gerettet wäre, wenn ihr das gelang. Aber wenn das Chaos, das Getöse der Nacht wieder einsetzte, würde er für immer vergehen. Verzweifelt versuchte sie zu denken. Der Funke flackerte noch einmal auf, und sie hielt ihn fest. Die Welt wurde hell, und ein freudiges Zittern durchlief sie, drang ihr bis ins Herz. Der dröhnende Tumult, der Aufruhr, alles war verschwunden, wie weggefegt. Nur noch das Poltern von Felsblöcken, die ins Tal hinabrollten, blieb und die Schreie und das Kreischen aus dem Lager unten.

Ceren glitt behend die nackte Felswand hinunter und lief mit einem Lied auf den Lippen hinaus in die Nacht. Sie verging vor Sehnsucht, es laut in die Nacht hinauszusingen. In dieser Stimmung schritt sie den Berg hinab. Ein Duft von Thymian, von sonnengetrockneten Kräutern und von Narzissen stieg ihr in die Nase. Auch die dürre Erde und die Felsen strömten einen starken Geruch aus, bitter wie Schweiß.

»Halil«, dachte sie, »falls du lebst, wie einige sagen . . . Ach, Halil, falls meine Augen dich eines Tages wiedersehen, falls ich dich wiedersehe . . . Du hast das getan, Halil, du.« Mit jeder Wiederholung seines Namens fühlte sie, wie Leben in sie zurückkehrte, wie ihr Blut schneller floß, die Liebe in ihrem Herzen wuchs, die Sehnsucht, an Halils Seite zu leben.

Sie lauschte in die Nacht hinaus, hörte, wie sich der Wind nach und nach legte, je näher der Morgen kam. Sie atmete den Duft der dürren Kräuter, die unter ihren Füßen knackten. Sie wanderte von Fels zu Fels, und die Freude in ihr wuchs, hüllte sie in helles Licht. Sie legte ihre Arme um die Brust, aus Angst, die Freude könnte ihr wieder entgleiten. Sie legte sich in voller Länge auf die Erde und schlürfte das frische Wasser des Morgens aus einer Felsmulde . . . Dann fand sie eine noch tiefere Mulde und wusch sich das Gesicht. Eine gelbe, verwelkte Bergblume schwamm auf dem Wasser. Sie nahm sie und steckte sie hinters Ohr.

Der Morgen dämmerte herauf. Die Nacht wich jäh, und Licht überflutete die Çukurova, brach die Erdkruste auf und drang in sie ein.

Ceren sah Oktay Bey drunten in der Ebene. Er war über sein Pferd gebeugt und ritt zum Ceyhan hinüber. Langsam, reglos, wie tot. Vielleicht schlief er im Sattel. Beim bloßen Anblick dieses Mannes hatte Ceren jedesmal Ekel empfunden. Aber jetzt fühlte sie nichts. Vielleicht ein wenig Mitleid, ein wenig Mitgefühl, einen Funken

Hochachtung, trotz allem . . . »Er ist besser als ich«, dachte sie, während sie ihm mit den Augen folgte. »Ich bin nicht einmal soviel wert wie sein kleiner Finger. Ich habe Halil fortgehen lassen. Ich bin ihm nie von Berg zu Berg gefolgt. Ich habe sein Flüchtlingsleben nicht mit ihm geteilt, mich nicht versteckt mit ihm, bin nicht mit ihm geflohen von einer Höhle zur anderen. Ich habe ihm meine Liebe nicht unter Beweis gestellt. Halil, o Halil, es ist nicht deine Schuld. Ich habe meine Liebe zu dir nicht unter Beweis gestellt. Verzeih mir, Halil! Vergib mir, daß ich meine Augen kein einziges Mal in Liebe auf dich richtete, daß ich meinen Händen nicht erlaubt habe, dich ein einziges Mal zu berühren, daß ich meine ganze Schönheit von dir fernhielt, meinen Körper, meine Lippen . . .«

Als sie zum Lager kam, fand sie alle in Aufruhr. Fethullah raste durch die Zelte wie ein wilder Stier, wutschnaubend, mit der Pistole in der Hand und angeschwollenen Halsadern. »Ich werde sie töten! Ich werde sie töten! Ich werde sie alle töten! Ich werde ihr Dorf anzünden, ihnen die Augen ausstechen . . .« Die Frauen standen zusammen und weinten. Die Männer schwiegen. Sie saßen auf Steinen und starrten den Boden an. Auch die Klinge eines Messers hätte ihren Mund nicht öffnen können. Viele Zelte waren eingestürzt und mit riesigen Felsblöcken übersät . . . Am Fuß eines mit Blut bespritzten Felsens lagen zwei Kinder, ein Junge und ein Mädchen von etwa acht bis zehn Jahren, tot, blutüberströmt, mit zertrümmertem Schädel.

»Was ist geschehen? Was ist geschehen? Was, was?«

Die alte Sultan klopfte sich wehklagend mit den Fäusten auf die Knie. »Du hast wohl nichts gehört, nichts gesehen, was? Warst du nicht hier, letzte Nacht? Ach, du hast gut daran getan, nicht hierzubleiben . . . Die ganze Nacht lang sind Felsen vom Berg auf uns heruntergerollt. Die Zelte wurden zusammengedrückt. Und Musaciks Kinder . . . Schau sie dir an, die armen Kleinen . . . Sie konnten nicht rechtzeitig wegkommen. Bis zum Morgen regnete es Steine auf uns. Riesige Felsen . . . Schau nur, schau . . . All diese Felsen hier sind letzte Nacht heruntergekommen.«

Das Weißdorntal war jetzt ein einziger Haufen von Steinen und Felsen.

»Nein, das darf nicht sein!« wiederholte Fethullah immer wieder, außer sich, mit blutunterlaufenen Augen. »Wegen fünf oder zehn Kuruş Menschen so zu tyrannisieren . . .«

Süleyman der Vorsteher war in seinem Zelt, als Ceren eintrat, aber er bemerkte sie nicht. Er kauerte da, hatte die Arme um die Beine geschlungen, das Kinn auf die Knie gestützt, war wie gelähmt. Sein Bart zitterte.

»Onkel, mein Onkel, Onkel Süleyman!« rief sie. Ihre Stimme war klar und fest. Süleyman der Vorsteher rührte sich nicht, er öffnete nur die Augen.

»Ich muß dir etwas sagen.«

Dann fiel Süleyman auf, wie ungewöhnlich hell ihre Augen leuchteten. Er hatte sie nie so gesehen. »Was ist, meine Tochter?« fragte er erstaunt.

»Ich habe beschlossen, Oktay Bey zu heiraten. Aus freiem Willen. Ich bewundere seine Güte, seine Freundlichkeit. Ich habe es eingesehen. Es gibt keinen zweiten, der so ehrlich und treu ist wie er.«

»Keinen zweiten«, bestätigte der Vorsteher und stand auf. »Seine Beständigkeit, seine Leidenschaft sind bewundernswert. Gott schenke dir Glück, meine Ceren.«

»Er ist da unten und irrt irgendwo in der Ebene herum . . . Sag ihnen, sie sollen ihn rufen.«

»Ich weiß, ich sehe ihn jede Nacht«, sagte der Vorsteher.

Die Kunde von Cerens Entschluß ging wie ein Lauffeuer durch den Stamm. Sie vergaßen darüber die toten Kinder, die Steine, die es vom Himmel geregnet hatte, die zerdrückten Zelte, sie vergaßen alles, und ein Freudentaumel fegte durch das Weißdorntal.

27

Von Khorassan sind wir gekommen, die hell glänzenden Lanzen geschultert. Wir haben die Welt überrannt wie Rudel von Wölfen, sind ausgeschwärmt nach Westen und Osten. Auf unseren langhalsigen, rubinäugigen Pferden bis an die Wasser des Indus und des Nils geritten. Haben Länder und Festungen und Städte erobert, Staaten gegründet. Wie Adler gingen wir nieder auf die Ebene von Haran, auf Mesopotamien, auf die Wüsten Arabiens, Anatolien, den Kaukasus, auf die weite russische Steppe, mit unseren zehntausend, hunderttausend Zelten ... Unseren langen Zelten aus schwarzem Ziegenhaar, mit den sieben langen Stützen, ein jedes von ihnen ein Meisterwerk menschlicher Arbeit, in den zartesten Farben, mit den prächtigsten Mustern ... Und unsere Lanzen, unsere Schwerter und Dolche ... Unsere Musketen mit dem goldgravierten Elfenbeinschaft ... Unsere holzgeschnitzten Mörser, unsere Nasenringe und Halsketten und Stirnbänder ... Unsere Kelims und Filzläufer und Ziegenhaardekken ... In der Ebene von Haran wirbelten wir im Rhythmus der Semah, zu Tausenden, und die Gazellen der Ebene mit uns. Wie stolze Falken waren wir und feierten große Feste und heilige Zusammenkünfte. Welle um Welle brausten wir von einem Ufer zum anderen, von Meer zu Meer. Festungen, Städte, Länder, Rassen, Dynastien gingen vor uns auf die Knie. Ein ganzes Zeitalter haben wir unterjocht und manches Leid denen zugefügt, die wir unterwarfen. Aber nie, nie haben wir ihnen die Ehre geraubt. Menschen zu demütigen, hat uns unsere Sitte immer verboten. Wir haben uns nie an den Armen, den Waisen, den Gestrauchelten, an den Frauen und Kindern vergriffen, welches auch ihre Rasse, Herkunft oder Religion war. Freund oder Feind, wir haben sie immer in Ehren gehalten und behandelt wie unsere eigenen gefallenen Brüder, unsere eigenen Kinder und Frauen, wie die Alten unseres eigenen Stammes. Und dem Feind, der um Gnade rief, krümmten wir nicht ein Haar. Unsere starken Filzzelte, bestickt und bedruckt mit all unseren Zeichen, hielten uns warm. Sie waren von unvergleichlicher Pracht, kein Palast kam ihnen gleich. Überallhin führten uns unsere Wege, oft frei, oft gefangen, oft siegreich, oft besiegt ... Die Jahrhunderte zogen vorüber, und wir brachen auseinander, zerstreuten uns, schwanden dahin, und die schwarzen Zelte wurden bleich . . . Den mächtigen Bergen und Flüssen, den Ländern und Staaten haben wir ihre Namen geschenkt, wir haben ihnen unser Zeichen aufgedrückt. Wir kamen nach Anatolien, und vor uns erhob sich das Kayseri-Gebirge, der Ararat, der Büphan, der Nemrut, das Gebirge der Tausend Stiere und die Cilo-Berge . . . Vor uns schlängelten sich breite Flüsse, der Kizilirmak, der Yeşilirmak, der Sakarya, der Seyhan, der Ceyhan . . . Und die anatolische Hochebene, der Salzsee und die Ebenen der Ägäis mit ihren bernsteinfarbenen Trauben . . . Und all diesen Seen und Flüssen, Ebenen und Bergen schenkten wir ihre Namen. Auf jedem Flecken Anatoliens hinterließen wir unsere Spur, die Namen und Zeichen unserer Stämme. Damit man uns nie vergesse. Damit in all diesen Ländern unsere Rasse Wurzeln schlage und gedeihe . . . Sie haben uns vorwärts getrieben auf den staubigen Wegen, über die verschneiten Berge gejagt, uns in manches Abenteuer verwickelt. Wir sind eins geworden mit Anatolien, verwachsen mit seiner Erde, seinen Steinen, den fließenden Wassern und wehenden Winden, den verwitterten Karawansereien, seinen Palästen, Tempeln und Moscheen, den großen Städten. Verwachsen mit den Liedern und Sitten, der Weisheit und Kenntnis, die diesem Land entsprungen sind, mit allem was auf dieser Erde wächst und grünt und blüht, in tausendjährigem Kommen und Gehen. Verbunden wie Haut und Knochen, wie Regen und Erde . . . In jeder Provinz ließen wir einen Teil von uns, in jeder Gegend, unter jedem Himmelsstrich. Überall an unserem Weg eingefallene, vergessene Zelte, dem Untergang anheimgegeben. Aus einer einzigen Quelle sind wir entsprungen und wurden zum reißenden, kochenden Sturzbach, zu einem mächtigen, unbezwingbaren Strom. In tausend Bäche teilten wir uns auf, liefen auseinander, schrumpften, versiegten, trockneten aus. Und jetzt werden unsere Lieder vielleicht nie mehr gesungen. Gläubige, Heilige und Ordensmeister werden sich nie mehr im Herzen vereinen und gemeinsam den Semah tanzen. Mond und Sonne werden auf- und untergehen, aber für fremde Augen. Unser Wissen, unsere Sitten und Traditionen werden ins Meer der Vergessenheit sinken. Niemand wird mehr wissen, wie wir dachten, wie wir fühlten über den knospenden Baum, über das Wehen des Windes, über Leben, Wachsen und Tod des Menschen. Das Keimen der Blume, das Röhren des Tigers, das Fallen des Regens, das Sprießen der Saat . . . Wie der Adler sein Ei legt, wie man den jungen Falken, das langhalsige, wilde Fohlen abrichtet . . . Gar nichts wird man wissen von unserer Liebe zu dieser Welt, unserer Freundschaft zu jedem einzelnen ihrer Geschöpfe, von der wunderbaren Kraft, die uns geschenkt ist, ein Teil jedes einzelnen Geschöpfes dieser Welt zu werden, in ihm aufzugehen. Unser Name wird Schall und Rauch sein für die kommenden Generationen. Nicht über Nacht, aber nach und nach, im Verlauf von Tausenden, Abertausenden von Jahren verschwinden wir, lösen uns auf, gehen dahin und lassen in all diesen Landstrichen ein Stück von uns selbst zurück . . . Wie klares Wasser flossen wir über diese Erde . . . Und kamen nach Anatolien und sahen das Kayseri-Gebirge vor uns, hochragend und rein und schön, in Licht gebadet. Unsere langhalsigen, rubinäugigen Pferde . . . Unsere schwarzen Zelte aus Ziegenhaar gingen wie tausend majestätische Adler über Mesopotamien und Haran nieder . . . Zu Tausenden haben wir uns nach der Semah gedreht, mit tausend Gazellen, drei Tage und drei Nächte, vierzig Tage, vierzig Nächte . . .

Hasan Aga stand auf, um Süleyman dem Vorsteher entgegenzugehen. Er war ein großgewachsener Mann mit spärlichem Bartwuchs. Auf seinem Gesicht lag stets ein Ausdruck von Schläue und Verschlagenheit. Er sah ständig so aus, als wollte er sagen: Schau, ich trage immer ein Lächeln auf den Lippen, aber warte nur, ich kann noch in diesem Augenblick dir einen Dolch in den Rücken bohren, dein Leben auslöschen! Sein spitzes Gesicht zeigte große Ähnlichkeit mit dem eines Fuchses, aber es war garstig, verrunzelt und hinterhältig. Bitterkeit hatte sich darin eingegraben, ein Gesicht, das am Ende triumphierte, aber seinen eigenen Triumpf verflucht.

»Willkommen, willkommen, Bruder Süleyman! Wie ich mich freue, dich zu sehen«, rief er, als er nach alter türkischer Art den Vorsteher an der Tür umarmte. Seine Stimme war die einer alten Frau, ein rauhes, heiseres Krächzen. »Was für eine gute Sache! Sehr gut! Wie glücklich ich bin, daß sich mein Sohn eine Frau erwählt hat aus einem so alten, edlen Stamm wie dem euren.« Er nahm den Vorsteher an der Hand und forderte ihn auf, Platz zu nehmen. Dann setzte er sich neben ihn und legte die Hände flach auf seine Knie. »Ja, wirklich . . . Und es ist alles dein Verdienst, ich weiß. Ich danke dir dafür, denn sicher hat die Welt noch nie eine so leidenschaftliche Liebe gesehen. Nur der edle, der tapfere Mann kann so lieben, seine Liebe sogar höher stellen als sein Leben. Wer hat schon von einem niederen Mann gehört, der verliebt war? Großherzige Menschen lieben immer so, lieben mit großer, überwältigender Leidenschaft. Ja, ich bewundere Oktay, habe Respekt vor ihm. Er ist nicht verkommen, nicht schwächlich geworden in dieser Çukurova. Er hat sich verliebt mit starker Leidenschaft und ist damit seinem Stamm treu geblieben. Und das Mädchen, welch ein Mädchen! Verzeih mir, mein Freund, aber sie ist eine Löwin, dieses Mädchen. Und auch eine Tigerin . . .«

Das war jetzt schon der dritte Tag, daß Hasan Aga ihn zu sich einlud, ihn überschwenglich begrüßte und ein Loblied anstimmte, zuerst auf seinen Sohn und dann auf Ceren, und dann schnell dazu überging, ihm sein Leben in allen Einzelheiten zu schildern.

»Auch meine Mutter, eine Tochter der berühmten Horzumlu-Beys, ist Nomadin. Und mein Vater gehört zu den stolzen Jek-Kurden, jenen Adlern, die auf die Çukurova herabstießen und sie über Jahre hinweg beherrschten. Mein Großvater mütterlicherseits stammte von den edlen Azvar-Türkmenen ab, die seit den Zeiten in Khorassan sich die sieben Himmelsstriche und die vier Erdwinkel unterjocht haben. Dreihundert Jahre lang waren sie Kastellane des Sultans auf neunhundertsechsundsechzig Festungen des Reiches. Dies ist die Rasse, aus der wir stammen, mein Freund. Dies ist die Rasse, die einen Oktay hervorbringt, der über Jahre hinweg Elend und Tod trotzen kann für die große Liebe, die er im Herzen trägt . . .«

Der Stamm hatte sein Lager neben einigen Maulbeerbäumen auf Hasan Agas Gut aufgeschlagen. Fein säuberlich hatten sie ihre langen, schwarzen Zelte nebeneinander aufgebaut, was Hasan Aga nicht verborgen blieb. Ganz als ob sie im Sinn hätten, ein neues Dorf zu gründen, dachte er mit wachsendem Argwohn.

Hasan Aga hatte mit großen Festen die Verlobung seines einzigen Sohnes gefeiert. Aus den Nachbardörfern hatte er alle Notablen eingeladen, darüberhinaus die Vorsitzenden und Abgeordneten beider politischen Parteien und all seine Verwandten aus der Stadt. Man hatte zwei Kamele, drei junge Stiere und zahllose Schafe und Ziegen geschlachtet. Es sollte ein Fest werden, das noch nach Jahren in aller Munde war . . . Der Raki war geflossen wie Wasser. Für Ceren hatte er von den angesehensten Modeschöpfern in Adana Kleider nach der neuesten Mode bestellt. Er hätte sie sogar aus Istanbul kommen lassen, wenn die Zeit dazu gereicht hätte. Ceren erstrahlte an diesem Tag in makelloser Schönheit wie der Morgenstern. Hasan Aga wollte, daß alle sie sähen, bewunderten, bestaunten, hingerissen und geblendet von so viel Schönheit und Glanz.

»Nun ja, Süleyman, mein Bruder . . . Ich habe hart, sehr hart gearbeitet, um mir dieses Gut zu erwerben. Ich bin der Sohn eines Sattlers. Mein Weg war nicht mit Rosen gepflastert. Wenn man mit dem Schweiß, der mir von der Stirn floß, dieses weite Land bewässert hätte, dann hätte es sich, Allah ist mein Zeuge, es hätte sich in Schlamm verwandelt. Jede Erdkrume hier ist mit Schweiß gedüngt. Diese Felder gehörten einst einem türkmenischen Bey. Er war ein Säufer und warf das Geld zum Fenster hinaus. Er war ein Lebemann, zudem leichtsinnig, das Geld rann ihm nur so durch die Finger. Er machte Schulden bei mir. Ich aber arbeitete schwer, aß nicht, trank nicht, schlief nicht, aber ich brachte es fertig, daß er sich bei mir immer stärker verschuldete. Ich besaß zwei Läden, ein Lebensmittelgeschäft und ein Tuchgeschäft, aber ich verkaufte beide . . . Auch drei Autos verkaufte ich, um Geld für ihn heranzuschaffen. Auch einen Lastwagen und eine Dreschmaschine . . . Und Traktoren ohne Zahl. Und wie dem Vogel im Sprichwort gab ich ihm Wasser, wenn er »gak!« machte, Fleisch, wenn er »gouk!« machte. Auf »hik!« erhielt er Geld und auf »zik!« Butter und Honig. Sagte er »mik!«, kam Raki und bei »houk!« alles, was er wollte. Und die ganze Zeit schuftete ich unermüdlich, pausenlos. Zwanzig Jahre rackerte ich mich ab und dann nahm ich eine Hypothek auf seinen Grund auf, danach noch eine und noch eine dritte. Doch das reichte nicht. Es folgte noch eine vierte Hypothek und endlich gehörte alles mir. Aber ich habe ihn nicht davongejagt, er blieb bis zu seinem Tod auf dem Gut. Ich gab ihm weiter Raki, soviel er wollte, und sogar ein wenig Geld. Und so beschloß der türkmenische Bey hier seine Tage. Er rief mich an sein Sterbebett. Hasan, sagte er, du hast mir das Leben angenehm gemacht auf dieser Erde, habe Dank dafür. Jetzt liege ich im Sterben und habe noch einen Wunsch, einen letzten Wunsch. Und ich habe ihn gefragt, was ist es, es ist meine Pflicht, es zu erfüllen . . . Kennst du den großen Maulbeerbaum da drunten mit den weitverzweigten Ästen? sagte er, ich habe ihn selbst gepflanzt, mit meinen eigenen Händen, als sie uns gewaltsam seßhaft machten. Damals war er noch ein junger, zarter Baum. Inzwischen ist er groß geworden. Er wird weiterleben, während ich sterbe. Bitte begrabe mich dort, unter diesem Baum . . . Natürlich mache ich das, sagte ich. Ich danke dir, konnte er noch hauchen und starb.«

Hasan Aga heiratete zum dritten Mal, und seine dritte Frau war die Schwester eines türkmenischen Beys. Auch sie hatte Grundbesitz, er schloß sich unmittelbar an das Gut des türkmenischen Beys an und war fast genauso groß. Am Hochzeitstag legte Hasan Aga die beiden

Güter zusammen. Fünf verschiedene Güter waren bis jetzt in sein Besitztum eingegangen. Und es dehnte sich immer noch aus.
Etwas lag ihm auf der Zunge, er wollte es loswerden, aber rückte nicht heraus damit. Er redete und redete, drosch leeres Stroh und fand kein Ende, bis seine Augen so aufleuchteten, als wolle er endlich zum Kern der Sache kommen. Aber dann geriet er ins Stammeln und Stottern, der kalte Schweiß trat ihm auf die Stirn, und er hüllte sich in mürrisches Schweigen.
»Dieses Gut ist mein eigenes Fleisch und Blut. Jeder Stein darauf ist mir kostbarer als mein eigenes Herz. Dieses Land . . . Dieses Gut, das ich großzog wie den Säugling im Arm, dem ich Wiegenlieder sang . . . Dieses Land . . .« murmelte er immer wieder, «dieses Land! . . .« Dann schwieg er und blickte finster drein. »Ja, in diesem Land steckt mein Schweiß und meine Mühsal, mein Blut und meine Seele . . .«
Süleyman der Vorsteher wußte sehr wohl, worauf er hinauswollte, wartete aber geduldig. Die ganze Nacht hindurch sollte diese Tortur anhalten, bis zum ersten Hahnenschrei in der Frühe, als Hasan Aga vor Erschöpfung den Kopf auf die Brust sinken ließ und im Sitzen zu schnarchen begann. Wenn er nur herausrücken wollte mit der Sprache und ihnen beiden weitere Qualen ersparen würde . . .
Wieder hörte er die Hähne krähen. Hasan Aga nickte schläfrig.
»Hasan Aga, Hasan Aga«, brach Süleyman schließlich laut und vernehmlich heraus.
Der Aga schreckte auf. »Was ist, Vorsteher?« sagte er.
»Du hast uns nun lange genug gequält, dich und mich auch. Sag schon. Was geht dir durch den Kopf?« sagte Süleyman mit ruhiger, fester, leicht ironischer Stimme.
Hasan Aga, ein hartgesottener Mann, zeigte sich nicht überrascht. Aus seinen Fuchsaugen leuchtete verstohlener Triumph; es freute ihn, daß es ihm gelungen war, seinen Gesprächspartner hinters Licht zu führen. Seine Stimme bebte, die Wärme, die darin lag, steckte an. »Ich frage mich«, sagte er mit schamloser Gerissenheit, »was Oktay Bey euch erzählt hat über euren Aufenthalt hier auf meinem Land. Du mußt erstens wissen, daß Oktay Bey nicht berechtigt ist, nur ein Fußbreit davon zu verschenken. Zweitens kann er es auch nicht verpachten, und drittens kann er nichts davon verkaufen. Dieses Gut gehört einzig und allein mir. Oktay könnte ein Stück davon als Teilpacht, auf Grundlage der Teilung der Ernte, abgeben, aber nicht an Nomaden, die mit uns verwandt sind und nichts von Landwirtschaft

verstehen. Viertens will ich nicht, daß Leute, die mit mir jetzt verwandt sind, auf meinem Gut als Landpächter oder einfache Tagelöhner arbeiten . . .«
Hasan Aga hatte echtes Mitleid mit diesen Nomaden bekommen, als er sah, welch ein elendes, kummervolles Dasein sie führten und als er von all ihrem Leid, ihren Schicksalsschlägen erfuhr. Wie kam es, warum mußten Menschen so viel erdulden, nur weil sie keinen Fußbreit Boden fanden, um sich niederzulassen. Es war zuviel des Leids, zu viel . . . Aber sobald sie einmal auf dem Gut waren, hatten sie sich umgesehen und alles ausgekundschaftet, so als gehörte es ihnen und waren glücklich dabei. Wie eine Katze, die einen fremden Raum betritt und behaglich schnurrt, hatten sie jeden Winkel ausgespäht, ganz so, als ob sie den ganzen Platz aufgekauft hätten. Sie schwammen in Freude und Glück, und während der Verlobungsfeierlichkeiten waren sie herumgehüpft und -gesprungen und hatten die wildesten, verrücktesten Tänze aufgeführt. Nein, entschied Hasan Aga, was auch immer Oktay Bey sagt oder verspricht, für keine Ceren auf der Welt, selbst wenn sie die Jungfrau Maria wäre, werde ich den Nomaden erlauben, auf meinem Boden Fuß zu fassen. Wenn sie erst einmal da sind, kann man sie nicht mehr loswerden! Sie werden das Land an sich reißen und nie mehr hergeben. Keine Macht der Erde kann ihnen das Land wieder wegnehmen, wenn sie sich fest darauf niedergelassen haben. Wehe, wenn sie erst einmal ihre Krallen darin haben, wehe, wenn es so weit kommt! O du Vorsteher, ein Fuchs bist du, ein Schlaumeier!
»Die Hochzeit wird im Frühling gehalten, Vorsteher Süleyman. Und das Hochzeitsfest wird vierzig Tage und vierzig Nächte dauern. So wie eure alten türkmenischen Hochzeiten wird auch diese prunkvoll und strahlend sein, ganz wie es unseren türkmenischen Vätern würdig ist, und auch den Kurden und Nomaden. Dein Stamm kann solange hierbleiben, hier sein Lager aufschlagen, also bis zum Frühling. Ich erlaube euch, diesen einen Winter hier zu verbringen, nur dieses Jahr, wegen der Hochzeit meines Sohnes. Ihm zu Ehren. Dieses Land, das ich im Schweiß meines Angesichts erwarb, kann nie als Winterquartier für Nomaden dienen. Auf keinen Fall . . . Was immer Oktay gesagt haben mag, dieses Land gehört mir, mir allein. Niemand außer mir kann darüber bestimmen. Nicht einmal mein Sohn, mein eigen Fleisch und Blut, mein guter, aufrichtiger, tapferer Oktay, auch nicht, wenn er sich mit einem Mädchen wie Ceren verlobt. Er hat nichts zu sagen. Niemand, niemand außer

mir! Ihr könnt meinetwegen bis zum Frühjahr bleiben, aber nach der Hochzeit müßt ihr eure Sachen, eure Zelte packen und gehen. Schau, Süleyman, ich verlange nicht einmal Geld von euch für diesen Winter . . .«

Er klopfte Süleyman auf das Knie und legte ihm die Hand auf die Schulter. Er war erleichtert, daß es endlich heraus war und daß Süleyman selbst den ersten Schritt getan hatte. »Schau, mein Freund, du Licht meiner Augen . . . Hör zu, Bruder, du darfst das dem Stamm nicht erzählen. Laß sie im Glauben, daß sie immer hierbleiben werden oder was immer unser Oktay ihnen versprochen hat . . . Die Armen, es wird sein, wie wenn man einem Verdurstenden das Glas Wasser von den Lippen reißt . . . Ich bitte dich, sag es ihnen nicht. Es ist zu traurig. Es bricht mir das Herz. Laß sie hier wenigstens einmal einen Winter in Ruhe verbringen. Und nächstes Jahr . . . Allah ist groß. Einverstanden, nicht wahr? Ich habe doch dein Wort, daß du den Stammesleuten nichts davon sagen wirst?«

»Ich verspreche es«, antwortete der Vorsteher mit der gelassenen Schicksalsergebenheit eines Mannes, der die ganze Skala falscher Hoffnungen durchlaufen hatte.

»Und was dich angeht, mein Freund, ich werde dir, nur dir und deinem Sohn, zehn Morgen von meinem Land verkaufen. Und erst noch ganz billig. Dein Sohn scheint ein tapferer, mutiger Bursche zu sein, und ich brauche Männer wie ihn. Die Leute hier in der Umgebung machen mir oft Schwierigkeiten . . . Du kannst nächstes Jahr den Stamm verlassen, hierherkommen und dir auf dem Land, das du gekauft hast, ein Haus bauen. Auch mit Cerens Vater habe ich gesprochen. Er wird seine ganze Habe verkaufen, seine Pferde, Kamele, Schafe, seine Kelims, und ich werde ihm dort unten neben den Maulbeerbäumen einen Bauplatz für ein Haus geben . . .«

»Danke«, sagte der Vorsteher. »Es ist sehr aufmerksam von dir, Hasan Aga. Allah segne dich.«

Er stand auf. Sie umarmten sich und küßten sich nach alter traditioneller Art auf die Schultern, dann trennten sie sich. Es war kurz vor Morgengrauen, und die letzten Hähne krähten noch hie und da. Er schritt durch die Dunkelheit auf die Zelte zu. In dieser Nacht ging Seltsames im Lager vor. In allen Zelten flackerten heimlich winzige Lichter von Kienholzspänen, und als er näher kam, hörte er Flüstern, verstohlen, kaum hörbar, wie das heimtückische Murmeln des Verräters in der Nacht.

Sein Sohn wartete vor seinem Zelt auf ihn. »Vater!« In Fethullahs

Stimme mischte sich Furcht, Zorn und Haß. »Hast du schon gehört? Halil ist hier.«
»Er sei willkommen!« antwortete Süleyman der Vorsteher in gelassenem Ton. »Ich habe mich schon lange gesehnt, ihn wiederzusehen. Wo ist er? Da drinnen?«
Fethullah war überrascht. »Er ist in seinem eigenen Zelt.«
»Dann geh und hol ihn her.«
»Niemand hat ein Wort mit ihm gesprochen«, sagte Fethullah. »Man sah ihn nicht einmal an, als er kam. Da ging er einfach in sein eigenes Zelt und hat es seitdem nicht mehr verlassen.«
»Das war falsch. Sie haben Halil keine Achtung gezeigt. Er ist immer noch der Bey unseres Stammes. Auch wenn er nicht mehr als Bey auftritt, so sind doch die Trommel, der Roßschweif und die Streitaxt immer in seinem Zelt. Wie konntet ihr ihn so schimpflich behandeln?«
»Nun ja«, sagte Fethullah, »was sonst hätten wir tun sollen? Er kann ja nur wegen Ceren gekommen sein. Weiß er denn nicht, daß sie jetzt verlobt ist?«
»Geh und hol ihn«, befahl Süleyman der Vorsteher streng. »Sofort! Nein, warte, ich werde gehen, folge mir. Ich bin es, der zu ihm gehen muß. Er ist immer noch unser Bey . . .« Er wandte sich um und ging mit langen, entschlossenen Schritten auf Halils Zelt zu. Fethullah folgte ihm. Das Bellen der Schäferhunde hallte durch die Nacht, langgezogen, dunkel, dumpf.

28

Männer von edler Abkunft sind immer so – großgewachsen und schlank. Halils Schnurrbart, sein Bart waren gekräuselt, seine Augen verträumt. Hin und wieder glimmten sie auf, blitzten und verwandelten sich in die Augen eines reißenden Wolfs. Es waren Augen, die sich jeden Augenblick in Farbe und Licht änderten. Über die Schulter hatte er einen neuen deutschen Karabiner geworfen. Rechts und links hingen Patronentaschen. Er hatte sich noch weitere vier Karabiner umgeschnallt, die ihm quer über der Brust lagen und bis unter die Achselhöhlen reichten. Über seine linke Hüfte schwang sich ein langer, silbern niellierter tscherkessischer Dolch. Sein silberbestickter, violettgestreifter Maraş-Mantel wurde an der Hüfte von einem großen Patronengürtel zusammengehalten. Auf dem Kopf trug er einen schlichten Fez ... Seine Pluderhose aus dicker, brauner Wolle war handgewebt, und darüber trug er bis hinauf zum Knie bestickte Wollstrümpfe. Edle Männer wie er haben gutgebaute Schultern und ein Grübchen am Kinn. Halil war auf seinem weißen Pferd gekommen. Ein langhalsiges, rubinäugiges Pferd ...

Fethullah schäumte, als er die Reihe der Zelte abschritt. Die Männer standen in Gruppen zusammen und spannen nervös auf ihren geschnitzten Holzspindeln. Die Frauen machten mürrische Gesichter und schienen jeden Augenblick zu platzen. Auf allen Gesichtern lag ein häßlicher, irrer Zug.

»Was hat er hier verloren? Sag mir, Onkel Hidir, was will dieser Mann, dieser Bandit in unserem Stamm? Es ist noch keinen Monat her, daß wir uns hier niedergelassen haben. Weiß er nicht, was wir durchmachen mußten? Warum kommt er jetzt und verdirbt alles? Es reicht schon, daß er das Dorf dort unten in Brand gesteckt hat ... Seinetwegen haben diese Bauern uns fast umgebracht. Alles ist seine Schuld. Was hat er hier verloren ... Und hat erst noch ein ganzes Bataillon Gendarmen auf den Fersen! Mitten in der Çukurova! Ceren war schon krank genug vor seiner Ankunft, aber jetzt, wo sie weiß, daß er hier ist, geht es ihr schlechter als je zuvor ... Was hat er hier verloren?«

»Er hat hier gar nichts verloren«, sagte Hidir. »Gar nichts. Falls er wegen Ceren gekommen ist, wird der Karaçullu-Stamm lieber bis auf den letzten Mann sterben, als ihm Ceren überlassen. Sie ist jetzt verlobt, im Angesicht Allahs. Was hat er, dieser vogelfreie, dieser blutrünstige Bandit hier zu suchen? Was schleicht er einem verlobten Mädchen nach? Einem Mädchen, das ihn verstoßen hat und sich entschloß, einen anderen zu heiraten, aus freien Stücken . . . Fethullah, mein Sohn, du bist zu recht zornig. Und wenn einer dich jetzt bei den Gendarmen anzeigt, Halil, du Hundesohn, was würdest du dann in der Çukurova tun, wie könntest du dann entfliehen? Sie werden ihn töten.«
»Ja, wenn nun einer geht und ihn anzeigt . . .«
»Die Polizei informiert . . .«
». . . daß Halil hier ist . . .«
»Halil . . .« Sein Name hatte sich tief in sie eingegraben wie ein geheimer, schändlicher Verrat.
Den alten Müslüm packte heller Zorn. »Ihr elenden Würmer!« schrie er. »Halil ist unser eigener Bey. Er verwahrt den Roßschweif, die Trommel . . .«
»Mag sein«, gab Hidir zurück. »Aber gibt es heutzutage noch Beys und Paschas? Eine verschrumpelte Trommel, ein mottenzerfressener Roßschweif, ein zerfetztes, altes Banner . . .«
»Schweig!« donnerte der alte Müslüm. »Halt dein Maul, du Lästerer! Schweig, du Ungeziefer, schweig! Der Stamm ist noch nicht tot, daß du so von unserem Banner reden könntest.«
»Laß ihn, Hidir«, sagten die andern. »Reize den alten Mann nicht noch mehr.«
»Aber wenn jemand ihn anzeigen würde . . .«
»Was wäre dann?«
»Es würde hier im Nu von Gendarmen wimmeln, der Arm des Gesetzes . . . Und dann . . . Was dann?«
»Meine zwei Kinder haben die Felsen unter sich begraben, alles wegen Halil.«
»Nur seinetwegen lassen sie uns in der Çukurova nicht zur Ruhe kommen.«
»Alles nur wegen Halil . . .«
»Außerdem wird er Ceren entführen. Und wir werden wieder mitten in der Ebene hilflos und verlassen dastehen!«
Halil wußte von nichts. Auch Süleyman der Vorsteher und Ceren ahnten nichts. Halil stand Übles bevor. Jeder im Stamm, Männer,

Frauen, alt und jung, zerbrach sich insgeheim den Kopf, wie man ihn loswerden, in welche Falle man ihn locken könnte.
»Heute nacht, wenn er in seinem Zelt schläft . . . Ein schwerer Stein . . . Wie eine Kerze ausblasen! Man wird nie herausbekommen, wer ihn getötet hat. Was meinst du dazu, Kămil?«
»Das ließe sich machen, Fethullah.«
»Und wenn wir ihnen auf der Wache einfach alles erzählen . . . ihnen sagen, daß Halil im Lager ist . . .«
»Wir könnten ihn auch im Schlaf fesseln und ihn den Gendarmen ausliefern . . . Schließlich ist er nur einer, und wir sind ein ganzer Stamm. Könnten wir das nicht tun, Osman?«
»Das ist auch keine schlechte Idee, Rüstem. Du verstehst dich am besten auf solche Dinge . . .«
Heimlich in der Nacht gingen die Diskussionen weiter. Dann, um Mitternacht, faßte man einen Entschluß: drei von ihnen, Fethullah, Rüstem und Osman würden sich auf den schlafenden Halil stürzen, ihn fesseln und ihn der Polizei ausliefern. Warum sollten sie ihn töten? Das wäre schon eher die Sache der Polizei! Schließlich war das, was er angestellt hatte, keine Bagatelle. Er hatte immerhin ein riesiges Dorf in der Çukurova in Schutt und Asche gelegt . . .

Halil lag auf der Lauer, die Hand auf der Pistole. Er spürte die Gefahr, ahnte, was sich über ihm zusammenbraute. Er wartete. Plötzlich huschte ein Schatten ins Zelt. Er sprang auf. Der Schatten warf sich ihm an den Hals.
»Halil, Halil . . . Du bist da! Du lebst! . . . Sie haben mir gesagt, du seist tot. Sie haben mir ein blutiges Hemd gezeigt und gesagt, es sei deines. Halil, kein Mann hat mich berührt . . .«
»Ich weiß«, sagte er. Sie fielen in Schweigen, konnten nicht sprechen. Ceren schwitzte am ganzen Körper, zitterte, ihre Glieder flogen. Ihre Hand lag in seiner. Sie konnte nicht denken. Angst schüttelte sie. Was würde jetzt geschehen? Sie war wie betäubt. Seit sie von Halils Rückkehr gehört, seit sie ihn wiedergesehen hatte, war alles um sie versunken, vergessen, die ganze Welt, sie vergaß sich selbst. Alles um sie herum hieß Halil. Ihre Hände, ihre Augen, ihre Haare, alles war Halil. Halil in ihren Gedanken, Halil in ihrem Atem.
»Ceren«, sagte er, »ich weiß alles. Ich weiß alles, was geschehen ist, was du durchgemacht, was du getan hast . . . Alles.« Sie preßte sich noch fester an ihn, zitternd. »Wir müssen uns beeilen, Ceren. Einige

im Stamm planen, mich zu töten. Süleyman der Vorsteher hat mich gewarnt.«

»Auch mich hat er gewarnt«, sagte Ceren.

»Welch ein guter, edler Mann er ist«, sagte Halil.

Er legte seinen Arm um die zitternde Ceren und zog sie aus dem Zelt. Schatten schossen aus dem Dunkel. Schnell hob er Ceren in den Sattel, sprang vor ihr auf und gab die Sporen. Eine Feuersalve explodierte hinter ihnen. Er ließ die Zügel schießen und galoppierte davon. Sie waren verloren, wenn sie nicht vor Tagesanbruch die Berge erreichten. Der Stamm war jetzt schon auf und in Waffen und würde zusammen mit den Polizisten Jagd auf ihn machen, als wäre er ihr ärgster Feind.

Bei Tagesanbruch hatten sie Kirmacili hinter sich gelassen und waren auf dem Weg nach Akyol. Sie kamen an Dikenli vorbei und begannen, den felsigen Abhang von Karatepe zu erklimmen. Halil drehte sich halb um und schaute nach hinten: »Ceren«, murmelte er, »Ceren . . .«

29

Dies ist die Nacht vom fünften auf den sechsten Mai. In dieser Nacht treffen sich Hizir und Elias. Und im gleichen Augenblick gehen am Himmel zwei Sterne auf. Der eine kommt zitternd aus Westen, der andere schwebt kreisend von Osten heran. Sie vereinen sich, verschmelzen, leuchten weit, tauchen alles in Licht, versprühen Blitze über die Erde und fallen als Feuerregen herab. Und in diesem Augenblick hält alles inne und stirbt. Das Blut in den Adern der Menschen stockt. Die Winde hören auf zu wehen, die Wasser erstarren, die Blätter rauschen nicht mehr, die Flügel der Vögel und Insekten stehen still. Alles hält ein, die Geräusche, der Schlaf, das Blühen der Blumen, das Wachsen des Grases. Alles Leben, jede Bewegung erstarrt. Alles Beseelte, alles Unbeseelte. Einen kurzen Augenblick lang stirbt alles. Und wenn in diesem Augenblick ein Mensch die Begegnung der Sterne am Himmel sieht, wenn er sieht, wie sie ihr Licht über die Erde gießen, wie die Gewässer erstarren, dann, ja dann wird ihm jeder Wunsch erfüllt . . . Auch wenn er sich etwas ganz Außergewöhnliches wünscht, es wird ihm erfüllt. Wenn in dieser Nacht vom fünften auf den sechsten Mai Hizir und Elias sich einmal verfehlen sollten, wenn die Welt nicht für diesen einen Augenblick sterben sollte, dann würden die Blumen nie mehr aufblühen, kein irdisches Geschöpf mehr das Licht der Welt erblicken . . . Und wenn die zwei Heiligen sich getroffen haben, alles erstarrt ist, so erwacht schon im nächsten Augenblick wieder alles zu neuem Leben und sprießt neu hervor, mächtiger, kraftvoller denn je zuvor.

Es war jetzt drei Tage, daß sich der Karaçullu-Stamm im Aladağ-Tal niedergelassen hatte. Letzten Herbst, als sie in die Çukurova aufbrachen, zählte er sechzig Zelte. Nur fünfunddreißig kehrten zurück, inzwischen noch etwas älter, noch abgenutzter, noch verblichener. Heute war wieder der Tag ihres großen jährlichen Festes. Schon seit dem frühen Morgen schlachtete man Schafe und stellte riesige Kessel aufs Feuer. Alte Frauen mit weißen Kopftüchern krempelten sich die Ärmel hoch, unterhielten das Feuer, füllten die Kessel mit Fleisch

und streuten darauf getrocknetes Gemüse und aromatische Gewürze. Der Reis kochte schon. Über den weißen Marmorstein breitete man die orangefarbenen Filzläufer mit den Emblemen der Sonne und des Lebensbaumes.
Dieses Jahr war der alte Koyun Dede wieder zu ihnen gestoßen, er wiegte seine riesige Saz unter dem langen Bart. Auch Dost Dede, dieser gewaltige, gottähnliche Mann, ein richtiger Heiliger: wenn er durchs Dunkel ging, leuchtete sein Körper, und er wußte selbst nichts davon . . . Und Sümbül Dede, dessen Stimme so mächtig war, daß man sie drei Tage weit hören konnte . . . Und der junge Ali Dede, der Hizir schon dreimal ins Angesicht geblickt hatte und jedesmal sagte, geh mir aus dem Weg, Hizir, ich habe keinen Wunsch an dich. Ich bin ein Mensch und erfülle mir meine Wünsche selber . . . Auch die Flötenspieler waren eingetroffen und Abdal Bayram, der Großmeister der Trommler.
Und so begann das Fest. Alle aßen und tranken. Nach dem Fest trugen die Dedes die Gelöbnisse vor. Das Echo ihrer tiefen Stimmen hallte durch das Tal des Aladağ. Die Hymnen wurden auf der Saz begleitet. Danach erhoben sie sich alle zur Semah, Männer und Frauen, jung und alt. Die Füsse der Tanzenden glitten so leicht und behend über die alte Erde, über den uralten Stein wie das Wasser eines murmelnden Baches. Körper wogten im Einklang hin und her, brennend in Liebe und Freundschaft; sie hoben ihre Arme wie Flügel und ließen sie sacht wieder sinken.
Und dann, als die Dedes in Ekstase gerieten und mit der flachen Hand ihre Saz schlugen, als die Semah ihren Höhepunkt erreichte und wie klares Wasser sanft und geschwind über die uralte Erde rauschte, eben in diesem Augenblick sah man Halil mit Ceren hinter sich auf dem Rücken seines weißen Pferdes den Berg herabreiten. Sie kamen heran und Halil stieg ab. Er band das Pferd an einen Busch, nahm Ceren an der Hand, und beide knieten vor dem alten Koyun Dede nieder. Er gab ihnen beiden den Segen. Dann standen sie auf und mischten sich unter die Tanzenden.
Die Semah ging zu Ende und Abdal Bayram schlug ganz alleine auf der alten Trommel einen sehr alten Rhythmus an. Er drehte sich dabei rund und rund um seine eigene Achse. Man zündete den großen Holzhaufen an, und jeder tat es Abdal gleich und wirbelte um das Feuer herum.
Dann versank die Sonne am Horizont, die Saz verstummten, und das Fest war aus. Abdal Bayram nahm seine Trommel und ging. Nie-

mand schaute auf Halil und Ceren, niemand hieß sie willkommen oder fragte, woher sie kamen und was sie die ganze Zeit gemacht hatten. Die Nomaden sahen einfach über sie hinweg. Aber es gab einige, die ihnen Blicke voll Haß und Zorn entgegenschleuderten und andere, die herausfordernd vor ihnen auf den Boden spuckten.

Halil und Ceren gingen auf die Zelte zu. Das leere Zelt des Beys war wie immer aufgerichtet worden. Sie ließen das Pferd am Eingang und traten ein. Halil zündete einen Kieferspan an. Eine Zeitlang stand er nur da und sah sich um. Nichts war verändert, nichts fehlte. Sie gingen wieder hinaus.

Ein Feuer der Entrüstung lief durch den Stamm. Das Tal des Aladağ war erfüllt von murmelnden, flüsternden Stimmen.

»Das geht zu weit«, sagte Fethullah. »Einfach so zurückkommen, nachdem er all unsere Pläne zerstört und uns zum Gespött der ganzen Çukurova gemacht hat.«

»Das geht zu weit«, sagte der kleine Musa.

»Zu weit«, sagten die Frauen.

»Zu weit«, sagten die Kinder.

Nur zwei von ihnen schwiegen, das waren Süleyman der Vorsteher und der alte Müslüm.

»Das lassen wir uns nicht bieten«, sagte Abdurrahman.

»Nein, das kann man sich nicht bieten lassen«, sagte die alte Sultan.

»Nein, das kann man nicht . . .« sagte Fatma.

»Nein, das nicht . . .« sagten die Dedes.

Rüstem rannte davon, um die Polizei zu alarmieren. Schnell wie ein todbringender Wind flog er den Abhang des Aladağ hinunter.

»Holt alle eure Waffen«, sagte Fethullah. »Falls ihn die Polizisten entwischen lassen, müssen wir heute nacht selbst mit ihm abrechnen.«

»Warum ist er gekommen?« fragte der alte Müslüm den Vorsteher.

»Er ist immer noch unser Bey, wenn auch nur dem Namen nach. An solch einem Tag, an Hidirellez, muß er bei seinem Stamm sein. Aus diesem Grund ist er zurückgekommen, Bruder Müslüm. Und er hat recht getan.«

Süleyman der Vorsteher stieg hinauf zur Alagöz-Quelle, die am Fuß des roten Feuersteinfelsens hervorschäumte. Er zog seinen Filzüberwurf aus und setzte sich. Im Wasser spiegelten sich Sterne. Im Becken war alles ein einziges Glitzern. Er hatte seine innere Ruhe wiedergefunden und dachte jetzt an gar nichts mehr. Auch an Hizir hatte er

keinen Wunsch mehr. Wenn er da war, so nur, um eine alte Gewohnheit weiterzuführen. Er beobachtete die Fische in dem kleinen Tümpel mit bitterer Freude und dachte daran, wie merkwürdig warm und süßduftend die Luft war. Seine großen Nasenflügel zitterten wie die Flügel einer Biene und öffneten sich weit.
»Der Frühling ist früh gekommen«, dachte er, »dieses Jahr auf dem Berg der Tausend Stiere. Ein frischer, neuer Frühling, der uns neues Leben bringt. Ach, meine Brüder . . .«

Die Quelle, an der der alte Müslüm Ausschau hielt, sprudelte aus einem Baumstamm hervor. Wenn das Wasser erstarrt, dachte er, werde ich es sofort sehen. Es rauscht so laut, so ohrenbetäubend, schäumt mit einer solchen Kraft, daß sogar ein Blinder es sehen, ein Tauber es hören würde, wenn es erstarrt.
»Schau, Hizir, mein Sultan, meine Zeit ist abgelaufen. Wenn du mir dieses Jahr nicht hilfst, ist es aus mit mir. Schau, sogar unser Haydar hat diese Welt verlassen . . . Ein Winterquartier in der Çukurova? Ein Stück Land?« Sein Zorn steigerte sich: »Sollen sich doch die jungen Leute das wünschen!« schrie er laut. »Laß mich nur deinen Stern sehen, Hizir, und ich werde mir nur die Blume der Unsterblichkeit von Lokman dem Arzt wünschen. Weiter nichts. Du kannst mir die große, weite Welt anbieten, ich möchte sie nicht. Selbst wenn du diese Berge in Gold, die ganze Welt in Winterquartiere verwandeln würdest, würde ich sie zurückweisen. Ich will die Blume! Die Blume des Lebens! Ich bitte dich, Hizir, mir bleibt keine Zeit mehr. Hizir, bitte, laß mich sehen, wie sich die Sterne treffen. Laß mich nur einmal das Erstarren der Wasser sehen, o Hizir. Komm, zeig sie mir, Bruder. Die Blume riechen, unsterblich werden . . . Es bleibt mir nicht einmal ein Jahr mehr zu leben. Ich bitte dich. Wenn ich erst einmal tot bin, habe ich nichts mehr davon, wenn du mit vollen Händen Blumen der Unsterblichkeit über die Welt streust! Ich kann nicht mehr zum Leben erwachen, wenn ich einmal gegangen bin!«
Er hielt ein. Ein Gedanke verfolgte ihn, der ihn noch mehr verstimmte. »Nein, nein«, murmelte er. »Winterquartiere, was soll ich damit? Ich will keines, von niemandem!«
Sein Gesicht hellte sich wieder auf. »Schau, mein guter Hizir, die Blume wächst hier im Aladağ-Tal, man braucht nur die Hand auszustrecken, um sie zu pflücken. Sag mir doch, welche es ist, nun komm schon.«
Er legte sich auf den Rücken. Seine Augen ruhten auf den Sternen,

seine Ohren lauschten dem Gurgeln des Wassers. Man durfte jetzt nichts verpassen. Schon die geringste Unaufmerksamkeit, und es wäre zu spät. Die Sterne am Himmel würden verschmelzen und wieder verschwinden, noch bevor man sie erblickt hatte.

Der eine heißt Hüseyin, der andere Veli und der dritte Dursun. Sie sind etwa zehn Jahre alt.
»Ich werde mir kein Winterquartier wünschen«, erklärte Hüsseyin. »Ich bleibe sowieso nicht bei diesem Stamm. Ich wünsche mir etwas anderes.« Aber er war sich noch nicht schlüssig. Es gab so vieles, was er sich dieses Jahr wünschte, daß ihm die Entscheidung schwer fiel . . .
Veli hatte schon lange seinen letztjährigen Wunsch aufgegeben, einmal eine Nacht in dem großen Hotel an der Straße zu schlafen. Der Wunsch, den er in einem Winkel seines Herzens verbarg, war so ungeheuerlich, daß er es nicht einmal wagte, ihn sich selbst zu wiederholen. Er würde ihn erst beim Zusammentreffen der Sterne sagen.
Für Dursun war es wie im Jahr zuvor. »Was kümmert mich ein Winterquartier?« sagte er. »Ich möchte, daß mein Vater aus dem Gefängnis kommt. Dann werden wir alles haben, was wir uns überhaupt wünschen können, ein Winterquartier und eine Sommerweide, alles. Die Welt wird uns gehören, die ganze Welt! Wenn nur mein Vater bald kommt . . .«

Dieses Jahr war Osman der Kahle nicht Forellen angeln gegangen. Er stand neben Fethullah, lauerte, hielt sein Gewehr . . . Auch viele andere fanden sich dieses Jahr nicht an den Quellen ein. Sie verbrachten diese Nacht mit Warten, die Gewehre in der Hand . . .
Frauen, Kinder, die Alten und auch die jungen Mädchen fieberten vor Erwartung. Alle warteten, die Kranken, Kummervollen, Schwachen, die Waisen, die Verzweifelten, die Einsamen.
Ceren und Halil waren zur Taşbuyduran-Quelle gegangen. Ihre Schatten spiegelten sich im Wasser. Die Quelle, der Boden, der Kies dufteten nach Heidekraut. Ein schlanker, langer Windhund mit goldenem Fell lag zu ihren Füßen. Schon im letzten Jahr hatte er mit Ceren neben der gleichen Quelle auf die Sterne gewartet. Die Sterne leuchteten, und in ihrem matten Licht faßten sich Ceren und Halil bei der Hand und lachten. Die Sterne, das Wasser, ja die ganze Welt badete im lichten, reinen Glanz.
»Wir haben nichts zu wünschen«, sagte Ceren. »Komm, Halil, gehen wir.«

»Nein, warte«, sagte Halil schnell. »Vielleicht gibt es doch etwas. Warte, bis wir die Sterne sehen.«
Im gleichen Augenblick spitzte der Windhund die Ohren und stand auf.
»Achtung, Ceren«, flüsterte Halil. »Kriech zwischen die Felsen und rühre dich nicht vom Fleck. Habe ich dir nicht gesagt, daß der Stamm uns nicht verzeihen würde? Sie sind jetzt da, wir sind umzingelt.«
Sie hörten ein Knistern und Rascheln, das immer näher kam, immer lauter wurde. Halil lauschte hinaus in die Nacht.
»Habt ihr euch diese Nacht dafür ausgesucht?« rief Halil plötzlich. »Diese Nacht, in der nicht einmal eine Schlange oder ein Wolf einen Mann angreifen würde! Nicht einmal der schlimmste Feind! Ihr habt euch also diese Nacht dafür ausgesucht?«
Es kam keine Antwort, nicht der geringste Laut. Alles war totenstill. Und dann plötzlich hagelte es Salve über Salve von allen Seiten. Auf die Quelle, auf Halil. Das Gefecht dauerte bis zum Morgen. Kurz vor Sonnenaufgang verstummte Halils Gewehr. Die anderen stellten das Feuer ein. Ceren kroch aus der Höhle, in die sie sich geflüchtet hatte und ging zu Halil. Er lag platt auf dem Bauch, mit dem Gesicht zur Erde. Sie hob ihn hoch und verschwand mit ihm in den Felsen, wie ein Vogel, der durch die Luft gleitet.
Die Sonne stand bereits über einer der Pappeln, als die andern endlich hervorkamen und zur Quelle gingen. Eine Blutlache bedeckte den Boden, und ringsherum waren leere Patronenhülsen und grüne Fliegen.

Ceren trug den Leichnam bis hinauf zum Gipfel des Aladağ. Dort nahm sie seinen Dolch und schaufelte unter den Felsen ein Grab. Ihre Hand strich sanft über seinen Körper. Sie küßte ihn und ließ ihn hinab in die Tiefe. Sie bedeckte ihn wieder mit Erde und legte einen Stein auf das Kopfende, den größten, den sie gerade noch heben konnte. Dann wandte sie sich ab und stieg den Abhang hinab ins Lager. Die Nomaden frohlockten, als sie sie zurückkehren sahen, sogar noch mehr, als sie über Halils Tod frohlockt hatten. Sie ging direkt zu Süleyman dem Vorsteher.
»Sie haben Halil getötet, Vorsteher . . . Ich habe ihn begraben und bin zu dir gekommen.«
Sie lief hinüber zum Zelt des Beys. Halils Pferd stand noch immer davor. Sie hob das Gewehr, das sie in der Hand hielt und zielte. Das Pferd stürzte, und da es immer noch um sich schlug und zuckte, feuerte sie ein zweites Mal.

»Schafft Holz heran und schichtet es auf«, befahl Süleyman der Vorsteher. Die bis dahin schweigende, unbewegliche Menge belebte sich. Innert kurzer Zeit schichteten sie einen riesigen Holzstoß auf. Der Vorsteher betrat das Zelt. Zuerst brachte er das Banner heraus und warf es auf den Stoß, dann den Roßschweif, danach die Trommel. Er holte alles, was im Zelt lag, heraus, die Kelims, die Filzläufer, die Satteltaschen und warf alles auf den Holzstoß. »Reißt das Zelt nieder . . .« Sie rissen es nieder und trugen es zu den übrigen Sachen.
Ceren stand etwas abseits und schaute ihnen zu, ohne eine Träne, ohne eine Bewegung, fast gleichgültig. Auf ihrem Gesicht lag kein Zeichen von Gram. Als sie das Zelt auf den Holzstoß warfen, kam sie einige Schritte näher, doch Süleyman der Vorsteher trat ihr in den Weg.
»Halt, meine Tochter. Das ist das Zelt des Beys. Ich selbst muß es verbrennen.«
Er zündete ein Streichholz an. Das Holz fing Feuer, und die Flammen loderten auf. Ein modriger Geruch von verbranntem Ziegenhaar verbreitete sich über dem Lager. Sie standen alle da, der ganze Stamm, reglos und stumm, die Augen auf den brennenden Haufen gerichtet, bis das Holz, das Zelt, bis alles zu Asche geworden war.
Als auch die Glut noch heruntergebrannt war, sank Süleyman der Vorsteher auf einen Stein und bedeckte sein Gesicht mit beiden Händen. Eine Flut von Tränen floß unter seinen Händen hervor. Im Nu war der Bart durchnäßt.
Ceren reckte ihren langen Schwanenhals. Ihr Blick wanderte zuerst hinüber zu dem toten Pferd. Dann betrachtete sie lange und gedankenverloren die schweigende, reglose Menge. Sie ging auf Süleyman den Vorsteher zu und blieb einen Augenblick vor ihm stehen, als ob sie ihm etwas sagen wollte, aber dann besann sie sich eines anderen. Sie schwang sich Halils Gewehr über die Schulter, schritt durch das Tal hinauf in die Berge und verschwand. Die Nomaden standen wie festgenagelt und wagten nicht einmal, den Kopf zu heben und ihr nachzusehen.

Und so ist es jedes Jahr. In der Nacht vom fünften auf den sechsten Mai treffen sich Hizir und Elias, treffen sich irgendwo auf dieser weiten Welt. Und im Augenblick, wo sie verschmelzen, erlischt alles Leben auf der Erde, alles Lebende stirbt. Aber gleich darauf erwacht alles wieder zu neuem Leben, verjüngt, stärker und fruchtbarer denn je zuvor. Und zwei Sterne gleiten durch den Himmel, der eine aus Osten, der andere aus Westen, gehen aufeinander zu, vereinigen sich, verschmelzen und gießen ihren Goldregen über die Erde.